파울루 코엘류와 칼릴 지브란의

# 신비주의 사상

내일을여는지식 어문 14

파울루 코엘류와 칼릴 지브란의

박원복 지음

한국학술정보㈜

본래 브라질의 아방가르드 시를 전공했던 나는 브라질 작가로서 전 세계에 알려졌던 주제 마우루 지 바스콩셀루스의 『나의 라임오 렌지나무』 2편인 『햇빛사냥』(문학동네, 2003년)을 번역하면서 브라 질의 소설에 관심을 가지기 시작하였다. 그런데 그 무렵 파울루 코엘류의 작품이 세계적인 베스트셀러로 등장하면서 박사과정에서 연구해보자는 생각을 하기에 이르렀다. 그래서 한국에서는 유일하 게 비교문학을 정식 박사과정으로 개설한 한국외국어대학교에서 코엘류와 지브란의 작품세계를 비교 연구하는 작업에 몰두하게 되 었다.

특히 코엘류의 비교대상으로서 레바논 출신의 칼릴 지브란을 선 택하였던 것은 매우 우연한 일이었다. 내가 지브란을 처음 접했던 것은 대학에 들어갔을 때 매형으로부터 브라질에서 발행된 『예언 자』(O Profeta)를 선물로 받았을 때였고 20대 초반의 젊은 나에게 그의 작품은 한없는 생각거리로 다가왔었다. 종교, 사랑, 인생, 삶 과 죽음 등 우리와는 떨어질 수 없는 이야기들을 그처럼 쉽고 아 름답게 표현할 수 있을까하는 감탄과 존경심이 들었고 그의 한마 디 한마디는 그렇게 나의 마음속 깊이 새겨졌었다.

그런데 인터넷을 통하여 브라질로부터 구입한 코엘류의 작품 원서들을 읽으면서 그때까지 뇌리에 남아있던 지브란의 말들을 다시 떠올리게 되었고 그의 작품과 많은 공통점을 발견하게 되었다. 그리하여 비교문학의 소재를 찾던 나에게는 더없이 좋은 기회이자 그들과의 만남도 하나의 운명이라는 생각이 들었다. 무엇보다도 코엘류 자신이 선호하는 선대 작가들 가운데 지브란을 꼽고 있다는 사실을 알고는 비교문학의 좋은 소재를 만났다는 기쁨이 앞섰다. 나아가, 비록 고통스러웠어도, 논문이라는 긴 여정 내내 한때나마 잊고 있었던 삶과 죽음 그리고 종교에 대한 많은 의문들을 다시금 고민할 수 있게 되어서 좋았다.

하지만 본 저서의 소재로 두 작가를 선택하게 된 주요 이유 중 하나는 무엇보다도 그들이 국가와 언어 그리고 종교를 넘어 전 세계에서 사랑을 받는 작가로 자리매김할 수 있었던 이유가 무엇일까라는 궁금증이었다. 알다시피 20세기에 성경 다음으로 가장 많이 팔렸다는 『예언자』의 작가 지브란은 20세기 초에 왕성한 활동을 하였던 작가였으며 그의 고향은 솔로몬이 신전을 짓기 위해 삼나무를 가져갔던 '성서의 나라' 레바논이었다. 이슬람이 지배하는 아랍권에서는 유일하게 가톨릭을 국교로 하는 나라이며 그 역시도 마론파 가톨릭 신자였다. 지브란은 19세기 이래 국제분쟁과 종교분쟁으로 인하여 끝없는 살육이 자행되고 있던 조국 레바논을 위해 한평생을 고뇌하고 싸우면서 그 해결점을 모색해왔다.

한편 2009년 현재 전 세계 150여 국가에서 번역된 『연금술사』라는 작품을 통해 우리에게 다가온 파울루 코엘류는 부모의 몰이해에 따른 정신병원에의 수용과 '68학생운동', 록음악, 히피, 반전운동 등 격랑의 시대를 온몸으로 겪었던 작가이다. 레바논과는 거리 상으로도 먼 평화의 나라, 브라질 태생이며 그 브라질은 가톨릭 국가이다. 그럼에도 불구하고 그는 이슬람의 신비주의에 심취하였 으며 미국이 이라크를 침공하였을 때 아랍 편에 서서 미국정부를 맹렬히 비난했었다.

이처럼 서로 다른 시대에 다른 국가에서 태어났지만 격랑의 시 대를 살았던 그들의 작품 속에는 인간의 근원적인 물음에 대한 고 뇌와 삶이 그대로 용해되어 있다. 자칫 관념적으로 흐를 수 있는 테마임에도 불구하고 그 저변에는 그들이 지나온 처절한 삶의 흔 적과 고뇌가 자리하고 있으며 한결같이 국경과 종교를 뛰어 넘는 평화와 사랑에 메시지를 전파하고 있다. 물론 거기에는 인류의 존 재와 더불어 함께해온 종교, 특히 거의 모든 제도종교들 속에 깊 이 스며있는 '모든 것은 하나'라는 신비주의의 핵심 사상이 짙게 깔려 있다. 절대자도 하나요, 삶과 죽음도 하나이며 낮과 밤도 하 나이고 육체와 영혼도 하나라는 신비주의 사상을 바탕으로 자신들 의 삶에서 우러나오는 진솔한 이야기들을 쏟아내고 있기에 시대와 국경 그리고 종교를 초월하여 수많은 독자들의 심금을 울리고 있 는 것이다.

이를 연구하기 위해 나는 비교문학적인 방법론을 적용하였는바, 그 이유는 전통적인 비교문학이란 실질적인 영향관계의 존재를 전 제조건으로 하는 학문으로써 두 작가 사이에 사실적으로 확인 가 능한 영향관계가 존재함을 확인하였기 때문이다. 이를 바탕으로 두 작가의 영향관계를 매개하는 것이 종교적 신비주의 사상임을 간파 했다. 예를 들면 후대작가인 코엘류는 자신이 좋아하는 작가들로서 영국의 낭만주의 시인이면서 신비주의적 범신론자로 간주되고 있는 윌리엄 블레이크와, 이슬람이 지배하는 아랍세계에서 유일하게 기독교인이 많은 레바논 태생의 칼릴 지브란 그리고, 유대교의 신비주의를 대변하는, 카발라 신비주의가 짙게 나타나는 아르헨티나의 호르헤 보르헤스를 꼽고 있다. 특히 선대작가인 칼릴 지브란의 작품 세계에서 나타나는 이슬람의 신비주의의 대명사, 수피사상(sufism)이 코엘류의 전 작품에도 짙게 깔려있다.

이것을 연구함에 있어서 나는 먼저 두 작가가 종교적 신비주의에 침잠하게 된 배경과 경위에 주목하지 않을 수 없었다. 왜냐하면 아무리 종교적 신비주의가 그들의 작품 전면에 흐르고 있다고 할지라도 신비주의가 일반적인 정의 그대로 작가의 작품에 표출되지 않고 그의 정신과 체험이라는 필터를 거쳐 드러나기 때문이다. 그러므로 한 작가에게 녹아있는 신비주의는 어떤 형태로든 신비주의의 보편적인 개념을 넘어 개별성을 지니기 마련이다. 또 간과해서는 안 될 것이 있는바, 그것은 문학작품이 어디까지나 개인의 정신적 산물이지만 그 개인은 자신을 둘러싸고 있는 사회적 상황 속에서 형성되므로 작가 자신의 개인적인 삶과 당대의 시대상황 그리고 그가 태어나 자란 국가의 문화적 속성 등도 고려하는 것이 그 작가의 문학세계를 보다 폭넓고 심도 있게 이해하는 길이라고 생각된다.

본 저서는 이러한 배경과 방법론으로 써졌기에 두 작가의 작품세계가 품고 있는 여타 폭넓은 사상이나 메시지를 모두 다룰 수 없는 한계를 안고 있다. 하지만 그들의 작품세계 저변에 깔린 '모든 것은 하나'라는 종교적 신비주의 사상을 살펴봄으로써 이를 통해, 인류의 역사를 점철해온 전쟁과 갈등의 해결점을 찾아 온 몸을 던졌던, 두 작가의 작품 세계를 이해하는데 작은 출발점이 되기를 희망한다.

끝으로 여러모로 부족함이 많음에도 불구하고 이 연구를 출판해주신 한국학술정보 여러 관계자분들과 이 글이 나오기까지 많은 격려를 해주신 주위의 모든 분들에게 두루두루 고마운 마음을 전하고 싶다.

모든 것이 혼란할 때
모든 것이 가능하다

- 루이제 린저의 『생의 한가운데』에서 -

우리는 우주적인 성령의 자식들, 그대는 나의 형제이다.
그대는 나와 똑같은 진흙으로 만들어진 육체의 포로이다. 그대는 내 삶의 동
반자이며 구름으로 가려진 진실을 일깨워 주는 나의 조력자이다. 그대들 인간
이여, 나는 그대를, 내 형제를 사랑한다.
(……)
그대는 나의 형제, 나는 그대를 사랑한다.
그대가 그대의 사원에 엎드려 있거나 교회에서 무릎 꿇고 있거나 혹은 유다교
회당 안에서 기도하고 있거나 나는 그대를 사랑한다.
그대와 나는 하나의 믿음, 성령의 자식들이다.
(……)
그대는 나의 형제, 나는 그대를 사랑한다.

- 칼릴 지브란, 〈시인의 목소리〉, 『눈물과 미소』에서 -

## ●●● 목 차 ●●●

Ⅰ 서 론...13

1. 연구 목적 /15
2. 선행 연구 검토 /19
3. 연구 방법과 범위 /24

Ⅱ 신비주의의 정의와 수용...33

1. 신비주의의 기원과 정의: 저항의식과 존재의 합일 /38
2. 신비주의의 수용 /51
   2.1. 지리적 요인 /52
       2.1.1. 지브란의 레바논: 종교·문화적 다원주의 /52
       2.1.2. 코엘류의 브라질: 다인종·다문화주의 /58
   2.2. 시대적 상황과 예술적 풍토 /65
       2.2.1. 지브란: 세기말과 아방가르드 /65
       2.2.2. 코엘류: 히피와 구체주의(concretism) /71
   2.3. 전기(傳記)적 요인 /77
       2.3.1. 지브란의 이주민 체험: 보스턴, 파리, 뉴욕 /78
       2.3.2. 코엘류의 종교체험: '산티아고의 길' /90

## Ⅲ 신비주의의 문화적 표현과 의미...103

1. 저항으로서의 신비주의 /106
   1.1. 지브란의 저항의식 /106
      1.1.1. 외세와 조국 /106
      1.1.2. 인간과 자연 /119
   1.2. 코엘류의 저항의식 /131
      1.2.1. 대안사회 /131
      1.2.2. 정상과 비정상 /147
2. 존재의 합일로서의 신비주의 /165
   2.1. 선과 악 /166
      2.1.1. 지브란: 보다 큰 자아 /168
      2.1.2. 코엘류: 우주의 존재 원리 /183
   2.2. 삶과 죽음 /199
      2.2.1. 지브란: 순환과 윤회 /200
      2.2.2. 코엘류: 자아의 신화 /209
   2.3. 육체와 영혼 /226
      2.3.1. 지브란: 본원으로의 회귀 /226
      2.3.2. 코엘류: 신의 현시로서의 육체 /235
   2.4. 인간과 절대자 /244
      2.4.1. 지브란: 사랑과 구원 /246
      2.4.2. 코엘류: '막툽 maktūb'과 연금술 /262

## Ⅳ 결 론...277

참고문헌 / 293

# I. 서 론

# 1. 연구 목적

본 연구는 비교문학적 관점에서 칼릴 지브란(Khalil Gibran, 1883~1931)[1]과 파울루 코엘류(Paulo Coelho de Souza, 1947~ )[2] 사이에 실질적이고 구체적인 영향 관계가 존재한다는 인식에서부터 출발한다. 그 이유는 전통적인 비교문학이란 무엇보다도 서로 다른 언어권의 작가와 작품 사이에 실증가능한 영향 관계가 존재함을 전제로 하기 때문이다. 특히 파울루 코엘류의 경우, 선대 작가인 칼릴 지브란이 자신의 연인 메리 하스켈(Mary Haskell)에게 보낸 서신들을 모은 작품 『예언자의 러브레터 *Cartas de Amor do Profeta*』를 직접 번안(1999)[3]함으로써 지브란에 대한 심취와 영향력을 직접적

---

1) 지브란은 미국 보스턴에서 학교를 다닐 때 한 여교사의 조언에 따라 본명인 지브란 칼릴 지브란을 그냥 칼릴 지브란으로 바꾸게 되었다. 또한 표기에 있어서도 여교사의 조언에 따라 h와 a의 위치를 바꾸어 Kahlil로 표기하고 서명을 하거나 책출판 시에 Kahlil Gibran이라고 썼다(알렉상드르 나자르(용경식 옮김), 『칼릴 지브란』, 작가정신, 2007, p.41, 원제: Khalil Gibran). 그런데 아랍권의 경우 발음상 표기를 Khalil로 하는 것이 일반적이며 간혹 Jibran으로 표기하는 경우도 있다. 본 연구에서는 책이나 연구서적의 제목 등 특별한 경우가 아니면 아랍어 현지 발음에 준하여 Khalil로 통일하기로 한다.

2) 현지 포르투갈어의 발음은 파울루 코엘류이지만 국내 소개된 그의 저서나 관련 인쇄물 대다수에서 '파울로 코엘료'라고 표기되고 있다. 그러나 본 연구에서는 2005년 12월 28일부로 바뀐 새 표기법에 따라 파울루 코엘류라고 표기하기로 한다.

3) 우리나라에서는 『하나의 노래가 되어 하나의 침묵이 되어』(김인환 옮김, 서울: 늘 푸른 집, 1990)라는 제목으로 출판되었다.

으로 확인해 주고 있다. 또한 코엘류는 1997년에 발표한 『빛의 전사의 지침서 *Manual do Guerreiro da Luz*』의 제사(題詞)에서 칼릴 지브란의 『예언자』에 나오는 「아이들에 관하여」의 일부를 그대로 인용하고 있다. 이 외에도, 지브란에 대한 코엘류의 심취는 그의 문학 형식에서도 나타나고 있는데, 예를 들면 코엘류가 우화집과 잠언집을 발간한 것도 크게 보아 지브란의 영향으로 추측된다.[4]

두 번째 이유는, 코엘류의 작품들 근저에는 선대 작가인 칼릴 지브란의 작품세계에서 나타나는 신비주의, 특히 약간의 차이는 있어도, 이슬람의 신비주의를 대변하는 수피사상(sufism)이 짙게 깔려 있다는 것이다.[5] 또한 신비주의 사상과 관련하여 두 작가는 공히, 그들이 존경하는 작가들 중 한 명으로서 영국의 낭만파 시인이자 화가인 윌리엄 블레이크(William Blake, 1757~1827)를 꼽고 있으

---

4) 칼릴 지브란의 잠언록 『아홉가지 슬픔에 관한 명상』(소담출판사, 1991. 원제: *Spiritual Saying of Kahlil Gibran*)의 형태를 본떠 쓴 듯 파울로 코엘류도 자신의 주요 작품들에서 발췌한 교훈적 메시지를 묶어 『근본적인 말들 *Palavras Essenciais*』을 출간하기도 하였다.

5) 칼릴 지브란은 이슬람 문화권에 속하는 레바논 출신이면서도 기독교 마론파(Maronite) 사제의 딸을 어머니로 두면서 엄격한 종교적인 생활을 해 왔으며 많은 작품에서 수피의 우화를 인용하고 있다. 후대 작가로서 코엘류 경우 가톨릭 교인이면서도 젊은 시절 히피로서 방황의 세월을 보낼 때 이슬람교의 신비주의를 대표하는 수피즘에 지대한 관심을 가졌던 것으로 드러나고 있다. 그의 작품(예, 『베로니카 죽기로 결심하다 *Veronika Decide Morrer*』)에 수피 스승 나스루딘(Nasrudin)이나 『막툽 *Maktub*』에 수피의 우화가 소개되는 것이 그 증거이다. 그리고 그의 대표작으로 꼽히는 『연금술사 *O Alquimista*』에 표식, 징표 등의 단어가 많이 등장하는 것 역시 꾸란에서 자주 언급되는 말이다. "『꾸란』은 자연과 역사에서의 '신의 표시들(āyāt, 표지 또는 증표)'를 자주 언급하고 있다. 이것들은 신의 징표이자 증표가 되는 것들로서, 이것을 볼 수 있고 이해하는 자에게는 영적 교훈이 되는 것들이다. 이것을 통해 신이 가까이 계심을 느끼고 신과의 친밀감을 갖게 된다. (수피즘 — 연구자 주) 신비주의자들은 신이 제공해 준 이러한 여러 징후들에 대해 신념을 갖고 명상해 왔다." 손주영, 『이슬람: 교리, 사상, 역사』, 서울, 일조각, 2005, p.375. 여기서 손주영은 꾸란 2:159를 그 증거로 제시하고 있다. 또한 동 소설에서 주인공 산티아고가 찾아나서는 '숨은 보물'은 꾸란에 나오는 내용과 매우 흡사하다. 여기서 숨은 보물은 절대자를 지칭한다. "God is stated to have said, 'I was a hidden treasure, and I desired to be known; therefor I created the creation in order that I might be known.'"(A. J. Arberry, S*ufism: an account of the mystics of Islam*, London: George Allen & Unwin Ltd., 1972(6교 ed.), p.28).

며[6] 일명 '성경 시인'으로 불렸던 이 작가는 모든 사물에 신성이 내재되어 있다고 보는 신비주의적 범신론자[7]로 간주되고 있다. 이처럼 비교문학적 관점에서 볼 때 두 작가 사이에는 확인가능한 구체적인 영향 관계가 존재한다.

그러나 두 작가의 생존 기간을 두고 볼 때 칼릴 지브란의 경우는 1883년에 태어나 1931년에 사망하였으며, 2007년 현재 생존 작가인 파울루 코엘류는 1947년 태생으로서 대표작인 『연금술사』(1988)를 통해 최근 들어서야 세계무대에 알려지는 등 두 작가의 생존 시기나 작품 활동 시기에 있어서 시대적 간격이 크다. 그럼에도 불구하고 두 작가의 삶과 작품세계에는 큰 공통점이 존재한다. 예를 들면 칼릴 지브란이 살았던 시대는 19세기에서 20세기로 넘어오는 과정에서 '세기말'의 현상과 1차대전을 겪은 격랑의 시대였으며 그가 태어난 나라 역시 중동의 핵심 분쟁지역인 레바논이었다. 반면에 코엘류가 태어난 브라질은 세계대전의 뒤편에 머물며 큰 분쟁을 겪지 않았지만 그가 지나온 시대는 베트남전쟁과 60년대 말의 프랑스를 중심으로 한 이른 바 68학생운동 그리고 히피시대를 관통하고 있다.

이러한 시대적, 지리적 차이에도 불구하고 그들은 자신들이 목격하고 경험한 세계의 혼란과 고통이, 결국 주체와 객체 간의 대립, 나아가 선과 악, 삶과 죽음, 육체와 영혼 등의 구분 지음과 갈

---

6) 칼릴 지브란의 경우, 수헤일 부쉬루이 및 조 젠킨스 공저의 『아름다운 영혼의 순례자, 칼릴 지브란』(이창희 옮김, 서울: 두레, 2000), p.20을 참조하고 파울루 코엘류의 경우 그의 공식 홈페이지(http://www.paulocoelho.org)를 참조할 것. 본 연구에서의 참조일은 2007년 10월임.

7) 허봉화의 『William Blake의 神秘主義』(형설출판사, 1986) 참조.

등의 결과로 보고 이에 대한 해답으로써 신비주의 사상의 핵심 가운데 하나인 '존재의 합일' 사상에 침잠하였다. 바로 여기에 그들의 문학적 바탕으로서의 큰 공통분모가 자리하며[8] 그 근저에는 작가이기 이전에 인간의 근원적인 물음, 즉 '나는 누구인가'라는 존재론적 물음이 깔려 있다.

즉 두 사람은 작가이기 이전에 인간으로서, 인간의 존재론적인 의문을 간직한 채 한 세기의 차이를 두고 험난한 세월을 살았고 그 과정에서 공교롭게도 함께 신비주의적 색채가 강하게 나타나는 존재의 합일 사상에서 구원의 빛을 발견하였는바 이를 문학적으로 수용, 구현하면서 전 세계의 많은 독자들에게 깊은 감명과 공감을 불러일으키고 있는 것이다.

따라서 본 연구는, 주체와 객체 간의 갈등과 저항의식, 선과 악, 삶과 죽음, 육체와 영혼, 인간과 절대자와 같은 인간 조건과 관련된 것을 주제로 하여, 일정 부분 공통된 궤도를 그리고 있는 자아 탐구와 그 탐구의 매체이자 근간이 된 존재의 합일 사상이 어떤 배경과 경로를 통하여 그들의 삶에 수용되었으며 또 시대를 달리한 두 작가의 작품세계에 그 신비주의적 사상이 어떤 의미로 녹아 있는지 사상적 측면에서 비교 연구하는 것을 목적으로 할 것이다. 다시 말하면, 한 시대를 앞선 칼릴 지브란이 후대의 파울루 코엘

---

8) 이 외에도 두 작가의 공통점으로 간주할 수 있는 것은 두 작가 모두 다산(多産) 작가라는 점이다. 실제로 두 작가가 쓴 작품과 관련 연구서적들을 수집하는 과정에서 파울루 코엘류의 경우 2007년 10월 현재까지 출판된 작품 수가 총 18권이고, 칼릴 지브란의 경우 총 12권이었으며 전자의 경우 8권이 한국어로 번역, 출판되었고 후자의 경우 『높은 기둥의 도시, 이람』을 제외하고 모두 번역, 출판된 것으로 보인다. 물론 지브란의 저작 수는 사후 작품을 포함한 것이나 사후의 단편 선집은 제외하였다. 그리고 현재에도 기존 작품을 서로 짜깁기한 여러 작품들이 저자명으로 출판되고 있는 상황이라 정확한 수를 헤아리기가 어렵다.

류에게 미친 영향이 구체적으로 확인되지만 본 연구는, 파울루 코엘류에 대한 칼릴 지브란의 이러한 영향이 실제 있었다는 통시적 영향 관계를 검증하는 데 초점을 맞추려는 것이 아니라, 그러한 영향과 수용관계를 바탕으로, 두 작가가 작품 외적인 요소(지리적 요인으로서의 조국, 시대상황과 예술적 풍토, 전기적 요인 등)를 통해 수용하고 잉태한 저항의식과 존재의 합일 사상이 작품 속에서 어떤 의미를 표출하며 그 공통점과 차이점은 무엇인지를 비교 연구하려는 것이다. 이를 통해 본 연구는 시대와 지역을 초월한 두 작가와 작품에 내재해 있는, 그러나 작가 자신만의 독특한 예술적 방법으로 표현한, 인간 행동의 보편적 특성을 찾아보고자 한다. 왜냐하면 삐에르 브뤼넬, 끌로드 삐슈와, 앙드레 – 미셸 루소가 말했듯이 "비교문학의 목적은 공통된 영혼의 개별적, 예술적 표현을 찾는 데 있기 때문이다."[9]

## 2. 선행 연구 검토

『예언자』(1923)로 대표되는 레바논 태생의 칼릴 지브란과,『연금술사』(1988)로 대표되는 브라질 태생의 파울루 코엘류는 우리에게 잘 알려진 외국 작가들로서, 지브란의 대표작품으로 꼽히는『예언자』는 20세기에 성경 다음으로 많이 팔린 책으로서 40여 개 국어로

---

9) 삐에르 브뤼넬, 끌로드 삐슈와, 앙드레 – 미셸 루소(석준 옮김),『비교문학이란 무엇인가』, 서울: 미리내, 1993, p.128.

번역된 세계적인 베스트셀러 작품이다. 그런데 그럼에도 불구하고 그에 대한 연구는 국내외 공히 많이 이루어지지 않은 것 같다.[10]

특히 본 연구의 주제인 신비주의 사상과 관련하여서는 이슬람권 뿐만 아니라 미국에서도 깊이 있는 연구가 진행된 적이 없는 것으로 보인다. 이슬람권에서도 지브란에 대한 연구가 미흡한 이유는 크게 보아 종교적인 색체가 짙은 지브란의 작품이, 정통 이슬람사상과는 상반되는 이단적 요소[11]를 대거 포함하고 있기 때문으로 사료된다. 또한 그의 작품들이 정통 아랍 시문학의 율격을 무시한 산문을 중심으로 이루어져 있는 점 그리고 그가 미국 내에서도 주로 아랍권 사회를 중심으로 활동하여 이주문학 범주에서 다뤄지고 있는 것도 한 요인이다. 한편 미국 학계의 경우는 그의 영어 작품이 근본적으로 아랍어를 바탕으로 사고하여 써진 것이 한 요인으로 사료된다.[12] 게다가 지브란은 문학뿐만 아니라 화가로서도 많은 활동을 하였기에 그의 문학세계 자체에 대한 본격적인 연구가 다소 미흡해 보인다.

---

10) 특히 지브란이 활동한 미국의 경우 메릴랜드 대학교 내의 지브란 연구소(The Kahlil Gibran Research and Studies Project)가 중심이 되고 있는데, 이 연구소에서 1999년 제1회 지브란 국제 학술대회(The First International Conference on Kahlil Gibran)를 열었으나 그 이후 지금까지 뚜렷한 사정이 없이 동 대회를 열지 않고 있다.

11) 추후에 살펴보겠지만 지브란의 신비주의는 이슬람의 알라나 기독교의 하느님 등 모든 절대자들이 하나라는 독특한 신비주의를 역설한다. 이것은 이슬람에서 수용할 수 없는 부분이다.

12) 알렉상드르 나자르에 따르면 지브란은 1898년, 15세 때에 자신의 대표작으로 꼽히는 『예언자』의 제목을 『좋은 세상을 위하여』라는 이름으로 정하고 쓰기 시작하였다가 1912년, 『섬의 신』이라는 이름으로 바꿨으며 그 이후 다시 『충고』라는 이름으로 준비하였다가 마지막 순간 『예언자』라는 이름으로 출판하였다고 한다. 즉 아랍어로 생각하고 완성한 뒤 영어로 옮겨 출판한 것이다. (알렉상드르 나자르, p.56, p.149, p.188). 나아가 지브란이 "나는 영어라는 언어의 집에 들어온 손님에 불과하기 때문에, 그 언어에 대한 존경심을 표할 뿐이다. 그 집의 친자식들 중 어떤 이들처럼 그것에 대해 지나치게 친근하게 굴 생각은 조금도 없다."고 말한 대목에서도 그의 작품과 생각은 언제나 아랍어에 기초했던 것으로 사료된다 (같은 책, p.182.에서 재인용).

더욱이 지브란에 대한 연구서들의 상당수가 작품 자체를 다루고 있다기보다는 전기(傳記)와 당시의 시대상황 등 작품 외적인 요소들을 다루고 있으며 그것이 전체 연구서들의 절반가량을 차지한다. 우선 테마별로 연구서들을 나눠 보면 첫째는 전기(傳記)가 가장 많다.13) 이 분야에서는 미국 메릴랜드 대학의 Suheil Bushrui와 Joe Jankins가 독보적인 위치를 차지하고 있으며 이어 Alexandre Najjar, Mikhail Naimy, Yusuf Huwayik, Barbara Young이 연구서를 내었고 국내에서는 조희선 등의 연구가 있다. 그리고 당대의 시대상황과 관련하여서는 Khalil Hawi를 비롯하여 Robin Waterfield, Jean Gibran & Kahlil Gibran 등의 저술이 있으며, 이주문학과 관련하여서는 Suheil Bushrui, Nadim Naimy, Geoffrey Nash, Sana Mcharek, 조희선 등의 글이 있다. 사상적 측면에 대한 연구는 Joseph Merhi el – Yammouni, Adrew Shefan D., Nadim Naimy, Khalil Hawi, 그리고 석사학위 논문으로서 지브란의 저항의식을 주로 다룬 박형덕과 이종화의 연구가 있다.14) 또한 지브란의 작품에 많이 등장하는 우화에 대한 연구로는 Annie Salem Otto가 있으며 비교연구는

---

13) 기존 연구서들의 테마별 분류 및 소개와 관련하여, 참고도서 편에 연구자들의 해당 작품이 소개되고 있기에, 여기서는 그 연구자들의 이름만 거론하기로 한다.

14) 박형덕과 이종화의 경우 지브란의 저항의식을 정치・사회적 앙가주망(engagement) 차원에서 바라보면서 자아와 현실 혹은 사회와의 적대관계에서 사랑과 구원으로 나아가는 사상적 변화의 단계를 개괄적으로 분석하고 있다. 하지만 두 작품 모두 저항의식과 사랑 그리고 구원으로 이어지는 지브란의 사상적 변화를 지탱하면서 관통하는 사상적 매개가 무엇인지는 밝히지 않고 있다. 그런 맥락에서 Khalil S. Hawi의 경우도 마찬가지이다. 특히 그는 제도종교로서의 기독교적 관점에서 지브란의 저항의식을 바라보고 있다. 즉 지브란이 왜 모든 종교는 하나이며 절대자도 하나라는 독특한 신비주의 사상을 수용, 잉태하게 되었는지 그리고 그것이 저항의식과 어떤 관계이며 그 저변에 깔린 기본 사상은 무엇인지에 대해서는 언급을 하지 않고 있다. 본 연구자는, 지브란의 저항의식 부분에서, 바로 이 점에 의문을 갖고 분석하였는바 그의 저항의식과 존재의 합일 사상은 서로 떼어놓고 볼 수 없는 인과 관계라는 점에 도달하였다.

George Nicolas el – Hage가 있다.[15]

한편 파울루 코엘류의 경우는 2007년 10월 현재 전 세계 56개 언어로 번역된 세계적인 베스트셀러 작가이다. 하지만 그는 아직 생존 중인 작가인데다가 그처럼 많은 관심을 끈 것도 1988년 『연금술사』가 출판된 이후이며 그 작품 역시 서서히 알려진 탓에 베스트셀러 작가로 발돋움한 것은 사실상 불과 10여 년에 지나지 않는다.[16] 그의 작품들이 갖는 문학적 깊이와 의미는 차치하더라도 명성을 얻게 된 시기가 이처럼 얼마 되지 않아서인지 그에 대한 연구는 그의 명성만큼 많지 않은 게 사실이다.

예를 들면 파울루 코엘류의 태생지인 브라질의 경우에만도 단 한 권의 비평서가 출판되었다.[17] 그리고 우리나라에서는 스페인의 페드로 팔라오 폰스(Pedro Palao Pons)가, 코엘류와의 인터뷰 및 그의 삶을 기초로 하여 쓴 『파울루 코엘류의 연금술사의 비밀』[18]이 번역, 소개된 것이 전부이고 최근 들어서야 『연금술사』가 기호학적 관점에서 분석되기도 하였다.[19]

---

15) 여기서는 영어로 출판된 서적에 한하여 분류한 것이며 아랍어로 출간된 서적의 경우 연구자의 한계로 생략하였다. 하지만 본 연구를 진행하는 동안 Hawi Khalil S.이 쓴 저서의 참고도서 편에 나온 것 중 지브란에 대한 연구서적 역시 아랍권에서도 많지 않음을 엿볼 수 있었으며 아랍어 전공자에게 부탁하여 그 도서들의 제목을 살펴본바 지브란의 일대기에 대한 연구가 다수를 차지하고 있음을 알 수 있었다.

16) 그의 이름이 세계적으로 알려지게 된 것은 무엇보다도 『연금술사』가 미국에서 전격 출간된 1993년 이후였다.

17) Mário Maestri, 『왜 파울루 코엘류는 성공했는가 *Por Que Paulo Coelho Teve Sucesso*』. Porto Alegre: AGE, 1999. 이 비평서는 코엘류의 소설이 성공한 요인 중 하나로서 작품 자체의 문학성보다는 당시의 시대적 상황, 즉 80년대 말부터 확산된 포스트모더니즘적 경향으로서 문학작품을 1회성 소비상품으로 보는 경향 덕택이라고 평가절하한다(Mário Maestri, p.43 참조).

18) 유혜경 옮김, 큰나무, 2004. (원제: *Paulo Coelho: Su Obra, Pensamiento, Filosofía Y Enseñanza*).

19) 한 예로 최용호의 「코엘류의 『연금술사』에 대한 변증부 분석 ‐ 텍스트 의미론의 관점에서 ‐」

이처럼 코엘류에 대한 학술적 연구가 거의 없는 것은 여러 관점에서 해석될 수 있겠지만 대체적으로는 브라질 국내 비평계에서 그가 받고 있는 평가와 무관해 보이지 않는다. 예를 들어 브라질의 유력 시사주간지 Veja에 실린 현지 학계와 비평가들의 평을 보면 다비 아히구치 주니오르(Davi Arrigucci Junior)의 경우 "난 읽지도 않았고 마음에 들지도 않았다."("Não li e não gostei")라고 잘라 말했으며 윌송 마르찡스(Wilson Martins)의 경우는 '값싼 미스티시즘'('um misticismo barateado')으로, 그리고 깡지두 멘지스 지 알메이다(Candido Mendes de Almeida)의 경우는 '텍스트가 아니라 편의점의 상품'('não é um texto, mas um produto de loja de conveniência')이라고 비판한다.[20] 이러한 상황이어서인지 지브란과 코엘류의 비교연구는 국내외적으로 아직 찾아볼 수 없다.

---

이 그것으로서 본 논문은 『기호 텍스트 그리고 삶』(신현숙·박인철 편, 도서출판 월인, 2006, pp.387~413)에 실려 있다. 이 연구는 텍스트의 의미론 관점에서 변증부, 즉 사건의 일상적인 진행과정을 분석하는 방식을 택하고 있으며 이 가운데 사건 층위와 연기 층위를 분석함으로써 주인공 산티아고와의 친화적 관계에 있는 존재들과 대결적 관계에 있는 존재들의 행동양식을 비교 분석하고 있다. 그리고 친화적 관계에 있는 인물들 간의 재화의 재분배 문제를 분석함으로써 '모든 것에는 지불할 대가가 있다.'(『막툽』, p.132.)라는 코엘류의 관점을 재삼 확인해 주고 있다.

20) "O Planeta Paulo Coelho", 「Edição Especial」, 『Veja』, Abril, 1998년 4월 15일자 특별호. 2002년 브라질 문예원의 종신회원이 되는 과정에서 그는 1차 경선에서 당선되지 못하고 2차 경선에 들어갔으며 거기서도 종신회원이 되는 데 필요한 19석이 조금 넘은 22석을 차지하였던 적이 있다. 이러한 상황은 브라질 문예원의 관료적인 사고에도 기인하겠지만 그의 문학에 대한 비평계의 견해가 호의적이지 않음을 보여 주는 것이다. 브라질 학계와 비평계의 이러한 반응과 문제들은, 지브란의 경우를 포함하여, 본 연구의 주제와 직접적인 연관성이 없는 것이므로 더 이상 언급하지 않기로 한다.

## 3. 연구 방법과 범위

　앞서 언급하였듯이 본 연구는 비교문학적 관점에서, 서로 다른 언어권의 태생이자 시대를 달리한, 두 작가 작품 사이의 영향 관계를 바탕으로 먼저 지리적, 시대적, 전기적 요인, 즉 두 사람이 태어난 조국과 당시의 시대상황 및 예술적 풍토 그리고 삶을 통한 신비주의 사상의 수용 경로와 양상을 분석하고 나아가 사상적 측면에서 그들의 작품세계 근저에 깔려 있는 신비주의 사상의 의미론적 비교분석을 그 목표로 하고 있다. 그런데 비교문학은 아직도 그 정의에 대한 논란이 지속되고 있는 실정이므로 본 주제와 관련하여 현재 비교문학이 어떻게 이해되고 있으며 그 분야에서의 영향 관계란 어떤 의미를 뜻하는지 먼저 간략히 살펴보고자 한다.

　사실 비교문학이라고 하면 전통적으로 서로 다른 언어권의 두 작가 혹은 작품 사이의 상호 관계를 분석하고 연구하는 방법론으로서 인식되었으며[21] 그 핵심 논제는 예나 지금이나 그 대상 작가 혹은 작품 사이의 상호 영향과 수용 관계였다. 그리고 그 중심에는 프랑스가 위치하고 있었다. 그러나 2차대전 이후 국제관계는 미국을 중심으로 전개되었고 그 결과 달라진 위상에 걸맞은 학문적 입지를 세우기 위한 미국 측 노력의 한 산물로서 비교문학과 관련하여 새로운 정의가 시도되었다.[22] 그것은 방티겜, 기야르, 슈

---

21) 현재는 서로 다른 문화권에 속한 작가들이나 작품의 비교연구도 포함하는 추세이다. 이브 슈브렐이 한 예로서 그는 비교문학을 "서로 다른 문화적 영역에 속해 있는 작품들의 비교연구이다."라고 정의한다(이브 슈브렐(박성창 옮김), 『비교문학, 어떻게 할 것인가』, 서울: 민음사, 2002, p.42, 원제: *La Littérature Comparée*, 1989).

22) 비교문학의 정의는 그 태동부터 역사적 사실 관계와 깊은 연관을 맺고 있다. 이브 슈브렐이

브렐로 이어지는 기존의 전통적인 비교문학 방식에 대하여, 즉 '사실들의 인과관계'와 '서로 다른 언어와 문화적 영역에 속해 있는 작품들의 비교연구'에 대하여 미국의 르네 웰렉과 오스틴 웨렌 등이, 이 방법이 지나치게 한정적이고 통시적이라고 비판하면서, 유사성에 입각한 통시적·공시적 관점에서 역사와 이론 그리고 비평을 동시에 포괄해야 한다고 주장함으로써 촉발되었다. 아울러 그들은 비교문학의 대상 역시 같은 문화권 내지는 언어권의 작가와 작품들로도 확대해야 한다고 역설하고 있다.[23]

물론 미국의 이러한 입장과 프랑스를 중심으로 한 유럽의 전통

---

『비교문학, 어떻게 할 것인가』에서 언급하고 있듯이 "원래 비교문학은 르네상스 이후 유럽 문화를 주도했던 영국, 프랑스, 독일 세 나라의 문화를 상호 교류하고 그 차이점과 공통점, 장단점을 파악하기 위해 시작되었다. 처음에는 우리가 서로 다른 나라나 민족의 기질, 성격을 비교하는 경우와 마찬가지로 특별한 방법론이 요구되지 않았다."(옮긴이 서문, p.9). 그러나 19세기 후반에 들어서면서 비교문학은 좀 더 다른 양상을 띠기 시작한다. 즉 이때부터 비교문학은 자국 언어에 대한 우월성과 긍지에 기반을 두기 시작하였는바, 그것은 위의 영국을 제외한 유럽 본토가 산업 혁명기에 들어서면서 전통적인 유럽중심주의 사상에 기초하여 아프리카를 중심으로 식민지 확보에 혈안이 되었던 시대적 상황과도 무관하지 않다. 특히 식민지 확보에 돌입하면서 자국문화의 우수성을 강조하고 나아가 이전 중남미 등지에서의 스페인·포르투갈 식민정책 실패가 가져온 요인에 대한 반성이 맞물리면서 식민지를 비롯한 타국의 문화에 대한 체계적인 이해가 절실했던 것이 사실이었다. 그렇기에 어쩌면 역사적 사실과 인과 관계에 기초한 영향과 수용연구가, 그것도 수용자(독자) 입장이 아닌 영향을 미친 자를 중심으로 하는 연구가, 미국 등지에서 반발이 나오기 전까지 비교문학의 거의 절대적 기준으로 인식되었는지도 모른다.

23) 전통적인 비교문학적 방법론이나 정의를 언급함에 있어서 본 연구는 어디까지나 방티겜, 까레, 기야르 등으로 이어지는 프랑스 학자들의 의견에 기초한 것이며 이들의 공통점은 비교문학의 대상을 선정하기 위한 기준으로서 '서로 다른 언어권이나 문화권의 두 작가나 작품 사이에 실증가능한 영향 관계'를 꼽고 있다는 것이다. 본 연구자도 그러한 기준에 동의한다. 왜냐하면 그것은 무엇보다도 비교문학의 정체성과 관련된 것이기 때문이다. 아울러 슈브렐에 들어와서 프랑스 학계 역시 비교문학의 영역 설정과 관련하여 많은 변화를 보이고 있음에 주목할 필요가 있다. 특히 슈브렐은 "비교문학은 횡단적 학문이다. 명확히 정해진 한 영역을 완벽하게 탐색하고자 하는 학문과는 달리 비교문학적 연구는 여러 영역들 간의 교차를 통해 이루어진다. 서로 다른 언어권들, 문학과 예술, 문학과 역사 등의 교차"(슈브렐, p.202.)라고 말한다. 결국 '전통적인' 비교문학적 관점을 '폐쇄적'이라는 관점과 동일시하는 것은 재삼 고려해야 할 것이며 본 연구자는 '전통적'이란 말을 어디까지나 비교대상의 선별기준에 대한 관점, 즉 비교문학의 정체성 차원에서 이해하고자 한다.

적인 비교문학은 그 나름대로 타당성을 지니고 있다고 보지만 양측 모두 문제점을 안고 있는 것도 사실이다. 우선 프랑스를 중심으로 한 전통적인 비교문학적 개념, 즉 사실들의 인과관계를 기준으로 할 경우 자연스레 비교대상이 될 작품이나 작가의 수가 한정될 수밖에 없다는 것이다. 또한 오늘날처럼 전달자(선대 작가)와 수용자(후대 작가) 사이의 중개 역할을 하는 매개자가, 비교문학이 뿌리를 내리던 시기에서는 찾아볼 수 없을 정도로 다양화(예, 인터넷을 중심으로 한 통신매체의 급속한 발달)되고 고속화됨으로써, 수용자의 증언 등이 없이는 비교문학의 핵심 영역인 영향과 수용에 대한 실증적 자료 및 증거를 찾기가 매우 어렵다는 문제점을 안고 있다.

그리고 미국의 유사 대비론과 일반문학적 관점에 기초한 공시적 비교·대비연구 역시 비록 전통적인 비교연구의 장을 확대해 주었다는 데서 의의를 찾을 수 있을지언정, 특히 르네 웰렉의 일반문학론이 '우연에 관한 연구'라고 표현되듯이, 그만큼 비교문학 연구자에게는 자료수집 등의 면에서 엄청난 시간 낭비를 초래할 수 있다. 즉 이들도 전통적인 비교문학 학파의 경우처럼 발신자와 수신자의 중간 역할을 하는 매개체의 다양화와 고속화 경향 앞에 결국에는 비교대상을 베스트셀러라든가 아니면 전통적인 고전문학으로 국한하는 부작용을 안게 될 것이다.

이러한 상황에서 음악, 미술, 조각, 영화 등의 인접 예술을 비롯하여 철학, 역사, 사회, 종교 등 인접 학문과의 관계 연구도 비교문학의 영역으로 포용해야 한다는 레마크의 절충적인 주장까지 가세하면서, 급기야 오늘날에는 비교대상 사이의 상호 영향과 수용

관계에 대한 연구범위를 어느 선까지 확대할 것인지 그리고 또 그렇게 광범위하게 전개된 연구가 과연 납득할 만한 객관적 설득력을 지닐 수 있는 것인지 등의 문제가 비교문학계의 새로운 논쟁거리로 등장하였다. 그런데 이러한 양 학파의 논쟁은 결국 영향이라는 용어의 정의와 한계 설정에 따른 의견 차이에서 비롯된 것으로, 그 영향의 의미를 살펴볼 필요가 있다.

주지하다시피 영향이라는 용어의 의미는 시대와 지역에 따라 다소간의 차이를 나타내지만 일반적으로 보아 크게 두 가지로 나누어 생각해 볼 수 있다.

첫째는, 영향이 한 민족의 정신적 뿌리로 인식되는 신화에서부터 큰 역사적인 사건까지 문학에 직·간접적으로 간여하고 작용하는 문학 외적인 모든 것에 대한 연구를 포괄한다고 생각하는 견해이다. 특히 이와 같은 외적인 요소가 전통적으로 문학작품의 생산은 물론이고 그 수용에 대해서도 막강한 영향력을 행사해 온 점은 도처에서 확인할 수 있다. 우리의 경우만 보더라도 일제에 의한 식민지배시대나 6·25전쟁 등이 우리 문학에 닥대한 영향을 끼쳤고 아직도 그러하다. 여기에 바이스슈타인은 한 나라의 관습과 전통도 '공공의 유산'으로서 문학 외적인 요인으로 간주하고 있다. 이처럼 비교문학에서의 영향이란 본래 문학의 외적인 요소가 문학의 내적인 요소에 미치는 힘을 의미한다. 물론 본론에서 살펴보겠지만 특히 이러한 관점은 지브란과 코엘류의 신비주의 사상 분석에 매우 중요하다고 본다.

둘째는 비교문학의 흐름상, 최근 들어 이 영향이라는 용어가 서로 다른 언어권과 문화권의 작가들 또는 작품들 사이의 문학적 교류를 지칭하는 것으로 보는 견해이다.[24] 그런데 하나의 문학작품과 다른 문학작품 간의 영향과 수용 관계를 사실 관계에 바탕을 두어 연구하는 전통적인 영향론의 경우, 비교대상의 통시적 역사성, 즉 선대 작가가 후대 작가에게 영향을 미친다는 자연적인 시간의 질서를 중요시한다. 따라서 커뮤니케이션의 차원에서 보면 수신자의 입장에서 보는 영향의 문제가 간과될 수밖에 없으며 그 전개방향도 발신자의 일방적인 힘의 행사로만 보이게 되고 또 연구의 초점도 여기에 맞춰지게 된다.[25] 그런데 차후에 살펴보겠지만 지브란과 코엘류의 관계에서처럼 통시적 영향 관계만 확인될 뿐 특정 사상에 대한 수용과정과 전개방식에 있어서 여러 차이점이 드러날 경우 후대 작가인 코엘류의 문학적 독창성은 간과될 수도 있는 문제점이 발생한다.

이러한 상황에서 오늘날 비교문학계는, 『비교문학 어떻게 할 것인가』의 저자 슈브렐이 '매우 완벽한 정의'라며 인용하고 있는 삐슈와와 루소의 정의가 설득력 있는 것으로 받아들여지고 있다.

---

24) 비교문학에서 영향이라는 용어를 사용할 때 비교대상의 어느 하나가 다른 것에 우월하다는 평가의 수단으로 작용되는 것을 경계할 필요가 있다. 그 이유는 이를 경계하지 않을 경우 영향이라는 것이 국가 간, 사회 간 혹은 집단 간의 세력 또는 헤게모니 다툼 속에서 희생양 찾기로 자칫 전락할 수 있기 때문이며 한발 더 나아가 후대 작가의 독창성 자체를 부정하는 결과를 초래할 수 있기 때문이다.

25) 여기에 바이스슈타인은 자신의 저서 『비교문학론』(1980)에서 영향을 비교문학의 핵심개념이라고 전제한 후 '영향의 모체가 되는 작품'과 '영향이 지향하는 작품'을 구분하였다. 전자는 자국문학 내에서 발생하는 국내외 작품에 대한 영향 문제를 연구하는 것이고 후자는 언어적 장벽을 초월한 국가 간의 영향연구를 지칭하는 것이다. 바이스슈타인이 영향을 중심으로 이처럼 구분한 것은 프랑스 학파가 주장하는 비교문학에서의 역사성 문제와, 문학 이론 및 비평을 비교문학의 영역으로 끌어들이려는 미국 학파의 견해를 절충하여 수용한 것으로 보인다. 또 바이스슈타인은 동 저서에서 비예술적 현상(예, 다윈주의, 마르크스주의, 프로이트의 심리학 등)도 보편적 의미의 영향으로 봐야 하며, 기옌을 언급함에 있어서, 영향의 원천으로서의 전통과 관습 또한 이 범주에 넣기를 제안한다(바이스슈타인, 『비교문학론』, pp.61∼64. 참조).

비교문학은 유사성. 동류성. 영향 관계들의 탐색을 통해 문학을 표현이나 인식의 다른 분야들에 접근시키고. 비록 동일한 전통의 일부둔이지만 여러 언어나 문화에 속해 있어서 시간이나 공간상 멀리 떨어져 있거나 그렇지 않은 문학적 사실들이나 문학 텍스트들을 더 잘 묘사하고 이해하며 음미하기 위해 서로 비교하는 방법론적 기술이다.[26]

본 논고도 이러한 비교문학적 관점을 수용하여 문학 외적인 요소를 통한 두 작가의 신비주의 사상의 수용 배경과 과정 분석 그리고 문학 내적인 요소, 즉 문학적 텍스트[27]에 드러난 신비주의 사상을 조망하고자 한다.

이와 같은 연구를 위해 본 연구는 Ⅱ장에서 첫째, 신비주의의 기원과 보편적 개념을 살펴보고 둘째, 두 작가의 문학 외적인 요소들로서 지리적, 시대적, 전기적 요인들(예, 조국, 시대적 상황과 예술적 풍토, 삶 등)을 살펴봄으로써 그들의 작품세계에 공통으로 내재하고 있는 신비주의 사상이 어떠한 배경과 경로를 통해 수용되었는지를 분석할 것이다.[28]

특히, 신비주의의 수용 면에서 후대 작가인 코엘류가 선대 작가

26) 이브 슈브렐(박성창 옮김). p.41.에서 재인용. 이브 슈브렐의 경우에는 보다 개방화된 자세를 보인다. 그는 자신의 저서 『비교문학 어떻게 할 것인가』에서 기존에 프랑스 비교문학 연구가들보다 한발 나아가 역사성에 국한하지 말 것을 종용하면서, 르네 웰렉이 주장하는 한 언어권에서의 연구에서뿐만 아니라 한 문화권 내지는 타 문화권과의 비교연구도 포함할 것을 주장하고 있으며 나아가 문학 이외의 다른 예술 분야와의 관계에 대한 연구에도 문호를 개방할 수 있다고 말하는 등. 과거의 전통적 관점에서 벗어나고 있음을 보여 주고 있다.

27) 특히 코엘류의 경우는 삶과 문학에 있어서 큰 시간적 간격이 존재한다. 따라서 일정 부분은 그가 록음악 작사자로 활동하던 시기에 썼던 노래 가사들을 이용할 것이다.

28) 하지만 두 작가 사이의 영향 관계에서도 마찬가지이듯이, 문학 외적인 요소들이 얼마만큼 문학 내적인 요소. 즉 텍스트에 영향을 끼쳤는가 하는 것은 사실 추상적일 수밖에 없다. 왜냐하면 그 영향이란 어떤 물건의 무게나 부피를 재듯이 물리적으로 측정할 수 있는 요소가 아니기 때문이다. 또한 영향은 다면적이고 다층적으로 일어나는 것이므로 앞으로 살펴볼 문학 외적 요소들이 작품들에게 어느 방향에서 어떻게 힘을 발휘했다고 구체적으로 제시하기엔 한계가 있음을 먼저 밝혀 둔다.

인 지브란의 신비주의적 경향을 전적으로 수용했다기보다는, 두 작가가 신비주의를 각자 다른 삶과 경로를 통해 개별적으로 체득하고 수용한 것이 거의 절대적인 것으로 보이는 점에 유념하고자 한다.

그리고 Ⅲ장의 작품분석에 있어서 본 연구는 먼저 신비주의 사상에 스며 있는, 기존 사회 가치관에 대한 저항의식의 전개 양상을 살펴보고 이어, 존재의 합일 개념에서 파생된 것으로서, 두 작가의 작품세계를 관통하는 공통분모, 즉 선과 악, 삶과 죽음, 육체와 영혼, 인간과 절대자를 중심으로 신비주의 사상에 대한 두 작가의 인식을 상호 비교 분석[29]할 것이다.[30]

그리고 결론 부분에서는 두 작가의 작품이 신비주의의 수용과정에서 어떤 차별성을 보이고 있는지, 또 그 차별성의 근거는 무엇인지를 확인한 뒤 각 작가의 문학적 상이함 속에 공통적으로 내재되어 있는 인간적, 문학적, 사상적 일반성, 즉 인간 행동의 보편적 특성을 찾아보고 나아가 본 연구의 한계와 의의를 되새겨 볼 것이다.

아울러 두 사람 모두 다산 작가들이므로, 본 연구의 테마를 가장 잘 드러내는 것으로 보이는 작품으로서 지브란의 경우『부러진

---

29) 여기서는 문학주제학(Thematologie)적인 방법론과 관점의 적용이 거론될 수 있다고 본다. 하지만 문학주제학에서도 테마를 역사적·정신사적 관점에서 연구하는 방식(트루송, 프렌첼 등), 테마를 역사의 결정론적 관점의 결과로 보기보다는 '개인적 의식의 현현'으로 보는 연구방식(유진 포크 등), 그리고 테마나 모티프에 유의하면서 각 작가의 개별 작품이 품고 있는 형태 구조의 분석 등 여러 접근법이 존재하는데 본 연구에서는 위에서 언급한 테마톨로지의 일반적인 기본 개념은 수용하되 이를 전적인 분석의 툴로는 적용하지 않을 것이다.

30) 단, 저항의식의 경우 지브란에게는 삶과 문학 모든 면에서 고르게 나타나고 있지만 코엘류의 저항의식의 경우 작가가 되기 이전의 삶에서 집중적으로 표출되고 있으므로 이 경우 순수문학 작품이 아닌, 록음악의 작사자로 활동하는 기간에 썼던 그의 노래가사들을 예로 분석할 것이다. 그 이유는, 굳이 예술 장르 간의 상호 텍스트성이나, 다양한 예술 분야 간의 비교연구로 그 영역을 확대하고 있는 비교문학적 관점을 열거하지 않더라도, 작가가 보여주는 사상적 의식의 변화를 추적하고 보다 폭넓은 의미에서의 신비주의를 이해하는 데 필수적인 것으로 사료되기 때문이다.

날개』, 『눈물과 미소』, 『예언자』를 선정하며, 코엘류의 경우는 『연금술사』, 『브리다 Brida』, 『11분 Onze Minutos』을 주된 연구 대상으로 삼고자 한다. 하지만 본 연구의 주제도 그러하거니와 두 작가의 신비주의 수용과정에서 나타나는 변화와 추이를 추적하는 것 역시 본 연구의 주된 목적이기도 하므로 필요하다면 다른 작품들도 참조할 것이다.

그러나 모국어인 포르투갈어로만 작품을 쓰는 코엘류와는 달리 지브란의 경우 본래 아랍권 출신으로서 12세에 미국으로 이주한 뒤 영어를 배웠으며 그 결과 그의 대표작으로 꼽히는 『예언자』의 경우 처음에 아랍어로 쓰다가 후에 그 자신이 직접 영어로 재번역하여 출판하였다. 이처럼 그의 대표작인 『예언자』 외에, 본 연구의 주된 분석의 대상으로 선정한 『부러진 날개』(1912)와 『눈물과 미소』(1914)의 경우 본래 아랍어로 쓰였기에[31] 동 언어에 대한 지식이 없는 연구자로서는 우리말로 번역된 텍스트들을 사용할 수밖에 없는 한계를 가지고 있다. 게다가 화가임과 동시에 시인이었던 지브란의 작품들에서, 특히 분석 대상이 된 시(詩)(예, <시인>)들의 경우, 번역 텍스트를 통해 접근할 수밖에 없는 연구자로서는 시의 운율이나 형식, 문체를 분석하는 데에는 어려움이 있다.[32] 따라서 소설만을 쓴 코엘류와의 비교분석은 어느 정도 제한을 받을 수밖

---

31) 지브란의 첫 영어원작은 『광인』(1918)이었으며 그전에 쓴 작품들은 모두 아랍어 원작이었다. 그 가운데에는 본 연구에서 자주 언급하게 될 『반항하는 영흔』(1908)이 포함되어 있다.

32) 예를 들면 Joseph Sheban은 "아랍의 시의 규칙에 따르면 우리가 영어로 시라고 부르는 것은 압운(押韻)된 구절에 지나지 않았다. 다시 말하면 우리가 아랍의 규칙을 기준으로 받아들인다면, 영어에는 시가 없는 것이다."라고 말한다. (조셉 세반(황문수 옮김), 「지브란의 그림과 詩」, 『부러진 날개·영혼의 거울』, 三潮社, 1978, pp.148~149. 원제: The Broken Wings · Mirrors of Soul).

에 없으며 부득불 형식과 내용 간의 관계 분석이나 비교 분석은 개괄적 수준에 머물 수밖에 없음을 미리 밝혀 두고자 한다.[33]

그리고 파울루 코엘류의 경우 연구자의 제2외국어인 점을 감안하여 원본을 기준으로 하되 필요할 경우 한국어본 출판 독점권을 가지고 있는 도서출판 '문학동네'의 번역본을 참고할 것이다.

---

33) 또한 두 작가 모두 외국 작가로서 연구자의 언어적 한계로 인해, 아랍어와 영어로 작품을 출간하였던 지브란의 경우 우리말로 번역된 작품들을 분석대상으로 할 것이다. 특히 지브란의 경우, 사후에 그의 많은 작품들을 임의로 발췌하거나 가감한 번역본들이 다수 존재하는 관계로 원작의 문체 및 작가의 작품세계에 대한 일관된 이해를 위해, 비록 많은 부분 중역에 기초한 번역이지만, 그의 국내 최초 대표 선집인 『사랑이 그대를 찾아오거든 가슴을 열어라』(이영선 역, 책이 있는 마을, 2001)를 기준으로 하며 필요할 경우 영역본(英譯本)이나 다른 한국어 번역본을 참고할 것이다.

# Ⅱ. 신비주의의 정의와 수용

흔히 종교는 인류의 탄생과 더불어 존재해 왔다고 말해진다.[34] 그리고 인간의 종교적 심성이 발현하여 하나의 구체적인 집단 행위로 구현된 것이 종교라고 볼 때 그 기원은 인류가 집단생활을 하던 시기로 거슬러 올라갈 것이다. 이것은 곧 원시사회 이후부터 인간이 자신의 지적인 능력이나 물리적인 힘으로 도저히 도달할 수 없는 어떤 현상과 맞닥뜨렸을 때, 그 현상에 대하여 경외심과 믿음을 가지고 그것을 숭배한다는 점에 기초한 것이라고 볼 수 있다. 다시 말하여 인간은 자신의 존재와 자신을 둘러싸고 있는 자연이나 우주의 오묘한 섭리, 나아가 그것들을 창조한 어떤 절대자[35]를 자신의 경외심과 믿음의 최고 대상으로 간주하고 그 존재를 경외함과 동시에 그것에 다가가고 싶어 하는 열망과 알고자 하

---

34) 이 같은 관점은 주로 인류학적인 관점에서 기초한 것이다. 예를 들면 인류학자들은 다음과 같이 말한다. "초자연적인 존재에 대한 신앙과 그에 관련된 행위를 종교로 규정한다면 종교는 인류역사상 그리고 지구상 어디에든지 보편적으로 존재한다고 할 수 있다. 우리는 선사시대 유적 발굴을 통하여, 오늘날 여러 종교에서 사용하는 것과 마찬가지로, 풍요를 기원한다든가 액운을 방지하거나 쫓아내거나 현재와 미래에 관한 해답을 얻기 위해 사용했던 여러 가지 종교적 의미를 지닌 유물들을 발견하며, 고대도시나 주거지에서도 어느 특정한 종교적 의미를 지닌 장소가 따로 설정되어 있었음을 알게 된다."(김광억 외, 『문화 인류학 개론』, 서울: 서울대학교출판부, 2003, p.272). 그 외에도 이 책은 종교의 기원에 대하여 진화론적, 심리학적, 사회학적, 생태학적 기원론을 소개하고 있으며 그 근간에는 종교가 인류의 탄생과 함께한다는 것을 보여 주고 있다.

35) 일반적으로 창조주라고 불리는 존재는 원시적 샤머니즘부터 저도종교에 이르기까지 그 이름이 매우 다양하다. 예를 들면, 신, 절대자, 유일자, 하느님, 하나님, 여호와, 조물주 등이 그것으로서 본 연구에서는 용어 정의상의 혼란을 피함과 동시에 특정 종교 교리에 치중하지 않기 위하여 이들 모두를 절대자라는 말로 통칭하고자 한다.

는 열망 그리고 그것에 의지하고자 하는 마음을 갖게 되는데 이것이 집단적인 숭배 행위로 구체화되고 제도화된 것이 오늘날의 거대종교들이라고 볼 수 있다.

하지만 종교가 인류의 탄생과 더불어 존재했다고 한다면 이것은 인간의 본성 중에 종교적 심성이라는 것이 본래 존재한다는 방증이라고 볼 수 있다. 자신의 한계를 넘어 존재하는 초자연적인 현상에 대하여 경외심을 갖는다는 것은 그 같은 현상에 감응하는 인간 내부의 특성, 즉 종교적 심성이 존재하며 이것은 인간 고유의 속성이라고 볼 수 있는 것이다. 그러한 의미에서 심리학자인 C. G. 융은 인간의 무의식과 원형 연구를 전개하면서 그 무의식이 자리하고 있는 인간의 심혼(心魂) 속에는 신적인 속성이 내재하고 있다고 말한다.

> 신이 도처에 편재하지만 바로 인간의 심혼에는 있지 않다고 주장하는 것은 신성모독일 것이다. 사실상, 신과 인간의 관계가 지니는 내밀함은 애초부터 심혼을 하찮은 것으로 여기지 못하게 한다. (신의 인간과의 동성 Gottebenbildichkeit을 천명한 도그마는 인간적 요소를 평가하는 데도 매우 중요한 의미를 지닌다. 신의 체현 Inkarnation에 대해서는 아예 말할 필요도 없다.) 신과 인간의 어떤 친족 관계를 말하는 것은 좀 지나친 것 같다. 그러나 어떤 경우에서든지 심혼은 신과 맺어질 수 있는 가능성, 즉 신의 존재와 일치하는 점을 분명히 그 자체에 지닌다. 그렇지 않다면 양자 사이에 결코 어떠한 연관 관계도 생길 수 없을 것이다.36)

종교가 인류의 기원과 함께하며 또 인간의 종교적 심성에 기초한 것이라면 종교로서의 신비주의 역시 인류의 기원과 더불어 시

---

36) C. G. 융, 『꿈에 나타난 개성화 과정의 상징』, 한국융연구원 C. G. 융 저작 번역위원회, 2002, pp.18~19.

작되었다고 볼 수 있다. 이러한 관점은, 경험론자이며 회의적 무신론자로 불리는 버트랜드 러셀(Bertrand Russell)에게서도 찾아볼 수 있다. 그는 자신의 저서『신비주의와 논리학』(1989년)에서, 사고(思考)를 매개로 발전해 온 서구의 형이상학 근저에는 인간의 서로 다른 두 가지 속성, 즉 비논리적인 것으로서의 신비주의(mysticism)와 논리적인 것으로서의 과학(science)이 자리한다고 주장하면서 서로 다른 두 가지의 인간 속성이 상호 결합하거나 충돌하면서 형이상학이 발전해 왔다고 말한다.[37] 즉 서양의 관념론을 대변하는 형이상학의 한 축으로서 신비주의적 속성이 지니는 중요성을 말하면서 그것을 인간의 고유하고도 본질적인 속성으로 보고 있는 것이다.

그리고 신비주의란 무엇인가라는 정의에 따라 이러한 관점은 달리 해석될 수도 있지만, 신비주의의 기원을 인류 및 종교의 기원과 동일하게 볼 수 있는 주된 근거는, 앞서 살펴본 대로 먼저 종교가 인류의 탄생과 더불어 존재하기 시작하였다는 것 외에, 신비주의 역시 원시사회의 샤머니즘에서부터 현재의 제도화된 거대 종교들, 예를 들면, 기독교, 불교, 이슬람교, 유대교, 힌두교 등에서 때로는 하나의 종파로서, 때로는 해당 종교의 근간을 이루는 속성들 가운데 하나로서 자리매김하고 있기 때문이다. 신약성서에서 언급되고 있는 바울과 요한의 그리스도 체험을 출발점으로 한 기독

---

37) Bertrand Russell, *Mysticism and Logic: including a free man's worship*, London, Unwin Paperbacks, 1989, pp.20~48. 참조. 러셀이 서구 형이상학의 두 축 가운데 하나로서 신비주의의 존재의미를 인정함에도 불구하고 신비주의를 비논리적인 것으로 보는 것 자체가 비논리적이라고 볼 수 있다. 하지만 합리적 이성론자인 그는 형이상학에서 논리성이 지니는 중요성을 강조하기 위한 대립적 표현으로서 '비논리적'이라는 용어를 쓴 것으로 풀이된다. 즉 논리학 입장에서 볼 때 신비주의가 지니는 비과학적 추상성을 경계한 것으로 보인다.

교 신비주의, 수피즘(sufism)으로 대변되는 이슬람의 신비주의, 구전되는 교의인 카발라(Kabala)로 대변되는 유대교의 신비주의, 고대 인도의 경전인 『우파니샤드』의 범아일여(梵我一如)사상에 기초한 불교와 힌두교의 신비주의가 그 예이다.

물론 신비주의는 제도화된 종교와는 달리 '개별적인 직접 체험을 통해 절대자와의 합일을 추구'한다는 입장에서 구분된다.


## 1. 신비주의의 기원과 정의: 저항의식과 존재의 합일


신비주의라는 용어는 학자마다 혹은 관련 연구 분야마다 약간의 차이를 보이고 있는데[38] 일반적으로 수용되는 것은 그리스어 'μυστικός'라는 말에서 온 어원적 의미의 정의이다. 즉 그리스어 'μυστικός'는 동사인 'μύω'에 기초한 것으로서 영어의 'to close'에 상응하는 개념이며 이것은 본래 '눈을 감다, 닫다'라는 의미를 가지고 있다고 한다. 그리고 그리스어의 'μύστης'에 기원을 두고 있는

---

38) 신비주의는 비단 종교적 차원에서뿐만 아니라 철학적 차원에서도 다뤄지고 있다. 종교적 관점에서는 본 연구에서 다루고 있지만 철학적 관점에서는 앞서 언급한 버트란트 러셀이 한 예가 될 것이다. 철학적 관점에서 보는 신비주의란 주로 "신의 본질·존재의 궁극 근원은 완전히 직접적으로 터득하는 길밖엔 없다고 주장하는 철학 사상 혹은 종교 사상을 말한다. 신과 융합하고자 하는 종교적 염원(念願)에서 일어나는 것이 보통이다. 그 특색으로는 관상적(觀想的), 신의 인격성(人格性) 부인의 경향, 개인의 신화(神化), 초이성적·반과학적 경험의 승인, 주정적(主情的) 자유의지를 존중하는 사회조직관(社會組織觀), 금욕적(禁慾的) 순결(문명의 기술적 진보에 대한 무관심) 등을 들 수 있다."고 본다. 특히 철학적 관점에서는 "사상을 유물론과 관념론으로 대별한다면 신비주의는 후자에 속할 수밖에 없다."(『세계철학대사전』, 고려출판사, 1999, p.634.)고 봄으로써, 버트란트 러셀의 경우처럼, 추상적 관념론의 일부로 간주하고 나아가 서구 사상의 한 축으로 이해하고 있다. 그리고 그 정의에 있어서는 종교적 관점에서 본 '개별적 체험을 통한 절대자와의 합일' 개념과 동일한 시각을 가지고 있다.

신비주의자라는 뜻의 영어 'mystic'의 본래 의미는 '침묵을 지키기로 맹세한 자'(one who vowed to keep silence)를 가리킨다.[39] 그래서 마가렛 스미스(Margaret Smith)는 본래 신비주의라는 말이 신적인 것들에 대하여 비밀스런 지식을 얻고자 종교에 입문한 사람들이, 자신들의 종교의식(宗敎儀式)에 대하여 침묵하는 행위를 지칭하는 것이라고 지적한다.[40] 그런데 그 용어가 기독교로 넘어와서는 인류가 갖고 있지 않는 어떤 진리를 추구하는 사람들을 지칭하게 되었고, 후에는 바로 자신에게 침잠함으로써 성스러운 계시(Divine Illumination)를 받기 위해 외적인 모든 것의 영향으로부터 마음의 문을 닫는다는 의미가 추가되었다.[41] 그러니까 거의 모든 종교나 신비주의에서 구도자의 중요한 덕목 중 하나로서 금욕과 절제 그리고 세속과의 일정한 거리두기를 강조하는 것도 바로 이와 같은 사실에서 연유한다고 볼 수 있다.

그런데 신비주의는 각 종교와 종파 그리고 시대마다 제각기 약간씩 다르게 정의되어 왔다. 게다가 신비주의 자체가 애초에 과학으로서의 학문이나 체계화된 논리를 근거로 전승되고 연구된 분야가 아니었고, 비록 후에 신비주의 대가들에 의해 그들의 체험이 논리적으로 기술되어 철학적 성격을 지니기는 했어도, 그 속성에

---

39) '신비적인' 혹은 '신비주의'라는 용어의 어원에 대해서는 약간의 논란이 있다. 예를 들면 종교학사전편찬위원회가 출판한 『종교학대사전』에 따르면 "영어의 미스티시즘(mysticism) 등 '신비주의'라고 번역되는 서구 근대어는 어원적으로는 '(눈 또는 입을) 닫는 것'이라는 의미의 그리스어 myein에서 유래한다고 한다."(『종교학대사전』, 한국사전연구사, 1998, p.752.)고 말하고 있는 반면에 『세계철학대사전』의 경우는 "비밀의 의식(儀式)을 뜻하는 그리스어의 mystikos에서 온 말"이라고 한다.『세계철학대사전』, 서울: 교육출판공사, 1980, p.634).

40) Margaret Smith, "The Nature and Meaning of Mysticism", Understanding Mysticism (edited by Richard Woods), Garden City(New York): Image Books, 1980, p.19.

41) 앞의 책. p.19.

대해서는 아직 많은 논란이 존재한다. 이미 언급하였듯이 실제로 신비주의 연구의 권위자인 잉에(Inge)는 신비주의의 속성에 대하여 25가지를 제시하기도 하였는바 이것은 신비주의가 한마디로 정의될 수 없는, 매우 다양한 의미를 지니고 있다는 반증이라고 할 수 있다. 그러나 일반적으로 신비주의의 제반 속성을 '형언불능성(Ineffability)', '순수 지성성(Noetic quality)', '일시성(Transiency)', '수동성(Passivity)' 등 네 가지로 나누어 설명하고 있는 윌리엄 제임스의 정의가 통용되고 있는 실정이다.[42]

그런데 이것은 어디까지나 신비체험 시(時)에 나타나는 구도자의 심리 혹은 정신 상태에 중점을 둔 것이므로 본 연구와 관련하여 각 제도종교, 특히 가톨릭과 이슬람에 존재하는 신비주의의 특성을 간략히 살펴본 다음 동 종교들의 신비주의에 공통으로 내재되어 있는 기본 사상을 추론해 보고자 한다. 그 이유는 지브란과 코엘류가 공히 가톨릭과 이슬람에 몰입했거나 그 기본 사상에 상당히 영향을 받았기 때문이다.[43]

금인숙은 자신의 저서 『신비주의, 요가, 영지주의, 연금술, 수피주의』(2006)[44]에서 기독교 신비주의의 경우 그 바탕이 영지주의(Gnosticism)와 신플라톤주의라고 지적하면서 영지주의 경우 원시

---

42) 윌리엄 제임스(김재영 옮김), 『종교적 경험의 다양성』, 서울: 한길사, 2006, pp.462~464. 참조. (원제: *The Varieties of Religious Experience*).

43) 지브란과 코엘류는 비단 가톨릭과 이슬람뿐만 아니라, 힌두교, 불교, 유대교 등에도 심취한 흔적이 있다. 그러나 본 연구에서는 모든 종교의 신비주의를 분석하기보다는 두 작가가 가장 심취한 종교로 보이는 기독교와 이슬람에 집중하고자 한다. 그 이유는 결과론적이지만 기독교 신비주의와 이슬람의 신비주의에 내재하고 있는 공통 기본 사상이 여타 종교들의 신비주의 사상과 일치하고 있기 때문이다. 금인숙의 『신비주의, 요가, 영지주의, 연금술, 수피주의』에서 〈신비주의의 기원과 역사〉편(pp.20~53.) 참조.

44) 이후 본 항목에서 다루는 인용문 부분은 금인숙의 저서에서 〈신비주의의 기원과 역사〉편(pp.20~53.) 참조.

기독교 사상의 뿌리로서 기원전 1세기부터 서기 2세기에 걸쳐 전 유럽을 풍미하였던 사상이며 로마제국 시대에 있었던 니케아공회 (325)와 콘스탄티노플 공회(553)를 통해 본래 가지고 있던 전생이 라든가 환생과 같은 윤회사상45)이 완전 배제되고 이를 어길 경우 무자비한 박해를 가했다고 한다. 나아가 11세기의 이탈리아와 남부 프랑스에서의 대학살 그리고 그 이후 500년 동안의 혹독한 종교재판을 겪으면서도 영지주의자들은 자신의 믿음을 버리지 않았는데 그 이유로서 다음의 다섯 가지를 거론한다. 개인존중주의, 만인사제주의, 만인평등주의, 현재주의,46) 예수에 대한 기독교의 구원신앙을 부정한 것 등이 그것이다.

---

45) 특히 지브란의 경우 기독교 신자임에도 불구하고 환생을 강하게 믿고 있다.
"재림에 대해서 칼릴은 이렇게 말했다.
'예수는 이곳에 한 인간으로 다시 온 것이 아니라고 확신합니다. 그랬다면 우리가 그를 알아보지 못했을 리가 없습니다. 나는 우리의 전생(前生)을 확신합니다. 나는 내부를 통해 전생을 암시해 주는 경험들을 합니다.'"(칼릴 지브란・메리 하스켈, 『하나의 노래가 되어 하나의 침묵이 되어』, p.272). 코엘류 역시 가톨릭 신자임에도 환생과 윤회를 믿고 있다. 이 부분은 작품 분석에서 보다 자세히 살펴볼 것이다.

46) 지브란과 코엘류는 내세보다는 현세를 중시하고 있다. 이번엔 크엘류의 예를 보자. 산티아고와 이집트로 함께 가게 된 낙타몰이꾼이 다음과 같이 말한다. "사람들이 나에게 물을 때 난 미래를 읽지 않지. 난 미래를 추측하고 있을 뿐이야. 왜냐하던 미래는 신에게 속하는 것이니까. 그리고 그만이 특별한 상황에서 그 미래를 드러내 보여 주지. 그러면 내가 어떻게 미래를 추측하느냐고? 현재의 표식들을 통해서 추측해. 현재 속에 비밀이 있어. 만일 네가 현재에 주의를 기울인다면 너는 현재를 보다 낫게 할 수 있을 거야. 그리고 네가 현재를 보다 낫게 만든다면 그다음에 일어나는 일도 역시 더 나을 거야. 미래는 잊어버려. 그리고 네 삶의 하루하루를 큰 법의 가르침 속에서 그리고 신은 자신의 자식들을 돌본다는 믿음으로 살아가도록 해. 각각의 날들은 그 자체에 영원을 품고 오지."(『연금술사』, pp.147~148). 원문 보기: "Quando as pessoas me consultam, não estou lendo o futuro; estou adivinhando o futuro. Porque o futuro pertence a Deus, e ele só o revela em circunstâncias extraordinárias. E como consigo adivinhar o futuro? Pelos sinais do presente. No presente é que está o segredo; se você prestar atenção no presente, poderá melhorá-lo. E se você melhorar o presente, o que acontecerá depois também será melhor. Esqueça o futuro e viva cada dia de sua vida nos ensinamentos da Lei, e na confiança de que Deus cuida dos seus filhos. Cada dia traz em si a eternidade." 보다 자세한 내용은 작품 분석에서 살펴보기로 한다.

이 중에서 기독교의 구원신앙 부정이라는 마지막 항을 빼고 나머지 내용들은 모두 지브란과 코엘류의 작품에서 폭넓게 엿볼 수 있는 대목이다. 먼저 개인 존중주의는 "깨달음과 신인합일은 어디까지나 개개인의 자기각성에 의해서만 성취될 수 있으므로, 교회나 교리와 같은 외부의 권위를 인정하지 않은 것"(p.34.)을 의미하며, 만인사제주의는 "모든 사람은 자신의 진화(眞化), 성화(聖化)의 정도에 따라 누구나 조력자로서의 사제 역할을 수행할 수 있기 때문에, 별도의 직업적인 성직자를 필요로 하지 않"음을 의미한다(pp.34~35). 그리고 만인사제주의는 어휘의 뜻에서도 알 수 있듯이 "신분과 지위상에서의 계급차별주의만이 아니라 가부장제의 성차별주의도 넘어서는 급진적인 평등주의이다. 대부분의 영지주의 운동이나 집단들은 여성에게도 남성과 동등한 권리와 지위를 부여하여, 신의 이미지를 남성으로 표상한 정통파 로마 교회와는 달리 여성성의 여러 요소를 지니고 있는 다양한 모습으로 신을 묘사하였다."(p.35.)고 설명한다.[47] 바로 이 부분에서 우리는 신비주의가

---

[47] 절대자의 여성성 경우 지브란과 코엘류에게 분명히 드러난다. 이것은 지브란과 코엘류의 공통점을 다시 한 번 보여 주는 것으로 볼 수 있다. 예를 들면 지브란은 1908초에 메리 하스켈의 저녁초대에서 다음과 같이 말하였다고 한다. "대부분의 종교는 남성적 신을 말한다. 내가 보기에 신은 아버지인 만큼 어머니다. 신은 아버지인 동시에 어머니이다. 여자는 모성적 신의 표본이다. 우리는 이성적 판단으로 또는 상상에 의해 아버지 신을 생각한다. 하지만 사랑은 모성적 신에 가깝고……."(알렉상드르 나자르, p.98.에서 재인용). 한편 코엘류에게는 작품 여러 곳에서 직설적으로 드러나고 있다. 코엘류는 절대자의 여성성을 성경에 기초하여 다음과 같이 말한다. "하느님의 여러 얼굴 중 하나는 여성의 얼굴이지. (……). / -그 여성성은 성경의 첫 장에 나타나 있어-하느님의 영(靈)이 물 위에 떠돌 때가 그래. 하느님은 그 물을 별들의 아래와 위에 놓으셨어. 땅과 하늘의 신비한 결합이지."(『피에드라 강가에서 나는 앉아 울었네 Na Margem do Rio Piedra Eu Sentei e Chorei』, p.87). 원문 보기: "Uma das faces de Deus é a face de uma mulher." / (……)-Ela está presente no primeiro capítulo da Bíblia-quando o espírito de Deus paira sobre as águas, e Ele as coloca embaixo e em cima das estrelas. É o casamento místico da Terra com o Céu.

내포하고 있는 기존 사회의 가치체계에 대한 저항의식을 엿볼 수 있다. 특히 계급과 성차별에 대해서는 칼릴 지브란에게서 보다 확연히 드러난다.

그리고 기독교 신비주의의 또 다른 축으로 간주되는 플로티누스의 신플라톤주의에 대하여 금인숙은 다음의 네 가지 사상으로 요약한다. 즉 "삼라만상은 궁극적 일자인 하느님으로부터 방출되어 나온 것이라는 유출설, 모두의 내부에는 신이 깃들어 있다는 범신론 혹은 신의 모상설, 금욕과 희생보다는 안으로 들어가 내면의 신성과 하나 됨의 기쁨을 누리는 내향적 명상법 혹은 신적인 사랑(divine eros), 그리하여 마침내는 본래의 근원인 일자에게로 흡수되어 돌아가는 자성회귀의 목적론"(p.39.)이 그것이다.[48] 여기서 기독교 신비주의는, 아우구스티누스와 에크하르트의 청빈의 금욕주의와 탈속의 정적주의를 중시한 부정신비주의[49]와, 베르나드(Bernard of Clairvaux, 1090~1153)와 루스브로엑(Ruusbroec, 1293~1381)이 주장한 사랑의 실천운동과 현실참여 중심의 긍정 신비주의가 결합하면서, 금욕과 탈속의 성격에 절대자의 의지를 실현하는 사랑의 적극적인 실천운동이 가미되어 지금의 성격을 갖기에 이르렀다고 설명한다.[50]

금인숙은 또 기독교의 신비주의와 여타 종교의 신비주의의 차이

---

48) 지브란의 슬픔과 기쁨 개념은 바로 신플라톤주의 개념과 일치한다. 지브란의 '육체와 영혼' 편에서 다시 볼 것이다.

49) 기독교 초기 교부인 아우구스티누스(Augustine, 354~430)와 중세의 가장 탁월한 신비사상가 에크하르트(Eckhart, 1260~1328)가 대표적인 부정신비주의자들로서 이들은 신과의 하나 됨에 이르기 위한 방법으로 에고(ego)의 끝없는 육체적 욕구와 세속적 욕망을 부정하고 거부하였다.

50) 특히 지브란과 코엘류도 추상적인 사랑보다는 실천적 사랑의 개념을 강조하고 있다.

점으로서 기독교의 신비주의 경우 "신과 하나 됨의 신비체험은 '모든 사람은 하느님의 자녀이고 그리스도'라는 믿음에서 출발하는데, 이 믿음은 개인의 노력이 아니라 은총의 선물로 주어지는 것"(p.40.)으로 믿는다고 지적한다.[51] 그러면서도 그들이 사용하는 용어와 기법에서만 약간의 차이가 있을 뿐, 절대자와의 하나 됨을 궁극의 목표로 한다는 점에서 다른 신비주의와 동일하다고 강조한다.

즉 기독교의 신비주의는 인간의 "내면으로 깊이 내려가 에고가 완전히 사라진 고요한 정점에서 신성의 하느님을 만나는 것이고 그 신성이 바로 진정한 나인 그리스도라는 것을 체험하는 것이며, 그리스도로 거듭 태어나는 사랑의 실천과정에서 하느님과의 일체"(p.40.)를 이룬다는 것이다. 나아가 기독교의 신비주의에 있어서 절대자와의 하나 됨은 은총의 선물로 주어지는 것이라는 점만을 제외하고 곧 여타 종교의 신비주의와 마찬가지로 계율과 위계질서를 벗어나 개별적인 신인합일을 추구하는 것이며 그 방법으로 믿음을 통한 사랑을 제시하고 있다.

마지막으로 이슬람의 신비주의를 살펴보면 그것은 일반적으로 수피즘으로 대변되는데 가톨릭의 경우와는 달리 성전인 꾸란의 해석에 많은 유연성을 부여함으로써 초기에는 제도권 안에서 둥지를 틀고 성장하였다. 그러나 8세기 초, 우마이야(Ummayad)왕조 시대에 세계팽창주의와 물질주의가 만연해지면서 이슬람 신비주의자들

---

51) 하지만 R. A. 니콜슨은 마루프 알-카르키(Ma'rūf al-Karhī)의 말, 즉 "사랑은 인간으로부터 배울 수 있는 것이 아니다. 그것은 신이 내려 주시는 선물이며 그분의 은총으로부터 온다."라는 표현을 수피주의의 최고의 정의라고 말한다. 즉 가톨릭뿐만 아니라 이슬람의 신비주의 역시 사랑을 은총으로 간주하고 있다. 사실 지브란과 코엘류의 작품을 분석해 보면 사랑은 은총이라는 개념이 충만해 있음을 알 수 있다.

은 무함마드 시대의 초심으로 돌아갈 것을 강력히 주장하다가 제도권과 갈등을 일으켰으며 10세기부터는 자체 내 분파들 사이에서 대립과 갈등이 격화되자 세속을 버리고 사막에서 은둔하였다. 양털로 만든 옷만을 걸치는 등 최소한의 의식(衣食)만을 갖춘 청빈한 금욕생활을 했기에 수피(Sufis)라는 이름을 얻게 되었다고 한다.

'기독교, 신플라톤주의, 영지주의, 그리고 인도 금욕주의와 종교철학의 영향을 깊게 받은 수피즘'[52]의 기본 사상은 존재의 단일성으로 "모든 존재자는 유일무이한 독자성과 고유성을 지닌 유한자"이지만 "각각의 무수한 다양성과 독특성을 가능하게 하는 근원은 영원불멸의 무한자 알라이고, 천차만별의 모든 유한자 내면에는 예외 없이 무한자 알라가 존재한다."(p.42)는 것이다. 이 말은 인간의 내면에 신성이 존재한다는 의미이며 그 신성과의 만남을 위해, 다른 종교의 신비주의자들처럼, 에고(ego)를 버리는 금욕과 절제된 생활을 하였다는 것이다. 또 다른 특징은 "여타의 신비주의와 마찬가지로 수피주의도 신과의 합일방법으로 지혜와 사랑을 중시하나, 그보다 더 강조하는 것은 신에 대한 사랑의 헌신활동이다. 이슬람 수피주의가 사랑의 신비주의로 불리고 있는 것"(p.43.)도 바로 이 때문이다. 아울러 그들이 믿는 절대자의 본질은 사랑으로 "집착하지 않고 소유하지 않는 순수한 사랑으로 타자와의 관계에서 상실한 일치를 회복함으로써만 몸으로 신의 현존을 느낄 수 있으며, 신과의 행복한 결합의 기쁨을 누릴 수 있고, 신과 동체가 되는 궁극의 목적에 도달할 수 있는 것이다."(p.44.) 뒤에서도 살펴보겠지

---

52) R. A. 니콜슨(사희만 역), 『아랍문학사』, 민음사, 1995, p.522. (원제: *A Literary History of the Arabs*).

만 소유하지 않는 사랑은 지브란과 코엘류에게 공히 나타나는 특징이기도 하다. 어쨌든 이슬람의 대표적 신비주의인 수피즘도 자아(ego)에 대한 깊은 이해와 지식(gnosis)을 추구하여 에고로부터의 해방을 구현하고 이를 통해 신과의 개별적인 합일을 추구하고 있음을 알 수 있다.[53)]

그렇다면 신비주의는 이른 바 제도종교와 어떠한 차이점을 가지고 있으며 또 사상적인 측면에서의 속성은 무엇인가?

신비주의의 기원에서 살펴보았듯이 외부의 모든 것으로부터 눈과 귀를 닫는 것은 영혼의 깊은 곳에서 들려오는 절대자의 목소리를 경청하고 그에게로 다가가려는 시도이자 절대자로부터 '성스러운 계시'를 받기 위함으로써 이는 곧 그 계시를 내리는 존재와의 의식적인 만남을 추구하는 것이라고 볼 수 있다.[54)] 신비주의의 경

---

53) 마지막으로 금인숙은 두 가지를 지적한다. 그것은 첫째, 수피즘 역시 절대자와의 합일에서 가장 방해되는 요인으로 자기정체성이나 자의식으로 작용하는 에고(ego)를 꼽는다는 것이다. 두 번째는 그러한 에고(ego)의 특성을 파악하고자 수피의 대가들 사이에서 비밀리 전수되었던 에니어그램(Enneargram)에 관한 것이다. 인간의 성격을 아홉 가지로 분류한 이 에니어그램은 1920년대 러시아의 신비가 주지예프(Gurdijieff)에 의해 유럽과 미국으로 전파되어 개인의 자아계발이나 조직원들 간의 팀워크가 결속강화 프로그램 등으로 사용되고 있는데 수피의 본래 목적인 자아소멸(fana)과는 거리가 먼 것임에도 불구하고 그 의미가 현대적으로 바뀌어 자기 계발을 위한 실천적 안내서로 탈바꿈하였다는 것이다(앞의 책, pp.44~45. 참조). 물론 이러한 현상은 수피즘에서만 발견되는 것이 아니라 신비주의의 일반적인 현상이다. 예를 들면 이미 우리의 일상생활에 깊이 파고든 요가가 그러하다. 또한 수피즘에 많은 관심을 보였던 코엘류의 경우도 자기 계발에 앞장선 New Age 운동과 많이 관련되어 있다. 실제로 미국의 온라인 서점인 아마존닷컴은 2007년 10월 5일 현재 Religion and Spirituality 섹션의 하위 카테고리로 New Age를 설정한 뒤 그 속에 코엘류의 작품들, 예를 들면 *The Alchemist, Warrior of the Light: A Manual, Eleven Minutes, By the River Piedra I Sat Down and Wept, The Pilgrimage, The Valkyries, Estatutos Para Un Nuevo Tiempo* 등을 배치하고 있다. 그러나 이처럼 서점가나 비평계는 코엘류를 'New Age의 guru'라고 부르고 있지만 코엘류 자신은 New Age를 '잡탕'이라고 비난하고 있다.

54) 무의식이 아닌 의식적인 만남의 추구라는 점에서, 본 연구에서 의미하는 신비주의를 약물이나 기타 환각제를 통한 다른 세계의 경험 그리고 그러한 경험에서 유래되는 신비주의와 구별하고자 한다.

우 이 만남은, 설사 집단적인 구도와 수련을 할지라도, 어디까지나 개별적이고 직접적인 체험으로 이루어지는 것이며 그 만남은 절대자와의 하나 됨을 추구한다.

이것이 제도종교와의 근본적인 차이점이다. 즉 제도종교 역시 절대자와의 하나 됨을 추구하지만 계율과 위계질서를 중시하는 반면에 신비주의는 제도종교의 계율이나 위계질서를 따르지 않고 개별적인 체험을 통한 합일을 추구하고 있다.[55]

이러한 특성에서 우리는 신비주의가 내포하고 있는 저항의식을 엿볼 수 있다. 즉 개별적인 체험을 통한 절대자와의 합일 추구는, 모든 것이 하나라는 존재의 합일 사상과 더불어, 제도종교들의 교리를 거부하는 것이었기에 신비주의자들은 시대에 따라 많은 탄압을 받기도 하였고[56] 그만큼 저항적인 성향을 띠기도 하였다. 나아가 개별적인 체험을 통한 절대자와의 합일을 추구함에 있어서 제도화된 종교들의 계율이나 위계질서를 무시하는 평등주의 사상을

---

55) 여기서 제도종교란, 로마제국 시대에 제도종교로 탈바꿈한 가톨릭의 경우처럼, 어떤 사회의 정치·사회·도덕 등 여러 가치체계를 지탱하는 이념이나 사상으로 수용되면서 그 사회집단의 가치체계에 부합하는 계율과 위계질서를 따르게 된 종교를 의미하는 반면에, 신비주의자들은 그것을 거부한 것이라고 볼 수 있다. 다시 말하면 신비주의자들은 비록 집단 수행을 할지라도 계율이나 위계질서를 세우지 않으며 절대자와의 합일이 있어 수행방식 역시 자유롭다는 것이다. 단지 그들에게는 먼저 절대자와의 합일을 이룬 사람들이 수련 중인 사람들에게 자발적인 안내자 혹은 스승의 역할을 할 뿐, 절대자와의 합일은 어디까지나 개별적인 수행과 고행 등 자유로운 방식과 경로를 존중한다. 기독교 신비주의와 이슬람 신비주의의 근간이 된 영지주의의 만인사제주의가 그 예이다. 나아가 신비주의자들에게 있어서 절대자와의 합일이란 남녀노소뿐만 아니라 제도권 종교에 가입하지 않은 사람에게도 열려 있는 길이라고 주장한다. 역시 영지주의의 만인평등사상이 그러하다.

56) 물론 신비주의자들이 언제나 피지배나 핍박의 대상이었던 것은 아니다. 그들도 시대와 상황에 따라 지배계층으로 올라서기도 하였다. 그러나 이 경우는 기존 지배세력의 필요에 의한 경우가 많았고 제도종교와 비교할 때 그들이 지배세력으로 활동한 시기는 지극히 적었다. 이와 관련하여 이슬람 신비주의를 대표하는 수피즘의 경우 공일주의 『아랍문화의 이해』(1999), pp.211~213.를 참조하고 가톨릭 신비주의의 경우 금인숙의 저서(2006), pp.33~34.를 참조할 것.

근간으로 하기에 그 속에는 기존 질서와 관습에 대한 저항의식이 숨어 있다. 이것은 역으로 제도권 종교에서 외면을 받던 사회계층 (예, 종파를 초월한 비밀종교단체나 여성들)에게 신비주의가 또 다른 대안으로 구도의 길을 열어 주었으며 이것이 관료화되고 경색된 제도종교에게 개혁의 단초를 제공하거나 자신들의 현재 모습을 되돌아보게 하는 반면교사(反面敎師)로 작용하기도 하였다.

특히 '너'와 '나'의 구분 지음이 극대화된 종교 간의 분쟁과 전쟁이 발생할 때에, 많은 신비주의자들의 경우 모든 절대자는 하나라는 기치 아래 화해와 사랑 그리고 평화를 역설하는 용기를 보여주기도 하였다. 그들 가운데에는 레바논 태생으로서 주로 미국에서 활동하며 조국의 분쟁과 전쟁의 종식을 위해 평생을 바쳤던 칼릴 지브란과, 히피의 물결 속에 가톨릭과 이슬람을 두루 섭렵하면서 사랑이라는 일관된 주제로 글을 써 오고 있는 파울루 코엘류의 삶과 작품세계 역시 넓은 의미에서 신비주의의 이와 같은 사상과 맥락을 같이한다고 볼 수 있다.

또 신비주의에서 말하는 존재의 합일이라는 개념은 서구 가톨릭 사회의 근간이 되어 온 이항 대립적 관념의 체계에 대한 도전의 의미로도 볼 수 있다. 왜냐하면 그들, 특히 지브란과 코엘류는 모든 종교의 절대자들이 궁극적으로 하나이며 모든 것은 하나라는 이념을 바탕으로 인간과 우주를 구성하는 모든 것들, 즉 서구의 이분법적 사고의 재료이자 인간이 겪는 희로애락의 원천이기도 한 선과 악, 삶과 죽음, 육체와 영혼, 기쁨과 슬픔, 빛과 어둠, 낮과 밤 등이 궁극적으로 모두 하나라고 생각하기 때문이다.

한발 더 나아가 이들은 그 대립적 요소들이 서로 다른 별개의 것이 아니기에 갈등과 배척의 요소가 아니며 오히려 상호 보완적이라고 주장함으로써 인간과 자연 그리고 우주를 총체적 차원에서 이해하는 데 많은 공헌을 하였다고 볼 수 있다.

한편 저항의식과 더불어 신비주의의 양 축을 형성하고 있는 존재의 합일 사상은 모든 것이 하나라는 인식하에 '나'와 절대자의 하나 됨을 궁극의 목표로 삼는 것으로 이러한 관계 속에 절대자는 사랑의 피대상자이며 인간은 그를 열렬히 따르고 흠모하는 주체가 되어 완전한 합일을 갈구한다. 이것은 모든 종교를 떠나 신비주의의 공통되는 사항이다. 실제로 이러한 합일을 기독교에서는 신비적 합일(unio mystica)이라 하고, 불교에서는 니르바-나(nirvana), 이슬람에서는 파나(fana), 힌두교에서는 해방을 의미하는 목사(moksa)라고 하는데 특히 이슬람 수피즘의 경우 남녀 간의 사랑을 은유로써 절대자와의 합일을 연계시키기도 하였다.[57]

그런데 여기서 절대자와의 합일은 어디까지나 인간 내부에 신성(神性)이 존재한다는 믿음에서 온 것이며 이 믿음은 다시 인간을 포함한 우주 만물이 절대자의 피조물이라는 믿음에 바탕을 두고 있다. 그러기에 그들이 모든 것은 하나라고 주장할 때 이것은 우주의 모든 만물이 절대자의 피조물이므로 그 속에는 그 절대자의 속성(신성)이 내포되어 있다는 의미이기도 하다.[58] 따라서 그들에

---

57) 이 부분은 코엘류의 『11분』에서 보다 명확히 관찰할 수 있다.

58) 일반적으로 이 개념은 신비주의에서 매우 중요한 개념이다. 하지간 우주만물이 신이라는 것과 신이 우주만물이라는 관점이 존재하며 흔히 전자를 범신론이라고 부르고 후자를 신비주의라고 부른다. 그러나 많은 경우 신비주의와 범신론은 뚜렷한 구별이 없이 혼용되기도 하며 범신론 내에서도 많은 관점의 차이가 있는 것이 사실이다. 특히 두 작가에게 공히 영향을 미친 것으로 간주되는 영국의 낭만파 시인 윌리엄 블레이크를 범신론적 신비주의자로 보는 데서도 양 용어의 정의상 혼란이 있음을 엿볼 수 있다.

게 절대자와의 합일, 신성(神性)과의 만남이란, 엄밀히 말한다면 자신의 내부에 존재하는 것으로 믿는 신성의 완연한 발현을 의미하는 것이다. 이러한 주장은 우리 인간이 본래 신성을 지니고 있으나 성장하면서 인성(자아 혹은 ego)이 형성되고 이것에 의해 신성이 가려지는 것이라는 생각에 기초한다. 그리하여 절대자와의 합일이란 바로 그 인성을 제거함으로써 인간의 마음속에 신성의 완연한 발현이 일어나도록 한다는 것을 의미하며 이를 위해 각 개인은 집단을 형성하든 개별적으로 행하든 금욕과 절제 그리고 고행과 수련 나아가 순례를 행하였던 것이다. 그러나 이미 살펴보았듯이 모든 신비주의는 그 실천 방식에 있어서 종교별·종파별로 약간의 차이를 드러내고 있음에도 불구하고, 합일을 위한 핵심 매개물이자 궁극의 목적으로 사랑을 설파한 공통점을 갖고 있다.[59]

---

59) 그런데 여기서 유의할 점은 각 종교의 신비주의란 어디까지나 그 종교의 테두리 내에서 절대자와의 합일 개념을 추구하고 있다는 것이다. 예를 들면 기독교 신비주의는 합일의 대상으로서 성경 속의 절대자, 즉 하느님과의 합일을 추구하고 있으며 이슬람은 꾸란 속의 절대자 알라를 그 합일의 대상으로 본다. 하지만 작품 분석 편에서 보겠지만 지브란과 코엘류는 기독교와 이슬람을 포함하여 모든 종교에서 말하는 절대자 역시 궁극적으로 하나라는 존재의 합일 개념을 말하고 있으며 이것은 그들이 잉태하고 있는 신비주의가 비단 제도종교뿐만 아니라 그 속에서 싹튼 개별적 신비주의도 뛰어넘어 자신만의 독특한 신비주의 세계를 형성하고 있음을 의미한다. 이것은 이분법적인 세계의 한계에 대한 두 작가의 공통된 인식이자 각 제도의 신비주의 역시 결국 제도종교에서 보이는 '너'와 '나'의 구분 지음을 심화시킬 뿐이라는 인식에서 나온 나름대로의 결과물이라고 봐야 할 것이다. 그러나 본 연구는 앞에서 언급한 제도종교 속의 신비주의뿐만 아니라 지브란과 코엘류의 신비주의가 지향하는 절대자란 궁극적으로, 모두 우주만물의 창조주라는, 동일한 존재를 지칭하는 서로 다른 이름으로 보고 신비주의라는 용어를 사용하기로 하며 또 각 종교 및 신비주의에서 말하는 창조주의 이름을 절대자라는 용어로 통일하기로 한다.

## 2. 신비주의의 수용

 주지하다시피 러시아 형식주의자들 이후 지금까지 문학비평계는 연구의 대상을 텍스트 위주로 그 영역을 옮겨 가며 심화하고 있다. 그러한 경향은 거스를 수 없는 흐름이지만 그 흐름 속에서는 텍스트 이외의 부분이란 마치 작품과는 별 관계가 없는 것처럼 치부되고 있다는 사실 역시 부정할 수 없다. 하지만 모든 비평의 근본적인 목적이 작품이 내포하고 있을 의미에 대하여 객관적으로 신뢰할 수 있는 논리적 결과를 도출하는 데 있다고 본다면, 그리고 텍스트 이외의 영역, 예를 들면 작가의 생애와 그가 존재했던 시대적 상황 및 예술적 풍토 등 작품 외적인 요소에 대한 분석 역시 어떠한 형태로든 그와 같은 목적에 기여할 수 있다고 한다면, 이부분 역시 결코 간과할 수 없는 분야라고 할 것이다.

 따라서 본 장에서는 먼저 신비주의의 잉태에 토대로 작용한 지리적 요인으로 두 작가의 조국과, 시대적 요인으로 당대의 시대적 상황 및 예술적 풍토 그리고 그들의 삶을 분석하면서 어떤 차이점과 공통점을 가지고 신비주의 사상을 수용하게 되었는지 그 배경과 경로를 살펴보고자 한다. 아울러 이 부분에서는 각 작가가 살았던 시대와 삶의 여정 그리고 그것에 기초한 신비주의 사상의 수용과정을 보다 일목요연하게 이해하기 위해서 먼저 각 작가의 조국과 시대상황 그리고 삶의 여정을 분석할 것이며 이 과정에서 아주 필요한 경우가 아니면 가급적 그들의 작품 분석을 통한 증거 제시 등은 자제하고 다음 장에서 다룰 것이다. 그리고 서문에서도 언급하였듯이 문학 텍스트에 대한 문학 외적 요소의 영향이란 어디까지나 추상적이고 다면적이며 다층적으로 발생하므로 그 중량을 구체적으로 따질 수 없을뿐더러 절대적으로도 볼 수 없다는 점을 미리 상기해 두고자 한다.

## 2.1. 지리적 요인

### 2.1.1. 지브란의 레바논: 종교·문화적 다원주의

지브란은 1883년 1월 6일 레바논 북부의 산악지대에 위치한 브셰리(Bsheri)[60]에서 태어났다. 솔로몬이 예루살렘에 성전을 건축하기 위하여 백향목(cedar 혹은 삼나무)을 가져간 곳으로 '성서의 땅'으로 불리기도 하는 레바논은 유럽과 아시아 그리고 아랍 제국의 접점을 이루는 곳에 위치한 관계로, 기원전 13세기에 지중해 해상권을 장악한 페니키아 제국의 일부가 된 이래, 지중해 각국들과 활발한 교류를 이루며 서로 다양한 문화들이 집결하여 공존하는 곳이 되었다. 이를 두고 버나드 루이스는 레바논이 "아랍 세계 내에서 문화적·종교적 다원주의와 정치적·경제적 자유의 유일한 중심지로서의 독특한 기능을 계속 충족해 나갔다."[61]고 말한다.

그런데 아름다운 자연을 지닌 성서의 땅이자 17개의 문명이 태어났다가 사라질 정도로 화려한 문명과 문화를 구가하였던 레바논[62]은 역설적으로 그만큼 오랜 세월 동안 외세에 의한 지배와 종

---

60) 여러 한국어 번역본을 보면 때때로 비사리, 베차리, 베샤르 등의 이름으로 표기되고 있다.
61) 버나드 루이스, 『중동의 역사』(이희수 옮김), 서울: 까치, 1998, p.356.

교 분쟁이 끊이지 않는 지역이기도 했다.[63] 그 과정에서 지브란이 어린 시절을 보냈던 브셰리의 산악지역은 이웃 국가인 시리아의 내륙 지방 사람들과 레바논 평원지대에서 살던 주민 중 전쟁과 종교적 핍박을 피해 이주해 오던 사람들의 보금자리가 되었다. 특히 시리아에서 온 사람들 상당수가 마론파[64] 기독교인들이었으며 지브란의 어머니를 비롯하여 외가 쪽이 전통적인 마론파 집안이었다는 사실도 이와 무관하지 않다. 동방 정교회 소속인 이 마론파의 주 활동 근거지는 안티오크였는데 이곳은 기원전 3세기경에 세워진 고대 시리아의 수도이며 초기 기독교 세력들이 활동하던 곳이다. 그리하여 십자군 전쟁 이후 로마 가톨릭에 흡수되었지만, 오늘날까지도 그들이 사용하는 기도서와 성가는 예수가 사용한 아람어

---

62) 지브란이 동양인으로서 미국에서 활동하며 동과 서의 다리 역할을 할 수 있었던 배경에 대하여 알렉상드르 나자르는 다음과 같이 말한다. "만약 지브란이 레바논 사람이 아니었다면 이렇듯 동양과 서양의 다리가 될 수 있었을까? 아마도 아닐 것이다. 레바논인들의 세상에 대한 개방적 태도 — 활발한 무역과 이민, 그리고 이 나라에 뿌리내린 무수한 전도 단체 덕분에 —. 외국 문화들에 대한 침투성 — 그들의 땅에서만 열일곱 개 문명이 태어나고 사라졌다 —. 다른 곳으로부터 온 개념들을 자기 것으로 만드는 성향…… 이런 것들이 지브란에게도 보인다."(알렉상드르 나자르, p.31~32). 하지만 그는 그 17개의 문명이 어떤 것들인지는 구체적으로 밝히지 않고 있다.

63) 즉 이슬람 교인들이 지배하기 시작한 7세기까지만 해도 레바논은 비잔틴의 지배를 받던 기독교 국가였다. 그러나 당시의 통치자였던 칼리파 압둘 말리크(€85~705)가 기독교인들의 땅을 빼앗아 이슬람 교인들에게 분배하면서 기독교인들은 레바논 북쪽의 산악지대로 밀려나고 말았다. 그런데 이곳은 삼나무가 우거진 험난한 지역이었기에 외부의 진입이 어려웠으며 그 덕분에 자연스럽게 소수자들의 요새이자 피난처가 되어 갔다.

64) 마론파의 기원은 4세기 후반에서 5세기 초에 살았던 것으로 추정되는 성 마론 혹은 마로(아랍어는 Marun)라는 이름의 시리아인과 685~707년에 안티오키아 총대주교였던 성 요한 마론 또는 성 요한네스 마로(아랍어로는 Yuhanna Marun)에서 비롯되었다고 한다. 684년에 마론 총 대주교의 지도하에, 유스티아누스 2세가 끌고 온 비잔틴 침략군을 격퇴함으로써 마론파는 독립을 이루게 되었다. 2007년 현재 전 세계에 150여만 명의 신도를 거느리고 있으며 레바논에만도 전체 인구(2003년 현재 372만 명) 가운데 약 23%에 해당하는 85만여 명의 신도들이 살고 있다. 그리고 그들이 여타 기독교 종파와 구분되는 점은 그리스도가 신인양성(神人兩性)을 갖추고 있으나 오직 하나의 의지(意志)만을 갖고 있다는 단의론(單意論)을 주장한다는 것이다. 현재 정통 가톨릭은 제3차 콘스탄티노플 공의회(680~681)가 결정한 그리스도의 신인양성 양의론(兩意論)을 공식 인정하고 있다.

로 불리고 있다. 그러니까 지브란이 태어나 어린 시절을 보낸 곳은 레바논의 고립된 산악지역으로 주변의 분쟁으로부터 피난 온 사람들의 보금자리 역할을 함과 동시에 초기 기독교의 모습을 간직하며 정통 가톨릭에서 부인한 그리스도의 일의론(一意論)을 곳곳이 유지해 온 곳이다.

그런데 19세기에 들어서면서 오스만투르크 제국의 세력이 약화되는 틈을 타서 레바논을 비롯한 각 지방 도시들이 독립을 쟁취하기 위해 분주히 움직였고 이와 더불어 서구의 열강들도 동 지역에 대한 헤게모니를 장악하기 위해 뛰어들기 시작했다.[65] 이 과정에서 레바논 내의 각 종교(이슬람, 기독교, 유대교 등)와 종파들은 동 지역에서의 영향력 확대를 노리던 주변 강대국들과 결탁하여 피비린내 나는 살육의 종교분쟁을 일으켰다. 결국 이 사건을 계기로 레바논은 각 종교 및 종파 간의 분쟁이 끊이지 않는 지역이자, 과거 페니키아와 아시리아로부터 오스만터키 그리고 서구 유럽으로 이어지는 주변 강대국들의 영향력 확대를 위한 각축장으로 탈바꿈하고 말았다.[66]

이와 같은 조국 레바논의 역사에 대하여 지브란은 충분히 인지하고 있었고 신랄한 어조로 이를 비판한다. 25세이던 1908년, 아랍어로 출간한 작품 <자유인의 목소리>를 통해 그는 일찍이 조

---

65) 예를 들어 1858년 키스와란에 거주하던 마론파 농부들이 당시에 엄청난 세금을 물리던 지방정부에 반발하여 폭동을 일으켰으며 이 사태는 터키 정부의 방관하에 이슬람 드루즈파와 마론파의 종교분쟁으로 확산되었고 급기야 1860년에는 시리아의 다마스커스에 거주하던 기독교인들을 포함하여 약 11,000명의 마론파 기독교인들이 이슬람 드루즈파에 의해 학살되는 비극으로 발전하였다. 또한 국제 분쟁으로는 영국, 프랑스, 오스만제국이 러시아에 대항하여 싸웠던 크림전쟁(1853년), 파쇼다 사건(1898년), 그리고 이어 터진 제1차세계대전(1914~1918) 등이 그 예가 될 것이다.

66) 조희선, 『아랍문학의 이해』, 서울: 명지출판사, 1999, pp.248~252. 참조.

국의 이러한 질곡을 다음과 같이 비통한 심정으로 절규했었다.

애굽의 노예 생활에서 시작하여 바빌론의 유수, 페르시아의 잔혹한 지배와 희랍의 노예생활, 로마제국의 학정과 몽고인의 압제, 그리고 유럽의 탐욕. 우리는 지금 어디로 가고 있는가? 이 산간의 험로의 끝에 우리는 언제나 다다를 것인가? 그렇다, 바로의 지배에서 느브갓네살의 손아귀로 넘어갔고, 다시 알렉산더의 손에, 이어 헤롯의 칼에, 그리고 네로의 발톱에 채이고 악마의 이빨에 물리었다. 누구의 손에 이제 떨어질 것인가? 적멸에서나 안식을 취할 수 있도록 죽음이 언제 우리를 채 갈까?[67]

이처럼 레바논은 지중해 문화권의 중심지였던 만큼 외세의 침략과 종교적 분쟁을 겪으며 부흥과 몰락을 거듭해 왔다. 오늘날 아랍권 국가들 가운데 30%의 기독교인이 70%의 이슬람 교인들을 지배하고 있는 유일한 국가[68]라는 사실 자체만 보더라도 질곡의 레바논 역사를 추측해 볼 수 있다. 그러는 과정에서 버나드 루이스가 말했듯이 레바논은 다양하고 많은 이질적 문화들이 한곳에 집결하면서 서로 공존하고 융합하는 이른바 문화적·종교적 다원주의 국가로 변모하였다.

이 같은 사실은 지브란의 인격 형성에 중요한 요소로 작용했을 것으로 판단된다. 즉 레바논은 소수의 기독교인들이 다수의 이슬람 교인들을 지배하는 나라가 되었지만, 그 과정에서 형성된 문화적·종교적 다원주의, 다시 말하면 번영의 토대이면서도 동시에 분쟁의 단초가 되었던 문화적·종교적 다원주의는 지브란으로 하

---

67) 칼릴 지브란(신문수 옮김), 〈자유인의 목소리〉, 『자유의 혼이여 반항의 정신이여』, 예전사, 1985, p.77. (원제: *Spirits Rebellious*, Alfred A. Knopf, 1930, H. M. Nahmad의 영역본).

68) 70%는 이슬람 신도로서 시아파, 수니파, 드루즈파 등이 차지하고 있으며 30%인 기독교인은 다시 로마 가톨릭, 정교, 개신교 등으로 분산되어 있다.

여금 가톨릭뿐만 아니라 이슬람과 유대교까지 여러 종교를 접할 수 있게 한 배경이 되었던 것이다. 나아가 레바논의 그러한 특징과 아직도 초기 기독교의 모습을 유지하고 있는 북부 산악지대의 종교적 풍토는 지브란으로 하여금 여러 종교의 공존 필요성을 인식하게 하였으며 이것은 더 나아가 모든 종교의 절대자는 하나라는 독특한 신비주의적 이념을 잉태케 하고 강화시켰을 것으로 추정된다.

또한 그가 생존했던 기간을 전후하여서도 레바논이 겪어야 했던 각종 국제분쟁과 내란들 속에서 모든 종교는 하나라는 그의 신념은 더욱 확고히 다져졌을 것이며 이러한 신념은 비단 조국 레바논의 구원 차원이 아니라 인류의 구원이라는 신념으로 확대, 심화되었을 것으로 판단된다. 추후에 살펴보겠지만 그의 초기작품 『반항하는 영혼』, 『눈물과 미소』, 『부러진 날개』 등에서 엿볼 수 있는 저항의식과, 그의 대표작들로 꼽히는 『광인』, 『선구자』, 『예언자』, 『사람의 아들 예수』의 저변에 깔려 있는 인류애는 바로 이러한 상황과 배경에 그 뿌리를 두고 있다고 할 것이다.

그리고 신비주의를 수용하게 된 토대로서의 조국 레바논은 지브란에게 또 다른 의미를 지닌다. 예를 들면 지브란이 레바논에 살았을 때나 미국으로 이민을 갔을 때 그리고 프랑스로 미술 유학을 떠났을 때도 언제나 그의 마음속에는 레바논이 자리하고 있었다. 다시 말해서 그에게 있어서 레바논은 아름답고 청순한 연인이자 한없는 포용심을 지닌 어머니의 이미지로 그의 모든 삶과 작품세계에 걸쳐 풍부한 예술적 영감의 원천이자 평화의 보금자리로 작용하였던 것이다. 그렇기에 조국이 외세에 의해 처참히 유린당할 때 그것은 그에게 참을 수 없는 분노와 증오를 낳았고 그러한 감정은 내부의 부패한 지배세력들이 외부 세력과 결탁할 때 그리고 그러한 상황에 대하여 동포들이 인식을 하지 못하거나 이중적인 태도를 보일 때 최고조에 달한다. 그리하여 조국이 외세에 의해 짓밟히고 내부의 지배계층에 의해 유린되던 모습을 바라보며 그가 갖게 된 증오와 분노, 연민과 사랑이라는 이중적 감정은, 그들에 대한 격렬한 저항의식으로 탈바꿈하여 그의 초기 작품 전체를 지배하고 있다.

하지만 그의 저항의식은 결국 이러한 이중적 감정의 원천이 되었던 바로 그 조국을 통해, 보다 엄밀히 말하자면, 그 조국의 아름다운 자연이 그에게 들려주고 보여 준 섭리의 깨달음을 통해 해결의 실마리를 찾게 된다. 그 섭리의 깨달음은, 작품 분석 부분에서 자세히 살펴보겠지만, 순환(혹은 윤회)과 사랑의 원리에 대한 깨달음이며 이것은 그가 삶과 명상을 통해 체득한 신비주의의 또 다른 뿌리로 작용하고 있다.

게다가 그의 고향 브셰리의 독특한 지리적 여건도 그의 종교적 심성을 자극하고 길러 낸 토양의 일부가 아니었는가 한다. 그의 고향이 위치해 있는 곳은 '성스러운 골짜기'라는 뜻의 와디 카디사라는 곳으로 보는 이로 하여금 저절로 종교적 경건함을 불러일으킨다고 한다. 조지 키랄라는 이슈타르 여신(비너스)과 타무즈(아도니스)의 전설을 설명하면서 "'성스러운 골짜기' 말고는 다른 어떤 이름으로도 그 골짜기를 바라보는 자의 느낌을 표현할 길이 없다."[69]고 했고 칼릴 지브란의 전기를 쓴 알렉상드르 나자르는 제롬 타로

---

69) 조지 키랄라(류시화 역), 〈시인의 생애〉, 『예언자』, 열림원, 2002, p.140.

와 장 타로가 함께 쓴 『다마스로 가는 길』의 표현을 인용하여 "산 정상, 경사면, 계곡 또는 바위를 파서 만든 동굴 할 것 없이 교회와 성당과 수도원과 수도를 위한 독방뿐이었다."[70]고 전한다.

결론적으로 피비린내 나는 역사를 간직한 레바논은 그에게 증오와 사랑이라는 이중적 감정이 뒤섞인 저항의식을 심어 줌과 동시에, 역사를 통해 여러 문명을 접함으로써 종교적·문화적 다원주의라는 특성을 갖게 됨으로써 그로 하여금 여러 종교를 접할 수 있는 기회와 더불어 신비주의를 잉태하게 한 토양으로 작용하였다고 볼 수 있다. 또한 초기 기독교의 모습을 간직한 채 종교적 경건함마저 불러일으키는 아름다운 태고적 자연은 그에게 예술적 영감의 원천이자 모든 분쟁과 고통에 대한 해결점을 찾게 해 주는 이중적 토대로 그의 작품세계에 깊이 스며 있다고 할 수 있을 것이다.

## 2.1.2. 코엘류의 브라질: 다인종·다문화주의

많은 외세와 문명이 거쳐 가면서 종교적으로나 문화적으로 다원주의 국가로 변모한 레바논만큼이나 브라질도 이와 유사한 '다인종적 다문화주의'라는 면모를 갖고 있다. 이것은, 대다수 국가들이 스페인과 포르투갈의 식민 지배를 겪었던, 중남미 전체의 상황과도 무관치 않다. 하지만 지리적으로는 북미에 속하지만 역사·문화·언어적으로는 스페인의 영향이 두드러지게 나타나는 멕시코나 안데스 산맥 쪽의 칠레와 페루는 각각 마야·아스텍 문명과 잉카문

---

70) 알렉상드르 나자르, pp.15~17.

명이라는 수준 높은 고대문명을 소유하고 있었기에 스페인의 혹독한 지배를 겪었음에도 불구하고 아직까지 그 고대 문명의 역사와 문화유산을 강하게 유지할 수 있었다.

그런데 브라질의 경우는 포르투갈 인들에 의해 식민 지배를 받기 시작할 무렵만 해도 아마존 하구에 위치한 마라조(Marajó)섬의 신석기 문화를 제외하고는 전 지역이 구석기 문화 수준에 있었다. 그렇기에 스페인과 더불어 '해가 지지 않는' 나라였던 포르투갈의 식민지배 기간 내내, 브라질은 지배자가 갖고 있던 유럽문화를 그대로 수용할 수밖에 없었다. 따라서 브라질의 역사학자인 넬송 베르네키 소드레(Nelson Werneck Sodré)는 브라질 문화란 애초에 포르투갈 문화의 이식이라고 단언한다.71) 다시 달하면 현 브라질의 다인종·다문화적 특성을 이해하려면 브라질로 이식된 유럽 포르투갈의 문화적 특성을 먼저 짚어 봐야 한다는 것이다.

지도를 펼쳐 보면 한눈에 알 수 있듯이 포르투갈은 지중해를 두고 레바논의 반대쪽에 위치해 있다. 그러한 관계로, 레바논의 경우도 그러하지만, 포르투갈도 고대부터 지중해 해상권을 장악하려는 제국들의 각축장이 되었으며 그 결과 많은 민족의 침입과 더불어 많은 문명과 문화가 그곳을 거쳐 갔다.72) 그런데 그러한 역사와

---

71) Nelson Werneck Sodré, *Síntese de História da Cultura Brasileira*, Rio de Janeiro, Editora Bertrand Brasil, 1989(16ª ed.), p.4.

72) 예를 들자면 기원전 8∼6세기 무렵 북부지방으로는 켈트족이 쳐들어 왔고 남쪽으로는 지중해 해상권을 장악하려던 페니키아(기원전 12세기), 그리스(기원전 7세기), 카르타고(기원전 6세기), 로마(기원전 218년) 등이 차례로 이베리아반도를 침입해 왔다. 이 전쟁에서 마지막으로 로마가 기원전 3세기부터 6, 7세기 동안 이베리아 반도를 지배하게 되었고 그 결과 스페인과 포르투갈은 통속 라틴어에 기반을 둔 언어를 사용하며 가톨릭 국가로 개종되었다. 그 뒤 로마를 무너뜨린 게르만 민족 가운데 서고트 족이 이베리아 반도를 지배(A.D. 409)했으며 서기 711년에는 북부 아프리카까지 세력을 확장하던 이슬람교도들(주로 무어족)이 1492년까지 반도를 지배했다. 그리하여 이슬람교도들기 오랫동안 머물렀던 이베

문화를 가지고 있는 포르투갈 인들이 브라질을 식민지배하는 과정에서 원주민 인디오, 백인, 흑인 간의 혼혈이 발생하였다.

앞서 보았듯이 1500년부터 1822년까지 브라질을 공식 지배해온 포르투갈 인들은 오랜 역사 기간 동안 자신과 다른 언어와 피부색 그리고 문화를 지닌 민족과 공존해 왔으며 마지막으로 이슬람이라는 거대한 종교와 문명을 접하고 수용해 왔던 민족이다. 그러한 그들이 브라질에서 식민지배의 전형적인 수탈방식으로써 구축한 플랜테이션 농업(주로 사탕수수 농장)에 투입하기 위하여 아프리카 흑인을 대거 끌고 왔으며 그 결과 브라질에서는 백인, 흑인, 원주민 인디오들 사이에 인류 역사상 유래가 없는 혼혈이 발생하여 지금의 다인종·다문화 사회를 형성하게 된 것이다.[73]

브라질의 이러한 역사·사회·문화적 배경은 이 나라 태생인 코

---

리아 반도의 중남부지방 경우 가톨릭과 이슬람의 문화에 동시에 노출되었던 이른바 모사라비(moçarabe, 이슬람으로 개종한 이베리아 반도 사람)라고 하는 계층이 탄생하게 된다. 그러니까 그들은 가톨릭과 이슬람 문화를 동시에 접한 사람들이었던 것이다. 문제는 이베리아 반도가 이슬람의 지배로부터 벗어나던 바로 그해 1492년, 콜럼버스가 중남미에 도착하였으며 그해를 시작으로 모사라비들을 주축으로 한 이베리아 반도인들이 대거 중남미 개척과 식민 사업에 투입되었다는 것이다(강석영, 최영수(공저), 『스페인·포르투갈史』, 대한교과서 주식회사, 2000(6판), pp.315~332. 참조).

73) 이승덕, 『브라질 들여다보기』, 한국외국어대학교, 2006, p.79. 물론 세 인종의 혼혈은 단지 피의 섞임만을 의미하는 것이 아니다. 언어, 음식, 의복, 풍습 등 사회 문화 전반에 걸쳐 역동적인 융합작용이 발생하였으며 나아가 백인의 가톨릭에서부터 아프리카의 토속신앙 그리고 인디오들의 원시신앙까지 각 종교와 문화가 접변(接變)하며 역동적인 문화를 창출하는 국가로 탈바꿈하였다. 또한 혼혈은 사회문화적인 관점에서 볼 때 제일 먼저 브라질 국민의 정체성(identity)에 대한 문제를 야기했다. 원주민 인디오부터 아프리카의 흑인 그리고 지배자였던 백인 포르투갈 국민까지 혼혈을 거치면서 '나'라는 존재의 정체성에 대하여 확신을 가질 수가 없었다. 즉 정체성의 상실이라는 문제에 직면하게 된 것이다. 혹자는 혼혈에 의한 다양성 속에서도 통일성이 존재하며 그것이 브라질의 정체성이라고 말하지만 정체성이 동질성(homogeneity)에 기초한 개념이라면 '다양하다는 것' 자체가 그들의 공통된 특성이므로 브라질 국민의 다양성 자체를 그들의 정체성으로 보는 것이 더 정확할 것이다. 어쨌든 혼혈에 의한 정체성 문제는 아직도 브라질 지식인들 사이에 많은 논란과 연구의 대상이 되고 있다(예, Renato Ortiz, "Da raça à cultura: a mestiçageme o nacional", in *Cultura Brasileira & Identidade Nacional*, São Paulo: Editora Brasiliense, 1985, 참조).

엘류의 인격 형성에 보이지 않는 많은 영향을 끼쳤을 것으로 보인다. 즉 브라질은, 그가 정통 로마 가톨릭 국가에서 태어난 가톨릭 신자이면서도 원주민 인디오의 토템이즘과 샤머니즘 그리고 아프리카의 원시 주술 신앙인 웅반다(Umbanda)와 깐동블레(Candomblé), 이슬람, 유대교, 힌두교, 불교 등 다양한 종교를 접할 수 있는 토대가 되어 주었을 뿐만 아니라 한 걸음 더 나아가, 후에 언급하게 될 개인적인 삶의 경험과 시대상황을 겪으면서 모든 종교의 절대자는 하나라는 독특한 신비주의 사상을 수용하고 잉태하게 한 토대로 작용한 것으로 보인다.

실제로 이러한 양상은 그의 모든 작품에서 나타나고 있다고 해도 과언이 아니다. 이미 서론에서 살펴보았고 또 추후의 작품 분석에서도 드러나겠지만, 제도종교의 절차와 위계질서를 무시하면서 신비주의자들이 취하는 각종 수련 방식을 소개하고 있는 그의 첫 소설 『어느 마법사의 일기 O Diário de Um Mago』, 스페인 남부 지방인 안달루시아 지방과 이집트를 배경으로 '숨겨진 보물'을 찾아 여행을 떠나는 양치기 산티아고의 이야기를 그린 소설로 이슬람 요소와 가톨릭 요소가 혼재해 나타나는 『연금술사』, 이슬람 신비주의의 대명사인 수피의 한 스승이 등장하는 『베로니카 죽기로 결심하다』, 그리고 꾸란의 핵심 어휘로 모든 것이 '쓰여 있다'라는 의미의 단어를 제목으로 취하면서 힌두교, 불교, 일본 선교(禪敎) 관련 우화들을 소개하고 있는 『막툽』 등 그의 주요 작품을 통해 확인할 수 있다.

하지만 그에게서는 지브란만큼의 조국에 대한 애착을 찾아볼 수 없다. 지브란의 경우는 거의 모든 작품에서 한 번쯤 조국에 대한 언급이 나오든가 아니면 주 배경으로 등장하는 반면에, 코엘류의 경우는 브라질을 배경으로 하거나 주제 혹은 소재로 한 경우가 『11분』 한 권뿐이다. 그것도 초반부에 국한되어 있으며 이 소설의 주 무대는 바로 스위스이다.74) 코엘류는 미국 New York Times지와의 인터뷰를 통해 그 이유를 다음과 같이 설명하고 있다.

> "나는 브라질에 매우 익숙해 있습니다. 그래서 나의 눈은 브라질에 대하여 글을 쓸 만한 순수성, 새로운 것을 볼 수 있는 그 순수성을 가지고 있지 않습니다."75)

즉 브라질에서 태어나 성장한 관계로 고정관념에서 벗어나 브라질의 새로운 면을 발견해 내고 그것을 글로 쓰기가 힘들다는 뜻이다. 그래서 여러 나라를 두루 여행하면서 새로운 곳을 보고 그곳의 보통 사람들과 이야기를 나누는 것이 그에겐 영감의 원천이라고 말한다. "나의 모든 인생에서 가장 중요한 것들은 보통사람들로부터 배운 것들입니다."76)

이 외에도 코엘류는 조국과 관련하여 매우 흥미로운 이야기를 하고 있는데 그것은 "당신(인터뷰 기자 - 연구자 주)도 알지만 여기(브라질 - 연구자 주)는 매직과 리얼 사이의 구별이 그다지 크지 않

---

74) 또한 『어느 마법사의 일기』의 무대는 프랑스와 스페인을 잇는 일명 '산티아고의 길'이며, 『브리다』는 아일랜드, 『발키리아 As Valkírias』는 미국, 『피에드라 강가에서 나는 앉아 울었네』는 스페인, 『다섯 번째 산 O Monte Cinco』은 레바논, 『베로니카 죽기로 결심하다』는 슬로베니아, 『악마와 미스 프랭 O Demônio e a Srta. Prym』은 프랑스, 『오 자히르 O Zahir』는 카자흐스탄이다.

75) 1999년 12월 9일자 미국 New York Times지와의 인터뷰 기사. 원문 보기: "I am deeply accustomed to Brazil, so my eyes do not have the innocence to write about Brazil, the innocence to be able to see new things."

76) idem. 원문 보기: "All my life the most important things have been that I learned from ordinary people."

습니다."[77]라는 것이다. 그런데 이것은 앞서 인용한 "자신의 많은 작품들이 브라질 밖을 무대로 삼는 것을 인정하는 반면에 브라질 사람의 눈을 통해 세상을 바라본다."[78]라는 말과는 어떤 관계가 있는 것일까? 그리고 또 앞서 살펴본 다인종·다문화라는 특성과는 어떤 관계가 있는 것일까?

결론부터 말하자면 이것은 브라질의 정체성이라고 할 수 있는 혼혈과 관련된다.[79] 이미 언급하였듯이 브라질의 경우 인류 역사상 유례가 없는 혼혈을 경험하였고 지금도 경험하고 있다. 이것은 곧 브라질 사람들의 의식 저변에는 자아의 정체성 부재라는 문제가 자리하고 있다는 것이다. 짧게는 포르투갈의 식민 지배를 받았던 300여 년, 길게는 지금까지 500여 년에 걸쳐 진행된 혼혈이었기에 자신의 뿌리가 어디인지 알 수도 없고 드, 이유가 무엇이든, 그것에 대하여 일부 지식인들을 제외한 일반 국민들은, 우리나라 국민들과는 달리 별다른 관심을 갖지 않는다. 수 세기에 걸친 외

---

77) idem., 원문 보기: "You know that here there is not so much separation between what is magical and what is real."

78) 2005년 5월 26~6월 1일판 AI-Ahram지 (Issue No.744). 원문 보기: "And while he concedes that many of his works are set outside Brazil, he stress that he sees the world through Brazilian eyes."

79) 이미 말했듯이 브라질 사회는 국민들의 피부색부터 종교, 문화, 음식, 의복 등 거의 모든 면에서 아주 다양한 이질적 요소들이 혼재하며 지속적인 융합 과정에 있다. 이것은 그들의 사회와 문화를 구성하는 제반 요소들 사이의 경계 자체가 모호하다는 것이다. 그런 상황이기에 어느 것이 진짜이고 어느 것이 가짜인지, 또 어느 것이 현실이고 어느 것이 환상인지 구분 자체가 모호할 수밖에 없다. 물론 이러한 환경이 중남미 문학에서 마술적 사실주의가 태동할 수 있는 토대가 되는 것이지만(알레호 카르펜티에르, "바로크와 경이로운 현실", 『마술적 사실주의』(Lois Parkinson Zamora & Wendy B. Faris 편저, 우석균·박병규 외 공역), 한국문학사, 2003, 참조) 본 연구에서는 그 마술적 사실주의(magic realism)와 연관시켜 분석하지는 않을 것이다. 왜냐하면 중남미 문학에서의 마술적 사실주의는 서사에서 나타나는 사실주의의 한 양상이며 본 연구의 주제인 신비주의 사상과는 직접적인 연관성이 없기 때문이다.

세의 침략보다도 어떤 면에서는 더 가혹한 시련이라고도 볼 수 있는, 혼혈에 의한 정체성 상실과 부재는 브라질 국민의 내면 깊숙한 곳에 자리 잡고 있을지 모르나 일상생활에서는 거의 느낄 수 없으며 또 당사자인 그들 대다수가 관심을 가지지 않는다. 그렇다면 이 같은 상황은 무엇을 의미하는가?

역설적이기는 하지만 그들이 갖고 있는 민족의 다양성과 다양한 민족성 자체가 자신들의 정체성이기에 굳이 나의 뿌리가 무엇인지를 찾아야 할 이유가 없는 것이며 브라질이라는 나라 자체가 여러 나라, 여러 민족들로 구성된 혼혈국가이기에 세계 모든 나라가 자기의 나라, 하나의 나라라는 의미일 것이다. 즉 브라질 속에 이미 모든 나라와 민족이 존재하듯이 지구상의 어떤 나라나 민족을 보더라고 친근감을 느끼기 때문으로 이해할 수 있을 것이다.

따라서 코엘류가 말한 '브라질 사람으로서 글을 쓴다.'라는 의미는 결론적으로 혼혈에서 오는 다인종·다문화적 공존의 시각이며 자신과 다른 존재에 대한 친화력과 포용력을 의미하는 것, 그 이상도 이하도 아닐 것이다. 그렇기에 가톨릭 신자이면서도 다양한 종교를 섭렵할 수 있었고 지브란처럼 '모든 종교는 똑같은 절대자로 향해 있다.'[80]라면서 자신의 독특한 신비주의 사상을 공개적으로 표명할 수 있었던 것이다.

---

80) 그는 자신의 홈페이지(www.paulocoelho.org)에 개설된 자주하는 질문 코너(FAQ)를 통해 다음과 같이 말하고 있다. "저는 가톨릭 신자입니다. 하지만 그 어느 종교이든 간에 모든 종교는, 진지하게 선택된 것이라면, 똑같은 신으로 연결된다고 생각합니다." 원문 보기: "Sou católico. Mas acho que toda e qualquer religião, se sinceramente escolhida, leva ao mesmo Deus."(2007년 10월 검색).

## 2.2. 시대적 상황과 예술적 풍토

### 2.2.1. 지브란: 세기말과 아방가르드

작가가 태어난 국가의 정치·사회·문화적 배경과 더불어 간과할 수 없는 것이 또 하나 있다면 그것은 작가가 생존했던 시기의 사회상과 문학을 포함한 예술 전반의 흐름이다. 지브란이 생존했던 시기의 사회상황과 문학을 포함한 예술 전반의 흐름은 세기말 현상과 연계하여 새로운 패러다임을 추구하던 20세기 초의 전위(前衛)예술 그리고 미국의 초절주의(transcendentalism)로 요약될 수 있다. 먼저 19세기의 세기말 현상을 보자.

19세기 후반의 세기말 현상은 1870년, 프러시아(현재의 독일)와의 전쟁(보불전쟁)에서 패배함으로써 유럽에서의 주도권을 상실한 프랑스 국민의 깊은 좌절과 전쟁으로 인한 경제 피폐 그리고 다가오는 20세기에 대하여 희망보다는 절망이 압도하면서 유럽 전반으로 확산된 사회·문화·예술적 현상을 통칭한다. 이에 대하여 송덕호는 당시의 시대상황을 다음과 같이 요약한다.

> 19세기의 마지막 시기를 지배하는 그 총체적 위기감의 분위기 속에서 사람들은 데카당스와 신비주의적 유행에서 출구를 찾았고, 베이루트의 거장 바그너의 작품에서 그 자양을 섭취했으며, 프랑크푸르트의 철학자 쇼펜하우어의 염세주의에 젖어 있었다. 이 시기의 프랑스인들은 마치 자포자기하듯이 데카당스 속에 몸을 내맡기면서 수단과 방법을 가리지 않고 도피하려 했다. 그것은 가톨릭 신앙의 촛불을 켠 성당에서, 반다이크의 목소리가 울려나오는 오페라에서, 악마를 신봉하는 사람들이나 심령술사들의 모임에서, 외국제 향수의 자극적인 냄새가 밴 온실 안에서 혹은 공간과 시간 속으로의 여행을 통해서 이루어졌다. 메를르는 "살려고 하는 욕망, 사는 피곤함, 정신과 감각을 넘어서까지 의미 너

머로 알고자 하는 정열. 인간의 체험은 무한하지 않은 까닭에 '거꾸로'의 의지 속에서 움직이는 피안으로 향하려는 의지. 그것은 모두 세기말적 병의 징후들"[81] 이라고 데카당스 정신의 화신인 오스카 와일드에 관한 논문에서 말했다. 방법은 아무래도 좋았다. 다른 곳, '세상 밖 어디라도' 인공낙원을 찾아야 했다.[82]

그런데 지브란과 관련하여 세기말의 이러한 상황에 몇 가지 첨가할 것이 있다. 19세기 말은 영국을 제외한 유럽 본토 국가들이 1830년대 이후 진행해 온 산업혁명을 마무리하던 시기이다. 기계 문명의 본격적인 도래와 함께 유럽의 열강들은 아프리카 등지에서 새로운 식민지 개척과 세력 확대를 위해 혈안이 되어 있었고 그 과정에서 지브란의 조국 레바논도 큰 고통을 겪어야 했다.[83] 게다가 지브란이 미국 시카고에 도착한 1895년, "미국에서는 급속한 도시화와 산업화가 진행되고 있었다. 철도가 부설되어 동부에 몰려 있던 인구가 내륙을 향해 분산되기 시작했고 전신의 발명, 그 뒤를 이은 전화와 자동차의 등장으로 통신과 수송 혁명이 본격화되기 시작했다."[84] 그러나 "1천만 명이 넘는 미국인들이 빈곤 상태

---

81) 재인용. Robert Merle, *Oscar Wilde*, Hachette, 1948, p.116.

82) 송덕호, 「프랑스의 세기말 문학에 관한 소고」, 『세계문학비교연구』, 제9집, 세계문학비교학회, 2003, 10월, pp.111~112. 송덕호가 여기서 인용하고 있는 '세상 밖 어디라도'라는 표현은 세기말 시대정신의 시작을 엿볼 수 있는 보들레르의 표현이며 관련 표현을 전부 소개하면 다음과 같다. "내 생각에 나는 언제나 내가 있지 않은 곳에 있을 것 같다. 그리고 이 이동의 문제는 내가 내 영혼과 끊임없이 논의하는 문제의 하나이다. (……) 마침내 내 영혼이 폭발하여 조용히 내게 소리친다. '어디라도 좋다! 어디라도! 이 세상 바깥이라면 어디라도!'"(Charles Baudelaire, ≪Anywhere out of the World≫(XLVⅢ), in *Spleen de Paris*, Gallimard (Bib. de la Pléiade), 1975, pp.356~357, 재인용). 이 표현을 인용하면서 송덕호는 보들레르의 "이러한 생각은 어느 시대에나 다 있었지만, 보들레르는 그 당시 정치적, 사회적 사건들로 인하여 특별히 고조된 상태였다."고 부언하고 있다(송덕호, 앞의 책, p.108).

83) 또한 코엘류의 브라질도 급속한 산업혁명의 그늘에서 신음하던 많은 유럽인들, 특히 이탈리아를 비롯하여 독일, 스페인 그리고 시리아와 레바논의 이민들을 맞이하게 되었다.

84) 수헤일 부쉬루이·조 젠킨스, p.83.

에 허덕였으며 가족당 500달러도 안 되는 연간 소득으로 겨우 삶을 이어 갔다. 허우적대는 근로계층 밑에는 절대빈곤에 신음하는 사람들이 있었다."[85]

이처럼 급격한 물질문명의 확대는, 그것에 걸맞은 새로운 정신적 패러다임을 찾지 못한 채, 새로운 밀레니엄을 맞아 희망과 절망 사이에서 방황하던 유럽 사회와 미국을 더 큰 혼란에 빠트렸다. 물질의 풍요 속에 정신은 반대로 황폐해져 갔던 것이다.[86] 그러한 상황에서 새로운 밀레니엄을 맞이한 유럽은 제1차세계대전(1914~1918)이라는 혹독한 시련을 겪게 되었다. 세기말 현상이 절정으로 치닫던 1883년에 태어나 제1차세계대전을 목격하며 1931년까지 생존한 지브란에게 유럽을 중심으로 한 여타 세계의 이러한 상황은 결코 남의 일처럼 외면할 수 있는 성질의 것이 아니었다. 그의 초기 작품에 깔려 있는 외세의 창궐에 대한 격렬한 저항의식과 산업혁명 이후 서구의 물질문명에 대한 극도의 거부감도 세기말과 1차세계대전을 지켜본 하나의 결과물일 것이며 미국으로 이민을 온 다음 시카고와 뉴욕에서 본 기계문명과 물질만능 풍조 역시 문명 사회에 대한 지브란의 저항의식을 심화시켰을 것이다. 그리하여 그것에 대한 나름대로의 진단과 처방으로 자연의 섭리가 주는 교훈을 설파하고 나아가 신비주의의 합일정신에 기초한 인류애를 태동하게 된 것이 아니었나 사료된다.

---

85) 앞의 책, p.85.

86) 1867년 출판된 마르크스의 『자본론』 제1권은 넓게 보아 급격한 산업혁명에 따른 사회구조의 변화와 그것에 의한 인간사회의 황폐화를 예상하고 다뤘다고 볼 수 있으며 그가 예상한 세기말의 황폐된 인간정신은 1895년 『히스테리의 연구』와 1900년 『꿈의 해석』을 내놓으며 심리학의 새 장을 열었던 지그문트 프로이트의 정신분석학에 풍요로운 자료로 활용되었다.

그리고 지브란은 1908년 7월에서 1910년 10월 사이, 평생의 연인이었던 메리 하스켈의 재정 지원으로 '예술과 사상의 극장, 상상력과 꿈의 원천!'[87]인 프랑스 파리에서 미술 유학을 하였다. 그만큼 당대의 예술 조류를 가까이서 보고 느꼈던 것이다.

예술과 문학의 관점에서 20세기 초의 유럽은 한마디로 아방가르드 예술, 즉 전위예술의 극치를 달리던 시기라고 할 수 있다. 1917년 러시아 공산혁명을 전후하여 활동하였던 블라디미르 마야코프스키의 미래주의, 피카소를 중심으로 한 입체주의, 앙드레 브르통을 중심으로 한 프랑스의 초현실주의, 이탈리아의 마리네티를 중심으로 한 미래주의, 노르웨이 출신의 뭉크와 크르히너로 대변되는 독일의 표현주의, 건축을 비롯한 조형예술 분야에서 수많은 업적을 남긴 바우하우스 중심의 현대 추상파 등, 20세기 초는 수많은 '-ism'들이 부침을 거듭하던 시기였다.[88] 그리고 유럽 본토의 산업혁명과 세기말 현상을 거치면서 유럽의 지식인들은 "이성・진보・과학의 계몽주의의 전통을 토대로 한 부르주아 문명의 가치체계가 막다른 길에 처해 있다는 위기의식"을 바탕으로 "욕망・무의식・비합리의 세계에서 새로운 진리"를 찾으려 했으며 그러한 목적 속에 "기존의 가치체계와의 절대적인 단절과 새로운 가치 추구라는 이중의 명제를 구현"[89]하려 하였다. 이 과정에서 기존의 가치체계

---

87) 지브란은 1912년 4월 23일, 프랑스에 있던 친구 자밀 말루프에게 보낸 편지에서 파리를 이렇게 불렀다.

88) 옥타비오 파스는 20세기 전위예술의 끊임없는 전통과의 단절을 두고 오히려 '단절의 전통'이라고 특징지은 바 있다.

89) 김희영, 「프랑스 아방가르드 운동과 문학작의 이동」, 『외국문학연구』(제19호), 한국외국어대학교 외국문학연구소, 2005년 2월. p.119. 이 글에서 김희영 교수는, 주로 프랑스의 아방가르드 예술운동에 바탕을 두어, 전위예술의 특징을 '전투적 공격성', '집단적 실천 행위', '탈통속화의 통속화', '과거의 가치에 대한 부정으로 인한 자체부정의 딜레마'로 요약

에 대한 부정과 단절은, 언어가 무기인 작가(특히 시인)에게 곧 기존 언어의 파괴를 의미하였고 새로운 가치 추그는 특히 언어의 시각적 형상화라는 측면에서, 언어에 대한 끊임없는 실험성을 요구하였다.

비록 이러한 언어의 파괴와 실험성이 극단으로 치닫는 바람에 예술작품이 추상으로 변하면서 결국 대중으로부터 외면을 받았지만 당시 유럽의 전위예술은 지브란의 문학에 남다른 영향을 주었을 것으로 판단된다. 다시 말하면 그가 파리에서의 유학중에 목격할 수 있었던 전위예술의 특성들 - 특히 기존 가치체계와의 단절과 그 속에서 볼 수 있었던 전위 예술가들의 공격성 및 용기 - 은 그에게 기존 사회의 가치체계에 대한 저항의식을 한층 북돋았을 것이며, 비록 내용 면에서는 아랍문학의 아다브[90]적 특성을 충실히 계승하고 있어도, 형식 면에서는 그가 전통적 운율을 외면한 채 당시로서는 파격적인 산문시를 쓰게 된 배경의 하나가 된 것은 아닌가 생각한다.[91]

마지막으로 지브란이 작품 활동을 하면서 생대의 대부분을 보냈던 미국의 상황을 보자. 특히 문학 분야에서 당시의 미국은 에밀 졸라의 영향으로 사실주의와 자연주의가 혼존하는 양상을 띠었지만 아직 랄프 월도 에머슨(R. W. Emerson, 1803~1882), 헨리 데

---

하고 있다.

90) "아랍문학의 기저에는 아다브 - 마치 잠언과 비슷하게 짧고 경건한 내용 - 가 있고, 이것은 윤리적, 사회적, 문화적 방면에 적용될 수 있는 적절한 행동규범을 알려 주는 것이다. 이런 점에서 아다브는 서구적 개념의 '문학'에 대응된다고 볼 수 있다. 또한 아다브는 아랍의 저술에 교훈적인 목적이 매우 강하게 나타났다는 사실도 말해 준다."(버나드 루이스, p.202).

91) 물론 지브란이 파리에 체류하는 동안 그의 작품세계에 엄청난 영향을 미친 사건들이 많았다. 예를 들면, 니체의 『차라투스트라는 이렇게 말했다』(1883~1885)를 접했던 것이 그러하다. 이 부분은 지브란의 전기(傳記)와 작품 분석에서 다시 다룰 것이다.

이비드 소로(H. D. Thoreau, 1817~1862), 월트 휘트먼(W. Whitman, 1819~1892)으로 이어지는 낭만주의적 초절주의(transcendentalism)의 그늘에 있었다. 지브란은 특히 에머슨과 휘트먼의 문학에 깊이 빠져들었다. "인간에겐 감정과 오성(五性)을 초월하는 한 능력이 있음을 선언"하면서 "종교와 도덕을 동일시"하고 나아가 "직관을 근원으로 삼는"[92] 초절주의는 그 선봉장이었던 에머슨의 다음과 같은 말로 다시 요약될 수 있다.

> "인간은 그 자신의 내부에 자기를 지배하는 데 필요한 일체의 것을 소장하고 있다…… 자기 몸에 닥쳐오는 참된 행복, 참된 재난의 일체는 자신에게 연유한다…… 인간의 심령과 세계에 존재하는 모든 사물 사이에는 대응이 있다. 외적으로 사물을 연구하지 않아도 이러한 사물 일체의 원리는 그의 마음속에서 뚫어볼 수가 있다…… 인생의 목적은 인간으로 하여금 자기 자신을 알게 하는 데 있다고 생각한다…… 최고의 계시는 신이 인간 각자의 내부에 깃들어 있다는 사실이다."[93]

에머슨의 범신론적 세계관은 미국의 남북전쟁(1861~1865)을 전후하여 전개된 미국정신의 고취 및 민주주의 사상과 깊은 관련이 있었지만 그의 뒤를 이은 휘트먼은, 에머슨의 사상을 이어받아 "무한의 가능성을 갖고 있으며 존엄하고 신비로운 영적 존재"[94]로서의 인간관을 주창한다. 특히 휘트먼에게 있어서 인간은 "도시적이고 인위적으로 세련된 인간이 아니라 자연과 밀착된 '짐승과 더불어 생활하고 바다와 숲의 냄새를 그대로 지니는' 원초적 인간"[95]

---

92) 이창배(편저), 「에머슨의 생애와 사상」, 『미국 초절주의자 3인선』, 동국대학교출판부, 1998, p.220.

93) 앞의 책, p.214.에서 재인용.

94) 앞의 책, p.516.

이다. 그와 동시에 그의 대표작인 『풀잎』에 등장하는 인물은 "현실에서 도피하고 명상하는 '시적'인 인물이 아니라 움직이고 생활하는 야성적인 인간이다. 그리고 그 자연은 추상화된 관념의 자연이 아닌 생활의 현장이고 환경이다. 또한 휘트먼의 '인간'은 개인이지만 대중 속의 개인, 대중과 함께 있는 개인이다. 현실과 유리된 추상적인 인간이 아닌 사회 속의 인간이며 남과 더불어 생활하는 현실의 인간이다."[96]

초절주의의 이러한 사상은 지브란에게서도 폭넓게 감지된다. 즉 지브란에게서 엿볼 수 있는 범신론적 사상이 그러하며 자연에의 찬미 그리고 저항의식에서 문명과 대비되는 자연과 일상에서 성실히 살아가는 일반 사람들의 모습이 그러하다. 즉 세기말의 혼란기를 거쳐 아방가르드의 저항의식[97]을 맛보며 초절주의에서 나름대로의 돌파구를 엿보았던 것이다.

## 2.2.2. 코엘류: 히피와 구체주의(concretism)

코엘류가 태어난 해는 1947년이다. 그가 본격적인 문학창작 활동을 시작한 것은 1986년으로서 이 두 시기를 중심으로 살펴보기로 한다. 우선 대외적으로 볼 때 2차세계대전 이후 세계는 동독과

---

95) 앞의 책, p.516.

96) 앞의 책, p.517.

97) 당대의 시대적 상황과 예술적 조류(특히 아방가르드)와 관련하여 지브란과 코엘류는 그 조류의 핵심정신인 기존 가치체계에 대한 저항의식과 어우러지며 자신이 이미 갖고 있던 저항의식을 더욱 심화시켰던 반면에 전위예술이 보여 주었던 형식에 있어서의 혁명의 경우 지브란에게는 일부나마 작품 형식에서의 변화(형식상 전통적인 시에서 자유로운 산문시로의 변화)를 꾀하는 토대가 되어 주었지만 코엘류의 경우는 브라질 전위예술이 추구하던 정체성 확보라는 화두와 지속적으로 연결되어 있어서 작품의 구조나 문체 면에서는 큰 변화를 감지하기 어렵다.

서독을 가로막은 베를린 장벽의 설치, 쿠바의 미사일 위기, 베트남 전쟁 등 냉전시대로 치닫다가 파리의 68학생운동과 히피, 록음악의 열풍으로 이어졌다.

그런데 1, 2차세계대전을 거치면서 그때까지 서구가 굳게 믿었던 데카르트의 이성적 주체는 잔학성과 비이성성을 지닌 허구임이 드러났다. 나아가 1950년대 말 레비스트로스의 구조주의(예, 『야생의 사고』)는 유럽중심주의 사고가 얼마나 허황된 것인가를 여실히 보여 주었고, 미국의 베트남 참전으로 불붙은 반전운동과 68학생운동 그리고 그와 병행하며, 전 세계로 퍼져 나간 허무주의적·무정부적 히피물결과 록큰롤은 새로운 시대의 새로운 패러다임을 요구하고 있었다. 그것은 급격한 사회적 변동에 대한 기성세대들의 기존가치관 고수 그리고 변화를 요구하는 젊은 세대 간의 알력으로 표출되었다.

특히 전후 세대와 그 이전 세대 간의 가치관 충돌이 그 저변에 깔려 있는 히피운동은 냉전의 산물이자 물질문명에 대한 거부감과 표현에의 자유라는 화두가 어우러진 인류의 가치관과 정체성(identity)에 대한 물음이기도 하였다. 후에 전기(傳記)적 요인 편에서 다시 보겠지만 2차세계대전을 전후한 기성세대와 신세대의 가치관 차이와 갈등에서 시작된 히피는 록음악과 더불어 코엘류의 삶과 문학에 큰 흔적을 남겨 놓았다.

한편 국내적으로 볼 때 2차대전이 끝난 직후에 태어난 코엘류가 세 차례에 걸쳐 정신병원에 수용되던 시기, 그러니까 17세, 18세, 19세 때[98]인 1960년대는 정치적으로 쿠데타를 통해 군부 우익정

---

98) 2004년 6월 14일자 The Times of India지와의 인터뷰에서 코엘류는 자신이 입원한 시기

권이 들어섰던 시기(1964~1985)이자 브라질 국내에서 구체주의
(Concretism, 1950년대 초~1960년대 중반)를 중심으로 한 전위예
술운동이 왕성하게 전개되던 시기이다.

아롤두 지 캉푸스(Haroldo de Campos), 아우구스투 지 캉푸스
(Augusto de Campos), 데시우 피그나타리(Décio Pignatari), 페헤이
라 굴라르(Ferreira Gullar)를 중심으로 전개된 이 전위예술(특히 시
문학)은, 1922년 브라질의 모더니즘을 출발점으로 꾸준히 전개되어
온, 브라질의 정체성 확보를 위한 지식인들과 문예인들 중심의 전
위예술이었다. 즉 1920년대 모더니즘 이후 브라질의 지식인들과
문예인들이 자국의 정체성 확보라는 목표를 가장 치열하면서도 열
정적으로 추진했던 문예운동이었던 것이다.

이러한 배경에서 탄생한 구체주의의 특성은 지브란이 프랑스를
비롯한 유럽에서 목격한 전위예술과 크게 다르지 않았다. 구체주
의, 특히 시문학 부분에서 나타난 특징들을 중심으로 코엘류와 관
련하여 요약을 하면 다음과 같은 내용이 될 것이다.

첫째, 지브란이 목격했던 20세기 초처럼, 브라질에서도 기존 사
회에 대한 반발과 단절이 급속도로 진행되어 옥타비오 파스가 말

---

가 17, 18, 19세 때라고 말한다. "My parents put me in a mental institution thrice:
when I was 17, 18, 19." 하지만 그의 공식 홈페이지와 에이전트사 홈페이지에서는
1966년과 1968년 사이에 세 차례 정신병원에 입원했다고 되어 있다. 그런데 코엘류는
1947년생이므로 에이전트사의 말을 믿는다면 만으로 19세에서 21세 사이에 입원한 셈이
된다. 하지만 본 연구는 코엘류의 증언을 따르기로 한다. 코엘류 홈페이지의 FAQ란에 올려
진 내용 원문은 다음과 같다. "Você esteve realmente internado em um asilo, como
em Veronika decide morrer"? – Infelizmente, "sim". Na Casa de Saúde Dr. Eiras,
por três vezes(1966, 1967, 1968). 그리고 에이전트의 홈페이지 원문은 다음과 같다.
"As a teenager, he had to face the brutality of electric shock treatment in the
psychiatric hospital where his parents, who took his rebelliousness as a sign of
madness, interned him three times between 1966 and 1968."(http://www.santjordi-
asociados.com/biography.htm). 이상 두 홈페이지 검색일은 2007년 10월임.

한 전통과의 단절이 또 다른 하나의 전통으로 자리매김하는 현상이 일어났다는 것이다. 이것은 기존 사회의 가치체계에 대한 도전이자 새로운 시대에 대한 열망을 의미한다. 또 개인의 자유와 정체성을 억압하는 군정의 폭정과 맞물려 코엘류에게 기존 사회의 가치체계에 대한 격한 저항의식을 고취하고 나아가 '대안사회'를 꿈꾸게 했다.

둘째, 후기에 들어서면, 앞서 지브란 편에서 언급한, 이중의 부정성과 극단적인 언어의 실험으로 인한 추상화(抽象化) 경향을 강하게 드러내면서 그들도 결국 대중으로부터 멀어지고 말았지만 구체주의는 직접적이고 감각적인 의미 전달(커뮤니케이션)을 위해 언어의 시각적 형상화를 추구하였고 나아가 숫자와 일반 생활언어를 시의 영역에 끌어들임으로써, 러시아의 마야코프스키처럼, '대중 속으로'라는 모토를 외쳤다는 것이다.[99]

그런데 1964년 쿠데타를 통해 집권한 군부정권이 이러한 흐름을 차단함으로써 변화를 고대하던 많은 문예인들과 지식인들에게 절망을 안겨 주었다. 그들 가운데 많은 사람들이 군정의 압력과 검열에 견디지 못하고 해외로 도피하거나 망명을 하였었다. 브라질 최고의 록 가수였던 하울 세이샤스의 작사자로 활동하며 히피물결

---

99) 셋째, 내용과 형태, 구문과 의미의 관계를 명확히 했다는 것이다. 다시 말해, 전위시에서는 형태가 곧 내용이라는, 구조가 곧 의미라는 관계가 명확히 드러난다는 점이다. 넷째, 구체시 역시 결국 언어의 형상화를 통한 또 하나의 급진적인 메타언어라는 것이다. 다섯째, 언어의 형상화는 미술과 조각, 건축 등 주변 학문과의 접목을 야기하여 시의 영역을 확대함과 동시에 학제간의 활발한 교류를 야기했다. 여섯째, 이러한 특징을 가졌던 브라질의 구체시는 언어의 시각화와 형상화, 그리고 열정적인 실험성으로 인해 그 후 국내외에 많은 아류사조들을 낳았을 뿐만 아니라 오늘날 브라질 신문과 방송, 광고 등에 많은 영향(특히 언어의 시각적 형상화 부분에서)을 미쳤고 나아가 70년대 이후 지금까지 브라질 문화 전반에 큰 활력소로 기여하였다는 것이다(박원복, 「1950~60년대 브라질 전위문학」, 『이베로아메리카』(2집), 부산외국어대학교 이베로아메리카 연구소, 2000).

에 푹 빠졌던 코엘류도 군정의 고문과 압력으로 큰 좌절을 맛보아야 했다. 국내의 이러한 상황은 대외적인 상황과 어우러지면서 더욱 복잡하고 격하게 전개되어 갔다.

그러니까 1950년대 초부터 60년대 중반 사이에 브라질의 정체성 확보를 위한 지식인들과 문예인들 중심의 전위예술운동(구체주의)은 젊은 코엘류 자신의 정체성 확보를 위한 몸부림의 시기와 맞아떨어지고 있는 것이다. 또한 그 전위예술의 저변에 깔려 있는 기존 사회의 가치체계에 대한 도전과 새로운 시대에 대한 열망 그리고 '대중 속으로'의 모토 역시 코엘류의 저항의식이 대중성과 저항성이 강한 록음악으로 표출되던 시기와 일치하면서 그의 도전적이고 반항적인 성격 형성과 표출에 넓은 의미의 배경으로 작용했다고 볼 수 있을 것이다.

그리고 히피운동과 록음악, 혹독한 군정시절로 점철된 그 격랑의 시대 이후 코엘류는 New Age 운동[100]과, 1989년 베를린 장벽의 붕괴로 급기야 냉전의 끝을 목격할 수 있었다. 이와 때를 같이하여 세계는 신자유주의 체제하에서 세계화 물결에 급속히 휩쓸리어 갔으며 철학과 예술은 이른바 기존 가치체계와 관념의 해체를

---

100) 뉴에이지(New Age)운동은 1900년 스위스에서 시작된 운동으로, 물질만능시대에 정신적 공허감을 느끼는 사람들이 개인의 영성(靈性)이 지니는 긍정적긴 힘을 믿고 서로 협력함으로써 궁극적으로 개인과 사회 나아가 인류를 탈바꿈시키고 구원을 이룰 수 있다고 믿는 움직임을 일컫는다. 한 가지 흥미로운 사실은 이들의 출발점이 종교적이었던 만큼 그 기원으로서 "중세의 연금술사, 영지주의자, 카발라주의자, 헤르메스 사상가 등"을 꼽고 있다는 것이다. 신비주의와의 강한 연결고리를 볼 수 있는 대목이다. 나아가 지브란과 코엘류에게 강한 영향을 주었던 윌리엄 블레이크의 신비주의 사상에 이어, 그로부터 영향을 받은 에머슨 등의 직관(초절적 이성)의 힘을 강조한 '초절주의'를 그 흐름 중 하나라고 지적하고 있는 것은 매우 흥미로운 일이다(메릴리 퍼거슨(김용주 옮김), 『뉴에이지 혁명』, 정신세계사, 1987, pp.11～71. 참조. 원제: The Aquarian Conspiracy). 윌리엄 블레이크와 뉴에이지 관계에 대하여는 Kathleen Raine, "Berkeley, Blake and the New Age", Blake and the New Age, pp.151～179. 참조.

핵심으로 하는 포스트모더니즘[101] 시대로 치달았다. 특히 포스트모더니즘의 탈중심주의적 사고는 그동안 소외되었던 라틴 아메리카 문학의 붐을 일으키는 데 많은 기여를 했고 코엘류의 작품이 세계적 베스트셀러가 되는 데에도 일부나마 공헌한 것으로 보인다. 즉 냉전의 와해는 그로 하여금 사상적 긴장감과 좌절에서 벗어나게 해 주었으며 세계화로 대변되는 신자유주의와 라틴아메리카 문학의 붐은 그의 작품 시장을 세계무대로 넓혀 주었다고 볼 수 있다. 그리고 포스트모더니즘은 간결한 문체를 바탕으로 적절한 경구(警句)와 우화적 소재들을 곁들인 일명 'Kitsch 문학'적 속성과 자기 계발적 성격의 그의 작품이 세계를 무대로 상업화될 수 있는 이데올로기적 지지대로 작용한 것으로 풀이된다.

이상에서 살펴보았듯이 지브란과 코엘류는 세기말이라고 하는 가치관의 혼란 시대와, 새로운 패러다임을 추구하던 아방가르드 예술[102] 그리고 이를 극복하려는 밀레니엄 초기의 시대정신을 거치

---

101) 그러나 뭐라고 해도, 2차세계대전 이후, 코엘류가 암울한 청소년기를 거쳐 작가로 변신할 때까지 살았던, 그 시대의 사회문화적 특징을 꼽는다면 바로 포스트모더니즘일 것이다. 20세기 후반 전 세계 지식인 사이에서 거대한 담론으로 자리 잡은 포스트모더니즘은 현상 자체보다는 이론의 논쟁이 먼저 가열되면서 그 정의상 갖가지 주장을 낳았다. 하지만 분명한 것은 그것이 우연하게 발생한 것이 아니라 이미 오래전부터 눈에 보이지 않게 구체화되고 있었다는 것이다. 백낙청에 의하면 포스트모더니즘은 모더니즘의 연장선상에 있으며 이에 대하여 김욱동도 공감을 표한다. 김욱동은 포스트모더니즘이 모더니즘과의 단절이라고 보기보다는 그것의 정신을 논리적으로 계승하면서 발전시킨, 비판적 반작용의 것이라고 주장하면서 그 근거로 양 사조가 공유하는 공통점, 즉 '1) 전통과의 단절, 2) 불확정성, 3) 파편화, 4) 반(反)리얼리즘, 5) 전위적 실험성, 6) 아이러니와 패러독스 그리고 7) 비역사성과 비정치성'을 꼽는다(김욱동, 〈포스트모더니즘의 개념과 본질〉, 『포스트모더니즘의 이해』(김욱동 편), 문학과 지성사, 1990, pp.422~423). 그러니까 그 근저에는 지브란이 살았던 20세기 초의 아방가르드 예술정신이 상당수 자리 잡고 있음을 엿볼 수 있다. 그러면서도 포스트모더니즘이 지니는 모더니즘과의 변별적 차이점으로서 김욱동은 '1) 자아와 주관성에 대한 새로운 입장, 2) 패러디와 패스티쉬, 3) 행위와 참여, 4) 임의성과 우연성, 5) 주변적인 것의 부상, 6) 탈장르화나 장르 확산, 그리고 7) 자기 반영성'(앞의 책, p.433) 등을 지적한다. 즉 아방가르드 예술의 실험성과 자크 데리다로 대변되는 해체주의와 탈중심화가 그 저변에 깔려 있다는 말이다.

면서 자연스럽게 모든 것이 하나라는 신비주의 사상을 수용하고 전파하였으며 그들의 삶이나 작품 역시 이러한 문학 외적 요인들의 흐름과 크게 다르지 않다는 것을 보여 준다. 나아가 이들은 전위예술의 정신처럼 기존 사회의 낡은 가치관에 대하여 첨예한 저항의식을 표출하면서도 결국 창작활동을 통해 그 체험을 - 물론 그 표출방식은 각각 달랐지만 - 정화하면서 인류사회에 희망을 주는 신비주의적 개념의 사랑과 꿈의 메시지를 일궈 내었다. 그리하여 세계인의 마음을 움직인 베스트셀러 작가 대열에 나란히 합류하였다는 사실을 볼 때, 두 작가를 세기말의 혼란의 시대와 그것으로부터의 탈출 및 희망을 찾는 밀레니엄 시대의 흐름과 분리하여 생각하기는 힘들 것이다.

## 2.3. 전기(傳記)적 요인

문학작품에 있어서 작가의 개인적인 삶은 그의 창작활동에 있어서 여타 외적 요소들보다도 큰 영향력을 가진다. 그 이유는 작가

---

102) 서론 부분에서도 언급하였지만 어떤 작가나 예술적 조류의 영향이란 대다수 추상적이며 다면적이고 다층적으로 이루어지기 때문에 두 작가가 경험했던 전위예술이나 시대상황이 이들에게 어떤 영향을 직접적으로 미쳤다고 보기에는 무리가 많다. 굳이 이를 연관시켜 보자면 전위예술의 경우 기존의 가치체계에 대한 격한 저항의식을 들 수 있겠다. 그러나 전위예술의 경우 형식이 곧 내용이라는 이상(理想) 또는 그 저항의식을 형식으로 드러낸 양상(예, 언어에 대한 끝없는 실험정신) 등을 고려할 때 두 작가에게서 찾을 수 있는 전위예술의 영향이란 매우 희박하다. 즉 지브란의 경우 아랍의 전통율격을 파괴한 산문시를 주로 썼다는 것이 이와 어느 정도 관련된 것이라고 볼 수 있지만 작품의 내용은 아랍문학의 우화적·교훈적 내용을 답습하고 있으며 코엘류의 경우도 난해하고 아카데믹한 문체를 벗어나 간결하고 단순한 문체를 구사하고 있다는 점에서 일회성적 소비 패턴에 편승한 포스트모더니즘적 영향을 엿볼 수 있지만 그것은 많은 사상과 감정을 짧은 문장 속에 응축시켜 표현해야 하는 음악작사자로서의 활동과 저널리스트로서의 활동 영향이 더 컸던 것으로 보인다.

의 개인적인 삶이란 그의 육체적·정신적 성장 내지는 변화와 창작 활동에 어떤 외부 요소들보다도 긴밀한 영향력을 행사하기 때문이다. 즉 그의 개인적인 삶과 경험은 곧바로 그의 문학적 소재로 차용될 수 있기 때문이기도 하며 그러한 면은 특히 코엘류의 작품에서 많이 엿볼 수 있다.

또한 앞서 살펴본 지리적 요인과 시대적 상황 및 예술적 풍토 등도 일단은 작가의 정신 혹은 삶이라는 여과기를 거쳐 작품으로 표출되기에 그 삶의 굴곡이 심하면 심할수록, 그 굴곡을 정화하는 삶의 힘이 크고 폭이 넓으면 넓을수록, 깊이가 깊으면 깊을수록, 작품 역시 다양한 스펙트럼을 나타낼 가능성이 많고 또한 독자층 역시 넓고 깊어질 가능성이 많다. 세계적인 작가로 알려진 지브란과 코엘류의 경우가 여기에 해당하지 않은가 한다.[103)

### 2.3.1. 지브란의 이주민 체험: 보스턴, 파리, 뉴욕

지브란의 생애 및 예술 활동과 관련하여 우리는 레바논이 '성서의 땅'으로 불릴 만큼 종교와 아주 밀접한 지역이었고 문화적으로나 종교적으로 다원주의를 추구한 나라였음을 확인한 바 있다. 지브란이 가끔 "나는 가슴의 반쪽에는 예수를, 다른 반쪽에는 마호메트를 품고 있다."[104)고 말한 것은 그가 태어난 레바논의 이러한 배경이 그의 인격 형성에 어느 정도의 토대로 작용했음을 의미한다.

---

103) 그리고 지브란과 코엘류의 전기(傳記)를 살펴보는 데 있어서 각 기간을 나눈 기준은 각자의 창작 활동에 큰 변화나 전환기가 있었는가 여부에 초점을 맞췄을 뿐 나이와는 상관이 없음을 밝혀 둔다.

104) 수헤일 부쉬루이·조 젠킨스, p.23. 재인용.

먼저 지브란의 어린 시절과 관련하여, 레바논이 '성서의 땅'이라고 불린 점에 주목하고자 한다. 모세가 하느님이 말씀하신 바를 이스라엘 인들에게 전하는 과정에서 '약속의 땅'으로 불리기도 했던[105] 레바논은 이스라엘의 솔로몬 왕이 성전을 짓는 데 필요한 삼나무를 제공한 곳이기도 하다.[106] 아울러 이곳은 출중한 외모의 페르시아 농업의 신 타무즈(아도니스)와 미의 여신인 이슈타르(비너스)가 사랑을 나누던 신화 속의 장소이기도 하다. 또한 1,500년이 넘은 삼나무가 아직도 400여 그루나 존재하는 '와디 카디사'의 중턱에 자리 잡은 지브란의 고향에는 많은 종교적 구도자들이 절벽에 동굴을 파고 구도하던 흔적이 남아 있을 만큼 계곡의 시냇물 소리와 우거진 삼나무 숲 그리고 산 위에 하얗게 덮인 눈들과 더불어 저절로 경건한 종교적 심성이 우러나게 한다고 한다.[107]

이러한 주변 환경은 기독교 집안에서 자란 지브란에게 더욱더 종교적인 것에 친숙할 수 있는 여건을 마련해 주었을 것이고 상상력을 풍요롭고 넓게 키워 주었을 것이다. 실제로 원래부터 혼자 있기를 좋아했던 지브란은 어릴 때 그 계곡의 숲으로 혼자 들어가 많은 시간을 보내며 아름다운 산야의 신비경에 빠져들었고 그럴 때마다 상상의 나래를 펴면서 시심이 가득한 그림을 그리곤 했다고 한다. 그가 이러한 분위기를 좋아한 것이 천성적일 수도 있지만 세리였던 부친의 술과 도박 그리고 거친 말투 등이 감수성 예

105) 「구약 신명기 제1장 6절」, 『성경』, 한국천주교 주교회의, 서울: 한국천주교 중앙 협의회, 2005. p.253. 향후 본 연구에서 인용되는 성경 구절은 모두 한국천주교 주교회의가 발행한 2005년 판 성경에 근거하기로 한다.

106) 「구약 열왕기 상권 5장 20절」, 『성경』, 한국천주교 주교회의, p.409.

107) 조지 키랄라, pp.138-140. 참조.

민한 어린 지브란에게 사랑과 관심의 부족으로 혼자 있기를 좋아하는 습관을 갖게 한 것일 수도 있다. 하지만 그럴수록 그는 어머니에게서 심리적 위안과 안정을 찾았고 그녀의 이해심 깊은 사랑으로 이를 극복해 나갔다.

또 한 가지 주목할 것은 그가 고집이 세고 독단적이었으며 가끔 자신의 출신에 대하여 거짓말을 늘어놓곤 했다는 점이다. 1898년 10월, 아랍어와 문학을 공부하기 위해 시카고에서 레바논으로 돌아온 그는 베이루트의 알 히크마('지혜의 학교')에 들어갔었다. 그는 "고전 아랍어 같은 과목에서 상당히 뒤처졌음에도 불구하고 (……), 상급반에 받아 줄 것을, 그리고 새로운 체제에 적응하는 기간인 3개월 동안은 질문을 받지 않을 수 있도록 해 줄 것을 요구"[108]하며 학교 측에 그 주장을 관철시켰다고 한다. 나아가 미국 보스턴에서 생활할 때에는 "가끔 인도에서 태어났다고 하기도 하고, 어린 시절에 마법에 걸렸다는 둥, 사자를 애완동물로 키우는 귀족의 친척이 있다는 둥, 조상이 왕자였는데 13세기에 안티오키아에서 십자가에 처해졌다는 둥의 전력을 만들어 내기도 했다."[109]

또 뉴욕 생활 때에는 "자신과 의견이 맞지 않는 사람이 자신의 적일 경우 그는 '확신에 차고 교만하고 독단적이고, 무례할 정도로 단호한' 자세를 취했다. 그의 성격은 모순으로 가득 차 있어서 신랄함과 온화함, 허영심과 겸손함, 방어 본능과 개방성이 공존하고 있었고, 따라서 그는 금방 흥분했다가 우울해지곤 했으며 달래기도 쉬웠고 생기를 회복하는 것도 빨랐다. 화도 잘 내지만 침착하기도

---

108) 알렉상드르 나자르, p.56.
109) 수헤일 부쉬루이 · 조 젠킨스, p.17.

한 그의 성격은 아주 가까운 사람들에게도 수수께끼였는데, 이에 대해 지브란 자신은 '우리를 이해하는 사람은 우리를 노예로 만든다.'[110]라고 썼다.

심리학에서는 흔히 이러한 거짓말을 누구나 발달상에서 겪는 사회화의 한 과정으로 본다.[111] 하지만 혼자 있기를 좋아하며 출신에 대하여 거짓말을 종종 하고 나아가 독단적이고 변화의 기복이 심한 성격을 보인 것, 특히 적으로 간주되는 사람에게 '확신에 차고 교만하고 독단적이고, 무례할 정도로 단호한' 자세를 취하는 성격이 있었음은 그의 작품과 여러모로 연관 지어 볼 수 있다. 즉 나르시시즘적 특성이 여러 곳에서 포착된다는 말이다. 몇 가지 예를 살펴보자.

> 시인이란 당대에는 주목받지 못하는 존재.
> 그리고 하늘의 거처로 되돌아가기 위하여
> 마침내 이 세상을 떠남으로써 알려지는 존재.
>
> 세상 사람들에겐 단지 작은 미소만을 기대하는 사람이 시인이다.
> 시인의 숨결은
> 살아 있는 환상으로 아름다움을 피워 올리며
> 하늘을 가득 채운다.
> 그러나 사람들은 시인이 살 곳을 허락하지 않는다.
>
> (〈시인〉, 『눈물과 미소』, p.143.)[112]

---

110) 앞의 책, p.25.

111) 찰스 포드(우혜령 옮김), 〈서문〉, 『마음을 읽는 거짓말의 심리학』, 이끌리오, 2006, (원제: LIES! LIES! LIES!The Psychology of Deceit) 참조.

112) 이후 칼릴 지브란의 작품 인용은, 별도의 언급이 없는 한, 이옥선이 옮긴 『사랑이 그대를 찾아오거든 가슴을 열어라』(서울: 책이있는마을, 2001)에 실린 작품에 기초하며 페이지 표시도 이 책에 준하기로 한다. 그리고 이 선집 이외에 실린 지브란의 작품을 인용하거나 언급할 시에는 출판사, 옮긴이, 출판연도를 별도로 표시할 것이다.

시인이란 불행한 사람들이다. 그들의 영혼이 아무리 높은 곳에 도달할지라도 저들은 여전히 눈물의 봉지 속에 갇혀 있을 것이기 때문이다.

(『부러진 날개』, p.46.)

나는 어떤 땅에서는 이방인이며 어느 민족들 속에서는 국외자였다.

(『눈물과 미소』, p.190.)

그리스도는 몇 번씩이나 이 세상에 오셨으며, 이 땅의 여러 나라를 돌아다니셨습니다. 그때마다 그는 늘 이방인이나 미친 사람으로 취급받았습니다.

(〈예수를 일컫는 이름들: 제베대오의 아들 요한〉, 『사람의 아들 예수』, p.359.)

유형지에서 보낸 지난 몇 년간의 일에 대해 나는 아무런 유감이 없다네. 진리를 추구하고 인류를 깨우치려는 사람은 고통을 당하게 마련이니까.

(『현자의 목소리』, p.690.)

예수가 '이방인이나 미친 사람으로 취급되었다.'라는 표현이나 자신 역시 '어떤 땅에서는 이방인이며 어느 민족들 속에서는 국외자'라고 표현하며 동일시하는 모습, '당대에는 주목을 받지 못하고 세상을 떠나서야 비로소 알려지는 존재' 등의 표현에서 고독한 선지자 혹은 예언자의 나르시스적인 모습을 엿볼 수 있다. 나아가 사람의 아들 예수에 대하여 "우리 인간들과 똑같이 태어났습니다. 그리고 우리들이 그랬던 것처럼 바로 이 땅 위에서 성장했습니다. (……) 그는 우리와 같은 인간"[113]이라든가 "우리 인간들이 느끼는 배고픔과 목마름을 느끼던"[114] 사람의 아들이었고 나아가 "영혼은 언제나 하늘 저 높은 곳에 머물러 있었던"[115] 고독한 시인으로 표

---

113) 〈예수를 일컫는 이름들: 제베대오의 아들 요한〉, 앞의 책, p.359.

114) 앞의 산문, p.361.

115) 앞의 산문, p.363.

현함으로써 지브란은 일체감을 드러내고 있다. 그의 이러한 특성은
또 그의 작품 제목과 등장인물들에서도 엿볼 수 있다. 예를 들면 『광
인』, 『선구자』, 『예언자』 등이 그러하며 이 가운데 대표작으로 꼽
히는 『예언자』의 주인공 알무스타파는 아랍어로 '선택받은 자'라
는 뜻이다.

하지만 지브란의 나르시시즘적 특성은 라캉이 말하는 거울단계
로 보기에는 무리라고 본다. 거울을 바라보는 주체는 그 거울에
비친 "대상과 자신을 일치시키고 타자의 욕망과 자신의 욕망을 구
별하지 못하는 오인 혹은 환상의 단계에서 빠져나오지 못하기에
타자의식이 전혀 없다."[116] 그래서 그러한 심리상태를 라캉은 광기
라고 규정하면서 "자기 의견만이 절대적인 진실이라고 착각하는
독선적인 정치가 혹은 사람들을 환자의 범주에 넣"[117]고 있다. 하
지만 지브란의 경우 앞서 인용한 작품들 외에는 오히려 타자의식
이 매우 강하게 드러나고 있다.

1895년, 12세가 되던 해에 지브란은 세리(稅吏)였던 부친을 제
외한 모친과 3명의 형제와 함께 미국으로 이민 길에 오른다.[118]

---

116) 권택영, 「해설: 라캉의 욕망이론」, 『욕망이론』(자크 라캉(권택영 엮음), 민승기, 이미선, 권
   택영 옮김), 문예출판사, 1994, p.16.

117) 앞의 책, p.16.

118) 수헤일 부쉬루이와 조 젠킨스 그리고 알렉상드르 나자르의 말을 인용하면 지브란 가족이
   이민을 결심한 것은 무엇보다도, 1891년 세무공무원이었던 지브란의 부친이 세금횡령죄
   로 3년간 재판을 받았으며 그 결과 유죄선고를 받아 모든 재산을 몰수당하여 살길이 막
   막했기 때문이라고 말하고 있다. 그리고 1860년부터 1914년까지 아메리카 대륙으로 이
   민을 떠난 레바논 사람은 33만 명에 이를 정도로 당시에 신대륙으로의 이민은 열풍과도
   같았다. 알렉상드르 나자르는 엘리 사파가 지은 『이민을 떠난 레바논인들』(성 요셉 대학,
   베이루트, 1960)을 근거로 이와 같은 통계를 제시하면서도 21만 7천여 명이었다는 다른
   자료도 제시한다. 그 다른 자료란 2001년 10월 발행된 『레바논 국방』(A. 아다트 저)을
   가리킨다. 그리고 파울루 코엘류가 태어난 브라질에도 레바논과 시리아 사람들이 많은 이
   민을 왔으며 지브란의 모친 카밀라는 자신의 첫 남편과 브라질로 이민을 간 적이 있었다.
   2007년 현재 브라질에는 레바논 출신 이민자와 그 후손들이 약 600만 명에 이른다.

미국에 도착한 지브란의 가족은 시카고의 일명 차이나타운이라고 불리던 빈민지역 근처의 허드슨 가(街)에 정착하였으며 여기서 그는 화가와 시인으로서의 꿈을 구체화하기 시작한다. 동방에서 온 그의 눈에 비친 시카고는 20세기 산업문명의 중심이었던 미국의 상징이었으며 기회의 땅을 의미하기도 하였다. 또한 그에게 있어서 시카고는 범죄와 빈부의 격차 등 화려한 기술문명의 우울한 그림자를 상징하기도 하였다. 그리하여 활력이 넘치는 문명의 대도시 속에서도 이방인으로서 느끼는 외로움은 아름다운 자연 속의 조국에 대한 향수로 바뀌었고 그 향수는 종교분쟁으로 처참하게 찢겨진 조국에의 분노와 사랑이라는 이중적인 감정과 뒤섞인 형태로 그의 문학 전반에 나타나고 있다.

그가 이민 초기에 시카고에서 만난 사람들 가운데에는 예술계에서 마당발로 통하던 프레드 홀랜드 데이(Fred Holand Day)가 있었다. "대담하면서도 상징주의와 신비주의를 담아내는 작품을 찍는 사진작가"[119]였던 홀랜드 데이는 지브란의 예술적 재능을 높이 평가하여 당시의 예술계 모임에 지브란을 자주 초대하면서 지브란의 욕구를 충족시켜 주었는데 바로 그가 지브란의 문학세계에 엄청난 영향을 미친 영국의 낭만주의 작가 윌리엄 블레이크(William Blake, 1757~1827)의 작품을 소개해 주었던 것이다.[120]

---

119) 알렉상드르 나자르, p.44.

120) 수헤이 부쉬루이·존 젠킨스는 지브란이 1910년 1월 파리에서 로댕을 만났을 때 그로부터 윌리엄 블레이크의 작품을 소개받고 읽기 시작했다고 한다(『아름다운 영혼의 순례자, 칼릴 지브란』, 2000, p.160). 하지만 알렉상드르 나자르는 지브란이 초기 이민시절 프레드 홀랜드 데이로부터 윌리엄 블레이크를 읽어 보라는 추천을 받았다고 한다(『칼릴 지브란』, 2007, p.45). 그런데 당시의 미국사회에서는 윌리엄 블레이크의 영향을 받은 많은 작가들(예, 에머슨)이 일명 초절주의라는 문예운동에 깊이 심취하고 있었으므로 파리로 떠나기 전에 프레드 홀랜드 데이로부터 이미 윌리엄 블레이크에 대한 정보를 얻어 그의 작

지브란은 블레이크의 작품을 "영어로 쓰인 것 중 가장 심오한 것이며 가장 신에 가까운 것"[121]이라면서 그를 '내 영혼과 형제간인 영혼'[122]이라고 부를 만큼 엄청난 영향을 받았다. 서로가 화가이자 시인이라는 공통점 외에 두 작가는 모두 예수를 위대한 시인이자 예언자로 인식하고 있다. 나아가 윌리엄 블레이크의 모든 종교는 하나라는 사상[123]과 범신론적 신비주의[124]는 지브란에게도 깊은 흔적을 남겼다.

2년 뒤인 1898년에, 4형제 중 유독 문학과 예술에 재능을 보인 지브란을 공부시키기 위해 절치부심하던 모친과 이복형인 부트로스의 권고로 지브란은 레바논으로 돌아온다.[125] 3년간 머문 이 시기에 지브란은 마론파가 베이루트에서 운영하던 학교 알-히크마 (일명, 지혜 학교)에 입학하였으며 그곳에서 레바논을 비롯한 아랍 문학 작품을 탐독하게 되었다. 그에게 아랍 문학을 배우는 절호의 기회가 온 것이다.

하지만 당시의 학교생활에 대해 지브란은 "학교에서 처음 2년간은 권위에 짓눌려서 힘들었다. 그 학교는 엄격했다. 선생들은 미국

---

품을 읽기 시작했을 가능성이 커 보인다.

121) 수헤일 부쉬루이・조 젠킨스. p.93.

122) 앞의 책. p.160. 재인용.

123) 허봉화. 『William Blake의 神秘主義』. 형설출판사. 1986. p.15.

124) 앞서 살펴보았지만 일반적으로 범신론을 '모든 것이 신이다.'라고 한다면 신비주의는 '신은 모든 것이다.'라고 할 수 있다. 이것을 도식으로 표현하자던 범신론은 '자연〉신'으로. 신비주의는 '신〉자연'이 된다. 하지만 이 경계가 매우 모호하고 또 학자마다 의견이 달라서 정확한 정의를 내리기 힘들다. 그래서 여기서 사용하고 있는 '범신론적 신비주의'는 두 개념이 모두 녹아 있는 합성어로 이해하고자 한다.

125) 알렉상드르 나자르는 지브란이 레바논으로 돌아가게 된 또 다른 이유로서. 이 무렵 지브란이 어느 상인의 부인인 한 여성(당시 30세)에게 푹 빠져 있었던데다가 지브란을 많이 도와준 홀랜드 데이가 동성연애자라는 사실 때문이었다고 부연한다(알렉상드르 나자르. p.50).

에서보다 훨씬 더 무례했다. 나는 그들의 규율을 믿지 않았고 절대로 복종하지 않았다. 그렇지만 다른 학생들보다 벌은 더 적게 받았다. 왜냐하면 나는 다른 방식으로 그것을 보상했기 때문이다. 나는 공부를 굉장히 열심히 했다."126)라고 술회한다.

엄격한 규율로 학교 적응에 많이 힘들었지만 이 시기에 그는 프랑스어를 배워 빅토르 위고, 샤토브리앙, 루소 등의 작품을 읽었으며 『예언자』의 초고가 될 『좋은 세상을 위하여』를 아랍어로 쓰기 시작했고127) 나아가 친구로 지냈던 유세프와 1900년 ≪등대, 진리, 부활≫이라는 잡지를 창간하기도 하였다.128)

또한 "알 히크마 재학 중 지브란은 아비세나129) 같은 위대한 수피 시인들의 아름다운 작품을 접할 수 있었고, 그의 정신적·문학적 발달에 깊은 영향을 준 알 가잘리, 이븐 아라비, 알 파라비 등의 고매한 이상도 만났다."130)

그러니까 레바논에 머무는 동안 지브란은 아랍의 고전 문학뿐만 아니라 이슬람 신비주의를 대변하는 수피사상을 접하면서 종교 사상과 문학의 폭을 넓혀 갔던 것이다.

하지만 그 기간 동안 부친과의 관계는 그렇게 원만하지 못했다. 방학 때 고향으로 돌아오면 세금 소송사건으로 고생을 한 아버지

---

126) 알렉상드르 나자르, p.58, 재인용.

127) 앞의 책, p.51.

128) 앞의 책, p.56

129) 이븐 시나(Ibn Sina' A. D. 980 - 1037)라는 이름으로 더 잘 알려졌으며 이슬람의 최고 철학자 중 한 명으로 꼽힌다.

130) 수헤일 부쉬루이·조 젠킨스, p.108. 알 가잘리(al - Ghazālī, 1058~1111)과 이븐 아라비(Ibn al - 'Arabi, 1165~1240)는 이슬람 최고의 신비주의 사상가로 알려졌으며 알 파라비(al - Farabi, 870~950)는 이슬람의 최고 철학자 중 한 명으로 꼽힌다.

는 그림과 문학에 대한 그의 재능과 열정을 무시한 채 변호사가 되라고 종용하곤 했다. 그런 가운데서도 지브란은 이따금 부친과 함께 여행을 하면서 아름다운 조국의 자연에 흠뻑 젖어들기도 했다.[131]

학업을 끝낸 1902년, 미국 보스턴에 돌아온 그는 여동생 술타나가 결핵으로 이미 사망했음을 알았고 이듬해에 여섯 살 많은 이복형 부트로스와 어머니가 1903년 3월과 6월에 각각 사망함으로써 여동생 마리아나와만 이국땅에 남게 되었다. 자신에게 교육 혜택을 주기 위하여 험한 노동도 마다하지 않았던 형과 어머니가 사망하자 본래 혼자 있기를 좋아했던 그의 성격은 더욱더 고독과 외로움에 젖어든다. 그 고독과 외로움은 복잡한 기계 소리만이 요란한 물질문명의 대명사, 시카고와 뉴욕 속에서 느끼는 이방인으로서의 고독과 어우러졌고 이것은 다시 아름다운 자연의 고국 레바논에 대한 그리움과 대비되면서 더욱 심화된다.

> 그대들 내 청춘의 동포들이여. 그대들은 저 티 없이 순수한 나날 사랑의 밀어를 속삭이던 정원이며 과수원, 그리고 연인과 만나고 헤어졌던 그 모든 장소와 길모퉁이들을 기억하리라. 나 역시 북(北) 레바논의 아름다운 마을을 기억한다. 언제나 신비의 위엄에 가득 찬 계곡들이며, 마치 하늘에 닿기라도 할 듯 영광과 장엄함으로 뒤덮인 산들이 눈감으면 떠오르곤 한다. 도시의 소음에 질린 귀를 막고 있으면 시냇물의 속삭임과 작은 나뭇가지들이 살랑거리는 소리가 들려온다. 이 모든 아름다움은 − 나는 마치 어린아이가 어머니의 품을 그리워하듯이 그 시절을 갈망하는데도 − 청춘의 암흑 속에 갇혀 있다.
>
> (『부러진 날개』, pp.34~35.)

---

131) 그때 그는 브셰리의 계곡에 버려진 마르사키스라는 수도원에 매료되어 그곳에서 많은 명상의 시간을 갖게 되며 후에 화가 겸 작가로서 재정적으로 여유가 생겼을 때 그 사원을 구입하려 하였으나 실패하고 말았다. 하지만 그 사원에 대한 집착을 익히 알았던 여동생 마리아나가 그가 사망한 뒤 그의 시신을 그곳에 안치하였다.

하지만 이때부터 그는 시카고의 많은 예술가와 문인들을 만나면서 작가와 화가로서의 꿈을 펼치게 된다. 시카고에서 만난 사람들 가운데 그에게 가장 소중했던 사람은 바로 메리 하스켈이었다. 시카고 사립학교의 교장이었던 그녀는 지브란의 그림 재능을 알아보고 열렬한 후원자이자 연인이 되었으며 그를 시카고의 예술계로 이끈 주 인물이기도 하다. 그녀의 도움으로 지브란은 제3의 인생을 살게 된다. 즉 1908년에서 1910년까지 파리에서 유학을 하며 화가와 작가로서의 삶에서 질적인 도약을 이룩하게 된 것이다.[132]

이 시기에 그는 20세기 초 '세상의 중심'이자 '예술가의 낙원'[133]이었던 그곳에서, 친구로서 역시 미술과 조각 공부를 하던 유스프 후와익을 만나 샤틀레 극장에서 이사도라 던컨의 춤을 감상하고 또 주말에는 루브르 박물관을 비롯하여 유명한 화랑들을 함께 둘러보며 입체파 등 예술계의 새로운 흐름을 보고 연구하였다. 나아가 "유럽의 유산을 섭렵하기 시작했고 특히 볼테르와 루소에게 끌렸다. 그는 두 사람을 '18세기 말 프랑스의 양심'이라고 평했고, 특히 루소의 '자연 상태의 인간이 갖는 천부의 순수성'에 대한 믿음, 물질주의와 불의에 대한 반발, 자연은 스승이라는 믿음 같은 것에 공감했다. 그는 루소의 비전, 신비로운 합일이 가져다주는 '형언할 길 없는 기쁨', 존재의 합일에 대한 생각 등에 심취했

---

132) 화가와 작가의 꿈을 동시에 키웠던 그는 프랑스를 떠난 지 1년이 넘은 1912년 4월 23일, 프랑스에 있던 친구 자밀 말루프에게 보낸 편지에서 다음과 같이 묘사한다. "파리! 오, 파리. 예술과 사상의 극장, 상상력과 꿈의 원천! 파리에서 나는 다시 태어났다. 나의 여생을 보내고 싶은 곳은 바로 그곳이고…… 나는 굶주린 내 가슴에 먹이를 주고, 목마른 나의 영혼에 물을 주기 위해 다시 파리로 가려 한다. 그곳으로 돌아가서 그곳의 신선한 빵과 마법의 포도주를 마실 거야……."

133) 지브란이 파리에서 메리 하스켈에게 보낸 편지로서 수헤일 부쉬루이·조 젠킨스, p.152. 에서 재인용.

던 것이다."[134] 그는 또 심리학자인 칼 구스타프 융, 조각가인 로
댕 등 많은 문인 및 학술적 업적을 남긴 사람들을 만나게 되고 나
아가 그곳에서 바로 니체의 책을 탐독하게 된다. 특히 그의 삶과
작품세계에 폭풍처럼 크나큰 영향을 미친 니체의 『차라투스트라는
이렇게 말했다』는 『광인』, 『예언자』, 『방랑자』 등 그의 중·후반
기 작품 전체에 깊은 흔적을 남겨 놓았다. 그는 메리 하스켈에게
보낸 편지에서 니체에 대하여 다음과 같이 말한 바 있다.

> "니체는 아마도 19세기에서 가장 위대한 사람임이 확실하오. 입센처럼 그는
> 창조했을 뿐 아니라 더 나아가 파괴했어요. 초인이라는 개념은 이제 그에게
> 있어 새롭지가 않아요. 그러나 초인에 대한 인식의 상당한 정도를 보여 주었
> 지요."[135]

또 다른 편지에서는 다음과 같이 말한다.

> "니체는 내 마음 속에 있던 말을 끄집어내 갔소. 그는 내가 소망했던 열매를
> 따 갔소. 그렇지만 그는 삼백 년 먼저 낳던 거요. 나는 나무를 키우겠소. 그리
> 하여 육백 년 앞서 그 열매를 딸 작정이오!"[136]

다음 장에서도 살펴보겠지만 위에서 인용한 편지에서 말하는 니
체의 파괴는, '신은 죽었다.'라는 말에서 알 수 있듯이, 경직되고
부패한 서구의 낡은 가치관과 도덕, 특히 가톨릭을 비판하면서 초
인 사상을 통해 서구 문명의 재해석을 요구하고 나선 것을 의미한
다. 하지만 니체의 형이상학적·무신론적 허무주의가 지브란에게

---

134) 앞의 책, pp.164~165.
135) 칼릴 지브란·메리헤스켈, 『하나의 노래가 되어 하나의 침묵이 되어』, p.84.
136) 앞의 책, pp.129~130.

그대로 전해진 것은 아니다. 후에 보겠지만 지브란은 니체의 무신론을 수용하지 않았으며 그를 사로잡은 것은 무엇보다도 기존 가치체계에 대한 니체의 개혁 의지와 열정이었다.

1910년 파리에서의 유학을 마치고 미국 보스턴으로 돌아온 그는 프랑스 파리에서 만났던 레바논·시리아 망명 정치인들을 기억하며 1911년 보스턴에 살던 레바논과 시리아 사람들을 중심으로 '알 할카알 다하비야'(일명 황금의 원)라는 비밀 모임을 만들어 터키로부터의 독립운동을 돕는 한편 뉴욕에서 발행되던 아랍어 신문 ≪미라 알 가릅≫(Mirat al-Gharb, 서양의 거울이란 뜻) 등에 격렬한 어조의 글들을 기고하기도 한다.[137] 그와 동시에 그림과 문학에도 끈을 놓지 않았다. 1912년 뉴욕으로 이사하면서 그곳에 화실을 열어 그림과 문학에 몰두하였다. 문학에 있어서 그는 35세가 되던 1918년에 아랍어 시집인 『행렬 The Procession』을 발표하면서 본격적인 문학 활동을 전개하였다. 그 뒤 1919년 영어로 『광인』을 발표하였으며 이어 1920년에는 『선구자 The Forerunner』를 그리고 1923년에는 그의 대표작인 『예언자 The Prophet』를 출간하였다. 그리고 1928년에는 『사람의 아들 예수 Jesus the Son of Man』를 출간하였다. 그러나 혹사된 육신은 끝내 그를 죽음으로 몰고 갔다. 그의 나이 48세가 되던 1931년 4월 10일의 일이었다.

## 2.3.2. 코엘류의 종교체험: '산티아고의 길'

코엘류는 1947년 브라질 리우데자네이루의 중산층 가정에서 태

---

137) 수헤일 부쉬루이·조 젠킨스, pp.196～199 참조.

어났다. 부친 페드루(Pedro)는 엔지니어였고 어머니 리지아(Lígia)는 평범한 가정주부였으며 모두 독실한 가톨릭 신자였다. 그리하여 코엘류는 7세 때 예수회가 운영하는 리우데자네이루 소재 상투 이나시우(Santo Inácio) 학교에 진학하였다. 하지만 지브란이 미국에서 귀국하여 입학한 마론파 학교처럼, 코엘류의 학교 역시 엄격한 종교 생활을 요구하여 그에겐 적응하기가 무척 어려웠다. 그 결과 그는 "규율이 잡힌 사람이 되는 법을 배웠지만 신앙을 잃었다."라고 술회한다.[138]

그렇지만 그는 학교의 시문학 공모전에 당선되어 상을 받기도 하는 등 일찍부터 문학에 재능이 있음을 보여 주었다. 그럼에도 불구하고 부모는 그가 부친을 따라 엔지니어가 되길 희망하였고 이는 어린 코엘류에게 상당한 심리적 압박으로 작용하였다. 이 시절을 회고하면서 코엘류는 그 학교에서 배운 것이 바로 규율의 중요성이었다면서 일부나마 긍정적인 견해를 피력하였지만 학교뿐만 아니라 가정에서도 강요된 생활을 해야 했던 만큼 차츰 반항적인 소년으로 자라게 되었다. 그가 거의 모든 작품을 통해 기존 사회의 가치관과 도덕관에 대하여 의문을 표시하면서 '남과 다른 존재가 될 권리'(예, 『브리다』, 『베로니카 죽기로 결심하다』 등)를 강하

138) 현재까지 파울루 코엘류의 자서전은 발행되지 않았다. 그런 관계로 이제부터 언급되는 그의 삶은 2007년 10월 현재 그의 공식 홈페이지(http://www.paulocoelho.org)에 있는 자료를 참고하여 재구성한 것이며 일부는 각 언론 매체와의 인터뷰에서 밝혀진 내용을 참조한 것이다. 본 내용은 그의 홈페이지와 2001년 6월 6일자 멕시코의 Reforma지에 실린 기사 중 후안 아리아스(Juan Arias)가 쓴 『어느 순례자의 고백 Confesiones de un peregrino』의 내용을 재인용한 것이다. 관련 원문은 다음과 같다. Niño retraído y de magros resultados escolares, fue inscrito en un severo colegio jesuita, en donde "aprendió a ser disciplinado y perdió la fe religiosa", según escribe el bien comportado periodista español, Juan Arias, en el libro Confesiones de un peregrino, una serie de entrevistas con el autor encargadas por Planeta.

게 주장한 것도 이때의 개인적인 경험과 맥락을 같이한다고 볼 수 있다.

코엘류는 자신의 홈페이지[139]에서 그 무렵 읽은 헨리 밀러의 『북회귀선』이 자신의 반항적 성향을 더욱 부채질하였다고 말한다. 보다 자세히 말하자면, 어릴 때부터 반항적으로 성장하여 미국의 기계문명에 환멸을 느낀 나머지 프랑스로 이주한 그 미국작가의 전기(傳記)와 노골적인 성 묘사 그리고 기존의 문학 형식에 얽매이지 않은, 거침없이 자유로운 의식의 표현 등에서 감수성이 예민했던 코엘류가 일말의 일체감을 느낀 것이 아닌가 한다. 실제로 2005년 11월 12일자 슬로베니아의 Delo Magazine지와 가진 인터뷰에서 코엘류는 "헨리 밀러가 나를 가장 매혹한 것은 자연발생적인 자연성에 대한 그의 감각, 생각의 흐름이며 그의 작품은 우주와 자신의 육체 그리고 판타지에 대한 자신의 생각들로 포장되어 있다……내 의견으로 그는 글쓰기의 대가였다."라고 술회했다.[140] 그리고 그것이 그로 하여금 작가의 꿈을 키우게 했다.[141]

---

139) 그는 현대 문명의 이기를 매우 잘 활용하고 있는 작가로 보인다. 2007년 10월 현재 16 개국어로 서빙되고 있는 홈페이지 (http://www.paulocoelho.org)를 통해 자신의 작품소개는 물론이고 현재까지 이루어진 세계 언론과의 인터뷰, 근황, 향후 일정 그리고 각종 연설문 등을 올려 두면서 독자들과의 대화도 끊임없이 추구하고 있다.

140) 2005년 11월 12일자 슬로베니아의 Delo Magazine지와 가진 인터뷰. 원문 보기: "The thing that fascinates me the most with Miller is his sense for spontaneity, the flow of thoughts, his work is packed with theses ideas of universe, of his body, his fantasies…… In my opinion, he was a master of writing."

141) 코엘류는 2006년 1월 9일 아르헨티나의 La Nación지와의 인터뷰에서 다음과 같이 말한다. "저의 아버지는 엔지니어였습니다. 그래서 제가 자신의 길을 따라가길 바랐어요. 하지만 저는 앞이 막막하던 반항적인 젊은이였지요. 그런데 어느 날 저의 손에 헨리 밀러의 『북회귀선』이 떨어진 겁니다. 밝은 불빛 같았죠. 그러니까 저의 길을 찾았던 겁니다. 작가가 되는 것 말이죠." 원문 보기: " - Mi padre era ingeniero y quería que siguiese sus pasos, y yo era un joven rebelde sin un horizonte claro. Hasta que un día cayó en mis manos Trópico de Cáncer, de Henry Miller, y fue la

하지만 어린 시절과 사춘기 시절의 반항은 그에게 엄청난 대가를 요구했다. 아들이 학교생활에 적응을 하지 못하고 점점 반항적으로 행동하자 부모는 그가 정신병을 앓는 것으로 판단하여 그의 나이 17세 때에 정신병원에 강제 입원을 시키고 말았다.[142] 거기서 그는 전기충격 요법 등 청소년으로서 감당하기 힘든 경험을 하게 되었다.[143]

정신병원에서 퇴원한 뒤 코엘류는 저널리즘에 관심을 갖기에 이른다. 하지만 그것도 엔지니어의 길을 고집하는 부모와의 불화를 피하려는 고육책이었기에 거기서도 안정을 찾지 못하고 결국 연극에 몰두하게 되었다. 그러나 마침 60년대 전 세계를 휩쓸아친 히피물결에 휩싸이면서, 그가 함께 연극을 한다는 낯선 차림의 아이들과 어울리자 그의 행동이 비정상적이라고 판단한 부모가 다시 그를 정신병원에 입원시키고 말았다. 그때가 18, 19세 때였다. 퇴원 후 코엘류는 마음의 문을 닫아걸었고 이번에는 법학을 전공하기 시작한다. 그것은 부모가 차선책으로 원하는 것이기도 하였다. 하지만 23세가 되던 1970년 그는 끝내 학업을 포기하고 다시 연극에 몰두한다.

이미 언급하였듯이 그 당시 전 세계는 히피물결에 휩쓸리고 있을 무렵이었고 브라질의 경우는 혹독한 군사정권(1964~1985)이

---

iluminación: había encontrado mi camino, ser escritor."

142) 그의 증언에 의하면 그는 리우데자네이루에 있는 닥터 에이라스요양원(Casa de Saúde Dr. Eiras)에 세 차례 입원하였으며 그 같은 사실에 대하여 다음과 같이 말한다. "이따금 부모의 사랑은 잘못된 방식으로 표출된다. 하지만 그 입원은 그들의 지나친 염려로 인하여 발생한 것이므로 난 결코 그들이 죄를 지었다고 비난하지 않았다." 2007년 10월 현재, 코엘류의 홈페이지(www.paulocoelho.com).

143) 이 시절에 겪었던 정신병원에서의 경험은 그로부터 30여 년 뒤 『베로니카 죽기로 결심하다』라는 작품의 주 소재로 등장한다.

들어선 시기였다. 하지만 물질문명을 거부하면서 개인의 행복과 자유를 갈망하는 히피의 물결을 막을 수는 없었다. 부모의 몰이해와 강요된 미래 그리고 그에 대한 반항의 대가로 세 차례나 정신병원에 강제 입원해야 했던 코엘류에게 히피의 이상(理想)은 더할 나위 없는 해방구였다. 이 무렵 그는 히피족처럼 긴 머리에 신분증을 소지하지 않은 채 거리를 활보하며 다녔다. 선택의 여지가 없이 기성세대가 짜 놓은 틀에 얽매여 살 것을 강요하는 기존 사회의 가치체계와 관념에 대한 일종의 반항이자 자신의 존재, 즉 정체성에 대한 물음이었던 셈이다. 이 시기를 전후하여 코엘류는 마약과 블랙매직,144) 동성연애145) 그리고 연금술 등 기존 사회가 형성해 놓은 이른 바 현실이라고 하는 울타리를 넘어 그 주변에 형성되었던 세계를 탐닉하기 시작한다.

이처럼 기존 사회의 가치관과 관습에 묶이기를 거부하면서 개인의 행복과 표현의 자유를 표방한 히피운동에 가담한 것이나, 블랙매직과 연금술 등을 매개로 현실로부터 도피를 시도함과 동시에 기존 사회의 규범에 무정부주의적인 반항심을 표출한 것 그리고 연이

---

144) 그는 블랙매직과 관련하여 다음과 같이 술회한 바 있다. "블랙매직과 그 뒤에 발생한 모든 것에 연루된 뒤 그 우울증에서 회복되는 데 7년의 세월이 걸렸다."라고 말한다. "제일 먼저, 나를 그 길로 이끈 것은 호기심이었다. '난 지금 이 세상에서 무엇을 하고 있는가'라는 고전적 질문에 답하고자 하는 호기심, 바로 그것이었다." 그리고 그는 히피로 남미와 미국을 여행한다. 2002년 4월 영국의 HELLO!지와의 인터뷰 내용으로서 정확한 발행 날짜는 나와 있지 않다. 원문은 다음과 같다. "It took me seven years to recover from the depression that followes my involvement with black magic and everything that followed" he explains. "Curiosity took me there in the first place, curiosity to answer the classic question: 'What am I doing here in this world?'" 하지만 이 와중에도 어릴 때 지녔던 문학에의 열정을 잊지 못하고 문학잡지를 발간하는데 아쉽게도 단지 2회만 발행했을 뿐이었다.

145) 2006년 1월 8일자 브라질의 폴랴 지 상 파울루(Folha de São Paulo)지 인터넷판에 실린 회견에서 코엘류는 브라질 작가인 페르난두 모라이스(Fernando Morais)가 자신의 자서전을 쓰고 있다면서 그 자서전 속에는 자신의 동성애 경험도 포함되어 있다고 말했다.

은 예술가로서의 꿈이 좌절된 것은 결과적으로 그를 제3의 길로 인도하는 결과를 낳았다. 차후에 살펴볼 신비주의가 바로 그것이다.

바로 이 무렵에 그는 작곡가이면서 후에 브라질 최고의 록 가수로 군림하게 될 하울 세이샤스(Raul Seixas)를 만났다. 하울 세이샤스는 코엘류에게 자기 곡의 작사를 부탁하게 되고 그와의 두 번째 합작 음반이 50만 장 이상이 팔려 많은 돈을 벌었다.[146] 1976년까지 파울루는 하울 세이샤스와 65곡을 발표하면서 브라질 록음악계를 지배하게 된다. 하지만 무언가 잘못되고 있다는 느낌을 지울 수가 없었다. 성공한 록음악 작사자로 집을 다섯 채나 사는 등 당시로서는 많은 부를 거머쥐었지만 그의 마음 속 한편에는 "내가 여기서 지금 무엇을 하고 있는가? 나는 왜 살아 있는가?"라는 존재론적인 의문에서 벗어날 수 없었다.[147] 가톨릭 가정에서 성장하여 예수회에서 운영하는 학교를 나왔지만 종교는 그에게 이러한 질문에 대한 답변을 주지 못했다. 자아와 외부세계 간의 갈등을 치유해 줄 것으로 믿었던, 히피나 블랙매직 등도 그에게 아무런 변화를 가져다주지 못했다. 그 와중에 그는 또다시 위기를 맞는다.

그의 나이 26세가 되던 1973년, 우익 군정이 정권을 장악한 지

---

146) 그는 저널리스트이자 작사자로 일한 경험이 자신의 문체에 많은 영향을 미쳤다고 말한다. 다음은 2003년 4월 28일자 미국의 Publishers Weekly에 실린 기사 내용이다. 코엘류는 음악 작사가로 일한 배경이 그로 하여금 책을 쓰는 데 도움을 주었다고 말한다. "여러분은 여러분의 시적 자질을 잃지 않는 상태에서 간결해져야 한다."라고 그는 말한다. "여러분은 어떤 생각을 한 문장으로 종합해야 한다. 저널리즘도 마찬가지다 – 여러분은 중요하지 않은 것들은 잘라내면서 그것의 핵심을 끄집어내야 한다." 원문 보기: Coelho says his background writing music has helped him write books. "You have to be precise without losing your poetic quality", he says. "You have to synthesize a thought in one sentence. The same goes for journalism – you cut the things that are not important, and get to the core of it."

147) 2001년 9월 8일자 영국 Guardian지. 원문은 다음과 같다. "I had a lot of questions: what am I doing here? Why am I alive?"

10여 년이 지나던 시점에 하울 세이샤스와 더불어 자본주의 이데올로기에 반하는, 일명 대안사회(Sociedade Alternativa)라는 사회조직을 구성하였고 이를 통해 모든 활동에 있어서의 자유를 옹호하고 나섰다. 하지만 이 단체는 앞서 언급한 블랙매직과도 관련이 있었다. 당시에 그는 영국 태생의 사타니즘(Satanism) 숭배자이자 마법사인 얼라이스터 크롤리(Aleister Crowley, 1875~1947)에게 심취했었다. 이 사람이 남긴 명언 가운데 1993년 옥스퍼드 인용구 대사전에는 다음과 같은 글귀가 수록되어 있다. "당신이 하고 싶은 일을 행하라. 그것이 법칙이다." 이 말은 추후에 살펴보겠지만 코엘류의 전(全) 작품에 깔려 있는 자유에의 열망과 자아의 정체성과 연관되어 있다. 하지만 코엘류는 이때의 경험을 다음과 같이 회상한다.

"그것은 정확히 말해 블랙매직이 아니라 보다 좌익 성향의 매직이었습니다. 거기에는 윤리라는 것이 없었죠. 다른 사람들을 존중하지 않았고 정말로 자기가 하고 싶은 것을 해댔습니다. 처음에 저는 호기심 때문에 그렇게 했었습니다. 그때 저는 뭔가가 되고 있음을 깨닫기 시작했지요. 그래서 점점 더 거기에 빠지게 되었던 것입니다. 하지만 결국 대가는 지불해야 하는 법이죠. 1974년 제 삶은 붕괴되고 말았습니다. 어떤 영적인 추구로 되돌아갈 가능성을 고려하는 데만도 또 다른 7년의 세월이 걸렸습니다."148)

아울러 이 무렵(1974년) 그는 하울 세이샤스와 함께 크릭 - 하(Krig - ha)149)라는 반체제 성격의 그룹밴드도 조직하였는데 음악

---

148) 앞의 기사. 원문은 다음과 같다. "It wasn't exactly black magic, more left - hand magic. There were no ethics, you didn't respect other people, you just did what you wanted, so I got more and more involved. But in the end there is a bill to pay. In 1974 my life collapsed. It took another seven years before I even considered the possibility of going back to a kind of spiritual search."

149) Krig - Ha는 타잔이 싸움을 시작할 때 지르는 고함소리를 딴 것으로 "조심해, 거기 적이 오고 있어." 라는 뜻이다. 하울의 첫 솔로 앨범인 ≪우 엘피 크릭 - 하, 반돌루! O LP

내용이 크로울리의 무정부주의적인 반체제적 성격을 지녔다는 이유로 당시의 군정에 의해 두 사람은 체포되고 만다. 하울 세이샤스는 곧바로 풀려났지만 코엘류는 이틀 뒤 풀려나게 되었다. 하지만 석방된 지 이틀 뒤에 군 첩보기관으로 끌려가 일주일간 전기고문을 비롯한 각종 협박을 받게 된다. 살해 위협을 느낀 코엘류는 자신이 정신병원에 입원한 전력이 있다고 밝히면서 반체제 밴드를 결성하여 활동할 당시, 자신이 정신병을 앓았다고 주장하였고 이를 확인시키려는 듯이, 군관계자들이 보는 앞에서 자해행위를 하는 등 미친 사람 행세를 하여 가까스로 풀려나게 된다. 그때를 회상하면서 코엘류는 다음과 같이 말한다.

> 그들(군 첩보관계자들 – 연구자 주)이 원한 모든 것은 오로지 나에게 겁을 주려는 것이었고 그들은 성공했다. 나는 즉시 록음악의 가사 쓰는 일을 멈추었다.[150]

그 혹독한 경험 뒤에 그는 히피와 블랙매직 등 모든 방황을 멈추고 '정상인'이 되기로 마음을 먹는다. 그리하여 26세가 되던 해에 음반제작사인 폴리그램(Polygram)에 직장을 얻게 되고 그곳에서 첫 부인을 만난다. 하지만 안정된 삶은 오래가지 못하였다. 1974년 직장에서 해고된 것이다. 그리고 1977년 부인과 함께 영국으로 가서 새로운 삶을 모색하게 되는데 그는 그곳에서 자신의 오랜 꿈이기도 한 작가가 되기 위해 타자기 한 대를 사서 글 쓰는 일에 몰두한다. 그리고 1978년에 『연금술사』의 배경이 되는 이집트의 피

---

*Krig – Ha, BANDOLO!*≫(1973년)의 타이틀로도 등장한다. 2007년 10월 현재 하울 세이샤스의 공식 홈페이지(http://www.raulseixas.com.br).

150) 2007년 10월 현재 그의 공식 홈페이지(http://www.paulocoelho.com).

라미드 등 여러 나라를 여행[151]하며 작가의 꿈을 이루기 위해 노력하지만 결과는 신통치 않았다. 이듬해 그는 부인과 함께 브라질로 돌아와 다른 음반제작사인 브라질의 CBS에서 일하게 되었으나 3개월 뒤 역시 아무런 이유 없이 해고당하고 만다. 결국 그는 첫 부인과도 이혼을 하게 되었으며 1979년 이래 예술가로서 오랜 친구이기도 했던 크리스티나 오이티시카(Christina Ociticica)를 네 번째 부인으로 맞이하며 안정을 찾는다.

그리고 1981년 브라질에서 더 이상 직업을 구할 수 없다고 판단한 코엘류는 부인과 함께 유럽을 두루 여행한다. 그런데 독일의 다하우(Dachau) 강제 수용소를 방문하던 중, 그는 그곳에서 이상한 환영(幻影, vision)을 접하게 되고 그 속에서 어떤 남자의 모습을 보게 된다. 두 달 뒤 코엘류는 네덜란드 암스테르담의 한 카페에서 바로 그 사람을 만난다. 코엘류는 그가 일명 '전승'(Tradition)이라고 불리는, 가톨릭의 상징 언어를 연구하는 RAM(Regnus Agnus Mundi)[152]이라는 조직의 일원이라고만 말할 뿐, 지금도 그 사람이

---

151) 코엘류는 이집트의 Al-Ahram Weekly지와의 회견에서는 자신의 첫 방문이 『연금술사』를 쓰기 몇 달 전인 1987년이라고 말하고 있어서 어느 것이 사실인지는 확인하기 힘들다. 2005년 5월 26일자 744호의 내용은 다음과 같이 기술하고 있다. "'I first visited Egypt in 1987, a few months before writing The Alchemist,' Coelho recalls." 그러나 같은 해 6월 2일자 동 신문 제745호에서 인터뷰에 같이 출연한 노벨문학상 수상자 Naguib Mahfouz에게는 다음과 같이 말하고 있다. "I visited Egypt the first time in 1978. I was really touched on seeing the Pyramids. When I went back to Brazil The Alchemist had found its genesis in my mind and so I immediately embarked on writing it. This is my second visit to Egypt, and I think the most important event to have taken place is this encounter. It may well provide as much inspiration as the Pyramids on my first visit."

152) 엄격함, 사랑, 자비라는 라틴어의 앞 글자를 딴 것으로서 코엘류에 따르면 동 단체는 1492년에 설립되었으며 구두 교육을 통해 상징언어를 연구하는 가톨릭 단체라고 한다. 아울러 동 단체에서는 스승과 제자라는 구별이 있지만 그것은 배움의 과정을 체계화하기 위한 일종의 표시일 뿐 본부나 대표자가 없다. 그리고 동 단체에서는 각자가 과업을 통해 스스로의 답변을 추구하고 있으며 비교(秘敎)적인 지식을 소유하고 있지 않다. 이 단체는

누구인지를 밝히지 않고 있다.[153] 하지만 코엘류는 그의 제안에 따라 그 조직의 일원이 되면서 다시 가톨릭으로 귀의하였다. 그처럼 오랜 방황 끝에 되찾은 종교이기에 어릴 때 부모의 손에 이끌려 갖게 된 가톨릭과는 상당히 다른 의미를 지닌다.

> "제가 가톨릭교회로 돌아온 것은 그것이 저의 핏속에 있는 것 – 저의 유전체계의 일부 – 이기 때문이지 가톨릭을 궁극적인 진리로 간주해서가 아닙니다. 저는 이슬람교, 유대교, 힌두교 등 모든 것을 탐색해 보았습니다. 저는 뉴에이지까지도 맛보았는데 그것이 온갖 것들의 멜팅 팟(melting pot)이라는 것을 알고는 증오하게 되었습니다. 만일 여러분이 삶에 있어서 종교라는 것이 필요한지를 저에게 묻는다면 저는 'No'라고 대답할 것입니다. 그 이유는 비록 당신이 어떤 종교를 갖는다고 할지라도 당신은 당신 자신의 삶에 대한 책임을 면할 수 없기 때문입니다."[154]

자신의 삶에 대한 책임을 종교에 전가하지 말라고 하는 그의 주장 뒤에는 삶에 대한 적극적인 시각이 묻어 있다. 어쨌든 수많은 질곡을 거친 뒤 가톨릭으로 다시 귀의하였지만 그의 종교관과 인생관은 이제 더 이상 어릴 때 예수회학교와 부모에 의해 주입된 것이 아니었다. 2004년 4월 6일 미국의 Beliefnet.com과의 인터뷰에

---

단지 한 발작을 앞으로 내딛을 때 배우게 된다는 원칙을 고수하고 있다고 한다. 2007년 10월 현재 코엘류의 공식 홈페이지(www.paulocorelho.com).

153) 2001년 8월 26일자 영국의 The Independent on Sunday지와의 인터뷰 기사에는 그 사람의 이름이 Jean이라고 언급되고 있다. 하지만 이것이 코엘류가 직접 밝힌 것인지는 알 수 없다.

154) 2004년 4월 영국의 HELLO!지와의 인터뷰. 원문 보기: "I returned to the Catholic Church because it's in my blood – part of my genetic system – not because I consider it to be the ultimate truth. I have explored everything: Islam, Judaism, Hinduism. I have even tried New Age, which I hated because I found it a melting pot of everything. If you asked me if you need a religion in life I would say no, because even if you have a religion, you cannot absolve yourself of responsibility for your own life."

서 『연금술사』에서 언급하고 있는 '세상의 혼'(Anima Mundi 혹은 만물의 정기)이 무엇이며 그것이 종교 혹은 영성(spirituality)과 어떤 관계인가를 묻는 질문에 코엘류는 다음과 같이 대답한다.

> "좋습니다. 영성과 종교를 구분해 봅시다. 저는 가톨릭 신자입니다. 그래서 제게 있어서 종교란 규율을 가지게 되는 하나의 방법이자, 동일한 미스터리를 함께하는 사람들과 집단 예배를 갖는 방법이기도 합니다. 하지만 결국 모든 종교는 같은 빛을 지향하는 경향이 있습니다. 그 빛과 우리들 사이에는 종종 너무나 많은 규칙들(rules)이 존재합니다. 그 빛은 여기에 있으며 그 빛을 따라가는 데는 아무런 규칙이 없습니다."155)

여기서 빛이란 바로 절대자를 의미하는 것이며, 그가 절대자와 구도자 사이에 지나치게 룰이 많다고 한 것은 정통 가톨릭 신자이면서도 제도종교의 그러한 위계질서를 거부하는 것이기도 하다. 그가 이와 같은 시각을 가지게 된 것은 추상적인 관념의 명상에서 기인한 것이 아니라 많은 종교를 두루 섭렵한 그의 경험적인 삶과, 어린 시절 예수회 학교에서부터 블랙매직 그리고 기성세대의 가치 체계에 대한 격한 반발이었던 히피까지, 무수히도 많은 위기와 난관을 넘으면서 그가 도달한 결론인 것이다. 한발 더 나아가 모든 종교의 절대자는 궁극적으로 하나라는, 정통 가톨릭에서는 수용할 수 없는 독특한 신비주의 개념을 스스럼없이 주장하면서도 전 세계 독자들의 마음을 움직일 수 있었던 것은 그의 문학작품들이, 앞서 살펴본 것처럼, 혼란하고 치열했던 그의 삶의 결과물이라는

---

155) 원문은 다음과 같다. "－Well, let's distinguish religion from spirituality. I am Catholic, so religion for me is a way of having discipline and collective worship with persons who share the same mystery. But in the end all religions tend to point to the same light. In between the light and us, sometimes there are too many rules. The light is here and there are no rules to follow this light."

점과도 무관하지 않다.

어쨌든 네덜란드에서 이루어진 그 스승과의 만남은 그의 인생에 새로운 전환점이 되었다. 그 스승이 코엘류에게 일명 '산티아고의 길'(Caminho de Santiago de Compostela)[156] 순례를 제안한 것이다. 1986년 프랑스에서 스페인까지 700㎞에 이르는 길을 부인과 함께 46일간 도보로 행했던 그 순례는 그때까지 그를 회오리바람처럼 휘감았던 방황에 안정을 가져다주면서 예수회 학교의 엄격한 규율 생활로 잃어버렸던 종교, 가톨릭을 되찾게 해 주었을 뿐만 아니라 그때의 경험이 자신의 모든 글에서 한 번쯤은 언급될 만큼 그의 작품세계에 엄청난 영향을 미치게 되었다.

실제로 이 순례를 마친 뒤 1년이 지난 시점, 그러니까 1987년에 코엘류는 그의 첫 번째 소설인 『어느 마법사의 일기』를 발표한 다.[157] 이 책은 그가 순례에서 얻은 정신적인 경험을 바탕으로 쓴 것인데 그 자신이 평가하듯이 소설(fiction)이라기보다는 마법과 같은 것을 배우고자 하는 사람들을 위한 일종의 안내서이자 자기 계발서와 같다.

이어 1988년 그는 두 번째 소설을 발표한다. 그를 일약 세계적

---

156) 여기서 산티아고는 이베리아 반도를 점령하고 있던 이교도 쿠어족(이슬람교를 믿는 북아 프리카인들)에 대항하여 스페인 군을 이끌며 일명 국토회복운동(Reconquista)을 전개하는 과정에서 혁혁한 전과를 세웠던 성인을 가리킨다. 그러나 그는 예수 그리스도의 12제자 중 산티아고(성 야곱)가 부활했다는 신화화 과정을 거치면서 이베리아 반도의 가톨릭 국가 들을 한데 결속시키는 상징적 인물이 되었다. 이후 그의 시신이 안치된 스페인의 콤포스 테야(Compostella)는 중세 이래 유럽인들의 순례지가 되었다. 자세한 내용은 카를로스 푸 엔테스의 『라틴 아메리카의 역사』(서성철 옮김), 서울, 까치글방, 2005, pp.75~79. 참조.

157) 사실 그의 첫 번째 소설은 1982년에 자비로 출판한 『지옥의 파일 Arquivos do Inferno』 이다. 하지만 이 소설은 전혀 독자들의 반응을 얻지 못했다. 그리고 1985년에 그는 『흡 혈의 실천 매뉴얼 O Manual Prático do Vampirismo』을 출판했지만 나중에 그 자신이 말했듯이 'bad quality'로 간주하고 서점에서 자진 회수하고 말았다.

인 베스트셀러 작가로 발돋움하게 한 『연금술사』가 바로 그것이다. 이 책은 그가 11년간 몰두했던 연금술 연구의 결과이자 삶의 의미를 되새기게 하는 작품이다. 자신의 꿈과 숨겨진 보물을 좇아 모든 것을 버리고 이집트의 사막으로 떠난 스페인 남부 안달루시아 지방의 양치기 산티아고의 이야기는 바로 모진 고통 속에서도 작가의 꿈을 버리지 않았던 그 자신의 이야기이다. 또한 이 소설[158]은 그가 이전에 이집트의 피라미드를 방문했던 경험과 이슬람 문화에 대한 자신의 풍부한 지식을 토대로 쓰고 있다.[159] 그런데 아이러닉하게도 이 이집트의 피라미드는 선대 작가인 칼릴 지브란이 18세이던 1901년, "내 영혼은 이 예술품 앞에서 마치 태풍 앞의 풀잎처럼 떨고 있었습니다."[160]라고 감동했던 곳이기도 하다.

---

158) 『연금술사』의 초판은 단지 900부만이 팔렸다. 그래서 출판사는 2쇄를 중단하기로 결정하였는데 이에 코엘류는 포기하지 않고 보다 큰 출판사를 물색하던 중 호쿠출판사(Editora Rocco)를 만났으며 이 출판사가 1990년에 그의 다음 소설인 『브리다』를 출판하였다. 이 책이 출판되면서 코엘류는 언론의 관심을 끌기 시작했으며 그 덕분에 앞서 나왔던 『연금술사』와 『어느 마법사의 일기』가 베스트셀러의 탑 리스트에 오르기에 이르렀다. 이어 미국의 초대형 출판사인 하퍼콜린스(HarperCollins)사가 1993년 5월 『연금술사』초판을 5만부나 찍기로 결정함으로써 그는 일약 세계적인 베스트셀러작가의 대열에 오르게 되었다.

159) 코엘류는 여러 면에서 아랍 문화에 많은 관심을 가지고 있으며 그 자신도 아랍 문화의 영향을 많이 입었다고 말한다. 예를 들어 2004년 1월 Egypt Today Magazine(vol.25)과 가진 인터뷰에서 기자가 꾸란을 처음부터 끝까지 다 읽어 본 적이 있는가라고 묻자 그는 "저는 그것을 사랑과 존경심 그리고 이해하는 마음으로 몇 차례 읽었습니다."라고 대답했다. (원문 보기: "I have read it several times, with love, respect, and understanding.") 그는 또 Arabies Trends, The International magazine on Arab Affairs, March 2003년 호에서는 다음과 같이 말했다. "아주 어릴 적부터 저는 아랍의 고전 이야기들을 번역해 놓은 '아라비안나이트'를 읽어 왔습니다. 아랍세계에 기원을 둔 다른 이야기들도 읽었습니다. 그래서 저는 아랍 문화에 깊은 영향을 받았습니다."(원문 보기: "From a very early age, I was reading The Arabian Nights, which was a translation of the classical Arabic tales. I read other stories from the Arab world as well. So I am deeply influenced by Arab culture.") 나아가 그는 미국의 이라크 침공에 대하여 2003년 3월 11일자로 〈감사합니다, 부시대통령 Obrigado, presidente Bush〉이라는 격렬한 어조의 비난성명을 발표하는 등 아랍권에 대한 깊은 애정을 보였다.

160) 알렉상드르 나자르, p.65.에서 재인용.

# Ⅲ. 신비주의의 문학적 표현과 의미

앞 장에서 우리는 문학 외적인 요소로서 두 작가가 탄생한 국가들이 그들에게 신비주의의 수용과 잉태를 위한 토대가 되었음을 살펴보았고 이어 기존 사회의 가치체계에 대한 저항의식의 고취와 해결점 모색이라는 그들의 문학적 여정이, 지리적 요인으로서의 조국과 당대의 시대상황 및 예술적 풍토 그리고 전기(傳記)적 요인과 맥을 같이하고 있음을 확인할 수 있었다. 그리고 그들의 개별적인 삶을 통해서도 존재의 근원적인 물음을 근간으로 한 저항의식과 해결점 모색이 그들이 지나 온 삶의 여정에 짙게 묻어 있으며 그것이 어떤 깨달음과 함께 새로운 방향으로 전환하고 있음을 엿보았다.

다시 말하면 지브란의 경우, 조국의 동포와 전 인류가 겪는 고통과 분쟁에는 근본적으로 '너'와 '나'의 구분 지음이 자리하고 있음을 보고 사랑을 통한 존재의 합일 사상을 수용하고 전파하기에 이르렀던 것이고, 코엘류의 경우는 개인의 개별성과 정체성을 인정치 않은 부모와 기성세대의 가치관에 대한 저항의식 그리고 자아의 정체성에 대한 존재론적 물음을 통해 결국 사랑의 합일 정신에 도달한 것으로 풀이된다.

이에 본 장에서는 국가와 시대를 달리한 두 작가가 함께 거쳤던 기존 사회의 가치체계에 대한 저항의식과 존재의 합일 사상이 그들의 문학작품 속에서 어떤 의미로 수용되고 드러나 있는지를 살펴보기로 한다. 단, 저항의식의 경우뿐만 아니라 이어서 살펴볼 존재의 합일과 관련된 분석에서도 두 작가의 사상적 변화 및 추이를 살펴보는 것 역시 매우 중요하므로 어느 특정 작품에 한정된 분석을 지양하고 가급적 두 작가의 많은 작품을 살펴볼 것이다.


# 1. 저항으로서의 신비주의


## 1.1. 지브란의 저항의식


### 1.1.1. 외세와 조국

지브란의 작품세계에서 신비주의의 속성 가운데 하나인 저항의 의미는 크게 두 갈래로 전개되고 있다. 먼저 그가 저항심을 느끼는 대상은 아이러니하게도 조국이라는 점이다. 그리고 두 번째 대상은 문명사회이다. 이것은 다시 자연과 문명, 농촌과 도시, 인간과 자연 등으로 세분되어 전개된다. 우선 조국에 대한 분노와 저항심은 첫째, 레바논에서의 헤게모니를 노리던 당대 열강들에 대한 저항이며 둘째, 조국이 유린당하도록 방치하거나 일조하면서 또 한편으로는 이를 직접 유린해 온 조국의 지배계층을 겨냥하고 있다. 그 지배계층이란 다름이 아니라 바로 정치인과, 이들에게 빌붙어 타락한 관습과 제도를 무기로 권력을 휘두르며 온갖 비행을 저지르는 성직자에게로 향하고 있다. 셋째, 이러한 상황에서 무기력하고 이중적인 자세를 보이는 조국의 동포 또한, 비록 일부이기는 하지만, 그의 분노와 저항심을 부추기는 요인으로 작용하고 있다. 네 번째 저항의 대상으로서 지브란은 인간의 보금자리이자 생명의 근원인 자연을 정복과 파괴의 대상으로 인식하는 문명사회를 지목하고 있다. 이것은 인간과 자연, 도시와 농촌이라는 대립 구조로 표출되고 있다.

먼저 외세 및 이들과 결탁하여 조국을 유린하는 레바논의 지배 세력 그리고 일부 동포들에 대한 분노와 저항의식을 살펴보기로 한다.

역사적으로 종교적 분쟁과 외국의 침략이 끊이지 않았던 조국 레바논이 1차대전을 전후해 기독교와 이슬람의 분규로 더욱더 큰 고통을 받을 때나, 부패한 권력과 결탁하고 낡은 제도와 인습을 고수하는 종교인들에 의해 일반 국민들이 신음하던 때에 지브란은 미국 현지의 아랍계 신문들을 통해 그 누구보다도 독설에 가까운 신랄한 필체로 비난의 글들을 발표하곤 하였다. 하지만 그의 독설과 저항을 보다 심도 있게 이해하기 위해서는 조국 레바논에 대한 지브란의 구체적인 인식이 어떠했는지를 먼저 살펴볼 필요가 있다. 그런 의미에서 그의 『더 큰 바다』에 실린 <그대의 레바논과 나의 레바논>은 매우 중요한 의미를 지닌다.[161] 그 이유는 이 작품을 통해 지브란은 먼저, 당대 레바논에 대해 가지그 있는 자신의 인식과 여타 계층의 인식 차이를 명확히 들춰냄으로써 자신의 저항심이 어디서 기원하고 있는 지를 밝히고 있기 때문이다.

---

161) 이 작품은 1911년 1월 6일자 「미라 알 가릅」에 실린 것이다.

그대에게는 그대의 레바논이 있고 나에게는 나의 레바논이 있다.
그대의 레바논은 고민거리들이 있는 정치적인 레바논이고,
나의 레바논은 온갖 아름다움을 갖춘 자연의 레바논이며,
(……)
나의 비전을 지닌 자유로운 레바논에 내가 만족하듯, 그대는 그대의 레바논에
만족하라.
그대의 레바논은 세월이 풀어 보려고 애쓰는 뒤엉킨 정치적인 매듭을 지닌 레
바논이다.
나의 레바논은 푸른 하늘을 향해 경건하게 줄지어 솟아오른 산들과 언덕들의
레바논이다.
(……)
그대의 레바논은 주교와 장군이 벌이는 체스 시합이고,
나의 레바논은 내 영혼이 바퀴를 삐걱거리며 굴러가는 이 문명세계에 대해서
싫증을 느낄 때 그 안에서 안식처를 찾게 되는 신전이다.
그대의 레바논은 두 사람 – 세금을 내는 쪽과 세금을 거두는 쪽의 두 사람이고,
나의 레바논은 하느님과 태양의 빛 이외에는 모든 것을 망각한 채로 '거룩한
삼나무'의 그늘에서 팔베개를 하는 레바논이다.
(……)
그대의 레바논은 정당과 파벌이고,
나의 레바논은 바위산을 오르고, 개울을 건너고, 들판을 헤매는 젊은이이다.[162]

우선 지브란이 바라보는 조국의 모습은 크게 다음과 같이 구분
되어 있다. 첫째, 종교('주교')와 군벌('장군')들이 정치적 헤게모니
를 장악하기 위하여 벌이는 분쟁의 레바논과 수탈의 구조('세금을
내는 쪽과 세금을 거두는 쪽')가 뿌리박힌 레바논, 정당과 파벌('정
당과 파벌')의 싸움이 끊이질 않는 레바논이다. 둘째, 앞의 이미지
와는 달리 낭만적('꿈과 희망')이고 유토피아적('문명세계에 대해서
싫증을 느낄 때 그 안에서 안식처를 찾게 되는 신전')인 아름다운
자연('거룩한 삼나무')의 레바논이자 자연을 벗 삼아 살아가는 젊

---

162) 칼릴 지브란(안정효 옮김), 〈그대의 레바논과 나의 레바논〉, 『더 큰 바다』, 소담출판사,
1990, pp.117~119, (원제: *Spiritual Saying of Kahlil Gibran*, 안토니 R. 페리스 엮음).

은('바위산을 오르고, 개울을 건너고, 들판을 헤매는 젊은이') 레바논의 모습이다. 그리고 첫 번째 모습들은 작가와는 다른 인식을 지닌 사람들, 즉 '그대의 레바논'이고 두 번째 모습들은 '나의 레바논'으로서, 지브란이 갖고 있는 조국의 이미지이다.

| 그대의 레바논 | 나의 레바논 |
| --- | --- |
| 정치적인 레바논 | 온갖 아름다움을 갖춘 자연의 레바논 |
| 뒤엉킨 정치적인 매듭을 지닌 레바논 | 푸른 하늘을 향해 경건하게 줄지어 솟아오른 산들과 언덕들의 레바논 |
| 주교와 장군이 벌이는 체스 시합(을 벌이는 레바논 - 연구자 주) | 문명세계에 대해서 싫증을 느낄 때 그 안에서 안식처를 찾게 되는 신전 |
| 세금을 내는 쪽과 세금을 거두는 쪽의 두 사람(만이 존재하는 레바논 - 연구자 주) | 하느님과 태양의 빛 이외에는 모든 것을 망각한 채로 '거룩한 삼나무'의 그늘에서 팔베개를 하는 레바논 |
| 정당과 파벌 | 바위산을 오르고, 개울을 건너고, 들판을 헤매는 젊은이 |

도표에서 보듯이 그대의 레바논은, 주교로 대변되는 성직자들과, 장군으로 대변되는 군(軍) 사이의 정치적 헤게모니 싸움이자 정당 간의 권력 다툼 그리고 지배계급에 의한 피지배계급의 수탈 구조로 점철된 레바논이다. 이에 반하여 지브란이 인식하고 있는 나의 레바논은 마치 이러한 혼란과 부패 그리고 분쟁으로부터 초연한 레바논처럼 그려지고 있다. 초연하다 못해 오히려 현실을 외면하는 도피로 보이기도 한다. "하느님과 태양의 빛 이외에는 모든 것을 망각한 채로 '거룩한 삼나무'의 그늘에서 팔베개를 하는 레바논"이 그것이다. 그렇다면 이러한 대비를 통해 그가 진정으로 원하는 것은 무엇일까?

이 질문에 대답하기 위해서는 이 산문시의 나머지 부분을 더 살펴볼 필요가 있다. 이 산문시의 중간 부분에서 지브란은 레바논의 미래를 이끌고 나갈 젊은이들에 대하여 언급하고 있다. 여기서도 '그대의 아들'과 '나의 아들'의 대립이 나타난다.

그대에게는 그대의 레바논과 그 아들들이 있고 나에게는 나의 레바논과 그 아들들이 있다.

그러나 그대의 레바논의 아들들은 누구인가?

(……)

그들의 영혼은 서양의 병원에서 태어났고, 그들의 이성은 너그러운 자의 역을 맡아 그 역을 해 내는 탐욕스러운 자들의 품 속에서 나약해졌다.

(……)

그들은 돛대도 없고 방향타도 없이 파도에 부딪치는 배와 같다. 그 배의 선장은 회의주의자이고, 그 배가 찾아가는 항구란 귀신들의 동굴인데, 하기야 유럽의 모든 대도시는 귀신들의 동굴이 아니던가?

레바논의 이 아들들은 그들끼리만 있을 때는 강력하고 열변을 토하지만 유럽인들과 같이 있을 때는 나약하고 말이 없으며,

그들은 자유롭고 열렬한 개혁가들이지만, 신문 지상과 연단 위에서만 그렇다.

(……)

그들은 녹슨 족쇄를 번쩍거리는 새것으로 바꿔 주었다고 해서 그들 자신이 해방되었다고 생각하는 노예들과 마찬가지이다.

(……)

이제 나는 나의 레바논의 아들들을 그대에게 보여 주겠노라.

그들은 돌멩이 투성이인 땅을 일궈 과수원들과 화원들을 가꾸는 농부들이다.

그들은 양들이 늘어나고 번식하여 그들의 고기를 식량으로 그리고 털을 옷으로 그대에게 제공하기 위해 양떼를 이 계곡에서 저 계곡으로 이끌고 다니는 양치기들이며,

(……)

그들은 석공들이요, 도자기공들이요, 옷감을 짜는 사람들이요, 교회의 종을 만드는 사람들이며,

그들은 새로운 시구에다 영혼을 쏟아내는 시인들이요 가수들이며,

그들은 두 손에 흙을 잔뜩 움켜쥐고 이마에는 성공의 월계관을 쓰고 돌아오리라는 결심과 열정을 품고 불타는 마음으로 무일푼으로 레바논을 떠나 다른 나라로 가는 사람들이며,

(……) 그들은 진리와, 아름다움과, 완벽성을 향해서 꿋꿋한 발걸음으로 나아
간다.

(앞의 책, pp.120~123.)

위의 부분을 도표화하여 정리하면 다음과 같다.

| 그대의 아들들 | 나의 아들들 |
|---|---|
| 그들의 영혼은 서양의 병원에서 태어났고, 그들의 이성은 너그러운 자의 역을 맡아 그 역을 해 내는 탐욕스러운 자들의 품 속에서 나약해졌다 | 돌멩이투성이인 땅을 일궈 과수원들과 화원들을 가꾸는 농부들 |
| 그들끼리만 있을 때는 강력하고 열변을 토하지만 유럽인들과 같이 있을 때는 나약하고 말이 없으며 | 석공들, 도자기공들, 옷감을 짜는 사람들, 교회의 종을 만드는 사람들 |
| 돛대도 없고 방향타도 없이 파도에 부딪치는 배와 같다. 그 배의 선장은 회의주의자이고, 그 배가 찾아가는 항구란 귀신들의 동굴인데, 하기야 유럽의 모든 대도시는 귀신들의 동굴이 아니던가? | 양들이 늘어나고 번식하여 그들의 고기를 식량으로 그리고 털을 옷으로 그대에게 제공하기 위해 양떼를 이 계곡에서 저 계곡으로 이끌고 다니는 양치기들 |
| 자유롭고 열렬한 개혁가들이지만, 신문 지상과 연단 위에서만 그렇다 | 새로운 시구에다 영혼을 쏟아내는 시인들, 가수들 |
| 녹슨 족쇄를 번쩍거리는 새것으로 바꿔 주었다고 해서 그들 자신이 해방되었다고 생각하는 노예들 | 두 손에 흙을 잔뜩 움켜쥐고 이마에는 성공의 월계관을 쓰고 돌아오리라는 결심과 열정을 품고 불타는 마음으로 무일푼으로 레바논을 떠나 다른 나라로 가는 사람들 |

정치적·종교적 소용돌이와 그 속에서 신음하는 후손들, 즉 '그
대의 아들들'은 자주성을 포기하고 서양 세력에 이중적인 모습을
보이는 기만적인 세대로 묘사되고 있다. 이에 반하여 지브란의 아
들들, 즉 '나의 아들들'은 주어진 환경 속에서 묵묵히 땀 흘려 일
하면서 조국의 자연을 사랑하고 그 자연의 섭리에 순응하면서 삶
에의 열정을 간직한 채 참된 삶의 진리를 깨달으며 살아가는 자식
들로 묘사되고 있다. 이제 시(詩)의 마지막 부분에서 지브란은 다
음과 같은 말을 던진다.

오늘부터 백년 후의 레바논과 그의 자손들을 위해 과연 그대는 무엇을 남기겠는가? 허식과, 거짓과, 우매함 이외에 미래를 위해서 그대는 무엇을 남길 것인지를 나에게 얘기해 보라.

(……)

레바논의 비탈에서 채소를 뽑는 사람의 노래가 그대가 자랑하는 명사(名士)들이 늘어놓는 쓸데없는 얘기보다 훨씬 가치가 있다고 나는 그대에게 말하겠노니. 전 세계의 양심이 나의 증인이 되리라.

(앞의 책, p.123.)

이 시를 통해 엿볼 수 있는 지브란의 분노란 성스러운 조국 산하에서 서로의 이해타산에 따라 추한 분쟁과 타협을 일삼는 성직자와 정치인들에 대한 분노요, 아름다운 조국의 산하를 유린하는 외세에 대한 분노이다. 또한 그것은 자연을 파괴하면서 '귀신들의 동굴'을 양산하는 문명사회에 대한 분노이기도 하다. 그리고 무엇보다도 그러한 조국의 비참한 현실에 대하여 무기력하고 무지하며 기만적인 모습을 보이는 동포들에 대한 분노와 증오심이 뒤섞여 있다. 지브란은 이러한 감정을 '그대의 레바논'과 '나의 레바논'이라는 대립항목의 설정과, 또 서로가 공존하기 힘든 요소들의 대립구조를 통해 구분하면서 조국에 대한 자신의 인식을 보다 분명히 표출하고 있다. 즉 레바논의 내적 대립상황을 시의 형식 속에 그대로 가져와 그 대립의 내용을 보다 분명히 드러내 보이면서 자신의 시각과 주장을 극대화하고 있는 것이다.

그런데 그를 더욱 분노케 하는 것은 바로 당대의 세대뿐만 아니라 앞으로의 세대 역시 똑같은 상황을 이어 갈 것이라는 암울한 현실이었다. 지브란은 이 고리를 끊는 것이 무엇보다 중요하며 그 방법은 자연에 순응하며 묵묵히 그러나 열심히 살아가는 동포의 모습에서 찾을 수 있다고 확신에 찬 목소리로 말한다. "전 세계의 양심이 나의 증인이 되리라."

이 시를 통해 엿볼 수 있는 지브란의 조국에 대한 시각은 그의 초기 작품 전체를 지배한다고 해도 과언이 아니다. 예를 들면 『부러진 날개』와 『눈물과 미소』에서 성직자들을 위시한 지배계층의 비리와 부패, 낡은 인습과 제도 그리고 그 앞에 신음하는 사람들의 이야기가 주된 소재로 등장하는 것이 그 증거라고 할 수 있다. 특히 『자유의 혼이여 반항의 정신이여』에 함께 소개된 『자유인의 목소리』 경우가 더욱 그러하다.

북 레바논의 한 마을에서 모든 부를 독차지하면서 수도원장과 사제들이랑 무언의 결탁을 통해 순박하기 이를 데 없는 주민들을 노예 부리듯이 하는 지주 샤이크 압바스와, 수도원에서 수도승들의 부패와 인습을 거세게 항의하다가 엄동설한의 한밤에 쫓겨난 주인공 칼릴의 대결을 주 소재로 하고 있는 이 단편은 초기에 지브란이 지녔던 저항심을 아주 잘 표현하고 있다.

그의 여타 소설들이 그러하듯이 이 단편 역시 복잡한 플롯이나 입체적인 인물 설정이 없이 주인공의 연설조의 말을 중심으로 이루어져 있다. 인물들도, 지주인 샤이크 압바스, 수도원장, 사제 등을 중심으로 한 기득권층의 강자들과, 미망인인 라헬과 그녀의 딸 마리엄, 소작으로 겨우 끼니를 이어 가는 얼굴 없는 주민들, 그리고 사제들과 수도승들의 회개를 부르짖다가 독방에 갇힌 뒤 나중에 혹한의 밤에 수도원에서 쫓겨난 젊은 수행자 칼릴로 대변되는 약자들로 양분되어 있다. 그것은 작품의 형식보다는 메시지 전달에 치중하고 있는 작품의 단순하고 간결한 구조적 특징이기도 하다.

그러나 오히려 그러한 구조, 즉 평면적인 인물 구성과 이항 대립
적 구조를 통해 저항의 대상인 당대 사회의 치부를 매우 분명하게
효율적으로 대비시키고 나아가 작가 자신이 지녔던 기득권 사회에
대한 극도의 분노를 보다 극명하게 드러내고 있는 것이다.[163]

　이와 같은 지브란의 저항의식이 보다 신랄하게 나타나는 초기작
은 바로 『부러진 날개』이다. 이 작품에서 주인공 '나'[164]는, 사랑
하는 연인이자 '시대를 앞질러 살아간 많은 여성들처럼, 현실의 희
생양'이 될 처지에 놓인 셀마[165]와 행복한 날들을 보내며 미래를
꿈꾼다. 그러나 당대 사회에서 막강한 권력을 휘두르면서 셀마의
부친이 소유하고 있던 재산을 노리던 주교 뷸로스 갈리브의 압력

---

163) 또 다른 예를 들자면 저자와 같은 이름의 칼릴이라는 젊은 수행자의 입을 통해 지브란은
다음과 같이 말한다. "아득한 옛날부터 오늘에 이르기까지 사회의 특권계층은 신부나 종
교 지도자들과 결탁하여 사회체제를 유지하고자 했다. 이러한 악습은 사람들이 무지에서
벗어나 남자들은 모두 그 정신으로 자기 주인이 되고 여자들은 그 마음으로 제 스스로 사
제가 될 때 비로소 제거될 수 있다. 특권층의 자식들은 연약하고 권력 없는 사람들의 몸
뚱어리로 자기들이 살 집을 짓고 사제는 독실하고 헐벗은 사람들의 무덤 위에 그들의 성
전을 구축한다. 집권자는 가련한 농부들의 팔을 움켜잡고, 사제는 농부의 호주머니에 손을
뻗친다. 통치자는 이 들녘의 후예들을 오만상을 찌푸린 채 바라보고 한편 사제는 미소를
지으며 이들에게 다가오는 것이다. 호랑이의 험상궂은 얼굴과 이리의 미소 사이에서 양
떼는 죽어 가는 것이다. 집권자는 법률을, 사제는 종교를 각각 상징한다. 그 둘 가운데에
끼어 육신은 파괴되고 영혼은 죽어 가고 있다. 햇빛은 풍족하지만 예지는 빈약한 산악의
나라. 레바논 땅에서는 귀족과 사제가 서로 결탁하여 땅 파먹고 사는 힘없고 가난한 농부
들을 적대시하고 있다."(「자유인의 목소리」, 『자유의 혼이여 반항의 정신이여』, pp.44~
45).

164) 작가 지브란은 이 소설의 주인공을 줄곧 '나'라고 지칭하다가 소설의 말미에 단 한 번
'지브란'이라고 밝힌다. 본 연구에서는 이 소설의 주인공을 언급함에 있어서 작가의 이름
과 혼동되지 않도록 '나'를 사용하기로 한다.

165) 이 작품에 나오는 여주인공 셀마는 지브란이 레바논에서 공부를 할 때 사귄 첫사랑의 여
인 할라 알다히르를 모델로 하고 있으며 남자 주인공 '나'는 바로 지브란을 가리킨다는
비평가들의 견해가 있으나 지브란 자신은 이를 부정하였다고 한다(조희선, 「영혼의 시인
칼릴 지브란」, 『아랍문학의 이해』, 명지출판사, 1999, p.260). 또한 여주인공의 이름에
대하여 영어본을 번역한 한국어본에서는 셀마로 되어 있지만 아랍문학 전문연구서들은 살
마로 표기하고 있다. 여기서는 인용문 등에서의 혼란을 피하기 위하여 본 연구의 인용대
상으로 선정한 책의 표기를 따르기로 한다.

때문에 그녀의 부친은 주교의 조카인 만수르 갈리브에게로 그녀를 시집보낸다. 이에 주인공 '나'는 다음과 같이 말한다.

> 뷸로스 주교가 어둠 속에서 은밀히 활동하는 도적이었다던 그의 조카 만수르 베이는 뻔뻔스럽게도 대낮에 활개치고 다니는 도적의 앞잡이였다. 그러나 유감스럽게도 불행한 나라의 어리석은 시민들은 이런 위인들을 전혀 의심 없이 받아들이는 것이다. 탐욕으로써 자신들의 국가를 멸망시키고 억압으로써 이웃을 짓밟는 이리 떼 같은 백정의 무리를.
>
> (『부러진 날개』, p.75.)

위 인용문이 보여 주는 것처럼 낡은 인습과 전통을 무기로 약자를 착취하는 종교 지도자들과 정치인은 도적과 백정의 이미지로 비유된다. 이와 같은 이항 대립적 요소들의 간결한 대립구조 외에, 지브란의 소설 대부분은 다음과 같은 형식상 공통점을 가지고 있다. 그것은 낡은 인습과 제도의 희생자로 흔히 등장하는 인물들이 젊고 청순한 여성이라는 점이다.

예를 들면 『자유인의 목소리』에 등장하는 여주인공이자 지주인 샤이크 압바스에 의해 남편을 잃은 미망인 라헬의 딸로서, 나중에 남자주인공 칼릴과 사랑하는 사이로 발전하는 마리암, 사랑하는 남자를 버리고 원치 않는 남자와 결혼하기로 되어 있었으나 결혼식 피로연에서 사랑하는 남자를 몰래 만나 함께 도망갈 것을 제안하다가 운명에 순응할 것을 원하던 애인 셀림을 살해하고만 『신부의 침대』의 라일라, 그리고 역시 전횡을 일삼는 주교의 요구에 따라 사랑하는 사람을 버리고 주교의 조카와 강제로 결혼을 해야 했던 『부러진 날개』의 셀마, 청순한 소몰이 소녀였다가 욕정에 눈먼 어느 부유한 남자의 꾐에 빠져 창부로서 비참한 종말을 고해야 했던

『계곡의 요정』의 마타가 그러하다.

그런데 위에서 언급한 여성들은 모두 다음과 같은 공통점을 갖고 있다. 첫째는 모두가 젊은 여성들이라는 것이며 둘째는 이들 모두가 한결같이 기득권 사회의 낡은 인습과 제도의 희생물이 되기는 하지만 종국에 가서는 희생자로서의 강한 적개심을 드러내면서 당당하게 자신의 의지와 주장을 전개한다는 점이다. 즉 지브란의 여성 주인공들은 상대적으로 여성의 권위와 인권이 보호받지 못하고 있는 나라에서 희생자로 등장하지만 궁극적으로 지브란의 분노와 증오를 보다 선명하게 드러나도록 하는 장치로 자리하고 있다. 특히 강하고 젊은 남자보다 연약하지만 때 묻지 않은 청순한 여성, 그것도 자신이 사랑하는 연인 혹은 어머니로서의 자연과 조국을 은유하는 인물로 등장시켜 '이리 떼 같은 백정의 무리'에게 유린당하는 모습으로 묘사하고 대비시킨 것은, 작가의 분노와 저항심을 극대화하고 부각시키는 데 효과적이며 또 그러한 구도(構圖)를 통해 지브란은 초기 작품에 드러난 자신의 분노와 증오가 어느 정도였는지를 잘 보여 줄 수 있었다고 본다.

> 친애하는 나의 독자들이여. 하지만 바로 그러한 여인의 일생은 썩은 성직자들과 통치자들의 횡포로 인해 신음하고 있는 국가의 운명과 같은 것이라고 생각지 않는가? 한 여인을 죽음으로 몰고 간 사랑의 좌절은 인간의 영혼을 침식하고 있는 절망과도 같은 것이 아니겠는가? 여성의 운명과 국가의 관계는 마치 램프와 불빛의 관계와도 같다. 만약에 등잔의 기름이 떨어져 간다면 불빛도 희미해질 수밖에 없지 않은가?
>
> (『부러진 날개』, p.77.)

하지만 셀마 카라미와의 비극적인 사랑을 그린 『부러진 날개』의 마지막 부분에서 남자 주인공 '나'의 모습은 지브란의 저항의식이 아직 완숙되지 않았음을 보여 주고 있다. 셀마 카라미의 장례식이 완전히 끝나고 사람들이 모두 사라진 뒤에야 주인공 '나'는 "비로소 셀마의 무덤 위에 쓰러져서 목 놓아 울 수 있었다."라고 말하고 있기 때문이다. 낡은 사회적 통념에 몸으로 실천하고자 했던 여인 셀마 카라미와는 달리 주인공 '나'는 남들이 모두 돌아간 뒤에야 그동안 참아 왔던 눈물을 비로소 목 놓아 울 수 있었던 것이다. 이것은 다음과 같은 발화자의 말처럼 "무려 7천 년 동안이나 부패한 법률에 굴복해 왔던 인간사회의 통념이 수많은 세월 동안 유전되면서 그것을 질병으로서가 아니라 마치 하느님이 아담에게 내려 준 자연의 선물로 여기고 있는"(『부러진 날개』, p.89.) 당대 사회의 중압감에서 주인공 '나'가 아직 벗어나지 못한 것을 의미한다.[166]

어쨌든 아름다운 자연을 지닌 레바논의 은유적 표현인 청순한 소녀가 겁탈당하고 유린당하는 모습을 바라보는 지브란에게는 사랑과 용서보다도 가해자에 대한 불같은 분노와 적개심만이 불타올랐을 뿐이며 나아가 그렇게 잔인한 행위에 아무런 행동을 취하지 않는 혹은 못 하는 조국의 동포들에게도 그의 분노는 확대될 수밖에 없었다. 그리고 그것은 그의 작품구조에서도 그대로 드러났다. 즉 남성보다 약자인 여성을 내세운 것 이외에 지브란은 소수의 평면적 인물들의 대립구조 그리고 증오심으로 가득한 독백 등 단순한 구조를 선호한다. 실제로 위에서 언급한 단편들 속의 등장인물들은 거의 하나같이 쉽게 그 속성을 드러내는 평면적 인물들이다.

---

166) 물론 이 표현은, 후에 『광인』의 가면 이야기에서 자세히 살펴보겠지만, 한 개인 – 게다가 18세의 어린 나이의 소년 – 이 깨뜨리기에는 너무나 오랜 세월 동안 구축되어 마치 진리인 양 굳어져 버린 가치관을 상징적으로 나타내는 것이라고도 볼 수 있다.

그들의 성격을 파악하는 데에는 긴 시간이 필요치 않다. 또한 서사의 진행 역시 2～3명 정도의 소수의 등장인물들 간 대화가 아니면 주인공 가운데 한 명의 긴 독백으로 이루어져 있다.

예를 들면, 『자유인의 목소리 *Khalil the Heretic*』에 등장하는 남자 주인공 칼릴의 경우나 『사랑의 율법 *Warde Al－Hani*』에 등장하는 여자 주인공 와르데 알－하니의 경우가 그러하다. 이 소설들의 절반 이상이, 핍박당한 주인공 자신의 처지에 대한 울분과 토로가 뒤섞인, 독백으로 채워져 있다. 이처럼 평면적 인물 구성과 독백 중심의 단순한 구조는, 작품의 문학적 깊이보다는, 오랜 억압의 타성에 반항할 줄 모르고 침묵만을 지키며 살아가는 사람들을 각성시키고 계몽해야 한다는 사명감과 그러한 메시지를 전달하는 데 치중한 결과로 봐야 할 것이다.

결론적으로 낡은 제도와 관습 그리고 그것을 유지하며 권력의 헤게모니를 지속적으로 장악하려는 지배계층에 대한 증오와 저항의식은, 비록 그것이 평면적 인물과 긴 독백으로 채워진 평이하고도 소박한 형태로 표출되어 있지만, 초기에 지브란이 갖고 있던 정치·사회·도덕적 저항의식[167]이 어느 정도인지를 충분히 짐작

---

167) 코엘류도 마찬가지지만 지브란의 저항의식을 정치나 사회 혹은 미학적 저항의식 중 하나로 규정하기에는 무리가 있다. 왜냐하면 미하일 바흐친이 『마르크스주의와 언어철학』에서 말했듯이－물론 유물론적 사고에서 쓴 것이지만－작가의 표현수단이자 작품에 쓰인 언어(혹은 기호) 자체가 사회적·역사적·정치적·미학적·이데올로기적 속성을 동시에 지니고 있기 때문이다. 그래서 단지 두 작가의 저항의식이 어느 부분에 더 많은 무게가 실려 있는지를 가린다면 지브란의 경우는 외세와 지배세력, 문명 그리고 기존사회의 가치체계에 대한 저항의식이 보다 강했으며 코엘류의 경우 자아의 정체성 확보라는 화두에 기반을 두어, 기존 사회의 가치체계 전반에 대한 저항의식이 강했다고 말할 수 있을 것이다. 또한 미학적 관점에서 볼 때도, 본문에서 언급하고 있듯이, 두 작가 공히 아방가르드라는 예술적 흐름에 노출되어 있었지만 지브란은 아랍의 전통적인 시적 율격을 벗어나 자유로운 산문시를 주로 쓰면서도 내용은 전통적인 교훈적·우화적 내용이 대부분이며 코엘류의 경우도 단순하고 간결한 문제 그리고 성인용 우화 형태를 중심으로 썼지만 창작에 있어서 아

게 한다. 가진 자와 못 가진 자, 강자와 약자, 지배계급과 피지배
계급 등 양극화된 대립구조 속에서, 그것도 자신이 사랑하고 그리
워하는 연인(때로는 조국에 대한 은유로서의 연인)이 권력과 인습
앞에 무참히 짓밟히고 유린되는 극한 상황이 오버랩되면서, 가해자
에 대한 사랑과 용서를 생각할 여지는 작가의 분노와 적개심에 묻
혀 버릴 수밖에 없었을 것이며 그것이 작품의 형식과 구조에 그대
로 표출되었던 것이다.

## 1.1.2. 인간과 자연

이제 지브란의 증오와 저항의식은 조국의 문제에 국한되지 않고
자연에 대한 인간의 파괴행위, 구체적으로 말하면 그가 직접 보고
살았던 시카고와 뉴욕으로 대변되는 당대의 기계문명으로 확대된다.

> 자연은 아름다움 속에서 기쁨을 찾으라고 우리에게 우정의 손길을 내밀지만
> 우리는 그 고요함이 두려워 도시로 도망치고 늑대 앞에서 떨고 있는 양 떼들
> 처럼 정신없이 뒤엉켜 있다.
> 《환상과 진실》, 『눈물과 미소』, p.127.)

> 탐욕으로 가득 찬 영혼들이 저마다 바삐 움직이며 혼잡으로 신음하는 거리를
> 보라.
> 대기는 철컥이는 쇠붙이 소리와 바퀴 구르는 소리.
> 증기기관차의 기적소리로 가득 차 있다.
> 그리하여 도시는
> 강자와 약자가 싸우고
> 가진 자들이 가난한 자의 노동을 착취하는 아수라장이 되었다.
> 《영혼의 결합》, 『눈물과 미소』, p.156.)

---

방가르드적인 강한 실험정신을 찾아볼 수가 없다.

지난날, 악의 손길이 닿지 않는 그 아름다운 나무숲 사이에 살던 소녀가 지금
은 대도시에서 굶주림과 병으로 고통받고 있었다.
대자연의 숨결 속에서 젖소를 돌보며 어린 시절을 보낸 고아 소녀가 부패한
문명의 조류에 밀려 말 못 할 불행의 제물이 된 것이었다.

〈마타의 전설 2〉, 『계곡의 요정』, p.668.〉

이처럼 지브란이 자연과 문명의 대비를 통하여 저항의식을 표출
하고 있는 이면(裏面)에는 자연과 인간의 역사에 대한 그의 깊은
성찰과 거기서 얻은 나름대로의 세계관 및 인생관이 자리하고 있
다. 모든 생명의 근원은 자연이기에 인간 역시 그 자연의 일부이
며, <그대의 레바논과 나의 레바논>에서 이미 살펴보았듯이, 그
자연의 섭리에 순응하며 살아가는 것이 결국 삶의 진정한 의미라
고 그는 믿고 있다. 그리하여 기나긴 역사의 흐름 속에서 어머니
로서의 자연, 나아가 순결하고 청순한 처녀로서의 자연에 대하여
인간이 저질러 온 유린과 파괴행위는, 절대자를 밀어내고 그 자리
에 과학과 기계를 올려놓은, 인간의 끝없는 오만임에 다름이 아니
라고 본다. 또한 그것은 인간 자신의 존재론적인 근거를 스스로
부정하는 것이자, 인간이 겪고 있는 모든 분쟁과 고통의 원인이라
고 작가는 생각한다.

나는 사람들이 난공불락의 성들을 쌓거나, 이성의 벽들을 색칠하는 예술가들의
모습을 지켜보기도 했다. 그런 다음 대지가 그 큰 입으로 천재의 눈부신 정신과
탁월한 솜씨로 이룩해 놓은 그 모든 것들을 삼켜 버리는 광경을 목격하였다.
그리하여 나는 대지란 자신의 아름다움을 돋보이게 하기 위해서 인간이 만든
보석 따위를 거부하는 매혹적인 신부와 같다는 걸 알았다. 이 신부는 오직 들
판의 푸른 잎사귀로 만든 의상과 해변의 황금빛 모래, 그리고 산악의 값진 돌
만으로도 충분히 어여쁘게 자신을 치장할 수 있다는 것을.
그럼에도 신성을 지닌 인간은 파멸의 한가운데서 대지의 분노와 자연의 횡포

를 조롱하면서 마치 거인처럼 우뚝 서 있는 것을 나는 보았다.
인간은 스스로 빛의 기둥이라도 된 것처럼 바빌론과 니네베, 팔미라와 폼페이
의 폐허 한가운데 버티고 선 채로 불멸의 노래를 부르고 있었다.
(『현자의 목소리』, p.711.)

이처럼 조국의 역사와 당대 현실에 대한 깊은 인식에 기초하여, 부패한 정치인과 성직자, 낡은 인습 그리고 문명에 대해 격렬한 필체로 비난한 지브란의 저항의식은, 자신의 조국 레바논의 자연에 대한 깊은 명상을 바탕으로, 기계문명과 물질문명 그리고 인간의 오만에 대한 저항의식으로 전이, 확대된다. 물론 그 바탕에는 청초하고 숭고한 모습으로 그의 뇌리에 각인된 조국의 자연에 대한 깊은 사고와 명상이 자리하고 있음은 두말할 필요도 없다. 또한 미국으로 이민을 간 다음 자연 속의 조국과 극명한 대비를 이루고 있던 시카고와 뉴욕 등, '귀신의 동굴들'인 대도시 문명에 대한 본능적인 반감도 한몫했을 것이다.

그런데 문명에 대한 이런 반감과 저항심을 불러일으켰던 대립항으로서의 자연은 그에게 문명에 대한 저항의식만을 고취한 것이 아니었다. 그의 저항의식이 표출되고 있는 거의 모든 작품에는, 초기에는 비록 약하기는 했어도, 자연을 통해 그가 얻은 진정한 삶의 깨달음이 항상 간헐적으로나마 드러나 있었다. 그것은 분쟁과 폭력, 반목과 증오로 점철된 조국의 모습을 보면서 어느 시점에선가 화해의 접점을 찾아야 했고 그 출발점이 된 것이 바로 자연의 섭리에 대한 깨달음이 아니었나 싶다. 그러니까 유린되고 강탈당하는 모습으로 말할 수 없는 고통과 분노를 안겨 주었던 조국의 산하가 바로 그 고통과 분노를 잠재우고 평화와 화해의 실마리를 찾게

해 준 것이다. 즉 어머니로서의 자연에 대한 깨달음이 그것이다.

> 모든 자연은 어머니란 존재의 구현이라 할 수 있다. 태양은 대지의 어머니로
> 서 빛과 영양을 공급한다. 그리하여 바다와 새들이 노래하고 시냇물이 대지를
> 잠재우는 자장가를 불러 줄 때 태양은 결코 우주를 버려두지 않는다. 또한 대
> 지는 수목과 꽃들의 어머니로서 그들을 낳고 젖 먹이고 다 자란 후에는 젖을
> 뗀다. 수목과 꽃들은 다시 그들의 위대한 열매와 씨앗들의 다정한 어머니이다.
> (『부러진 날개』, p.81.)

고통과 분노 속에 기댈 곳 없는 작가에게 자연은 도피를 위한
장소이기 이전에 안식을 찾고 진정한 삶의 의미를 되새기게 하는
곳으로 인식되고 있다. 나아가 그 순환과 윤회의 의미를 깨우쳐
준 자연의 섭리 속에서 작가가 발견한 것은 바로 사랑이었다. 즉
순환하는 자연을 통해 분노와 증오, 기쁨과 슬픔 나아가 삶과 죽
음까지 모두가 서로 다른 이질적인 존재가 아니라 하나이며 그 하
나임을 이어 주는 고리는 바로 사랑이라는 것이다. 그리하여 봄,
여름, 가을, 겨울이라는 소제목을 붙인 <사랑의 생애>에서는 우
주의 자연스러운 순환 원리를 이해하고 받아들임으로써 점차 심적
인 안정을 찾아가고 있다.

> 바닷물은 수증기가 되어 하늘로 올라가 구름이 되지.
> 언덕과 계곡 위를 헤매 다니던 구름은 부드러운 바람을 만나 눈물을 흘리며
> 들판 위로 떨어지지. 그리하여 시냇물과 만나고 고향바다로 돌아가는 강물과
> 합류한다네.
> 작별과 만남, 그리고 눈물과 미소로 이루어진 구름의 생애.
> 그렇듯이, 하나의 위대한 영혼으로부터 분리되어 나온 영혼은 슬픔의 산과 기
> 쁨의 평원 위를 구름처럼 떠돌아다니다가 죽음의 바람과 만나 영원한 본향으
> 로 돌아간다네.
> 사랑과 아름다움의 대양, 신에게로.[168]
> (『눈물과 미소』, p.110.)

물론 여기서 자연의 섭리에 대한 깨달음은 곧 자아의 재인식을
의미한다. 순환하는 자연의 섭리 속에 격렬했던 저항의식이 새로운
방향으로 나아가는 순간이다. 『내 영혼이 내게 준말』에서 지브란
은 다음과 같이 말한다.

> 내 영혼은 내가
> 난장이보다 낫지도 않고
> 거인보다 못하지도 않다는 것을
> 내게 일러 주었노라.
> 내 영혼이 내게 이르기 전엔
> 나는 인간성(人間性)을 둘로 여겼었노라.
> 하나는
> 내가 동정했던 연약한 사람이요.
> 또 하나는
> 내가 추종했거나 또는 반항했던 힘센 사람으로.
> 하지만 이제 나는
> 내가 둘로 모두로 되어 있고
> 똑같은 요소들로 이루어졌다는 사실을 알게 되었노라.[169]

　　이 시에서 자연에 대한 명상과 내면 속의 영혼에 귀를 기울이게
된 '나'는 난장이이면서도 거인이고 약자이면서도 강자인, 이중적
이고 모순된 존재라는 것을 깨닫는다. '내가 동정했던 연약한 사
람'이란 아마도 외부의 세력과 국내 성직자 및 정치인들의 전횡에
무기력했던 모습을 보임으로써 작가의 마음을 아프게 했던 바로
그 동포의 모습일 것이며 내가 추종했거나 또는 반항했던 힘센 사

---

168) 이 시에서 지브란은 작별과 만남, 눈물과 미소라는 표현을 쓰고 있다. 보통의 순차구조라
　　면 만남과 이별이나 미소와 눈물로 표현하는 것이 정상일 것이나 이와 같은 순차구조를
　　사용한 것은 나름대로의 의미를 가진다. 이 부분은 육체와 영혼 편에서 다시 보기로 한다.
169) 칼릴 지브란(강청일 역), 『내 靈魂이 내게 준 말』, 서울: 광동서관, 1978, pp.18～19.

람이란 자신감에 넘쳤던 자아의 다른 내면 혹은 실제 당시의 권력
자나 성직자 또는 넓게 보아서는 예언자나 선지자일 것이다.[170] 어
쨌든 연약한 동포의 모습에 비춰진 자아의 모습과 강한 자의 모습
을 동시에 지닌 '나'라는 존재는 그 어느 한쪽도 아니라 양면성을
지닌 존재이지만 그것이 바로 '나'의 진정한 모습이며 그 양면을
모두 아우를 때 자아를 총체적으로 인식할 수 있다는 의미이다.
그리고 자신의 그러한 모습은 바로 증오의 대상이었던 지배세력과
무기력하고도 이중적인 동포들, 나아가 인류 전체의 모습이기도 하
다. 즉 나와 다른 존재들도 궁극적으로 나와 동일하다는 것이다. 『눈
물과 미소』에 실린 <아기 예수>를 보자.

> 한 인간의 가슴을 밝혀 주는 작은 불꽃은 민족의 어둠을 밝히기 위해 하늘에
> 서 내려온 위대한 불꽃과도 같은 것입니다. 왜냐하면 한 영혼에 깃들인 모든
> 욕망과 감정들은 온 인류의 영혼 속에 깃들인 것과 조금도 다르지 않기 때문
> 입니다.
>
> (『눈물과 미소』, p.146.)

---

170) 이 부분에서 '내가 추종했거나 또는 반항했던 힘센 사람'이란 권력자이거나 성직자 혹은
사회적 권위를 누리는 사람으로 해석될 수도 있다. 하지만 인간의 고통이나 오만함을 방
관한 듯한 선지자나 예언자를 의미하는 것으로 보인다. 그런 의미에서는 또 다른 자아의
모습을 은유한 것으로도 해석이 가능하다. 『눈물과 미소』에 나온 다음 글귀를 보면 그러
한 해석도 가능하다는 결론이 나온다.
"아직도 물질의 포로인 나를 보라.
나는 공자의 가르침을 들었고 브라만의 지혜를 접했으며 보리수 아래 있는 부처 곁에 앉
아 있기도 했었다.
그런데 지금 무지와 불신으로 싸우고 있는 나를 보라
주께서 모세에게 나타났을 때 나는 시나이 산에 있었다. 나는 요르단 강가에서 나사렛 사
람의 기적을 보았다. 메디나에서는 아라비아의 사도가 하는 말을 들었다.
그런데 지금 의심의 죄수가 된 나를 보라.
(……)
이제 나는 시대와 싸울 만큼 강해졌다.
이 모든 것을 보고 들어 왔지만 나는 아직도 어린아이에 불과하다. 앞으로도 나는 진실한
젊음의 행위들을 보고 배울 것이며 늙어 가면서는 삶의 완성에 도달하고 신에게 되돌아갈
것이다."(『눈물과 미소』, pp.187~188).

내가 그이고 그가 나라는 인식, 즉 서로 적대적이거나 반대되는 속성을 지닌 별다른 존재가 아니라는 인식이다. 그러므로 나의 고통과 기쁨, 증오와 사랑 또한 바로 그들의 것이고 그들의 고통과 기쁨, 증오와 사랑은 바로 나의 것이다. 따라서 조국 레바논을 유린한 것도 성직자나 정치인의 책임이 아닌 바로 나의 책임이기도 한 것이며 그들의 사악한 모습 역시 내 자신의 내면에 있는 사악한 모습과 다를 바가 없다. 그렇기에 앞서 인용한 『내 靈魂이 내게 준 말』에 이어지는 문장에서 지브란은 다음과 같이 말하고 있다.

> 나의 기원(起源)은 곧 그들의 기원이고
> 나의 양심이 곧 그들의 양심이며
> 나의 다툼이 곧 그들의 다툼이고
> 나의 인생행로가 곧 그들의 인생행로니라.
>
> 그들이 죄를 진다면 나 역시 죄인이라.
> 그들이 잘 한다면 나는 그들의 선행을 흐뭇해하고
> 그들이 일어나면 나도 그들과 함께 일어나며
> 그들이 무기력하면 나도 그들의 느리적거림을
> 같이하게 되노라.
>
> (『내 靈魂이 내게 준 말』, p.19.)

또 그렇기 때문에 『눈물과 미소』에서 지브란은,

> 인간은 나의 연인이다. 나는 그를 그리워하고 그 또한 나를 그리워한다.
> (……)
> 나의 연인은 나에게 속해 있으며, 나는 그에게 속해 있다.
>
> (『눈물과 미소』, pp.183~184.)

라고 말할 수 있었던 것이다. 자아의 이중성과 모순을 깨닫고 이 깨달음으로부터 타자와 자아가 결국 동일한 속성을 지닌 인간이라는 존재의식으로 확대되어 궁극적으로는 거대한 인류애로 발전, 전개되고 있다. 그의 저항의식, 즉 현실 참여의식이 바로 이와 같은 깨달음에 근거하고 있기에 그 어느 저항의식보다도 순수하고 견고하며 강하게 다가온다. 나와 그는 동일한 존재, 자아와 타자는 궁극적으로 동일하다는 신념은 분쟁과 고통이 끊이질 않는 조국 레바논, 결코 평범하지 않았던 자신의 굴곡진 삶 그리고 자연과 문명의 대비를 통해 깨달은 것이다.

하지만 이 깨달음은 그의 종교관에도 많이 기인하고 있다. 이질적인 대립 요소들의 대비를 통해 자신의 조국관과 저항의식을 보다 분명히 드러내었던 <그대의 레바논과 나의 레바논>에서 그는 이미 다음과 같이 말했었다.

> 그대의 신념은 유대교, 브라만교, 불교, 기독교, 회교를 내세운다.
> 나의 신념에 있어서는 보편적인 종교가 오직 하나뿐이며, 그 종교의 각가지 길들은 궁극적인 존재의 사랑이 담긴 손에 달린 손가락들에 지나지 않는다.
> (<그대의 레바논과 나의 레바논>, 『더 큰 바다』, p.138.)

여기서 우리는 자아와 타자의 동일 개념이 모든 종교는 근본적으로 하나라는 의식과 상호 연결되어 있음을 알 수 있다. 한 손에서 나온 손가락들처럼 모든 종교의 뿌리는 하나요, 여러 종교에서 말하는 하느님, 여호와, 알라, 유일신 등은 모두 동일한 존재라는 뜻이다. 매우 간결하면서도 호소력이 있는 이러한 비유는, 앞으로도 살펴보겠지만, 그의 작품에서 무수히도 많이 찾아볼 수 있으며 특히 짧은 우화를 통해 전개되고 있다.

이처럼 모든 것은 하나라는 독특한 신비주의 정신에 기초한 그의 사상은, 종교 간의 분쟁과 약소국을 짓밟는 열강들의 아귀다툼, 기존의 가치체계를 둘러싼 세대 간 혹은 계급 간의 알력 그리고 어머니인 자연에 대하여 인간이 저지르는 오만한 파괴행위들에 대한 고뇌의 산물이자 궁극적으로는 그러한 분쟁과 고통 그리고 모순되고 기만적인 지브란 자신의 구원, 즉 인간의 구원 문제와 연결되어 있다. 그런데 그에게 이 구원의 문제는 신비주의에서 인성을 제거한 뒤 신성과의 만남을 의미하는 '절대자와의 황홀한 합일'이라는 체험과 매우 긴밀한 관계를 이룬다.

우선 그의 사상적 변화에서 큰 획을 긋고 있는 작품 『광인』을 살펴보자. 영어로 쓴 첫 작품을 통해 지브란은 인간의 본성이란 것이 원래 어떤 틀에 고정되어 불변하는 것이 아니라면서 인간의 본성을 숨기고 있는 가면 뒤에는 명백한 본질이 존재한다고 말한다. 즉 모든 분쟁과 증오의 씨앗이기도한 각종 사상과 종교를 초월하여 근원으로 돌아가 인간의 본질을 깨달아야 한다고 설파한다. 그리고 그 깨달음을 얻기 위해서는 본질을 가리고 있는 '가면들'을 찢어야 한다는 것으로서 이와 같은 주장은 『광인』의 서두를 통해, 광인 자신이 광인이 된 배경과 이유를 설명하는 과정에서 잘 드러나 있다.

> 내가 어떻게 광인이 되었느냐고?
> 사연은 이랬지. 어느 날. 많은 신들이 태어나기 훨씬 전에
> 깊은 잠에서 깨어나 보니
> 내 가면 전부가 도둑맞았지 뭔가. – 내가 직접 만들어
> 일곱 평생을 썼던 일곱 개의 가면이 말이야 –

나는 북적대는 거리를 가면도 없이 뛰어다니며
소리를 질러 댔지.
"도둑이야, 도둑! 빌어먹을 도둑 같으니라고!"
사람들이 나를 비웃더군. 몇몇은 내가 무서워
자기 집으로 줄행랑쳤지.
내가 시장바닥에 다다랐을 때
어느 집 옥상에 서 있던 어떤 꼬마 녀석이
"저 사람은 미친 사람이에요." 하고 소리를 지르더군.
난 그 녀석을 보려고 위쪽을 쳐다보았지.
그러자 태양이 내 맨 얼굴에 처음으로
입을 맞추는 게 아닌가!
난생처음 태양이 내 맨 얼굴에 입을 맞추자
내 영혼은 그 태양에 대한 사랑으로 불타올랐고
더 이상 가면은 생각나지도 않았어.
그리고 마치 무아지경에 빠진 것처럼 나는 소리쳤지:
"내 가면을 훔쳐 간 도둑에게 축복 있으라!"
이리하여 난 광인이 되었다네.[171]

여기서는 가면이라는 것이 지니는 의미를 먼저 살펴볼 필요가
있다. 가면은 일반적인 의미에서 원래의 것('맨 얼굴')을 가리는 구
체적인 장식물을 의미하지만 이 글에서는 은유로서 다음과 같은

---

171) 원문 보기: You ask me how I became a madman. It happened thus: One day,
long before many gods were born, I woke from a deep sleep and found all my
masks were stolen, - the seven masks I have fashioned and worn in seven
lives, - I ran maskless through the crowded streets shouting, "Thieves, thieves,
the curséd thieves."
Men and women laughed at me and some ran to their houses in fear of me.
And when I reached the marked place, a youth standing on a house - top
cried, "He is a madman." I looked up to behold him; the sun kissed my own
naked face for the first time. For the first time the sun kissed my own naked
face and my soul was inflamed with love for the sun, and I wanted my masks
no more. And as if in a transe I cried, "Blessed, blessed are the thieves who
stole my masks."
Thus I became a madman.
(*The Madman: His Parables and Poems*, Mineola(NY): Dover Publications, INC.,
2002, pp.7~8).

해석이 가능하다고 본다. 즉 본질 혹은 참된 자아('맨 얼굴')를 가리고 있는 허상을 의미한다고 볼 수 있다. 그리고 그 허상이란, 특히 신비주의적 관점에서 볼 때, 인간의 진정한 자아를 가리고 있는 인성을 가리킨다고 할 수 있다. 왜냐하면 그 '가면'은 절대자가 씌운 것이 아니라 우리 인간 자신이 '직접 만들어 쓰고 다니던' 것이기 때문이다.

사실 본래의 모습('맨 얼굴'), 진실 혹은 진리를 가리고 있는 가면들은 기만, 분쟁, 고통 나아가 증오와 저항의 동기가 된다. 겉으로 드러난 겹겹의 허상(진정한 자아를 가리며 자신이 진정한 자아인 양 행동하는 허상의 자아)을 믿고 판단하기에 문제의 근본 핵심을 찾을 수도 없거니와 서로 신뢰할 수도 없다. 그래서 수많은 세월 동안 진리 혹은 진정한 나를 가려 온 암흑의 가면('일곱 평생을 썼던 일곱 개의 가면')에서 벗어났을 때에야 비로소 진정한 자아의 모습, 인성에 가려져 있던 신성, 진리 혹은 절대자('태양')가 경이롭고 황홀한 존재로 다가왔으며 그 존재의 찬란한 빛은 눈부실 정도의 무아지경 속으로 광인의 마음을 이끌었던 것이다. 다시 말하면, 본 연구의 주제와 관련하여 볼 때, 신비주의자들이 인성을 벗고 내면의 자아 속에 숨겨져 있던 신성의 발현, 즉 신과의 합일을 경험하는, 무아지경(無我之境)의 순간과 같다.

여기서 한 걸음 더 나아가 가면의 은유적 의미를 확대하자면, 가면은 인간사회를 실제적으로 지배하고 있는 인습이나 관습으로도 볼 수 있다. 왜냐하면 광인의 가면은 언젠가 광인 자신이 직접 만들어 쓰고 다니던 것이기에 본래는 존재하지 않았던, 후천적인 것일 뿐만 아니라 일곱 평생 동안 써 온, 장구한 역사와 전통 속에 이미 고착화된 것이기 때문이다. 이것을 역으로 보면, 가면을 쓰고 다니지 않던 나는 언젠가부터 가면을 씀으로 인하여 참모습('맨 얼굴')을 잃어버리고 이중적인 자아의 모습 속에 허상이 본 모습을 대신하는 삶을 살았다는 의미가 된다. 따라서 가면이 없어 졌다는 말은 곧 자아의 깨달음을 의미한다. 그래서 일곱 평생을 써 온 가면으로부터 벗어났기에 그 기분은 이루 형언할 수 없는 황홀경과 같은 것이다.

그리고 그 무아지경(無我之境)이란, 단어의 뜻 그대로 자아가 소 멸되어 존재하지 않는 경지를 의미한다. 즉 부패하고 경직된 인성 과 관습에서 벗어난 자유에의 환희요, 그 자유를 통해 얻은 진리 에의 환희일 것이다. 또한 그 가면을 벗은 후에 느낀 자유란 인간 내부에 존재하는 신성을 가리고 있던 인성과, 자연의 섭리를 왜곡하 여 인간의 질곡으로 화한 인습에서 벗어난 자유를 의미할 것이다.

그런데 여기서 지브란은 그 가면이 없어진 사실을 알고는 '도둑 맞았다'라는 타동사표현을 쓰고 있다. 왜 그럴까? 실체를 가리고 있던 가면이 관념적인 것이기에 깨달음의 순간에 저절로 없어졌다 고 해야 옳다. 그럼에도 불구하고 '도둑맞았다'라는 표현을 쓴 것 은 그 가면이란 광인 스스로의 힘으로는 제거될 수 없을 정도로 오랜 세월 동안 쌓이고 쌓인 것이기에, 자신보다도 힘이 센 제3자 에 의해 벗겨진 것이라고 보아 '도둑맞았다'라고 표현한 것이라고 볼 수 있다. 다시 말하면 관념적 실체로서의 가면이 저절로 없어 진 것이 아니라 누군가에게 도둑맞았다는 표현은 궁극적으로, '일 곱 평생'만큼이나 고착된 것('일곱 개의 가면')으로 깨달음을 얻기 이전까지, 그 가면이 상징하고 있는 인성과 인습에 대하여 엄청난 집착을 보인('일곱 평생') 인류를 은유적으로 표현한 것이라고 할 수 있다.

이러한 개념은 신비주의의 존재의 합일 사상과 그 맥을 같이한다. 즉 신비주의의 기원과 정의 편에서 이미 살펴보았지만 신비주의에 따르면 인간이란 인성과 신성을 동시에 지니고 있는데 현세의 모든 고통과 불안, 갈등과 분쟁은 그 인성에서 오는 것이며 이를 탈피하기 위해서는 고행과 금욕을 통해, 실체 없는 자아(ego)의 보금자리인, 인성을 제거해야 한다고 주장한다. 그럴 경우 인간에게 내재해 있는 신성(神性)이 완연히 발현될 것이며 그것이 곧 절대자와의 황홀한 합일을 이룰 수 있는 길이라는 것이다.[172]


## 1.2. 코엘류의 저항의식

### 1.2.1. 대안사회

앞서 우리는 신비주의 속성을 크게 저항의식과 존재의 합일 사상으로 구분하고 코엘류의 조국 브라질의 속성과 시대상황 그리고 그의 전기(傳記)를 통해 그 자신이 도달한 신비주의의 수용 과정과 경로를 추적해 보았다. 이제 저항의식으로서의 그 신비주의 개념이 그의 문학에서 어떤 의미로 잉태되어 표출되고 있는지를 분석할

---

172) Palmer, E. H. *Oriental Mysticism: a treatise on sufistic and unitarian theosophy of the Persians*. London, Frank Cass and Company Ltd., 1969. pp.64~67 참조. 물론 이러한 합일 사상은 비단 절대자와의 합일만을 의미하지는 않는다. 그 사상 속에는 인간의 모든 희로애락, 즉 선과 악, 삶과 죽음, 육체와 영혼, 기쁨과 슬픔 등도 궁극적으로 하나라는 인식이 자리하고 있다. 지브란의 경우 그의 대표작인 『예언자』가 바로 그 예라고 할 것이다.

차례이다. 하지만 아쉽게도 그의 저항의식은 지브란의 경우와는 달리 순수 문학작품으로는 거의 표출되지 않고 있다.

거기에는 여러 가지 이유가 있을 수 있다. 이미 15세 때부터 자신의 최고 걸작으로 꼽히는『예언자』를 기획하고 23세 때인 1906년에는『계곡의 요정들』을 발표했던 지브란과는 달리, 코엘류의 본격적인 문학창작 활동은 그의 나이 40세이던 1987년『어느 마법사의 일기』로 시작되었다. 그러니까 지브란의 경우 기존 사회의 낡은 관습과 전통 그리고 지배계급에 대한 저항의식을 혈기왕성한 젊은 시절에 실제 행동과 창작 활동을 통해 이미 강하게 표출하고 정화하면서 성숙하기 시작한 반면에 코엘류의 경우는, 자식의 의지와 재능과는 상관없이 이미 짜 놓은 미래를 따라가 주기를 강요하는 부모와 그들로 대변되는 기성사회에 대한 저항의식 그리고 군정치하에서의 억압에 대한 반항 등 그의 저항의식은 히피생활과 록음악, 블랙매직과 연금술 등에 몰두하면서 최종적으로 '대안사회'를 꿈꾸며 이를 구현하려 했던 일 등 다양한 경로를 통해 이미 충분할 정도로 표출되었기 때문인 것으로 사료된다.

이미 언급하였지만 35세가 되던 1982년에 그는『지옥의 파일』이라는 소설을 써서 자비로 출판을 했으나 전혀 독자들의 반응을 얻지 못했다. 그리고 1985년에는『흡혈의 실천 매뉴얼』을 출판했지만 나중에 그 자신이 말했듯이 '수준이 나쁜'(má qualidade) 소설이었기에 자진하여 서점에서 회수하고 말았다. 그런데 현재 이 두 개의 소설은 시중에서 찾을 수 없을 뿐만 아니라, 그가 히피와 블랙매직에 몰두하던 시기에 창간했으나 2회만 발행하고 중단했다는, 문학잡지에 대한 정보 역시 전혀 얻을 수 없는 상황이다. 게다가 작가 자신도 두 책과 문학잡지에 대하여 더 이상 구체적인 내용을 밝히지 않고 있는 상태여서 그 두 소설들과 잡지의 내용이 당시 그의 저항의식과 어느 정도 관련되어 있는지 알 길이 없다. 그러나 그의 저항의식에 대하여는 그가 록음악의 작사자로 활동하면서 직접 작사하여 선풍적인 인기를 모았던 몇몇 노래가사를 통해 어느 정도 짐작해 볼 수 있다.

우리는 기존 사회의 가치체계에 대한 그의 정치·사회·도덕적 저항의식이 행위로 구체화되었던 대안사회 건설이 제일 먼저 부모의 강요된 삶에서 움튼 것을 보았다. 자식의 생각이나 꿈과는 상관없이 자신들이 짜 놓은 틀 속에 맞출 것을 강요하는 부모, 즉 기성세대들에 대한 그의 반항은 <내 친구 페드루 *Meu Amigo Pedro*>[173]라는 곡에서 먼저 엿볼 수 있다. 페드루는 공교롭게도 코엘류의 부친 이름과 같으며 여기에 친구라는 이름을 붙인 것은 대화 상대에 대한 친근감의 은유적 표현으로 볼 수 있다.

> (……)
> 페드루, 너는 매일 직장으로 출근하지.
> 그게 좋은 건지 나쁜 건지도 모른 채 말이야.
> 페드루, 넌 울고 싶을 때 화장실로 가지.
> 세상사는 꼭 그렇지만은 않은데 말이야.
>
> 난 천국을 느낄 때마다
> 혹은 지옥에서 뒤틀리며 불태워질 때마다
> 가엾은 나의 친구, 난 생각하지, 너를.
> 그저 언제나 똑같은 양복만 입는 너를.

---

173) 1976년 Philips-Polygram사가 내놓은 ≪일만 년 전에 *Há '0 Mil Anos Atrás*≫라는 앨범에 수록되어 있다.

페드루. 네가 가는 곳엔 나도 가.
하지만 모든 것은 그것이 시작된 곳에서 끝나.

나에게 네 것들을 가르치려고 시도해 보라고.
인생은 진지한 것이라고 그리고 전쟁은 힘겨운 것이라고.
하지만 시도할 수 없다면 조용히 입을 다물어. 페드루.
내가 내 미친 꿈과 열정을 살도록 내버려 두란 말이야.

(……)

난 너에게 아무 할 말이 없어.
하지만 내 모습을 비판하진 마.
우리들 각각은 하나의 우주이니까. 페드루.
네가 가는 곳엔 나도 가.[174]

---

174) 원문 가사는 다음과 같다:
  "(……)
  Vai pro seu trabalho todo dia
  Sem saber se é bom ou se é ruim
  Quando quer chorar vai ao banheiro
  Pedro as coisas não são bem assim

  Toda vez que eu sinto o paraíso
  Ou me queimo torto no inferno
  Eu penso em você meu pobre amigo
  Que só usa sempre o mesmo terno

  Pedro, onde você vai eu também vou
  Mas tudo acaba onde começou

  Tente me ensinar das tuas coisas
  Que a vida é séria, e a guerra é dura
  Mas se não puder, cale essa boca, Pedro
  E deixa eu viver minha loucura

  (……)

  E eu não tenho nada a te dizer
  Mas não me critique como eu sou
  Cada um de nós é um universo, Pedro
  Onde você vai eu também vou
  (……)

부친을 친구라고 부르고 있는 것과 "네가 가는 곳에 나도 가"라는 것은, 어쩌면 엄격하고 권위주의적인 실제 부친에게서 느꼈던 거리감, 그리고 그 거리감 속에서 느꼈던 다정한 부친에의 그리움과 희망이 역설적으로 드러난 것이라고 볼 수 있다. 이 작품에서 기성세대인 부친 페드루는 매일 똑같은 양복을 입고 출근하는, 정체성이 없는 폐쇄적인 사람, 자신의 약한 모습을 보이지 않기 위해 혼자 화장실에서 눈물을 흘리는 고독한 사람, 그러면서 자식에게 인생은 진지한 것, 삶은 힘겨운 전쟁이라며 자신의 울타리 안에 머물 것을 강요하는 사람으로 그려져 있다.

하지만 아들은 부친에게 자신의 인생관을 주입할 만큼 확신과 용기가 없다면 자식으로 하여금 자신의 "미친 꿈과 열정을 살도록 내버려 두"라고 요구한다. 그리고 현재 자기의 모습에 대하여 간섭이나 비판을 하지 말라고 말한다. 왜냐하면 서로는 각각 자신만의 세계를 가진 별개의 존재이며 다른 정체성(identity)을 가진 존재이기 때문이다. "우리들 각각은 하나의 우주" 그러기에 <길거리의 아베마리아 *Ave Maria da Rua*>175)에서 다음과 같이 말한다.

> 난 혼자 노래 부르고 있지 않아.
> 우리 모두가 노래를 부르고 있어.
> 하지만 우리 각각은 자신의
> 목소리를 가지고 태어났어.
> 다른 방식으로 말하기 위해,
> 말하기 위해
> 모든 사람이 느끼는 것을 말이야.176)

---

175) 이 곡도 1976년 Philips - Polygram사가 내놓은 《일만 년 전에 *Há 10 Mil Anos Atrás*》라는 앨범에 수록되어 있다.
176) 원문 가사는 다음과 같다:

모든 사람이 느끼는 것을 다른 방식으로 말하기 위해 각기 다른 목소리를 가지고 태어났다는 말은 코엘류 자신의 행동과 관점의 근거가 혼자만의 유별난 것이 아니라 바로 그의 세대가 보는 시각이요, 행동이라는 의미이다. 이처럼 자기 세대를 끌어들이며 자기 행위의 정당성을 내세우지만 다른 한편으로는 그들 각자도 나름대로의 고유한 시각을 가지고 세상을 바라보며 살아간다는 것이며 그 관점의 대상 역시 전혀 다른 세계의 것이 아니라 모두가 느끼는 것, 다시 말하면 당대의 사람들이 공감하고 공유하고 있는 것이라고 말한다. 이것은 아마도 코엘류가 생각하는 인간과 세상의 근본 원리를 의미하는 것이 아닌가 한다. 물론 그 근본 원리라는 것이 무엇인지에 대해서는 설명이 없지만 전후 문맥으로 보아 인간은 근본적으로 서로 다른 정체성을 지닌 자유로운 존재이며 그러한 다양성이 우리의 모습이요, 세상의 원리라는 의미일 것이다. 그러기에 <내 친구 페드루>에 이어 이 가사에서도 자아의 정체성을 강하게 부르짖고 있는 것이며 다르게 살 권리, 타인과 다르다는 것에 대하여 두려움을 갖지 말라는 얘기, 즉 '나'의 정체성을 갈구하는 목소리가 그의 소설 곳곳에 스며 있는지도 모른다.

이처럼 같은 시대에 살면서도 다른 정신을 가진 후대의 정체성을 부정하고 자신이 만든 틀 속에 남아 있기를 강요하는 부모에

---

Não estou cantando só
Cantamos todos nós
Mas cada um nasceu
Com a sua voz, Ou ou ou
Pra dizer, pra falar
De forma diferente
O que todo mundo sente

대한 코엘류의 저항의식은 지브란의 경우와 마찬가지로 자신을 둘
러싼 사회 환경, 나아가 현대 문명에 대한 비판으로 확대된다.
<할부 인생 *Vida a Presta*ção>[177])이 그 한 예이다.

> 너는 일찍 일어나
> 탁자의 커피를 마시고
> 차와 비행기를 타지.
> 그리고 하루 동안
> 문명의 대가를 치르는 거야.
> 기쁨을 돈으로 사고
> 자신을 할부로 팔지.
>
> 아름다운 공주님에 대해선 관심이 없어.
> 공주는 너의 꿈속에 찾아와 너를 심란하게 만들지만
> 그 꿈은 날이 새면서 사라져 버리거든.
> 일어나. 일할 시간이야.
> 삶은 네가 땅에 두 발을 딛고 서기를 요구해.
> 네 자신을 할부로 팔면서……[178])

---

177) 1973년 Som Livre사에서 제작된 ≪우 헤부 *O Rebo*≫라는 앨범에 수록되어 있다.
178) 원문 가사는 다음과 같다:

> Acorda cedo
> Café na mesa
> Toma seu carro e seu avião
> E vai pagando durante o dia
> O preço da civilização
> Com dinheiro compra alegria
> E se vende a prestação
>
> Não interessa a linda princesa
> Que vem em sonhos lhe perturbar
> Os sonhos morrem ao nascer do dia
> Acorda é hora de trabalhar
> A vida exige dois pés no chão
> Se vendendo a prestação.

<내 친구 페드루>에 이어 <할부 인생>에서 코엘류는 기계화된 사회에서 자신의 정체성을 잃고 그 속의 한 부품처럼 살아가는 현대의 봉급생활자를 그리고 있다. 현대의 획일화된 화이트칼라의 전형으로서 '언제나 똑같은 양복만 입은 채 매일 직장으로 출근하는 남자'인 봉급생활자는 무언가 달랐던 과거의 아득한 기억처럼 이따금 꿈속에서나마 찾아오는 낭만도 날이 새면 깨어질 것이기에 그리고 그것이 오히려 자신을 혼란시키는 것으로 다가오기에, 그것마저 두렵고 불안하여, 이제는 스스로 관심을 접은 채 사회가 요구하는 부속품처럼 살아간다. 왜냐하면, 추후에 『베로니카 죽기로 결심하다』에서 보겠지만, 그것이 편안함을 주기 때문이며 '정상적인 것'인 것으로 보이기 때문이다. 그래서 낭만도, 기쁨도 돈으로 사고 또 그것이 자연스러운 듯 거부감조차 느끼지 못한다. 그리고 모든 것이 기계처럼 짜여 있기에 내가 내 삶을 꿈꾸고 계획할 여지도 없다. 또한 자신을 할부로 판다는 것도 그의 삶 자체가 기계화된 사회에 묶여 살면서 기쁨을 돈으로 사면서 은퇴할 때까지 부속품처럼 조금씩 소모되는 것을 의미한다고 볼 수 있다.

그런데 <내 친구 페드루>에서 그려진 페드루나 <할부 인생>에서의 '너'는 현대 대중 사회가 낳은 군중의 모습을 대변한다. 즉 그가 속한 군중 혹은 대중은 사회주의 리얼리즘에서 말하는 억압받는 대중임과 동시에 벤야민이 보들레르의 『악의 꽃』에서 발견한 '위협적인 군중'의 성격을 지닌다. 억압받는 대중이란 대량생산·복제사회에서 상품처럼 '아우라'(aura)[179]를 잃어 가는, 강제적인

---

179) 물론 '아우라'의 상실에서 벤야민은 예술작품의 접근성에 대한 민주성과 새로운 대중예술의 시작을 보고 있기는 하지만 대량 복제된 상품의 자리에, 역시 대량 복제화되어 가는 현대 대도시인을 위치시킬 때, 우리는 복제된 예술작품처럼 인간에게서도 정체성('원본성,

획일화가 낳은 산물이란 의미이며 위협적인 군중이란 그렇게 획일
화되고 있는 현대인들이 자신과 동일화되어 가는 대중에 대해 느
끼는 일종의 일체감과 연민을 의미한다. 이 말은, 벤야민이 보들레
르의 「지나가는 여인」(『악의 꽃』)이라는 소네트를 분석하면서 말
한 것처럼, "대도시인들은, 군중을 그들의 반대자, 즉 적대적인 요
소로 보기는커녕 바로 이들 군중에 의해서 비로소 그들을 매혹시
키는 이미지를 얻게" 되기 때문이다.[180] 그리하여 현대인은 그 군
중의 무리에 빨려들어 가면서 스스로의 정체성을 외면하고 획일화
함으로써 자신과 동일한 모습과 의식을 지닌 군중 속에서 안도와
편안함마저 느낀다. 본 절의 후반부에서 볼 『베로니카 죽기로 결
심하다』의 주인공 베로니카와 마리의 삶이 그 예가 될 것이다.

그런데 그 속에서 현대인은 무언가 잘못되고 있다는 생각을 떨
쳐 버릴 수 없다. 게다가 그 불안감이 커지면 커질수록 더욱더 군
중 속으로 뛰어들기에 그러한 군상은 위협적인 존재일 수밖에 없
다. 즉 그것은 대중사회의 일원이 되면서 느끼는 안도감과 편안함
의 반대인 불안감, 다시 말해 자신이 지워지고 있다는 정체성 상
실에 대한 불안감이다. 자기 스스로 자신의 정체성을 지움으로써
얻을 수 있었던 안도와 편안함이었지만 왠지 불안함을 지울 수 없
다. 그 굴레에서 빠져나와 보들레르와 같은 '거리의 산보자'(flâneur)
적 시각[181]을 유지하는 것은 거의 불가능해 보인다.

---

진본성, 일회성') 상실이라는 문제에 역시 봉착하게 된다.

180) 이어 벤야민은 다음과 같이 부연한다. "대도시인들이 느끼는 황홀감은 일종의 사랑의 감
정인데, 그것도 처음 보고 느끼는 사랑의 감정이 아니라 마지막으로 보고 느낄 때의 사랑
의 감정이다. 그것은 또한 일종의 영원한 작별로서 그 작별은 시 속에서 매혹의 순간과
일치하고 있다. 이처럼 소네트는 충격의 이미지, 아니 어떤 파국의 이미지를 보여 준다."
발터 벤야민(심성원 편역), 『발터 벤야민의 문예이론』, 민음사, 1983, p.135.

코엘류가 페드루와 '너'를 통해 통찰한 것이 바로 그것이었다. 그리하여 마침내 그는 다른 세상을 꿈꾼다. 기성세대가 만들어 놓은 틀에 맞춰 살기를 강요받지도 않고 기계화된 문명 속에 돈으로 기쁨을 사지 않아도 되는 세상, 즉 '대안사회'가 그것이다. 브라질의 전설적인 록음악의 대부 하울 세이샤스가 불렀던 <대안사회 *Sociedade Alternativa*>[182]의 가사 내용을 보자.

> 만세, 만세, 만세 대안사회
> (만세! 만세!)
> (……)
> 나와 네가 모자를 쓴 채
> 샤워를 하고 싶다면
> 혹은 산타 할아버지를 기다리거나
> 카를로스 가르델(Carlos Gardel)의 세계를 토론하고 싶다면
> 그러면 하라
> 네가 원하는 걸 하라
> 왜냐하면 그 모든 것이
> 법, 법이 될 테니까
> 만세, 만세, 만세 대안사회
>
> 네가 원하는 걸 하라
> 그 모든 것이 법, 법이 될 테니까.
> 어떤 남자든, 어떤 여자든
> 모두가 스타이다.

---

181) 벤야민은 보들레르의 시에 나타나는 '거리의 산보자' 개념에 대하여 "그(버들레르 - 연구자 주)가 비록 대도시 군중이 끌어당기는 힘에 굴복하여 그들과 함께 거리 산보자의 한 사람이 되었지만, 그러나 그러한 군중의 비인간적인 속성에 대한 느낌은 그를 떠나지 않았다. 그는 자신을 그들의 공범자로 만듦과 거의 동시에 또한 그들로부터 자신을 격리시키고 있다. 그는 꽤 깊이 그들과 결탁하고 있지만, 그것은 다만 단 한 번 경멸의 시선을 던짐으로써 부지불식간에 그들을 무가치한 존재로 내팽개쳐 버리기 위함이었다."고 말한다. 앞의 책, p.139.

182) 1983년 Gravadora Eldorado에서 제작한 ≪살아 있는 하울 *Raul Vivo*≫라는 앨범에 수록되어 있다.

만세

만세, 만세, 만세 대안사회

(……)

숫자 666은 얼라이스터 크롤리(Aleister Crowley).

(……)

만세, 만세, 만세 대안사회

강자의 법, 그것이 우리의 법이고 세상의 기쁨이다.

만세, 만세, 만세 대안사회[183]


　1973년에 제작된 이 노래의 가사가 이미 말하고 있듯이 당시에 26세였던 코엘류는 그 무렵 젊은이들이 심취했던 히피즘에 깊이 빠져 있었고 모든 자유가 허용되는 새로운 세상을 꿈꾸고 있었다.

---

183) 원문 가사는 다음과 같다:

　Viva, viva, viva a sociedade alternativa

　(Viva! Viva!)

　(……)

　Se eu quero e você quer

　Tomar banho de chapéu

　ou esperar Papai Noel

　Ou discutir Carlos Gardel

　Então vá

　Faça o que tu queres

　Pois é tudo

　Da lei, da lei

　Viva, viva, viva a sociedade alternativa

　Faz o que tu queres há de ser

　Tudo da lei, da lei

　Todo homem, toda mulher

　É uma estrela

　Viva

　Viva, viva, viva a sociedade alternativa

　(……)

　O número 666 chama-se Aleister Crowley

　(……)

　Viva, viva, viva a sociedade alternativa

　A lei do forte, essa é a nossa lei e a alegria do munco

　Viva, viva, viva a sociedade alternativa

동 앨범이 브라질 전역에서 엄청난 성공을 거두던 그해 8월, 코엘 류는 하울과 함께 블랙매직에도 깊이 빠져든다. 그리하여 '대안사 회'를 직접 건설하기로 의기투합한 뒤 창설 준비를 위해 사무실을 얻고 이어 브라질의 남동부 지방인 미나스 제리아스(Minas Gerais) 주(州)에 토지를 매입하여 일명 '별들의 도시'( Cidade das Estrelas) 를 건설하겠다고 발표한다. 그리고 두 사람은 각종 공연 때마다 이른바 '크릭 – 하 창설 선언문'(A Fundação de Krig –ha')을 팬들에 게 나눠 주는 등 대안사회 건설에 모든 노력을 경주한다.

하지만 코엘류의 전기(傳記)에서 이미 언급하였듯이, 당시는 우 익 군정의 시대였고 곧 비밀경찰에 체포되어 모진 고문을 겪어야 했다. 그의 대안사회 건설은 그렇게 종말을 맞았다. 자신의 정체성 확보를 위해 마지막 몸부림이었던 꿈은 그렇게 무너졌던 것이다.

하울 세이샤스와 코엘류가 작성한 '크릭 – 하 창설 선언문'에 의 하면 '별들의 도시'의 유일한 법은 바로 위의 노래 가사에 있듯이 "네가 원하는 걸 하라, 그 모든 것이 법이 될 것이다."(Faze o que tu queres, há de ser tudo da lei)였다. 극단적인 자유를 갈구하는 무정부적 성향의 이념이었던 것이다. 이 계획은 결국 수포로 돌아 갔지만 당시의 기존 사회에 대하여 코엘류가 가지고 있던 격한 반 감과 저항의식이 어떠했는지를 잘 드러내고 있다. 특히 '네가 원하 는 걸 하라. 그 모든 것이 법이 될 것이다.'라는 표현 속에는 어릴 때 예술가가 되겠다는 자신의 꿈을 가로막고 억눌렀던 부모들 혹 은 그들로 대변되는 기존 사회의 가치체계에 대한 반감과 저항의 식이 짙게 묻어 있음을 엿볼 수 있다.

하지만 대안사회 역시 그의 근원적인 의문을 풀어 주지는 못한다. 기성세대를 증오하면서 대안사회를 꿈꾸고 이를 직접 실현하려 했지만 현실의 벽은 너무나 높았고 강했다. 따라서 그럴수록 존재의 근원적인 문제, 즉 나는 누구이며 무엇인가? 나는 왜 이 세상에 존재하는가라는 의문이 더욱 고개를 내밀며 그를 괴롭힌다. <나 역시 불만을 제기할 거야 *Eu Também Vou Reclamar*>184)에서 코엘류는 다음과 같이 말한다.

> 그래도 질문은 계속된다.
> 매번 똑같은 질문이다. 나는 누구인가
> 어디서 왔는가
> 어디로 갈 것이며 어떻게 될 것인가?
> 모두가 모든 걸 설명하고 있다.
> 불이 어떻게 켜지며 비행기가
> 어떻게 날 수 있는가를……
> 내 옆에 있는 사전은
> 단어들로 꽉 차 있지만
> 난 그것을 결코 사용하지 않을 것임을 알고 있다.185)

이미 정의가 내려진 단어들로 가득한 사전은 기성세대를 의미한다. 그 기성세대는 사전처럼 모든 것을 객관적이고 논리적으로 혹

---

184) 1976년 Philips – Phonogram사에 의해 제작된 ≪일만 년 전에 *Há 10 Mil Anos Atrás*≫라는 앨범에 수록되어 있다.

185) 원문 가사는 다음과 같다:
    E as perguntas continuam
    Sempre as mesmas, quem eu sou
    De onde eu venho
    Aonde onde eu vou dar
    E todo mundo explica tudo
    Como a luz acende como um avião
    pode voar

    Ao meu lado um dicionário
    Cheio de palavras
    Que eu sei que nunca vou usar

은 논리적인 것처럼,[186) 설명하고 있지만 삶은 미리 결정되고 정의된 사전이 아니기에 그에게는 하나의 가식일 뿐이다. 또한 이미 기존의 시각과 논리로는 설명이 불가능한 시대가 도래하였을 뿐만 아니라 코엘류를 방황하게 했던 진정한 자아에의 고민과 의문점에 해답을 주지 못한다.

그들에게 환멸을 느끼며 자신이 꿈꾸는 세상을 갈구했던 그는 이제 기로에 선다. 그 기로에서는 모든 것이 가능하다. 즉 더 추락할 수도 있고 한 단계 높은 곳으로 비상(飛上)할 수도 있다. 이 기로에서 코엘류는 변신을 꾀한다. 왜냐하면 '그 사전을 결코 사용하지 않을 것을 알기에' 그러하다. 그 원인이 어디에 있었던 것인지는 알 수 없지만 아마도 록음악 작사자로 활동하는 동안 겪게 된 군정의 고문과 그에 따른 삶의 시각 변화가 아닌가 한다. 나아가 아래의 가사에서 볼 수 있듯이 그가 열광했던 록음악에의 식상과 끊임없이 새로운 것을 추구하는 그의 열정도 한몫을 한 것으로 보인다. <노스탤지어에 대한 진실 *A Verdade Sobre a Nostalgia*>이라는 곡을 보자.

> 그들은 내게 모든 낡은 것들을 들으라고 틀어대지.
> 그리고는 무수히도 많은 새것들을 즐기지도 않은 채 내버려.
> 난 50년대의 시가 아름답다는 걸 부정하진 않지만
> 70년대의 그 모든 감흥은 어디에 있는가?
>
> 난 내가 좋아하는 것을 할 거야.
> 그렇게 할 거야.
> 50년대의 시는 멋지지.

---

186) 후에 『베로니카 죽기로 결심하다』를 인용하며 이고르(Igor) 박사의 '정상적인 것'에 대한 발언을 분석할 때 이 부분을 구체적으로 설명할 것이다.

그런데 70년대의 시는 어디에 있는가?
그 때문에 난 원치도 않은 채 그 노스탤지어를 즐기고 있는 거지.
왜냐하면 이제 무슨 일이 벌어지는 것만 남았으니까.
엄마는 이미 비틀즈 음악을 듣고 있고
아빠는 길게 늘어진 내 머리카락에
매혹되었지.
난 내 모습이 마음에 들지 않았어.
난 내가 좋아하는 것을 할 거야.
엄마는 비틀즈를 듣고 아빠는 '오우, 예!'.
그 직후 난 내 모습이 마음에 들지 않았어.
오늘날 록음악은 이미 변해 버렸지. 다른 것이 된 거야.
그렇기에 난 내 머리카락을 잘라 버렸어.
미래의 길모퉁이에서 차가 뒤집혔지.
아마도 그 때문에 도로가 꽉 막혔던 걸 거야.
하지만 그 위험한 모퉁이 너머엔 무언가 새롭고
보다 감동적이며 덜 슬픈 무언가가
존재한다는 걸 알아.

난 내가 좋아하는 걸 할 거야.
그 위험한 모퉁이 너머엔
훨씬 더 새롭고 덜 슬픈 무언가가 있어.[187]

---

187) 1975년 Philips – Phonogram사에 의해 제작된 ≪새로운 영겁 *Novo Aeon*≫이라는 앨범에 수록된 곡이다. 원문 가사는 다음과 같다.

Tudo quanto é velho eles botam pr'eu ouvir
E tanta coisa nova jogam fora sem curtir
Eu não nego que a poesia dos 50 é bonita
Mas todo o sentimento dos 70 onde é que fica?

Eu vou fazer o que eu gosto······
Eu vou
Dos 50 bonita – ta
Mas os 70 onde é que ele está?
Por isso a nostalgia eu tô curtindo sem querer
Porque está faltando alguma coisa acontecer
Mamãe já ouve Beatles
Papai já deslumbrou
Com meu cabelo grande
Eu fiquei contra o que eu já sou

1973년 ≪크릭-하 *Krig-ha*≫라는 앨범을 낼 당시에 이미 반체제 성향의 록음악을 만들고 1974년에는 ≪지타 *Gita*≫라는 앨범을 통해 <대안사회>를 발표하면서 새로운 세계를 꿈꾸며 이를 실현하고자 했던 코엘류는 1975년 ≪새로운 영겁≫이라는 앨범을 통해 <노스탤지어에 대한 진실>이라는 이 곡을 발표하기에 이른다. 그러니까 이 곡은 1974년 군정시대의 비밀경찰에 끌려가 모진 고문을 당한 뒤 나온 것이다. 그 고문을 받으면서 코엘류는 '살아서 나가면 모든 미친 짓을 그만두겠다.'고 증언한 바 있다. 그래서인지는 몰라도 이 곡에서는 자신이 해 온 록음악을 돌아보며 새로운 길을 모색하는 그의 모습을 엿볼 수 있다. 이때의 록음악은 예전의 록음악이 아니라 부모 세대까지 좋아할 정도가 된, 이미 시대에 안주해 버린 음악이며 그렇기에 자신 역시 록음악의 상징이기도 했던 긴 장발을 잘라 버리고 말았다고 말한다.

하지만 그것은 어디까지나 새로운 경험과 새로운 꿈을 실현하기 위한 것이었을 뿐으로, 그는 '보다 새롭고 감동적이며 덜 슬픈' 무

---

Eu vou fazer o que eu gosto
É mãe com os Beatles e o pai falô
Logo então eu fiquei contra o que eu já sou
O rock hoje em dia já mudou, virou outra coisa
É por isso que eu corto o cabelo

Na curva do futuro muito carro capotou
Talvez por causa disso é que a estrada ali parou
Porém, atrás da curva
Perigosa eu sei que existe
Alguma coisa nova
Mais vibrante e menos triste

Eu vou fazer o que eu gosto
Atrás da curva do perigo existe
Alguma coisa bem mais nova e menos triste

언가를 찾아가리라고 외친다. 이것은 그가 군정치하에서 겪은 고문의 후유증으로 그간의 저항적·히피적 삶을 포기한 것을 의미하는 것이 아니라 오히려 자신의 부모까지 빠져든 록음악 속에서 변질되고 안주하는 록음악의 모습을 보았기에 새로운 길을 찾아 나선 것을 의미한다. 그리고 이것은 무엇보다도 당대 시대와 사회의 정체성 그리고 그 속에서의 나의 정체성에 대한 물음이며 그와 동시에 삶은 위험을 무릅쓰는 것이고 그에 대한 대가를 지불하는 것이라고 한 그의 철학을 대변하고 있다.

## 1.2.2. 정상과 비정상

주체의 정체성 문제는 비단 한 작가나 개인의 문제가 아니라 이세상에 존재하는 인간 모두가 한 번쯤 거치는 과정이라고 볼 수 있다. 그것은 서론에서 언급하였듯이 종교가 인류와 함께해 왔다는 점에서도 짐작할 수 있다. 그런데 지나온 시대가 혼란한 격동기였고 그 속에서의 개인적인 삶이 심한 굴곡을 거쳤다면 그 정체성에 대한 의문은 더욱 깊고 강렬하게 고개를 내밀 것이다. 앞서 살펴본 <내 친구 페드루>와 <할부 인생>에서 현대인이 스스로 군중 속에 빠져들면서도 무엇인가 잘못되었다는 불안한 생각에 사로잡히는 것도 바로 정체성의 문제를 의미한다. 따라서 이러한 과정과 내용을 문학으로 표출하고 걸러내는 데 침잠한 작가라면 정체성의 문제는 외면하기 힘든 소재이자 주제일 것이다. 코엘류의 경우 정신병원에 입원했던 경험을 바탕으로 썼다는 작품『베로니카 죽기로 결심하다』가 그 대표적인 예라고 할 것이다.

주인공 베로니카는 도서관의 사서로서 슬로베니아의 수도인 류블랴나 수녀원에 세 들어 사는 평범한 아가씨이다. 그러던 어느날 그녀는 갑자기 죽기로 결심한다. 그 이유는 두 가지이다. 첫째는 반복되는 권태로운 삶이다. 그때까지 그녀의 삶에서는 모든 것이 똑같았고 앞으로도 그럴 것이다. 그리고 계속 산다고 하여도 아무런 변화가 없이 그저 다른 사람들처럼 병들고 친구들을 먼저 보내거나 잃으면서 죽어 갈 것이다. 그러므로 계속 산다는 것은 고통의 가능성만 키울 뿐 나아지는 것이 없을 것이다. 두 번째 이유는 세상에 대한 자신의 무용성이다. 매일 TV를 보고 신문을 보면서 세상이 어떻게 돌아가는지 잘 알고 있는 그녀로서 세상 모든 것이 전부 잘못되어 가고 있는데도 그녀는 아무것도 할 수 없다. 그러니까 지겹도록 반복되는 일상생활 속에 느끼는 권태감과 희망의 부재 그리고 세상에 대한 스스로의 무용성이 진짜 그녀가 자살을 시도한 이유이다.[188]

하지만 그녀는 두 명의 친구가 구해 준 네 통의 수면제를 5분동안에 한 알씩 먹으면서 침대 곁에 놓아둔 1997년 11월 불어판월간지 Homme를 보다가 우연히 파울루 코엘류라는 브라질 작가가 쓴 컴퓨터 게임관련 칼럼을 보면서 자신의 자살동기가 그녀의 조국인 '슬로베니아가 어디에 있는 나라인가?'라는, 말도 안 되는 질문으로 시작한, 칼럼 때문이라는 쪽지를 남기기로 한다. 그런데 그녀는 구출된 뒤에 그 쪽지 때문에 정신병원에 입원되고 만다. 그다음 이야기는 모두 그 병원에서 일어나는 일들을 중심으로 전개되고 있다.

---

188) 『베로니카 죽기로 결심하다』, p.13. 참조.

우선 작품의 배경을 보자. 소설의 서두에 언급되고 있듯이 가톨릭 국가인 슬로베니아는 동구 유럽 공산국가들의 붕괴와 더불어 유고슬로바키아로부터 독립한 다섯 개 신생국가 가운데 하나이다. 1991년 6월 27일이 독립일로서 주인공 베로니카가 죽기로 결심한 날은 이로부터 불과 4개월 남짓한 시점이었다. 슬로베니아는 역사적으로 볼 때 게르만 민족이 다수인 지역이었으며 제2차세계대전 후 독재자 티토(Tito)가 슬로베니아를 포함하여 주변의 5개국을 합치는 바람에 유고슬라비아라는 나라로 통합되었다. 그러다 보니 슬로베니아는 유고슬라비아의 상황, 즉 아랍어와 슬라브어를 쓰면서 종교는 가톨릭과 이슬람 그리고 동방정교를 믿으며 인종적으로는 슬라브, 세르비아, 이슬람, 게르만 등 4개 민족이 모여 사는 나라의 일부가 되었었다. 그러니까 그들의 통합과 재독립 과정에서 드러난 각종 분쟁은 그들의 정체성과 직·간접적으로 관련되어 있었던 것이다. 즉 모두가 정체성의 위기를 겪던 시기였다.

이러한 배경에서 주인공 베로니카도 정체성의 위기를 겪는 인물로 설정되어 있으며 그것은 그녀의 성격 묘사에서 그대로 드러난다. 예를 들면 수면제를 다 먹은 후에 죽음을 기다리며 침대 옆 탁자에 있는 잡지를 집어 읽는 모습을 묘사하면서 화자는 그때까지 그녀의 삶이란 이처럼 가장 쉬운 것이 아니면 손닿는 곳에 있는 것만을 찾으며 살아온 그녀의 소극적이고 수동적인 삶과 똑같았다고 말한다.

죽음을 기다리는 동안 베로니카는 컴퓨터산업 관련 글을 읽기 시작했다. 그것은 그녀가 최소한의 관심도 가지고 있지 않던 주제였다 − 그것은 삶 전체를

통해 가장 쉬운 것이거나 아니면 손닿을 곳에 있는 것만을 항상 찾았던 그녀
의 삶과 잘 어울리는 것이었다. 예를 들면 그 잡지처럼 말이다.[189]

(앞의 책, p.8.)

　그녀의 이러한 성격은 자살 방법을 생각하면서 여러 상황을 상
상하는 모습에서도 잘 나타난다. 예를 들면 손목을 그어 피를 흘
리며 죽을 경우 수녀들은 새로운 세입자를 빨리 찾기 위해서라도
얼른 방청소를 하고 그 혐오스러운 자살 광경을 잊어야 할 것이라
는 등, 또 고층 건물에서 투신자살을 할 경우 부모들이 시신확인
때 겪게 될 충격도 마음에 걸려 포기한다. 그다음 권총자살이나
목을 매고 죽는 것 등을 생각해 보았지만 그녀의 천성과는 맞지
않기에 결국 흔적을 남기지 않는 수면제로 자살을 시도하기로 하
는 것 등이 그러하다.

　어쨌든 그녀는 그 칼럼의 첫 내용이 "슬로베니아가 어디에 있는
가?"라는 것을 보고는 잡지를 치워 버린다. 어느 누구도 슬로베니
아가 어디에 위치한 나라인지 모르는 것처럼 그녀의 존재 역시 아
무도 모른다. 나의 정체성이란 타자와의 비교나 타자의 시선에 의
해 보다 분명히 드러나는 것이기에 타자의 무관심은 곧 내 존재의
부재를 의미한다. 그러니까 그러한 삶은 죽음과 다를 바 없으며
결국 나는 있으나 마나 한 존재인 것이다. 하지만 그러한 상태에
서 삶이 끝나기를 기다리는 것보다 마지막 자신의 존재를 확인하
려는 듯이 그녀는 자신의 목숨을 스스로 끊기로 결심하였고 그것

---

189) 원문 보기: Enquanto esperava a morte, Veronika começou a ler sobre
informática, um assunto pelo qual não tinha o mínimo interesse－e isto
combinava com tudo o que fizera a vida inteira, sempre procurando o que
estava mais fácil, ou ao alcance da mão. Como aquela revista, por exemplo.

에 대하여 자부심과 기쁨마저 느낀다. 그것도 자신이 항상 꿈꾸었
던 방식대로 아무 흔적도 남기지 않는 알약을 먹고 자살하고 있기
때문이다.

> 잡지를 치워 버렸다. 이제 슬로베니아 사람들의 존재를 완전히 무시하고 있는
> 세상에 대해 화를 내는 것도 관심이 없었다. 그녀 국민의 명예는 더 이상 그
> 녀에게 그런 사람들에게 존경심을 가지라고 말하고 있지 않았다. 이제는 바로
> 자신에 대하여 자긍심을 가질 시간이었다. 그녀가 마침내 용기를 내어 (마음먹
> 은 것을 - 연구자 주) 할 수 있다는 것 그리고 이제 이 숲을 등지고 떠난다는
> 것을 알 시간이었다. 이 얼마나 기쁜 일인가! 자신이 항상 꿈꾸었던 방식대로
> 자살을 하고 있었던 것이다. 흔적을 남기지 않는 알약을 먹고 자살한다는 것
> 말이다.190)
>
> (앞의 책, p.9.)

어느 누구에게도 관심의 대상이 되지 못하는 사람으로서 이미
죽은 몸과 같은 것을 스스로 죽임으로써 자신의 존재를 확인하고
기뻐하는 것은 처절한 소외감의 극단적 표현이다. 그런 상황에서
죽음 직전 창밖의 거리를 지나가던 한 청년이, 그녀에게 무슨 일
이 벌어지고 있는지도 모른 채, 미소를 짓고 손짓을 하며 구애의
제스처를 한 것은 이제 삶이 얼마 남지 않은 그녀에게 누군가의
욕망 대상이 되었다는 만족감을 안겨 준다. 타자의 시선을 통해
자신이 욕망되고 있다는 사실은 자신의 존재가 의미를 가지는 순
간이다.

---

190) 원문 보기: Deixou a revista de lado, não lhe interessava agora ficar indignada
com um mundo que ignorava por completo a existência dos eslovenos; a
honra de sua nação não lhe dizia mais respeito. Era hora de ter orgulho de si
mesma, saber que fora capaz, finalmente tivera coragem, estava deixando esta
vida: que alegria! E estava fazendo isso da maneira com que sempre sonhara -
através de comprimidos, que não deixam marcas.

하지만 불행히도 그녀의 자살 시도는 실패하고 만다. 그리고 죽기 전에 남긴 쪽지, 즉 슬로베니아가 어디에 있는 나라인지 모른다는 어느 유명한 잡지의 칼럼을 보고 자살을 시도했다는 이유로 수도 류블랴나의 빌레치(Villete)라는 정신병원에 수용된다. 권태롭고 자기 존재의 의미를 찾을 수 없던 슬로베니아 사회라는 감옥에서 다른 감옥으로 이동된 셈이었다. 그곳에서 그녀는 자살 시도 때에 먹은 알약으로 심장이 약해져 최고 7일의 시한부 인생이라는 선고를 받았으며 그 7일간 병원에서 여러 인물들을 만난다. 그들 중에는 한때 사랑했던 사람을 찾아 가정을 버리고 여러 나라를 헤매다가 들어온 제드카(Zedka)라는 여성, 잘나가는 변호사였다가 어느 날 패닉신드롬을 겪으면서 병원에 입원한 마리(Mari), 브라질 주재 유고슬라비아 대사의 아들로서 부모가 이미 정해 버린 자신의 미래(아버지의 뒤를 이어 외교관이 되는 것)를 거부하고 그림을 배워 천국의 환영(visões)들을 그리겠다고 하다가 결국 정신병원에 들어온 에두아르드(Eduard) 그리고 정신병 환자들을 위한 새로운 치료법을 개발 중이던 병원장 이고르(Igor) 박사 등이 포함된다.

그녀는 그곳의 '미친 사람들'과 공존하면서 삶에의 의지를 하나 둘씩 회복하기 시작한다. 왜냐하면 단지 이 세상에 존재할 수 있는 시간이 최대한 7일밖에 없다는 것이 그녀로 하여금 삶에 애착을 가지게 했던 것이다.[191] 그때 도움을 준 것은 바로 수피즘이었다. 양복과 넥타이를 맨 수피 강연자가 환자들 중 거의 완치상태에 있는 사람들을 식당에 불러 모아 놓고 원을 그리며 앉게 한 뒤

---

191) 이고르 박사는 자신이 만든 새로운 치료법, 즉 환자에게 삶에 대한 의지를 북돋아 주기 위해 죽음에 대한 의식을 심어 주는 방식으로 베로니카에게 심장이 약해지는 약을 투입하였었다.

장미꽃 한 송이가 담긴 꽃병을 가운데에 두고 명상을 하도록 하면서 다음과 같이 말한다.

"미침을 통제의 상실과 혼동하지 마세요. (……). 스스로를 미친 사람으로 유지하세요. 하지만 정상인처럼 행동하십시오. 남들과 다른 존재가 되는 위험을 무릅쓰세요. — 하지만 주위를 끌지 않은 채 그렇게 하는 법을 배우십시오. 이 꽃에 집중하세요. 그리고 진정한 자아가 모습을 드러내도록 하세요."
— 진정한 자아란 무엇입니까? — 베로니카가 끼어들었다. (……)
그 사람은 베로니카의 끼어듦에 놀란 듯 보였다. 하지만 대답을 했다:
— 남들이 만들어 놓은 당신의 모습이 아니라 있는 그대로의 당신 모습입니다.
베로니카는 그 연습(장미 한 송이에 대한 명상 — 연구자 즈)을 해 보기로 마음먹었다. 과거의 자기 모습을 최대한 찾아내려고 노력하였다. 빌레치에서 보낸 며칠 동안 그녀는, 이전에는 결코 그토록 강렬하게 느껴 본 적이 없는 것들, 즉 증오, 사랑, 살고자 하는 욕망, 두려움, 호기심 등을 느꼈다.
(……)
그녀는 자신이 곧 죽을 것이라는 것을 알고 있었다. 그렇다면 뭣 하러 두려움을 느껴야 하는가?
그것은 어느 것에도 도움이 되지 않을 것이고 죽음의 심장마비를 피할 수조차 없을 것이다. 최선의 것은 이전에는 결코 해 보지 않은 것을 하면서 남아 있는 날들 혹은 시간들을 활용하는 것이었다.[192]
(앞의 책, pp.106~107.)

---

192) 원문 보기: "Não confundam a loucura com a perda de controle. (……) mantenham-se loucos, mas comportem-se como pessoas normais. Corram o risco de serem diferentes-mas aprendam a fazer isso sem chamar a atenção. Concentrem-se nesta flor, e deixem que o verdadeiro Eu se manifeste."
— O que é o verdadeiro Eu? — interrompeu Veronika. (……)
O homem pareceu surpreso com a interrupção, mas respondeu:
— É aquilo que você é, não o que fizeram de você.
Veronika resolveu fazer o exercício, empenhando-se ao máximo para descobrir quem era. Nestes dias em Villete, sentira coisas que nunca havia experimentado com tanta intensidade-ódio, amor, desejo de viver, medo, curiosidade.
(……)
Sabia que ia morrer logo, para que sentir medo? Não ajudaria em nada, nem evitaria o ataque fatídico do coração; o melhor era aproveitar os dias ou horas que restavam, fazendo o que nunca tinha feito.

"그녀는 자신이 곧 죽을 것이라는 것을 알고 있었다. 그렇다면 뭣 하러 두려움을 느껴야 하는가?" 이 표현을 통해 엿볼 수 있는 것은 그녀가 시시각각 다가오는 죽음을 통해 삶의 의미를 깨닫게 된다는 것이다. 즉 자살을 마음먹기 전까지 그녀의 삶은 무미건조 하였고 권태로움 그 자체였다. 왜냐하면 하루하루의 일과가 지겹도록 남들과 같았고 반복적이었으며, 그것이 정상이라고 믿으며 꾸역 꾸역 살아가는 자신의 모습을 발견하는 순간 더 이상 삶에 대한 희망을 볼 수 없었다. 하지만 그 정신병원에서 죽음과 주변의 '미친 사람들'을 마주 하면서 그녀는 자신의 삶에 부족했던 것이 바로 그들 각자를 정신병원으로 몰고 온 동기, 즉 사회구성원 대다수가 옳다고 믿는 가치체계에 반(反)하는 행동인 광기(狂氣)였음을 알게 된 것이다.

그러나 그 광기란 남들이 자신의 삶을 결정하는 것이 아니라 자신의 삶을 스스로 선택하고 결정하는 것이었다. 작가의 전기(傳記)에서 살펴보았듯이 바로 코엘류로 하여금 자신들의 틀 속에 살기를 강요한 부모와 사회에 대한 극단적인 저항심을 갖게 된 동기이자 깨달음과 동일한 것이다. 그리고 그 광기란 그 어떤 것에도 익숙해지지 않도록 스스로를 끊임없이 변신시키고 노력하는 것이다.

그래서 그녀에게 전날처럼 피아노를 쳐 달라고 말없이 요구하는 에두아르드를 보면서 베로니카는 다음과 같이 말한다.

"어느 누구도 그 어떤 것에 익숙해져서는 안 돼. 에두아르드. 잘 봐. 난 다시 태양과 산들 그리고 이전의 문제들을 좋아하게 되었어. ─ 그리고 삶의 의미 부재는 어느 누구의 잘못도 아니야. 단지 내 잘못일 뿐이야. 다시 류블랴나 광장을 보고 싶어. 증오와 사랑, 절망과 권태, 일상생활의 일부를 이루는 이 단순하고 멍청한 모든 것들 말이야. 하지만 이것들은 사는 맛을 주는 것들이지. 만일 어느 날인가 여기서 나갈 수 있다면 내가 미친년이 되는 것을 내 스스로 허락할 거야. 왜냐하면 모두가 그러니까 - 자신이 그런 것을 모르는 사람들이 더 잘못된 것이지. 왜냐하면 그들은 다른 사람들이 시키는 것만을 반복하면서 살고 있으니까."[193]

(앞의 책, pp.100～101.)

위의 인용문에서 엿볼 수 있듯이 타성에 물들지 말고 자신의 삶을 살라는 메시지는 이 작품의 핵심요소이다. 이것은 어느 날 자신이 완쾌되었는지를 물으러 온 마리에게 이고르 박사가 한 대답에서 보다 분명히 나타난다. 먼저 박사는 인간의 정상적인 행동양식이란 것이 무엇인가를 말한다.

> - (……) 저 이전에 많은 학자들이 그 문제를 연구하였지요. 그들은 정상적이란 것이 단지 동의의 문제라는 결론에 도달하였습니다. 다시 말하면 많은 사람들이 어떤 것이 옳다고 생각하면 그것이 옳은 것으로 된다는 거죠.
> "인간의 상식에 의해 지배되는 것들이 있습니다. 와이셔츠의 앞부분에 단추를 다는 것은 하나의 논리 문제입니다. 왜냐하면 옆에 달 경우 그 단추를 잠그기가 매우 어려워지고 등 쪽에 달면 잠그기가 불가능할 것이기 때문이죠."
> "하지만 강압적으로 이루어지는 것들도 있어요. 왜냐하면 점점 많은 사람들이 그것들은 응당 그래야 한다고 믿기 때문입니다. 당신에게 두 가지 예를 들어보죠. 이전에 타자기의 자판에 있는 알파벳 배열이 왜 그렇게 되어 있는지 자문해 본 적이 있나요?"[194]

(앞의 책, pp.169～170.)

---

193) 원문 보기: "Ninguém pode se acostumar com nada, Eduard. Veja só: eu estava gostando de novo do sol, das montanhas, dos proolemas - estava mesmo aceitando que a falta de sentido da vida não era culpa de ninguém, exceto minha. Queria de novo ver a praça de Lubljana, sentir ódio e amor, desespero e tédio, todas estas coisas simples e tolas que fazem parte do cotidiano, mas que dão gosto à existência. Se algum dia pudesse sair daqui, iria permitir - me ser louca, porque todo mundo é - e piores são aqueles que não sabem que são, porque ficam repetindo apenas o que os outros mandam."

194) 원문 보기: - (……) Muitos médicos antes de mim já fizeram este estudo, chegando à conclusão de que a normalidade é apenas uma questão de consenso; ou seja, se muita gente pensa que uma coisa está certa, esta coisa passa a estar certa.

이고르 박사에 따르면 이른 바 정상적이란 것은 사회를 구성하는 다수의 의식적·무의식적 동의와 합의에 의해 이루어진 관습이며 그것이 사회 각 구성원의 사고와 행동이 정상인가 아닌가 하는 판단의 기준이 된다는 것이다. 그런데 그 정상적이라는 것은 상식적 논리에 의거하여 형성되는 것이 일반적이지만 그 반대로 강압적으로 부여되는 비상식적·비논리적인 경우도 있다고 말한다. 그 예로서 박사는 현재 우리 사회가 쓰고 있는 타자기 혹은 PC의 자판 배열을 든다.

박사에 따르면 현재 보편적으로 가장 많이 쓰는 QWERTY 방식은 1873년 크리스토퍼 숄즈(Christopher Scholes)라는 사람이 발명했는데 한 가지 문제점이 있었다고 한다. 즉 타자를 아주 빨리 칠 때 타자기의 각 알파벳 활자들이 서로 엉키는 경우가 발생하였다는 것이다. 그리하여 재봉틀을 만들던 레밍톤(Remington)사가 지금의 QWERTY 방식을 채택한 자판을 내놓았고 뒤이어 타자기나 지금의 컴퓨터 자판을 만드는 회사들이 모두 그 예를 따르는 바람에 오늘날 QWERTY 방식이 하나의 기준이자 규범으로 자리 잡게 된 것이라고 설명한다. 그러니까 이고르 박사의 설명에 의하면 QWERTY 방식은 글자를 보다 빨리 치기 위한 것이 아니라 보다 천천히 치기 위해 고안된 배열이라는 것이다.

결국 이 방식은 천천히 타자를 치도록 강요하는 배열방식이자

---

"Existem coisas que são governadas pelo bom senso humano: colocar os botões na frente da camisa é uma questão lógica, já que ficaria muito difícil abotoá-los de lado, e impossível abotoá-los se estivessem nas costas."
"Outras coisas, porém, vão se impondo porque cada vez mais gente acredita que elas têm que ser assim. Vou lhe dar dois exemplos: vocês já se perguntou por que as letras de um teclado de máquina de escrever são colocadas naquela ordem?"

강제된 획일화 시스템의 상징으로서 이를 한편으로는 정상이라고 강요하고 다른 한편으로는 별다른 의식이 없이 이를 추종하는 인간사회의 부조리한 속성을 대변하고 있다.

그는 또, 강요된 비논리적 상식이 오늘날 우리가 정상적인 것과 비정상적인 것으로 구분하는 기준이 된 사례로서, 현재 절대다수의 사람들이 사용하는 시계의 바늘이 오른쪽으로 돌게 된 연유를 설명한다. 그에 의하면 아직 피렌체 성당(Catedral de Florença)에는 바늘이 거꾸로 도는 시계가 있다면서 이 시계가 파올로 우첼로 (Paolo Uccello)에 의해 처음 디자인되었던 1443년만 해도 바늘이 오른쪽으로 도는 시계와 왼쪽으로 도는 시계가 공존하였으나 별다른 이유 없이 언제인가부터 오른쪽으로 도는 시계들이 압도하게 되었다고 말한다. 정확한 이유는 모르지만 아마도 그때 그 지방의 어느 공작이 오른쪽으로 도는 시계를 소유하고 있었기 때문이었을 것으로 보이며 오늘날 우리는 그것이 옳은 것으로 믿게 된 것이라고 말한다. 그래서 이고르 박사에 따르면 그 이후 파올로 우첼로의 시계는 비정상적인 미친 것으로 여겨지게 되었다는 것이다.

즉 이고르 박사에 의하면 우리가 흔히 정상적이라고 하는 것은 상식이라고 하는 것에 기준한 것으로서 이를 자세히 들여다보면 인간 행위의 편의성을 위해 만들어진 것이라고 한다. 그래서 이것이 집단적인 행동 양식으로 정해질 때 이른 바 정상인 것으로 받아들여지는 것이며 그 범주 밖에 있을 때는 비정상적인 것, 즉 미친 것으로 받아들여진다는 것이다. 또 다른 것이 있다면 그것은 앞서 언급한 시계바늘의 방향 문제처럼 정확한 이유 없이 관습화되어 버린 것들로서 이것의 경우는 편의성을 따지는 것이 아니라 당대의 사회적 상황이 주로 기준이 되어 정상적인 것으로 인지된다고 덧붙인다. 즉 우리가 흔히 알고 있는 정상적이라는 것은 상식적 논리에 준하여 형성되기도 하지만 반대로, 사회적 상황 등에 따라, 강제적으로 부과된 비논리적인 것도 포함된다는 것이다. 그러므로 정상적인 것이 항상 옳은 것이 아니라는 것이다.

이 두 가지를 예를 든 뒤 이고르 박사는 마리의 병에 대하여 다음과 같이 진단한다.

- 이제 당신 병에 대하여 얘기해 봅시다. 각각의 인간은 자기만의 속성과 본능, 쾌락의 방식, 모험 찾기 등을 가지고 있는 (타인과는 구별되는 - 연구자 주) 유일하고 독특한 존재입니다. 하지만 사회는 집단적인 행동방식을 강요하죠. 그러나 사람들은 왜 그렇게 행동해야 하는지를 자문해 보지 않습니다. 마치 타자 치는 사람들이 QWERTY 방식을 최선의 배열로 받아들이듯이 그저 그것도 받아들일 뿐입니다. 이제까지 살면서 왜 시계바늘이, 반대방향이 아닌, 한 방향으로 가는지를 묻던 사람이 있던가요?

- 아뇨.

- 누군가가 묻는다면 그는 아마도 "당신 미쳤군!"이라는 소리를 들을 겁니다. 그래도 그 질문을 계속한다면 사람들은 어떤 이유를 찾으려고 애쓸 거예요. 하지만 곧 화제를 돌릴 겁니다. - 왜냐하면 제가 설명한 것 외에는 어떤 다른 이유도 없으니까요.

(⋯⋯)

- 제가 다 나았나요?

- 아뇨. 당신은 별개의 다른 사람인데 남들과 같게 되길 원하고 있어요. 제 관점에서 볼 때 그것은 심각한 병으로 사료됩니다.

- 남들과 다르다는 것이 심각한 건가요?

- 스스로에게 남들과 같아지라고 강요하는 것이 심각한 것입니다. 그것은 노이로제와 정신병, 편집증 등을 야기하죠. 남들과 같게 되기를 원하는 것이 심각한 문제인 것입니다. 왜냐하면 그것은 자연을 강압하는 것이니까요. 그리고 하느님의 법에도 어긋나는 것이고요. 하느님은 이 세상의 어떤 숲이나 산림에도 서로 같은 나뭇잎이라고는 단 한 장도 창조하지 않았습니다. 하지만 당신은 남들과 다르다는 것이 미친 것이라고 생각하죠. 그래서 빌레치(Villete)를 살 장소로 택한 것이고요. 왜냐하면 (바깥세상의 - 연구자 주) 모든 사람들이

서로 다르기 때문에 당신은 여기서 모든 사람이랑 같아지려 하고 있어요. 이 해하겠습니까?

마리는 고개를 끄덕였다.

－남들과 다른 사람이 될 용기가 없기 때문에 사람들은 자연에 배치되는 행동을 하죠. 그래서 신체가, 일반적으로 아마르구라(Amargura, 쓴맛)로 알려진, 비트리올루(Vitríolo, 황산염)를 생산하기 시작하는 것입니다.

－비트리올루가 뭐죠?

박사는 자신이 너무 흥을 내고 있었다는 것을 알아차렸다. 그래서 화제를 바꾸기로 했다.

－비트리올루가 뭔지는 중요치 않습니다. 제가 말하고 싶은 것은, 모든 것을 볼 때 당신이 아직 완치된 것이 아니라는 겁니다.[195]

(앞의 책, pp.171～172.)

---

195) 원문 보기: －Então, vamos a sua doença. Cada ser humano é único, com suas próprias qualidades, instintos, formas de prazer, busca da aventura. Mas a sociedade termina impondo uma maneira coletiva de agir－e as pessoas não param para se perguntar por que precisam se comportar assim. Apenas aceitam, como os datilógrafos aceitaram o fato de que o Qwerty era o melhor teclado possível. Você conheceu alguém, em toda a sua vida, que tenha perguntado por que os ponteiros de relógio andam numa direção, e não em sentido contrário?

－Não.

－Se alguém perguntasse, provavelmente iria escutar: você está louco! Se insistisse na pergunta, as pessoas tentariam achar uma razão, mas logo mudariam de assunto－porque não há qualquer razão além da que expliquei.

(……)

－Estou curada?

－Não. Você é uma pessoa diferente, querendo ser igual. E isto, no meu ponto de vista, é considerado uma doença grave.

－É grave ser diferente?

－É grave forçar-se a ser igual; provoca neuroses, psicoses, paranóias. É grave querer ser igual, porque isso é forçar a natureza, é ir contra as leis de Deus－que, em todos os bosques e florestas do mundo, não criou uma só folha igual a outra, mas você passa a ser igual a todo mundo. Entendeu?

Mari fez que "sim" com a cabeça.

－Por não terem coragem de ser diferentes, as pessoas vão contra a natureza, e o organismo começa a produzir o Vitríolo－ou Amargura, como é vulgarmente conhecido este veneno.

－O que é Vitríolo?

Dr. Igor percebeu que tinha se empolgado muito, e resolveu mudar de assunto.

－Não tem importância o que é Vitríolo. O que quero dizer é o seguinte: tudo indica que você não está curada.

즉 이고르 박사는 우리가 일반적으로 정상적이라고 생각하는 것들이란 완벽한 것이 아니라 생활의 편의성을 위한 것이거나 아니면 뚜렷한 이유 없이 시대적 상황에 따라 관습화된 것들로서 문제는 그것이 서로 다른 속성을 가진 자연의 섭리에 위배되는 것이라고 강조한다. 나아가 그것은 자연의 존재방식, 즉 각 구성원의 개별성을 무시한 채 획일적인 사고방식을 강요하며 그 범주를 벗어났을 때 사회는 비정상적이라든가 미친 짓이라고 지목하고 그 행위자를 격리한다는 것이다. 따라서 그는 사회에서 남들과 다른 행동방식을 보였다고 해서 정신병원에 들어온 마리(Mari)가 그것을 두려워한 나머지, 병원에서 다른 환자들과 같게 되려고 노력하므로 그것이 더 심각한 문제이며 그것으로 보았을 때 그녀가 완쾌된 것은 아니라고 말한 것이다.

그런 다음 그녀가 그러한 행동을 보이는 근본적인 이유는 자신의 개별성을 스스로 인정하지 않고 남과 다르게 생각하고 행동하는 것에 대하여 두려움을 가지고 있는 것, 다시 말하면 남들과 엄연히 다른 존재임에도 불구하고 보통의 다른 사람들처럼 자신의 개별성을 스스로 죽이면서 살려고 하는, 획일화된 군중의 일부가 되려고 하는 것이 문제이며 거꾸로 볼 때 이것은 자신의 삶을 살려는 용기가 없는 것이라고 진단한 것이다.

바로 여기에 코엘류가 이 소설을 통해 전하려는 메시지가 담겨있다. 그것은 그의 저항의식 편과 이 장(章)의 앞부분에서 살펴보았듯이 자신의 정체성, 즉 남과 다를 수 있는 권리를 주장하고 나아가 획일화된 남과 다른 삶을 사는 것에 대하여 두려움을 갖지 말라는 것이다. 곧 현대 대중사회의 획일화('정상적인 것') 속에 점차 잃어 가는 개인의 정체성 위기를 이처럼 진단하면서 그것으로부터 벗어나는 것('광기')에 주저하지 말하는 메시지인 것이다. 이것은 자식의 미래를 미리 정해 놓고 따라오기를 강요한 부모와, 정체성을 억압하던 사회에 저항하며 작가가 체득한 결론일 것이다.

의사의 진단 이후 마리는 시한부 인생인 비로니카의 행동, 즉 삶에의 의지를 갖기 시작하는 그녀를 보면서 스스로의 문제점을 깨닫고 결국 퇴원하기에 이른다. 물론 그녀의 문제가 한 개인의 문제가 아니라 사회 전체의 문제일 수 있듯이 그녀의 깨달음 역시 사회 전체에 대한 코엘류 나름대로의 진단으로 볼 수 있을 것이다.

병원을 떠나기 전에 그녀는 이고르 박사를 찾아가 베로니카가 맞이할 죽음이 자신으로 하여금 자기의 삶을 이해하게 해 주었다고 말하면서 엘살바도르로 가서 어린이들을 돌보겠다고 한다. 하지만 박사는 가까운 사라예보가 어떻겠느냐고 제안을 했고 그녀는 그러겠다면서 박사가 써 준 퇴원허가서를 들고 병원 문을 나섰다. 그런데 그녀는 병원을 떠나면서 병원 내의 동료들 특히, 병원 내에서 어느 정도 치료가 된 것으로 판단되는 사람들이 스스로 만든 토론모임인, 프라테르니다지(Fraternidade)의 구성원들 앞으로 한 장의 메모를 남긴다.

(……) 어제, 그러니까 오늘 이미 죽었을 한 여자와 한 대의 피아노 때문에 저는 아주 중요한 무언가를 발견했답니다. 이 안에서의 삶이 저 바깥의 삶과 정확히 같다는 것이었습니다. 여기만큼이나 저 바깥에서도 사람들은 그룹을 지어 모이고 자신들의 담을 쌓아 올립니다. 그러고는 어떤 낯선 것도 자신들의 그 하찮은 존재를 혼란시키지 못하도록 합니다. 또 여러 가지 일을 하지요. 왜냐하면 그렇게 하는 것에 익숙해 있으니까요. 그리고 쓸데없는 문제들을 연구하고 즐기기도 합니다. 왜냐하면 즐기도록 강요받고 있으니 까요. 그러고는 나

머지 세상은 망하거나 말거나 그들 자신이 알아서 해결하기를 바라죠.

기껏해야 하는 것이라고는 ─ 우리도 함께 수없이 그랬듯이 ─ 텔레비전의 뉴스를 보는 것입니다. 그것도 단지 문제와 불의(不義)로 가득한 세상에서 자신들이 얼마나 행복한가에 대해 확신을 갖기 위해서 말입니다.

"다시 말하면 프라테르니다지 모임의 생활도 저 바깥세상에 사는 거의 모든 사람들의 삶과 정확히 같다는 것입니다. ─ 모두들 수족관 유리벽 밖에서 벌어지는 일들에 대해서 알기를 회피하면서 말입니다. 오랜 세월 동안 그것은 편했고 유익했지요. 하지만 사람은 변합니다. 그래서 나는 이제 모험을 찾아 떠납니다. ─ 비록 65세이고 또 나이가 내게 가져올 많은 어려움을 알고 있지만 말입니다. 저는 보스니아로 갑니다. 거기에는 나를 기다리는 사람들이 있습니다. 그들도 나를 모르고 나 역시도 그들을 모르지만요. 하지만 저는 제가 유익한 존재라는 것과, 어떤 모험이 갖는 위험부담이 며칠의 편안함과 안락함만큼의 가치가 있다는 것도 알고 있습니다."

그 메모를 다 읽자 프라테르니다지 모임의 구성원들은 그녀가 완전히 미쳤다고 중얼거리면서 자신의 방과 간호실을 향해 빠져나갔다.[196]

(앞의 책, pp.201~202.)

---

196) 원문 보기: (……) ontem, por causa de um piano e de uma mulher que deve já estar morta hoje, eu descobri algo muito importante : a vida aqui dentro era exatamente igual à vida lá fora. Tanto lá como aqui, as pessoas se reúnem em grupos, criam suas muralhas, e não deixam que nada de estranho possa perturbar suas medíocres existências. Fazem coisas porque estão acostumadas a fazer, estudam assuntos inúteis, divertem ─ se porque são obrigadas a se divertirem, e que o resto do mundo se dane, se resolva por si mesmo. No máximo, assistem ─ como nós assistimos tantas vezes juntos ─ o noticiário da televisão, só para terem certeza do quanto são felizes, num mundo cheio de problemas e injustiças.

"Ou seja, a vida da Fraternidade é exatamente igual à vida de quase todo mundo lá fora ─ todos evitando saber o que se encontra além das paredes de vidro do aquário. Durante muito tempo isso foi reconfortante e útil. Mas a gente muda, e agora eu estou em busca de aventura ─ mesmo já tendo 65 anos, e sabendo as muitas limitações que esta idade me traz. Vou para a Bósnia: há gente que me espera ali, embora ainda não me conheça, e eu tampouco as conheço.

Mas sei que sou útil, e que o risco de uma aventura vale dias de bem ─ estar e conforto."

Quando acabou a leitura do bilhete, os membros da Fraternidade saíram para os seus quartos e enfermarias, dizendo a si mesmos que ela tinha definitivamente enlouquecido.

병원을 떠나며 남긴 메모에서 마리가 깨달았다고 하는 것은 바로 병원에 들어온 뒤에도 바깥에서의 생활과 조금도 달라지지 못했던 자신의 모습이었다. 바깥 사회가 모두 획일화되고 폐쇄그룹을 만들어 서로를 배척하고 멀리하는 것은 정신병원에서도 마찬가지였다. 프라테르니다지라는 그룹이 그러했고 또 병원에서 환자들과 베로니카라는 시한부 인생의 환자를 통해 그곳에서의 생활에 익숙해지는 자신을 깨달았던 것이다. 또한 본래 피아니스트가 되기를 꿈꾸었다가 부모의 권유와 자신의 수동성으로 인하여 평범한 직장인 도서관 사서로 변신한 여주인공 베로니카가, 정신병원에 와서 정신분열증을 앓고 있던 에두아르드를 위해 밤늦게까지 열정적으로 피아노를 치는 것을 보고 삶에 대한 열정과 꿈을 찾아 떠나는 용기의 중요성을 깨달았다는 것이다. 그리하여 그녀 역시 아직 전쟁의 상처가 완연한 보스니아의 사라예보로 떠날 수 있었다. 그것은 자신의 정체성 회복이자 자기 구원이었던 것이다.

　작품의 인물이나 구조 면에서 볼 때 이미 언급하였듯이 이 작품은 코엘류 자신의 자서전적 성격이 매우 강하다. 일일이 다 열거할 수는 없지만 문제의 발단이 되었던 컴퓨터 게임의 칼럼니스트 이름도 파울루 코엘류였고(원본, p.7), 그 칼럼니스트 역시 세 차례 정신병원에 입원한 경험(1965년, 1966년, 1967년)이 있다는 사실 그리고 그가 입원한 병원 역시 작가인 코엘류가 입원한 병원과 같은 리우데자네이루의 닥터 에이라스 정신요양원(Casa de Saúde Dr. Eiras)이라는 것(원본, p.23), 액자소설 형식으로 작품의 종결 부분에 다다라서야 공개된 에두아르드의 삶을 들은 뒤 베로니카가 "당신은 나에게 어떤 사랑의 이야기를 해 주었어요. 진심으로 말하건대 당신의 부모는 당신을 위해 최상의 것을 원했던 것이고 그 사랑이 당신의 삶을 거의 망가뜨리고만 것이에요"(원본, p.195.)라고 말한 것도 작가인 파울루 코엘류가 한 언론과의 인터뷰에서 자신의 부모에 대하여 밝힌 내용과 동일하다.[197] 나아가 소설의 주인공 베로니카가 자신의 칼럼 때문에 입원했다는 소문을 들은 뒤 칼럼니스트인 파울루 코엘류가 자신도 언젠가 정신병원에서 나오면 그 경험을 소설로 쓰겠다고 한 내용도 마찬가지이다.

그리고 작가 코엘류는 자서전적인 소설이라는 인식을 독자에게 심어 주기 위하여 액자소설의 구조를 도입한다. 즉 소설 속의 칼럼니스트인 파울루 코엘류는 베로니카라는 아가씨의 자살 시도와 정신병원 입원이라는 소식을 접한 뒤 자신의 경험을 소설로 쓰기로 마음먹고는 이 소설의 무대로부터 완전히 빠지기로 한다(원본, pp.24~25). 이러한 과정을 통해, 칼럼니스트로 소설 속에 들어왔던 작가로서의 파울루 코엘류는 칼럼니스트인 파울루 코엘류에서 벗어났음에도 불구하고 전지적 시점을 지닌 소설의 서술자로서 독자로부터 보이지 않는 곳에 남아 자신의 실제 경험을 끝까지 픽션화하고 있다.

어쨌든 정체성의 위기를 겪는 국가와 정체성의 위기를 겪고 있는 환자들과 그 병원 그리고 역시 정체성의 위기를 겪고 있는 젊

---

197) 2005년 6월 13일자 영국의 The Sunday Telegraph 기사 참조: My parents thought I was psychotic. That was the diagnosis. I used to read a lot, I was very shy and I didn't socialise very easily. They were desperate. It wasn't that they wanted to hurt me, but they didn' t know what to do.
"I have forgiven them [Coelho' s mother is now dead, but his father still lives in Brazil]. They did not do that to destroy me, they did that to save me. And it happens with love, all the time – when you have this love towards someone else, but you want this person to change, to be like you. And then love can be very destructive."

은 여자 주인공의 경험을 통해, 이 작품은 그의 저항의식이, 곧장 조국의 현실에 대한 고뇌로부터 인류애를 지향하는 지브란과는 달리, '나'의 정체성 위기라는 문제와 긴밀히 연결되어 있음을 보여주고 있다. 그와 동시에 자서전적 방식을 통해 코엘류는 인간이란 본질적으로 획일화되지 않는, 개별적이고 자유로운 존재이기에 남과 다르게 생각하고 살아가는 것을 두려워 말고 삶에의 꿈과 희망을 잃지 말라는 그의 전형적인 메시지를 전하고 있는 것이다.

## 2. 존재의 합일로서의 신비주의

본론의 첫 부분에서 이미 살펴보았듯이 종교와 종파를 떠나 신비주의의 핵심 속성 가운데 하나는 바로 존재의 합일이라는 개념이다. 이 개념은 본래 개인적인 체험을 통해 절대자와의 합일을 추구하는 것이지만 그 합일의 진정한 개념은 인간의 내면세계에 있는 인성과 신성 가운데 인성을 제거함으로써 신성이 완연한 발현을 하는 것을 의미한다. 그것은 크게 보아 두 가지로 해석될 수 있다. 첫째는 합일의 가능성을 믿는다는 것 자체가 인간의 신성에 대한 믿음이요, 이것은 다시 이 땅에 자신의 존재를 있게 한 어버이로서의 절대자에 대한 인식과 믿음을 의미한다.

둘째, 존재의 합일이라는 개념 속에는 인류의 고통과 분쟁이 근본적으로 서로 다른 개념들의 대립구조, 정확히 말하면 서로 다른 것으로 인식되는 개념들(예, 선과 악, 삶과 죽음, 육체와 영혼, 기뿜과 슬픔, 낮과 밤 등)의 대립구조에서 기인한다고 보며, 그렇기 때문에 인간의 고통과 분쟁의 해결점은 그 대립된 요소들의 속성에 대한 올바른 이해에서 찾을 수 있다고 보는 것이다. 여기서는 궁극적으로 '나'(인간)는 누구인가라는 존재론적 물음이 깔려 있으며 그 물음은 곧바로 인간과 절대자의 관계 설정 문제와 긴밀히 연결되어 있다. 추후에 보겠지만 두 작가는 그것들에 대한 올바른 이해를 매개하면서 합일의 개념을 완성시켜 주는 것이 사랑이라고 말한다. 즉 인간과 절대자의 관계에 대한 이해와 사랑은 이분법적인 대립구조의 바탕 위에 세워진 인류사회에게 희망이며 궁극의 목적이라는 것이다.

특히 두 작가의 작품 외적 요소 편에서 살펴보았듯이 이러한 신비주의 개념은 추상적인 개념으로 그들에게 주어지거나 다가온 것이 아니라, 태어난 국가의 배경이나 굴곡 많은 삶 그리고 시대상황 등을 거쳐 오면서 그들이 자연스럽게 체득하거나 수용하게 된 결과이다. 이러한 관점을 유지하면서 본 장에서는 그들이 잉태하게 된 존재의 합일 개념이 실제로 어떤 것인지 작품을 통해 알아보고자 한다. 아울러 각 테마들은 독립적인 개념이라기보다 서로 긴밀히 연결되어 있음을 상기해 두고자 한다.


## 2.1. 선과 악

인류의 불행은 어디에서 시작되었고 또 어디에서 오는 것일까? 본 연구의 주제와 관련해 볼 때 이미 약간 언급하였듯이 아마도 신으로부터 인간의 분리 그리고 '너'와 '나'의 구분 지음에서 비롯된 것이 아닐까 한다. 후에 보겠지만 지브란은 인간의 불행과 고통이 절대자로부터의 분리에서 시작된 것으로 보고 있으며 코엘류경우도 간접적이나마 이에 동의한다. 즉 신과 인간의 분리는 곧 인간사회에서 너와 나의 구분 지음으로 전개되었고 두 작가가 인류사회의 혼란과 분쟁 그리고 그 사회 속에서의 개인이 겪고 있는 고통의 원인도 그 구분 지음에서 기인하는 것으로 본다. 그래서 신과 인간의 분리를 1단계로 보고 인간사회에서의 너와 나의 구분 지음을 2단계로 본다면, 2단계에의 해답으로서 그들이 도달한 사랑의 개념은 곧바로 1단계의 사랑, 즉 신과 인간의 합일을 지향하고 있는 것이다. 이처럼 두 단계와 사랑의 개념은 유기적인 관계를 유지한다.

그래서 저항의식을 거치며 이러한 개념에 도달하게 된 두 작가는 이성(異性)이든, 서로 다른 종교와 피부색을 가진 민족 혹은 인종이든 간에 절대자의 피조물로서 한 형제인 인류가 아귀다툼을 해 온 것도 서로 하나가 되지 못함에서 오는 것으로 보고 있다. 사실 서구 사회가 제도종교로서의 가톨릭 사상에 기초한 사회임을 가정할 때 인간의 불행은 바로 선과 악의 구별 지음으로써 시작되었다고 해도 과언이 아니다. 200여 년간에 걸쳐 전개된 십자군전쟁을 비롯하여 20세기를 전후한 이라크 전쟁 등 서구가 거쳐 온 대부분의 대규모 전쟁 이면에는 실제로 악에 대한 선의 수호와 악에 대한 응징이라는 논리가 담겨 있었다. 그렇기에 지금까지 서구의 사상은 바로 선과 악의 이분법적인 구분 속에서 전개된 해석이요 주석이라고 할 수 있을 것이다.198)

그런데 거꾸로 보면 이것은 그 선과 악의 대립 개념에서 발생하는 온갖 갈등의 치유법 찾기가 바로 그들의 역사이며 또 그들이 찾아낸 궁극적인 치유책도 역설적으로, 너와 나의 구분 지음이나 선과 악의 구분 지음이 아니라, 언제나 사랑(하나 됨)이었다는 말이다. 이것은 곧 칼릴 지브란도 말했듯이 사랑이 최고의 정의(justice)라면 단지 그 의미와 기준의 적용이 시대와 지배자에 따라 달랐을 뿐, 종교적인 의미는 차치하더라도, 결론은 언제나 사랑이었음을 의미한다.

여기서 사랑이 서로 다른 것으로 간주되는 것들의 하나 됨을 의미한다면 서두에서 말했듯이 인간의 불행과 고통은 너와 나의 구분 지음 혹은 선과 악의 구분 지음에서 시작됨을 다시 증명하는 셈이 된다. 결국 너와 나 혹은 선과 악의 대립과 치유책으로서의 사랑은 서구의 사상과 문학의 주된 소재이자 주제 중 하나였다고 볼 수 있다. 지브란과 코엘류의 삶과 문학도 그 범주에서 이해될 수 있을 것이다.

먼저 지브란의 선악 개념을 살펴보자.

## 2.1.1. 지브란: 보다 큰 자아

저항의식 편에서 본 바와 같이 기존의 가치체계에 대하여 강한 저항의식을 나타내던 시기에 지브란은 인간의 삶과 세계를 사실상

---

198) 너와 나 혹은 자아와 타자의 구분 지음도 선과 악, 문명과 야만 등의 구분 지음과 종종 밀접한 관계를 지녔다. 예를 들면 나는 선이요, 너는 악이라는 이분법적 논리가 그러하며 19세기까지만 해도 서구 유럽 중심주의를 지탱했던 문명과 야만의 구분 지음은 레비스트로스의 『야생의 사고』에서 이미 그 허실이 증명되었었다.

선과 악이 함께 존재하면서 악이 선을 지배하고 있는 곳으로 인식하였다. 예를 들면 아름다운 셀마 카라미와의 사랑이, 사제라는 직함을 이용하여 전횡을 휘두르는 뷸로스 갈리브 주교의 압력으로, 끝내 결실을 맺지 못하자 주인공 '나'는 이렇게 탄식하였었다.

> 바로 그해에 나는 한 아름다운 여성의 눈을 통해 나를 바라보는 천사들을 볼 수 있었다. 또한 사악하기 짝이 없는 한 사내의 가슴속에서 미처 날뛰는 지옥의 악마들도 볼 수 있었다. 삶은 아름답고도 악의(惡意)로 가득 찬 모순투성이였다. 그 속에서 천사와 악마를 보지 못하는 사람은 결코 인생의 참모습을 깨닫지 못하리라. 그리고 사랑이 고갈된 그의 영혼은 텅 빈 동굴과 같으리라.
> (『부러진 날개』, p.36.)

그리고 『눈물과 미소』에 실린 <영혼의 결합>이라는 시에서는 다음과 같이 말했었다.

> 사랑하는 이여, 삶이란 그 얼마나 아름다운 것인가!
> 마치 시인의 가슴처럼
> 빛과 영혼으로 가득 차 있으니.
> 사랑하는 이여, 삶이란 그 얼마나 잔혹한 것인가!
> 마치 악인의 가슴처럼
> 죄악과 공포로 가득 차 있으니.
> (『눈물과 미소』, p.156.)

위에서 보듯이 그의 저항의식과 마찬가지로 세계관과 인생관 역시 초기에는 모두 선과 악과 같은 이질적인 요소들의 대립구도에 기초를 두고 있었다. 그러나 시간이 흐르면서 종국에는 모든 것이 하나라는 신비주의적 사고로 귀결되고 있음을 확인할 수 있었다. 지브란의 이와 같은 변화와 선악의 개념이 가장 뚜렷하게 나타나는 곳은 바로 『예언자』이다. 그 가운데 <죄와 벌에 관하여>라는 소제목이 붙은 시를 먼저 보자.

(……)
그대들의 신적 자아는 저 하늘의 태양과도 같다.
(……)
그렇다고 그대들의 신적 자아가 그대들 내면의 세계에 홀로 살고 있는 것은 아니다.
그대들 내면의 많은 부분은 아직 미숙한 인간에 불과하며, 또 다른 많은 부분은 미처 인간에도 이르지 못하고 있다. 다만 잠에 빠진 채 제 자신의 깨달음을 찾아 안개 속을 헤매는 볼품없는 난쟁이가 있을 뿐인 것이다.
(……)
그러나 나는 감히 단언한다. 그대들 중 제아무리 거룩하고 성스러운 자일지라도 그대들 한 사람 한 사람의 내면에 있는 최선의 것 이상은 결코 오르지 못한다.
그러므로 그대들이 말하는 더없이 악하거나 약한 자일지라도 그대들 각자가 내면에 가지고 있는 가장 밑바닥 이하로는 떨어질 수 없는 것이다.
자고로 자신을 이루고 있는 나무 전체의 말없는 이해 없이 제멋대로 갈색을 띠는 나뭇잎은 없다. 죄지은 자도 이와 같아서 그대들 모두의 숨은 뜻 없이는 어떤 죄도 범할 수 없는 것이다.
그대들은 단지 하나의 행렬을 짓고 자신들의 신적 자아를 향하여 끝없이 걸어가고 있을 뿐이다.
그대들은 그 자신 앞에 놓인 길이며, 또한 그 길 위에선 나그네이다.
(……)
살해된 자는 자신이 살해된 것에 대한 책임이 없지 않다.
도둑맞은 자는 자신이 도둑맞은 것에 대한 잘못에서 자유롭지 못하다.
정의로운 자는 사악한 자의 행위 앞에서 결코 완벽한 결백을 주장할 수 없다.
그렇다, 죄인이란 때로 피해자의 희생물이기도 한 것이다. 그러므로 죄지은 자는 죄 없는 자의 짐을 대신 지고 가는 자라고 할 수 있으리라.
그대들은 결코 부정한 자와 정의로운 자 또는 사악한 자와 선한 자의 경계를 그을 수 없다. 그들은 모두 검은 실과 흰 실이 함께 섞이어 조화를 이루듯 태양빛 아래 나란히 서 있기 때문이다.
(……)
그대들이 정의의 이름으로 죄인을 벌하려 한다면, 그대들의 기준에 의해 그

악한 나무에 도끼질을 하려 한다면. 먼저 그 나무의 뿌리를 살펴보라.
그러면 그대들은 비로소 선과 악의 뿌리. 그리고 열매 맺는 것과 그렇지 못하
는 것의 뿌리가 대지의 말없는 가슴속에 함께 뒤엉켜 있음을 알게 되리라.
(〈죄와 벌에 관하여〉, pp.284~288.)

이 작품에 나타난 지브란의 선악에 대한 개념을 보다 잘 이해하기 위하여 먼저 뒤에서 앞으로 살펴보기로 한다. 지브란은 선과 악을 구분하기 위해 우리 인간이 만들어 놓은 기준부터 부정하고 있다. "그대들이 정의의 이름으로 죄인을 벌하려 한다면"이라든가 "그대들의 기준에 의해 그 악한 나무에 도끼질을 하려 한다면"이라는 가정을 내세운 뒤, 선악의 판단을 내리기 전에 먼저 벌을 내릴 대상인 '악의 뿌리'를 살펴보라고 말하기 때문이다. 그리고 선은 열매 맺는 것으로, 악은 열매 맺지 못하는 것으로 대비시키면서 그 선악의 뿌리는 하나의 몸통 아래 땅 속에서 서로 뒤엉켜 있다고 말한다.[199]

그런데 선과 악이 서로 뒤엉켜 있는 뿌리라고 말하기 전에 지브란은 인간의 삶에서 벌어지는 일들을 예로 들면서 선과 악의 관계를 다음과 같이 구체적으로 설명했었다.

살해된 자는 자신이 살해된 것에 대한 책임이 없지 않다.
도둑맞은 자는 자신이 도둑맞은 것에 대한 잘못에서 자유롭지 못하다.
정의로운 자는 사악한 자의 행위 앞에서 결코 완벽한 결백을 주장할 수 없다.
그렇다. 죄인이란 때로 피해자의 희생물이기도 한 것이다. 그러므로 죄지은 자
는 죄 없는 자의 짐을 대신 지고 가는 자라고 할 수 있으리라.
그대들은 결코 부정한 자와 정의로운 자 또는 사악한 자와 선한 자의 경계를
그을 수 없다.

---

199) 여기서 뒤엉켜 있음은 서로 별개의 존재로서 얽혀 있음을 의미하는 것이 아니라 동일체임
을 의미한다. 이 내용은 〈선과 악에 관하여〉를 분석할 때 자세히 볼 것이다.

살해된 자는 살해된 이유에 있어서 어느 정도의 책임이 있으며 도둑맞은 자도 어느 정도 책임이 있고 또, 정의로운 자 역시 사악한 자의 행위에 대한 책임의 일부를 지고 있다면서 죄인도 피해당한 자의 희생물이라고 말한다. 다시 말하면 악이 죄를 저지르면, 비록 일부이기는 해도, 선 역시 그 책임을 면할 수 없다는 것이다. 그러므로 인간은 어떤 경우에도 선과 악의 경계를 그을 수 없을 뿐만 아니라 인간이 만든 선과 악의 기준 역시 흔히 우리가 믿듯이 옳은 것이 아니라고 말한다. 그 이유에 대하여 지브란은 다시 나무를 비유로 설명한다.

> 자고로 자신을 이루고 있는 나무 전체의 말없는 이해 없이 제멋대로 갈색을 띠는 나뭇잎은 없다. 죄지은 자도 이와 같아서 그대들 모두의 숨은 뜻 없이는 어떤 죄도 범할 수 없는 것이다.

　여기서 나무는 곧 인간을 지칭하는 것이다. 따라서 선과 악이 같은 뿌리를 가지고 있다는 말은 인간('나무')의 내면에 선과 악이 공존하고 있다는 말과 같다. 그러므로 열매를 맺는 것과 그렇지 못한 것의 뿌리, 즉 선과 악의 뿌리가 함께 뒤엉켜 있기에 선악의 기준을 설정하기란 결코 쉬운 일이 아니며 또, 뿌리가 뒤엉켜 있듯이 인간은 선과 악을 동시에 지니고 있기에, 그것을 구분할 자격도 없다는 것이다. 그렇다면 지브란이 생각하고 있는 선과 악의 개념은 무엇이며 그 판단의 기준은 무엇인가? 아울러 선과 악을 구분하고 판단할 권능을 지닌 자는 누구인가? <죄와 벌에 관하여>의 말미에서 지브란은 다음과 같은 말을 통해 답변을 제시하고 있다.

이 모든 행위(악의 행위 - 연구자 주)를 신의 빛으로 비춰 보지 않고서야 어떻게 구별해 낼 수 있단 말인가?
그 순간 비로소 깨닫게 되리라.
선한 자와 악한 자의 차이란 단지 소아병적인 인간의 밤과 신적 자아의 낮 사이의 경계를 비추는 희미한 빛 속에 서 있는 한 인간에 불과하다는 것을 그대들은 알게 되리라.[200]

그러니까 지브란에게 있어서 선과 악은 인간의 내면에 동시에 존재하지만 그 선악의 판단 기준은 인간에게 있는 것이 아니라 바로 절대자('신의 빛')에게 있다. 보다 정확히 말하자면 이 시의 앞 부분에서 언급한 '신적 자아'에 있다. 그런데 인간의 내부에는 선과 악처럼, 드넓은 대양이자 하늘의 태양과 같은 신적 자아와 더불어 아직 미숙한 인간으로 자신의 깨달음을 찾아 안개 속을 헤매는 난쟁이가 함께 있다. 따라서 인간은 끊임없이 깨달음을 추구하는 구도자로서, 그 미숙한 인간, 난쟁이로 하여금 신적 자아의 영역에 도달할 수 있도록 수행의 길을 걸으며 노력해야 할 것이다. 비록 그 길이 험난하여도 걸으면서 길을 낼 것이며 그와 같은 여정이 바로 우리 자신이 될 것이라고 말한다. "그대들은 그 자신 앞에 놓인 길이며, 또한 그 길 위에선 나그네이다." 즉 그 수행과 구도의 여정이 바로 삶의 의미이자 삶 그 자체라는 것이다. 그리

---

200) 영어로 된 원본을 보면 인용문의 네 번째 줄에 나오는 '선한 자와 악한 자'의 경우 각각 'the erect and the fallen'으로 되어 있다(Kahlil Gibran, The Prophet, Phone Media, Sydney, Australia, n. d. p.43). 그리고 '소아병적인 인간' / '신적 자아'는 각각 'his pigmy - self'와 'his god - self'로 되어 있다. 류시화의 경우는 '똑바로 서 있는 자'와 '넘어진 자' / '난쟁이 자아'와 '신적 자아'로 각각 번역하고 있다(칼릴 지브란(류시화 옮김), 『예언자』, 열림원, 2002, p.60). 하지만 본 연구에서는 이미 설정한 기준대로 이영선의 『사랑이 그대를 찾아오거든 가슴을 열어라』에 따르기로 한다. 그 이유는 특히 이영선의 번역에서도 앞부분에서 '난쟁이'라는 표현이 나오는데다가 시 전체의 맥락에서 그리고 의미론적인 측면에서 볼 때 크게 문제될 것이 없다고 판단되기 때문이다.

하여 신적 자아와 하나가 되면,201) 인간은 그 선과 악에 대한 기준을 세우고 판단할 능력을 얻게 될 것이다. 따라서 인간이 할 수 있는 일은 자신들의 신적 자아를 향하여 끝없이 걸어가는 구도와 깨달음의 길뿐이며 그것이 바로 진정한 의미의 삶이라는 것이다.

결론적으로 이 시에서 볼 수 있는 지브란의 선악 개념은 선과 악이란 본래 구분되어 있지 않는 하나라는 것이다. 그런데 선과 악을 동시에 지니고 있는 우리 인간이 자신의 행위(예, 살인, 도둑질 등)를 통해 그것을 표면화할 때 서로 갈라지는 것이라고 말한다. 그 이유는 우리 인간의 내면에는 신적 자아뿐만 아니라 '미숙한 난쟁이'도 함께 존재하기 때문이다. 즉 인간은 완전성('신적 자아')과 불완전성('미숙한 난쟁이')을 동시에 지니고 있는 존재이기 때문에 겉으로 갈라져 표출된 선과 악을 구분할 줄 알거나 판단할 능력이 없다고 본 것이다.

그런데 이미 보았듯이 지브란은 바로 이러한 인간의 속성에 희망을 갖고 있다. 왜냐하면 우리 인간이, 선과 악의 기준을 세우고 판단할 권능을 지닌, 절대자의 속성('신적 자아')을 갖고 있기 때문이다. 따라서 삶의 여정('길')을 통해 미숙한 부분을 갈고 닦아 신적 자아와 하나가 되어 완전성을 얻으면 결국 인간은 자신의 행위를 통해 표면화되고 구분된 선과 악을 올바로 판단할 능력을 갖게

---

201) 지브란에게 있어서 신적 자아와의 하나 됨은 곧 인간이 절대자가 될 수 있다는 것을 의미하지 않는다. 그는 이 시의 중간쯤에 인간이 아무리 선하더라도 절대자가 될 수 없으며 또 그와 마찬가지로 인간이 아무리 악할지라도, 악마가 되지 않을 것이라고 말한다. 그것은 인간의 내면에 존재하는 신적 자아가 버팀목으로 작용할 것이기 때문이다. "나는 감히 단언한다. 그대들 중 제아무리 거룩하고 성스러운 자일지라도 그대들 한 사람 한 사람의 내면에 있는 최선의 것 이상은 결코 오르지 못한다. / 그러므로 그대들이 말하는 더없이 악하거나 악한 자일지라도 그대들 각자가 내면에 가지고 있는 가장 밑바닥 이하로는 떨어질 수 없는 것이다."

되리라는 것이다. 물론 앞서 언급하였듯이 완전성에 도달하는 것은 불가능하지만 말이다. "나는 감히 단언한다. 그대들 중 제아무리 거룩하고 성스러운 자일지라도 그대들 한 사람 한 사람의 내면에 있는 최선의 것 이상은 결코 오르지 못한다."

또한 <자기 인식에 관하여>에서도 "그대들, 부탁하건대 '나는 진리를 찾았다.'라고 말하지 말라. 그보다는 차라리 '나는 아주 조금이기는 하지만 어떤 진리의 일면을 엿보았다.'라고 말하라."(p.300.)라고 함으로써 인간의 한계를 분명히 설정해 두고 있다.

이제 『예언자』의 다른 작품을 보자. 특히 <선, 그리고 악에 관하여>라는 소제목이 붙은 시에서 지브란은 자신의 선악관을 다음과 같이 드러내고 있다.

(······)
나는 그대 안에 깃들인 선에 대해서는 말할 수 있되, 악에 대해서는 말할 수 없노라.
악이란 대체 무엇인가? 단지 선 스스로 굶주림과 갈증으로 괴로워하는 것 외에 또 어떤 것들이 숨겨져 있단 말인가?
선이란 제 자신이 굶주릴 때면 캄캄한 동굴 안에서라도 먹이를 찾고, 목마를 때면 죽은 강물도 마다하지 않고 마시지 않는가?

그대들이여! 단지 자아와 한 몸이 되어 있을 때는 선한 법이다. 물론 그대들이 자신의 자아와 한 몸이 되어 있지 않다 해도 무조건 악한 것은 아니다.
이는 가족들 간에 불화가 생긴 집이라고 해서 무턱대고 드둑의 소굴이라고 할 수 없는 것과 같다. 그 집은 다만 불화가 인 집일 뿐 그것만으로 무어라 단정하면 결코 안 된다.
(······)
그대들, 남에게 베풀고자 스스로 애쓸 때 그대들의 영혼은 참으로 선하다. 그렇다고 남에게 베풀 줄 모르고 자신의 이익만을 찾는다 하여 필경 악한 자인 것은 아니다.
그것은 그대들이 이익만 보려고 할 때에도, 다만 대지의 가슴에 매달려 그 생명수를 빨아들이는 뿌리에 불과하기 때문이다.

"나를 닮아라. 잘 익고 넘쳐흘러서 언제나 그대의 풍요를 내주어라."

어떤 나무의 열매도 그 뿌리를 향하여 이렇게 말할 수는 없으리라. 모든 뿌리
는 언제나 받을 수밖에 없고, 모든 열매는 언제나 제 몸을 내어 주는 존재가
아니던가?

그대들이 옳은 정신으로 말할 때는 매우 선하다. 그러나 그대들의 세 치 혀가
대책 없이 비틀거리거나 잠들어 있다 해도 악한 것은 아니다.

그것이 비록 더듬는 말일지라도 그대들의 허약한 혀를 튼튼하게 만드는 효과
를 낼지도 모르기 때문이다.

그대들이 자신에 찬 걸음으로 목적지를 향할 때는 진정 선하다. 그러나 그대
들의 발길이 이리저리 흩어지며 절름거릴 때라도 악한 것은 아니다.

비록 지금 절름거린다 해도 반드시 퇴행만 거듭하는 것은 아니기 때문이다.

(……)

그대들은 아주 많은 날들에 있어 선하다. 또한 선하다고 할 수 없을 때도 악
한 것은 아니다. 다만 빈둥거리는 그대들의 천성이 게으른 것에 불과하다.

그를 가여워하라. 제아무리 재빠른 수사슴일지라도 거북에게 빨리 달리는 법을
가르쳐 줄 수는 없지 않은가?

그대들이여, 보다 큰 자아에 대한 갈망, 그것이 바로 선이다. 그리고 그 갈망
은 그대들 모두의 가슴속에 존재한다.

(……)

진정 선한 것은 벌거벗은 이를 보고도 '그대의 옷은 어디 있는가?'라고 묻지
않는 법이다. 또한 자신의 집을 마련하지 못한 이에게 '그대의 집은 어떻지?'
라는 물음을 던지지도 않는다.

(〈선, 그리고 악에 관하여〉, pp.309~312.)

이 시에서 지브란은 "그대 안에 깃들인 선에 대해서는 말할 수
있되, 악에 대해서는 말할 수 없노라"고 먼저 전제를 한다. 그런데
거기에는 두 가지 이유가 있다. 첫째는 <죄와 벌에 관하여>에서
보았듯이 인간은 이중적인 속성, 즉 신적 자아와 미숙한 자아를
동시에 갖고 있는 존재이고 그 선과 악 역시 하나의 뿌리를 가지
고 있기 때문이다. 두 번째 이유는 이 시의 2연에서 언급하고 있

듯이 악이란 어떤 상황에서 선이 변하여 발생한 것이기 때문이다. "선이란 제 자신이 굶주릴 때면 캄캄한 동굴 안에서라도 먹이를 찾고, 목마를 때면 죽은 강물도 마다 않고 마시지 않는가?"

따라서 악은 선의 또 다른 얼굴이기에 선만을 이야기하는 것으로도 충분하다고 본 것이며 여기에는 인간이 근본적으로 선한 존재라는 긍정적인 시각이 깔려 있다. 이렇게 보는 근거는 첫째, 인간의 주어진 조건 때문이다.

> "모든 뿌리는 언제나 받을 수밖에 없고, 모든 열매는 언제나 제 몸을 내어 주는 존재가 아니던가?"
> "빈둥거리는 그대들의 천성이 게으른 것에 불과하다. / 그를 가여워하라. 제아무리 재빠른 수사슴일지라도 거북에게 빨리 달리는 법을 가르쳐 줄 수는 없지 않는가."

세 번째 이유는 설사 악을 행할지라도 그것은 선으로 향해 가는 하나의 과정이기 때문이다. 그것은 "비록 더듬는 말일지라도 그대들의 허약한 혀를 튼튼하게 만드는 효과를 낼지도 모르기 때문"이며 또 "비록 지금 절름거린다 해도 반드시 퇴행만 거듭하는 것은 아니기 때문이다."

그렇다면 선이란 무엇인가라는 의문이 든다. 악을 저지르는 것이 주어진 인간의 한계 혹은 조건이기 때문이고 또 그것이 선의 상황적 일탈에 의한 것이라고 해도, 또 <죄와 벌에 관하여>에서도 말하고 있듯이 삶의 의미가 끊임없이 선을 향해 구도하는 데에 있으며 그것이 바로 인간의 모습이라고 해도, 진정한 선은 무엇인가라는 질문을 던지지 않을 수 없다. 이에 대한 해답을 찾기 위해 먼저 선과 관련하여 지브란이 드러낸 몇 가지 표현을 살펴보자.

> "그대들이여! 단지 자아와 한 몸이 되어 있을 때는 선한 법이다."
> "그대들, 남에게 베풀고자 스스로 애쓸 때 그대들의 영혼은 참으로 선하다."
> "그대들이 옳은 정신으로 말할 때는 매우 선하다."
> "그대들이 자신에 찬 걸음으로 목적지를 향할 때는 진정 선하다."
> "진정 선한 것은 벌거벗은 이를 보고도 '그대의 옷은 어디 있는가?'라고 묻지 않는 법이다. 또한 자신의 집을 마련하지 못한 이에게 '그대의 집은 어떻지?'라는 물음을 던지지도 않는다."

위의 다섯 가지 가운데 앞의 네 가지를 보면 궁극적으로 한 가지를 지향하고 있음을 알 수 있다. 그것은 첫 번째에서 말한 "자아와 한 몸이 되어 있을 때"라는 것으로서 여기서 자아는 참된 자아, 그러니까 <죄와 벌에 관하여>에서 살펴보았듯이, 바로 신적 자아를 의미한다고 볼 수 있다. 그러므로 그 신적 자아와 합일이 되어 있을 때 진정으로 선할 수 있으며 그 자체가 선이라는 의미가 된다. 그리고 네 번째의 "자신에 찬 걸음으로 목적지를 향할 때"라는 의미는, 역시 <죄와 벌에 관하여>에서 보았듯이, 그 신적 자아를 향하여 끝없이 걸어간다는 의미이기에 진정으로 선한 존재가 되기 위해서는 인간의 조건과 한계 속에서도 신적 자아와 한 몸이 될 때까지 끊임없이 구도하는 것이라고 해석할 수 있다.202)

이제 지브란의 선과 악의 개념이 윤곽을 드러내고 있다. 지금까

---

202) 두 번째와 세 번째, 즉 '남에게 베풀고자 스스로 애쓸 때'라든가 '옳은 정신으로 말할 때' 그리고 '벌거벗은 사람에게 옷이 어디 있는가'라든가 '집이 없는 자에게 집이 어떤가?'라고 묻지 않는다는 것은 신적 자아와의 합일을 추구하는 과정에서 나올 수 있는 실생활의 실천적인 문제이다. 특히 마지막의 경우 벌거벗은 사람에게 왜 옷을 입지 않았는지를 묻지 않을 뿐만 아니라 옷이 어디에 있느냐고도 묻지 않는다는 것, 집이 없는 사람에게 왜 집이 없는지 그리고 더 나아가 집이 어떠한지조차 묻지 않는다는 것은 벌거벗은 사람과 집 없는 자에 대한 이중의 깊은 배려를 의미하는 것으로 판단된다.

지 살펴본 바로는 지브란의 입장에서 볼 경우 신적 자아와의 한 몸이 되었을 때, 다시 말해서 아직 미숙한 존재로서의 인간이 자신의 내면에 자리하고 있는 그 신적 자아와 일치될 때 비로소 그 인간의 모든 행위는 선이 될 것이다. 하지만 신적 자아와의 합일은 일시적일 뿐이며 인간의 조건 역시 "제아무리 거룩하고 성스러운 자일지라도 그대들 한 사람 한 사람의 내면에 있는 최선의 것 이상은 결코 오르지 못하는" 것이기에 그 선을 성취할 수 있는 것은 사실상 불가능한 것이다. 그래서 지브란은 이러한 조건과 여건 속에서 인간이 추구할 수 있는 선이란 다음과 같다는 결론에 도달하게 된다.

그대들이여, 보다 큰 자아에 대한 갈망, 그것이 바로 선이다. 그리고 그 갈망은 그대들 모두의 가슴속에 존재한다.

여기서 그는 '보다 큰 자아'가 아니라 '보다 큰 자아를 갈망하는 것', 그것이 선이라고 말한다. 이 말은 앞서 본 것처럼 인간의 조건과 한계 속에서도 보다 큰 자아를 갈망하며 꾸준히 구도하는 행위 자체가 선이라는 것이다. 물론 그 갈망은 모든 인간의 가슴속에 존재한다는, 인간에 대한 믿음에 근거하고 있다.

그런데 이 부분에서 우리는 보다 큰 자아라는 것이 무엇을 의미하는지 확인해야 한다. 왜냐하면 이 표현은 지브란의 작품에 매우 빈번히 나타나고 있을 뿐만 아니라 그 의미를 알아야 그가 말하는 궁극의 선이 무엇인지를 보다 분명하게 이해할 수 있기 때문이다.

먼저 보다 큰 자아는 앞의 시에서 얘기하는 신적 자아와 어떤 관계인가를 보자. 앞의 시에서 볼 수 있는 보다 큰 자아의 의미는 바로 그 시 속에 나타나 있다. 즉 "단지 자아와 한 몸이 되어 있을 때만 선한 법"이라는 말과 "보다 큰 자아에 대한 갈망, 그것이 바로 선이다."라는 말을 종합하면 신적 자아와 합일을 이룬 자아가 바로 보다 큰 자아인 것이다.

그래서 지브란은 인간 삶의 의미란 비록 미숙한 존재라고 할지라도 신적인 자아와 하나가 된, 보다 큰 자아가 되도록 노력하고 갈망하는 데 있다고 했던 것이다. 그 이유는, 이미 분석했듯이, 신적 자아와의 합일이란 일시적일 뿐 지속적일 수없는 것이기에 주어진 조건 속에서 인간이 추구할 수 있는 것이란 신적 자아와의 합일을 갈망하며 구도하는 것이기 때문이다. 바로 그렇기 때문에 지브란은 "인간은 서서히 일어나는 신"(『대지의 신』, p.556.)이라고 말한 것이다.

마지막으로 다른 의문점이 남는다. 결국 지속적이고도 완전한 합일에 도달할 수는 없지만 갈망의 그 대상이 되는 보다 큰 자아는 구체적으로 어떤 존재를 지칭하는 것인가? 그 해답은 『사람의 아들 예수』에 있다.

그러면 이제는 우리가 왜 그를 '사람의 아들'이라고 부르는가에 대해서 이야기하기로 하겠습니다.
예수도 그 어떤 이름보다도 '사람의 아들'이라는 그 이름으로 불리기를 원했습니다. 그 자신도 우리 인간들이 느끼는 배고픔과 목마름을 느끼고 있었으며, 수많은 사람들이 자신의 길을 따르려 한다는 것도 잘 알고 있었기 때문입니다. 이렇듯 '사람의 아들'인 예수는 우리 모두와 함께 고난 속에 계시기를 원했던 거룩한 그리스도였던 것입니다.
그는 자신의 형제들을 하느님에게로 이끌어 준 나사렛 사람 예수였습니다. 그리고 태초부터 하느님과 함께 계셨던 말씀이었습니다.

내 마음속에는 언제나 갈릴레아의 예수가 함께 살아 계실 것입니다. 그는 인간의 경지를 초월한 인간이었으며, 우리 모두에게 천상의 시를 지어 주셨던 시인이셨습니다. 그리고 우리의 차갑고 어두운 마음의 문을 두드려 깨워서 태초의 진실과 대면하게 해 주셨던 성령인 것입니다.

(『사람의 아들 예수』, p.361.)

르네 지라르의 삼각형의 욕망이라는 관점을 빌리자면 보다 큰 자아가 지칭하는 그 존재는 바로 예수이다.[203] 지브란에게 예수는 "인간이면서 인간의 경지를 초월한 자"이자 "태초부터 하느님과 함께 계셨던 말씀"이며 "우리의 차갑고 어두운 마음의 문을 두드려 깨워서 태초의 진실과 대면하게 해 주셨던 성령"이다. "우리 인간들이 느끼는 배고픔과 목마름을 느끼고 있었"던 존재이자 성령이므로 그는 미숙한 자아와 신적 자아를 동시에 지닌 보통의 인간인 것이며 그와 동시에 그 두 존재의 합일을 달성한, "인간이면서 인간의 경지를 초월한 자"인 보다 큰 자아인 것이다.[204]

---

203) 『예언자』를 르네 지라르가 말한 삼각형의 욕망 구도로 볼 때 주체는 알무스타파('선택된 자')이고 대상은 '이상적인 인간'이 되며 그 사이를 중개하는 중개자는 바로 예수가 된다. 그런데 이 구도에서는 르네 지라르가 말하는 욕망의 주체와 중개자 사이의 갈등관계가 나타나지 않는다. 물론 『사람의 아들 예수』에서 예수를 인간으로 보려는 것 자체가 주체의 강한 욕망을 나타내며 그 욕망이 중개자인 예수에 의해 중개된 것이라고 말할 수 있지만 『예언자』에서는 주체(알무스타파)와 중개자(예수)의 관계가 경정관계가 아니며 따라서 '내면적 간접화'가 일어나지 않는다. 즉 주체와 중개자 사이에는 갈등관계가 존재하지 않는다. 이 관계에서는 "외면적 간접화의 주인공은 자기 욕망의 진정한 성격을 큰 소리로 선언한다. 이 주인공은 자신의 모델을 공개적으로 존경하고 스스로 그 제자임을 자처한다." (르네 지라르(김치수・송의경 옮김), 『낭만적 거짓과 소설적 진실』, 한길사, 2004(5쇄), p.50).

204) 또한 지브란은 "결국 로마인들은 그분(예수 ─ 연구자 주)을 죽이는 큰 죄를 저질렀다. 갈릴레아 사람들도 그분을 여러 신들 중 하나로 만드는 크나큰 실수를 저지르고야 말았다. 예수는 우리 인간의 마음을 지닌 분이었다. / (……) / 예수라는 젊은 나사렛 사람은 결코 신이 아니었다. 그런데도 그분의 제자들은 그처럼 현명한 한 인간을 신으로 만들려고 하니 참으로 안타까운 일이다."라고 말하고 있다(〈물건을 매매하는 일에 대하여: 띠로의 상인 바르카〉, 『사람의 아들 예수』, pp.509~510).

결론적으로 인간은 미숙한 존재와 신적 자아를 동시에 갖고 있는 존재로서 선과 악도 동시에 지니고 있으며 그 미숙한 존재의 실수가 악인 만큼 완전한 선인 신적 자아와의 합일을 갈망하면서 보다 큰 자아가 되도록 꾸준히 구도하는 것이 참된 인간의 삶이자 의미라는 것이다. 여기에는 인간의 내면에 절대 선인 신적 자아가 존재하기 때문에 궁극적으로 인간은 선한 존재라는 믿음이 자리하고 있다. 아울러 지브란은 바로 그 구도(求道) 행위를 선도하고 미숙한 자아를 깨닫게 하는 것이 시인의 사명[205]이라고 보고 있으며 그가 종종 예수도 시인이라고 부르는 것 역시 그런 맥락에서 이해될 수 있다.[206]

지브란의 이러한 인식은, 특히 그의 독특한 나르시시즘적 특성을 엿볼 수 있는 시인의 사명과 관련하여, 『예언자』의 전체 구조에도 나타난다. 주지하다시피 『예언자』는 '선택된 자'라는 의미의

---

205) 예를 들면 『눈물과 미소』의 〈시인〉이 그러하다.
　　"그는 (시인은 ─ 연구자 주) 이승과 내세를 이어 주는 / 하나의 고리. / (……) / 신들의 방식을 가르치기 위해 / 인간 세상에 내려온 하늘의 천사"(〈시인〉, 『눈물과 미소』, pp.142∼143).
　　또 다른 예도 얼마든지 있다. 예를 들면 『눈물과 미소』에 나오는 다음의 문장이 그러하다. "나의 연인은 나의 적인 물질로부터 혼돈과 번잡스러움을 배웠다. 나는 그 영혼의 눈동자로부터 절실한 기도의 눈물과 만족스러운 미소가 흘러나오도록 그에게 가르칠 것이다. / 나의 연인은 나에게 속해 있으며, 나는 그에게 속해 있다."(앞의 책, p.184). 그리고 앞서 〈죄와 벌에 관하여〉에서도 보았듯이 지브란은 온전한 선을 행하는 자가 되기 위해서는 미숙한 자아를 깨우쳐 신적인 자아와 하나가 되도록 해야 할 것이며 바로 거기에 삶의 진정한 의미가 있다고 했다. 그런데 지브란은 인간 스스로가 깨우치는 데 어떤 도움이 필요하다고 보고 있으며 그 역할을 할 수 있는 자가 바로 시인이라고 말한다. 그리고 저항의식 편에서 보았듯이 지브란은 자신이 그러한 사명을 수행할 것이라고 말했었다.

206) 지브란이 예수를 시인으로 보는 데는 무엇보다도, 윌리엄 블레이크의 관점을 빌려, 풍부한 비유를 통해 지고의 상상력을 펼쳐 인간을 절대자에게로 인도하고자 했던 사람으로 간주하기 때문이다. 아울러 그는 예수를 "이승과 저승을 이어주는 하나의 고리"로 보고 있다. 게다가 시인을 상징하는 날개 달린 말 페가수스처럼 그는 "그분(예수 ─ 연구자 주)은 땅 위에서 사셨지만 하늘에 계시기도 했다."라고 묘사하고 있다. (〈하느님의 계시이자 아름다움이었던 예수: 여성 제자 라헬〉, 『사람의 아들 예수』, p.369).

예언자 알무스타파가 26개의 주제를 통해 올펄레즈[207])의 시민들에게 삶의 교훈을 주는 설교형식으로 이루어져 있다. 물론 올펄레즈에 사는 각계각층의 시민들이 작별을 고하는 그에게 삶의 교훈이 될 만한 질문을 하고 거기에 알무스타파가 답하는 형식을 띤다. 그런데 여기서 알무스타파가 선택된 자라면 그를 선택한 주체는 그보다 뛰어난 존재일 것이며 여기서는 절대자를 의미할 것이다. 그러므로 이슬람에서 예언자로 보는 아브라함이 절대자의 계시를 받아 십계명을 전했듯이 알무스타파도 절대자의 계시를 받은 예언자이며 그의 말은 마치 십계명과 같은 위엄과 엄숙함 그리고 힘을 드러내고 있다.[208]) 즉 역사상 인류를 가장 혼란스럽게 하고 고통스럽게 하는 것 가운데 하나인 선악의 개념 – 또한 죄와 벌, 슬픔과 고통, 삶과 죽음의 개념 등 – 을 합일의 개념으로서 보다 분명히 드러내고 확고히 내세우는 데에 적절한 구도인 셈이다.

## 2.1.2. 코엘류: 우주의 존재 원리

코엘류의 작품을 이해하는 데 있어서 유의해야 할 점이 있다면 그의 작품들 상당수가 바로 선과 악이라는 문제를 직·간접적으로 다루고 있다는 것이다. 그의 첫 작품인 『어느 마법사의 일기』를

---

207) 류시화의 번역본 경우 오르팰리스(Orphalese)로 표기하고 있다.

208) 많은 연구서들은 알무스타파가 지브란을 가리킨다고 본다. 주로 알무스타파가 12년의 세월 동안 은거하다가 고향으로 돌아가는 것을, 지브란이 미국에서 레바논으로 돌아가는 것과 비교하면서 그 근거로 제시한다. 실제로 지브란이 시인이자 예언자적 관점을 가지고 많은 작품을 남긴 것을 볼 때 충분히 가능한 분석이다. 게다가 시인인 그가 인간을 깨우치게 하는 것이 바로 시인의 사명이라고 여기는 것을 볼 때 그리고 『예언자』자의 설교적·교훈적 내용을 볼 때 충분한 설득력이 있다. 물론 여기서도 지브란의 독특한 나르시시즘을 엿볼 수 있다.

비롯하여 『브리다』, 『발키리아』, 『빛의 전사의 지침서』, 『악마와 미스 프랭』, 『11분』 등이 그러하다. 물론 이 가운데 코엘류는 『악마와 미스 프랭』이 선과 악의 문제를 직접 다룬 것이라고 말하고 있다. 그가 이처럼 선과 악의 문제에 집착을 보이는 이유는 그가 가톨릭 신자이기 때문일 수도 있지만, 전기(傳記)에서도 보았듯이, 그가 살아온 삶의 여정 자체가 선과 악이라는 개념에 대하여 많은 고민을 하게 하였기 때문으로 볼 수 있다. 그러하듯이 그의 선악관은 이미 첫 작품 『어느 마법사의 일기』에서부터 드러나고 있다. 산티아고의 길 순례를 떠나기 직전에 안내자이자 스승인 페트루스(Petrus)를 만나러 약속 장소에 나갔다가 집시 도둑을 그로 오인하여 황망해하던 주인공 파울루는 뒤늦게 나타난 페트루스와의 대화를 통해 그 집시가 악마였지만, 전승[209]에서 말하는 악마는 아니라는 말을 듣고 다음과 같이 말한다.

> 전승에서는 악마가 좋지도 나쁘지도 않은 하나의 영(靈)이다. 하지만 물질적인 것들에 대하여 힘과 권능을 가지고 있으면서 인간이 접근할 수 있는 비밀의 대부분을 지키고 있는 존재이다. 추락한 천사이기에 인류와도 동일시되며 언제나 (인간과 – 연구자 주) 손을 잡거나 서로 호의를 주고받을 준비가 되어 있다.[210]
> (『어느 마법사의 일기』, p.32.)

이 글에서 주인공 파울루가 소속해 있는 비교(秘敎)집단 RAM에서는 악마가 원래 절대자와 함께 있던 천사였다는 점과 '추락한

---

209) 일반적으로 이슬람의 경우 무함마드의 언행(하디스)을 가리키기도 하지만 코엘류의 경우 기독교의 상징 언어를 연구하는 비밀 집단을 의미한다.

210) 원문 보기: Na tradição, o demônio é um espírito que não é bom nem mau, mas considerado guardião da maior parte dos segredos acessíveis ao homem, e com força e poder sobre as coisas materiais. Por ser o anjo caído, identifica – se com a raça humana e está sempre disposto a pactos e trocas de favores.

천사'(anjo caído)라는 점에서 인간과 같다고 말하고 있다. 그것은 본 장(章)에서 보겠지만 에덴동산에서 아담과 이브가 절대자와 가까이 살다가 금단의 열매를 따 먹고 추방된 사실을 염두에 둔 것이다. 나아가 물질세계에 대한 지배력 가진 악마는 항상 인간 곁에 존재하면서 언제나 인간과 손을 잡거나 서로 호의를 주고받을 준비가 되어 있다. 즉 인간이 필요로 할 때면 언제나 모습을 드러내어 인간과 거래할 준비를 하고 있다는 것이다. 그런데 그 악마가 선하지도 않고 악하지도 않다는 의미는 무엇인가? 이것을 이해하기 위해서는 다음 글을 살펴보아야 한다. 산티아고의 성지로 향하는 많은 길들이 합류하는 라 레이나 다리(Puente de La Reina)에 앉아 쉬는 동안 페트루스는 다음과 같이 말한다.

　－우리를 둘러싸고 있으며 또 우리를 도와주는 물리적인 힘들 외에 우리 곁에는 근본적으로 두 가지 영적인 힘이 존재하지요. 한 명의 천사와 한 명의 악마가 그것입니다. 천사는 언제나 우리를 보호합니다. 그것은 성스러운 선물이지요－그렇다고 그 천사를 불러낼 필요는 없습니다. 당신 천사의 얼굴은, 당신이 아름다운 눈으로 세상을 바라볼 때 항상 눈에 뜨입니다. 그 천사는 이 강이기도 하고 밭에서 일하는 사람이기도 하며 이 푸른 하늘이기도 하죠. 이름 없는 로마 용병들이 이곳에 놓아 우리로 하여금 물을 건너가는 데 도움을 주는 저 낡은 다리도 그렇고…… 그 다리에도 당신 천사의 얼굴이 있지요. 우리의 조상들은 그를 수호천사로 알고 있었습니다.
　"악마 역시 한 명의 천사입니다. 하지만 그는 자유롭고 탄항심이 강한 어떤 힘입니다. 그는 당신과 이 세상 사이의 중요한 연결고리이므로 저는 그 악마를 메신저로 부르기를 선호합니다. 고대에서는 신들의 메신저인 머큐리나 헤르메스 트리메지스토로 대변되었죠. 그의 활동은 단지 물질적인 차원에서만 일어납니다. 악마는 교회의 황금 속에 나타나 있습니다. 왜냐하면 금은 땅으로부터 오는 것이고 땅은 그의 영역이니까요. 또한 악마는 우리의 일과, 돈에 관련된 것에도 나타나 있죠. 우리가 그 악마를 자유롭게 내버려 두면 그는 흩어져 사라져 버리는 경향이 있어요. 그리고 그를 쫓아 버리면 우리는 그가 우리를 가르치기 위해 항상 간직하고 있는 좋은 것을 모두 잃게 된답니다. 왜냐하면 그는 이 세계와 인간을 잘 알고 있기 때문입니다. 그의 권능에 우리가 매혹될 때 그는 우리를 소유하고 우리를 '좋은 전투'로부터 멀어지게 합니다."

"따라서 우리의 메신저를 다룰 유일한 방법이란 그를 친구로 받아들이는 겁니다. 그의 충고를 들으면서 필요할 때 그의 도움을 요청하면서 말이죠. 하지만 절대 그가 (게임의 ─ 연구자 주) 룰(rule)을 정하도록 내버려 둬서는 안 됩니다."[211]

(『어느 마법사의 일기』, pp.73～74.)

위에서 언급하고 있는 천사와 악마의 속성을 구분해 보면 다음과 같다.

---

[211] 원문 보기: ─Além das forças físicas que nos cercam e nos ajudam, existem basicamente duas forças espirituais ao nosso lado: um anjo e um demônio. O anjo nos protege sempre, e isto é um dom divino ─ não é necessário invocá─lo. A face do seu anjo está sempre visível quando você vê o mundo com os olhos belos. Ele é este riacho, os trabalhadores no campo, este céu azul. Aquela velha ponte que nos ajuda a atravessar a água, e que foi colocada aqui por mãos anônimas de legionários romanos, também nesta ponte está a face do seu anjo. Nossos avós o conheciam por anjo guardião, anjo da guarda, anjo custódio.

"O demônio também é um anjo, mas é uma força livre, rebelde. Prefiro chamá─lo de mensageiro, já que ele é o principal elo entre você e o mundo. Na Antigüidade era representado por Mercúrio, por Hermes Trismegisto, o mensageiro dos deuses. Sua atuação é apenas no plano material. Está presente no ouro da igreja, porque o ouro vem da terra e a terra é seu domínio. Está presente no nosso trabalho e na nossa relação com o dinheiro. Quando o deixamos solto, sua tendência é dispersar─se. Quando o exorcisamos, perdemos tudo de bom que ele sempre tem para nos ensinar, pois conhece muito do mundo e dos homens. Quando nos fascinamos pelo seu poder, ele nos possui e nos afasta do Bom Combate."

"Portanto, a única maneira de lidar com nosso mensageiro é aceitá─lo como amigo. Ouvindo seus conselhos, pedindo sua ajuda quando necessária, mas nunca deixando que ele dite as regras. (……)"

| 천사 | 악마 |
|---|---|
| 항상 우리를 보호하는 수호자(그것은 성스러운 선물) | 한 명의 천사(우리를 가르치기 위해 좋은 것을 항상 간직하고 있음),<br>자유롭고 반항적임.<br>인간과 세계를 연결하는 연결고리,<br>신들의 메신저 |
| 언제나 우리 곁에 있음(강, 밭에서 일하는 사람, 하늘, 다리 등) | 물질적 차원에서만 존재(일, 돈 등) |
| 아름다운 눈으로 세상을 바라볼 때 언제나 모습을 드러냄 | 그에게 빠져들면 우리를 소유하고 '좋은 전투'에서 멀어지게 함.<br>자유롭게 내버려 두면 저절로 사라지며 쫓아 버리면 우리에게 좋은 것을 모두 잃게 됨 |

여기서 묘사된 천사의 속성은 우리가 익히 들어 온 것들이다.[212] 그 천사는 선의 화신이라고 할 수 있으며 언제나 우리 곁에 있으면서 우리를 보호한다. 하지만 악마의 경우를 보면 같은 천사이면서도 다른 속성을 가지고 있다. 즉 악마는 물질적 차원에서만 활동하며, 천사처럼 천상과 지상을 연결하는 고리가 아니라, 인간과 세상을 연결하는 고리이다. 그리고 우리의 판단과 행동 여하에 따라 그 속성을 달리한다. 우리가 그의 말에 귀를 기울이고 매혹되어 버리면 우리를 쉽게 점령해 버리며 자유롭게 내버려 두면 스스로 사라지고 만다. 그리고 쫓아 버리면 우리는 많은 좋은 것들을 잃게 된다. 아이러닉한 표현이다. 악마를 쫓아 버리면 그가 우리에게 가르치기 위해 항상 간직하고 있는 좋은 것들을 모두 잃게 된다고 하니 그럴 수밖에 없다. 코엘류의 독특한 견해를 엿볼 수 있는 대목이다.

코엘류에 따르면 그 악마도 천사처럼 항상 우리와 함께 있다.

---

212) 이 소설 자체가 악 혹은 악마와의 싸움을 소재로 하면서 악마의 유혹을 이겨내고 최종 목적을 달성하는 데 필요한 각종 수련행위 11가지를 소개하는 길종의 자기 계발서이기에 천사에 대한 설명은 악마에 비하여 상대적으로 짧게 되어 있다.

그런데 천사가 천상과 지상을 연결하는 고리라면 악마는 세상과 우리를 연결하는 고리이므로 우리는 일상생활에서 천사보다도 악마와 많은 시간을 보낼 여건을 갖고 있는 셈이다. 즉 천사보다도 악마가 우리의 일상생활에 개입할 여지가 많아지는 것이다. 그 이유는 특히 천사의 경우 우리가 '아름다운 눈으로 세상을 볼 때'라는 조건하에 항상 우리 눈에 띄기 때문이다. 즉 우리의 마음가짐과 행동 여하에 따라 인간 각자는 천사와 악마의 직접적인 영향권에 놓인다는 의미이다.

여기서 한발 더 나아가 코엘류는 악마를 인간에게 사악하고 해로운 존재로만 보고 있지 않다. 왜냐하면 악마는 인간을 유혹하면서도 '절대로 거짓 약속을 하지 않으며'[213] 또 우리를 가르치기 위해 좋은 것들을 항상 간직하고 있는 존재이기 때문이다. 또한 악마는 우리의 주체적인 태도 여하에 따라(무시하거나 매혹되거나 여하에 따라) 자신의 본 모습을 드러낼 뿐이지만 항상 우리의 일상생활에서 함께 하는 존재이다. 그래서 코엘류는 악마가 일상생활에서 피할 수 없는 존재라면, 악마에게 매혹되어 사로잡히지 않는 범위에서, 그를 좇아 버리거나 배척하지 말고 함께 공존할 것을 권한다. 즉 그의 충고도 들으면서, 필요할 때는 그에게 도움까지 요청하면서, 친구로 받아들일 것을 권하는 것이다.

코엘류의 이와 같은 시각은 근본적으로 악마가 '추락한 천사'이며 인간 역시 같은 존재라는 인식에 바탕을 두고 있다. 추락한 천사란, 천사의 본성을 지니고 있음에도 어떤 연유로 추락하게 됨으로써 본래 천사로서의 본성(선)과 추락한 존재로서의 다른 본성(

---

213) 원문 보기: "um demônio nunca faz promessas falsas."(『어느 마법사의 일기』, p.72).

악)²¹⁴)을 동시에 지니고 있다고 보기 때문이다. 즉 코엘류에게 있어서 그 본성이란 선과 악 모두를 뜻한다. 또한 그와 같은 맥락에서 인간의 경우도 에덴동산에서 금단의 열매를 따 먹고 추방된, 추락한 천사로서의 악마와 동일시되는 존재이기에 천상의 본성(선)과 추락한 동기에서의 본성(악)을 동시에 지니고 있다는 것이다.

이상의 분석에서 엿볼 수 있는 것은 악마란 선과 '그렇지 않은 속성'(즉 악)을 동시에 지니고 있는 존재이며 결국 인간의 판단 기준에 따라 흔히 말하는 유익한 존재로 혹은 유익하지 않은 사악한 존재로 간주될 수 있다는 의미이다. 나아가 인간 역시 악마처럼 추락한 천사이기에 선과 악을 동시에 지닌 존재이며 자신의 판단 기준과 취사선택에 따라 선한 존재가 될 수도 있고 악한 존재가 될 수도 있다는 상대적 선악관을 표출하고 있다 하겠다.

『어느 마법사의 일기』의 후반부에 들어가면 천사와 악마, 즉 앞서 살펴본 코엘류의 선악관은 보다 심화되고 확대된다. 파울루 스승이자 안내자인 페트루스는 거대한 나무십자가들이 세워진 어느 내리막길에서 다음과 같이 말한다.

> 예수에게 유다가 필요했던 것에 대하여 생각해 보시오. - 그가 말했다. - 예수는 한 명의 적을 선택해야 했지요. 그렇지 않았다면 이 세상에서 그의 투쟁은 영광을 얻을 수 없었을 겁니다.²¹⁵)
>
> (『어느 마법사의 일기』, p.182.)

---

214) 물론 여기서 악이란 천사의 본성을 선이라는 것으로 보았을 때 그것에 대한 대립적 의미를 가리킨다. 정확히 말하자면 코엘류의 입장에서 볼 때 악이란 '선이 아닌 다른 것'을 지칭하며 우리가 흔히 정의하는 악이라고 보지 않는다. 즉 악은 '선을 행하지 않은 혹은 못한 실수'라는 것이다. 따라서 본 연구는 이 점에 유념하되 코엘류와 관련한 선과 악의 개념에서는 서술의 편의상, 선과 악이라는 용어를 그대로 쓰기로 한다.

215) 원문 보기: - Pense na necessidade de Judas para Jesus - disse ele. - Ele tinha que escolher um Inimigo, ou sua luta na terra não podia ser glorificada.

예수의 투쟁이 이 세상에서 영광을 얻기 위해서는 한 명의 적이 필요했고 그 적으로서 유다를 선택해야 했다는 말은 유다의 존재가 예수에게 필요조건이었다는 것이며 그 유다의 존재로 인하여 예수의 투쟁이 결실을 맺을 수 있었다는 말이다. 그런데 예수가 사랑과 정의 그리고 선을 상징한다면 유다는 그의 적이므로, 증오와 불의 그리고 악을 의미한다고 볼 수 있다. 따라서 유다를 필요로 하여 그를 선택해야 했다는 것은 사랑이 증오를, 정의가 불의를, 선이 악을 필요로 했다는 의미이며 그 필요의 목적은 사랑과 정의 그리고 선의 실현('영광')에 있었다.

그리고 사랑, 정의, 선이 이 땅에서 실현되기 위해 그 반대 개념들, 즉 증오와 불의 그리고 악이 필요했다는 것은 전자의 존재 이유를 강조함과 동시에 진정한 의미에서의 사랑과 정의 그리고 선이 무엇인가를 암시하려 했다고 볼 수 있다. 그러니까 증오, 불의, 악의 존재 이유란 그 반대의 개념인 사랑과 정의와 선의 진정한 의미를 깨닫게 해 주는 것이며, 사랑과 증오, 정의와 불의, 선과 악의 관계란, 서로 완전히 구분되어 하나가 될 수 없는 대립과 충돌의 관계가 아니라, 각 대립 항들의 개념을 완성해 주는 상호 보완적인 관계라는 것이다. 그 이유는 사랑－정의－선의 존재를 설명하기 위해서는 그 반대개념으로 간주되는 증오－불의－악이 존재해야 하기 때문이며 또 후자가 존재해야 전자가 온전한 의미를 지닐 수 있기 때문이다.

이것은 곧, 사랑－정의－선에 대한 진정한 이해란, 그 반대 개념인 증오－불의－악의 개념에 의해 보다 선명히 드러남과 동시에 두 반대 개념들이 궁극적으로 하나의 몸체라는 의미이며 따라서 사랑과 증오, 정의와 불의, 선과 악을 상대적이고 총체적인 관점에서 이해하려는 코엘류의 시각을 드러낸 것이라고 볼 수 있다.

코엘류의 이러한 선과 악 개념은 그 자신이 『피에드라 강가에서 나는 앉아 울었네 *Na Margem do Rio Piedra Eu Sentei e Chorei*』와 『베로니카 죽기로 결심하다』에 이어 이른바 "그리고 일곱 번째 날에⋯⋯" 시리즈의 마지막물이라고 밝힌 『악마와 미스 프랭』에서도 그대로 나타난다.

이 소설에서, 악마의 화신으로 등장하는 카를루스(Carlos)는 호텔 바(bar)의 벽에 걸린 레오나르도 다 빈치의 <최후의 만찬>을 가리키며 그 그림에 얽힌 에피소드를 주위 사람들에게 들려준다. 그의 설명에 의하면, 예수의 이미지에서 선을, 그리고 유다의 이미지에서 악을 그리려던 다빈치는 선을 묘사하기에 가장 적합한 청년을 만나 선과 관련된 부분을 다 그렸으나 오래도록 악의 모델이 될 만한 사람을 찾지 못하고 있었다. 그러던 중 시내에서 술에 찌들어 사는 거지를 발견하고는 악의 모델을 찾았다고 기뻐한다. 그를 화실로 데려간 다빈치는 그림을 완성한 뒤 그것을 거지에게 보여 주자 거지는 선의 모델이었던 사람이 바로 3년 전 자기였다고 말한다. 이 에피소드를 전하면서 카를루스는 다음과 같이 말한다.

> 즉 선과 악은 같은 얼굴을 가지고 있다; 모든 것은 단지, 그것들(선과 악 − 연구자 주)이 각 인간의 길을 가로지르는, 시대에 달려 있을 뿐이다.[216]
>
> (『악마와 미스 프랭』, p.46.)

---

216) 원문 보기: −Ou seja, o Bem e o Mal têm a mesma face; tudo depende apenas da época em que cruzam o caminho de cada ser humano.

이것은 앞선 인용문에서 살펴본 예수와 유다의 관계를 다시 한 번 명확히 해 준다. 선과 악은 궁극적으로 같은 얼굴, 즉 하나라는 것이다. 단지 시대에 따라 선이 악이 되고 악이 선이 되기도 했다는 말을 추가하고 있을 뿐이다. 그렇다면 선이 악이 되고 악이 선이 되게 한 주체는 누구인가? 그것은 바로 절대자가 아니라 인간이라고 코엘류는 말한다. 즉 시대에 따라 달랐을 뿐이라는 의미는 인간 가운데서도 당대 사회의 지배계층이 선과 악을 자의적으로 해석하여 전체 사회에 적용하였으며 그들이 지배하는 기간 동안에는 악도 선으로 인식되었고 선도 악으로 인식되었다는 것이다.

이어 카를루스가 한 명의 희생자를 바칠 경우 자신이 가져온 10개의 금괴217)를 비스쿠스(Viscos) 마을의 모든 사람들에게 나눠 주겠다고 하자 마을의 주교는 한동안 깊은 고민에 빠진다.

> 그(주교 - 연구자 주)는 자리에서 일어나. 어떤 대답이 필요할 때 항상 했던 것처럼. 성경을 아무렇게나 펼쳤다. 그러자 최후의 만찬에서, 그리스도가 배신자더러 자기를 찾고 있는 군인들에게 자신을 넘기라고 부탁하는 대목이 펼쳐졌다. 신부는 방금 읽은 것에 대하여 몇 시간이고 생각에 잠겼다. 왜 예수가 배신자에게 죄를 짓도록 청한 것일까?
> 성경 박사들은 "성서가 이행되도록 하기 위하여"라고 말할지 모른다. 그렇다고 할지라도 왜 한 인간을 그런 죄로 유도하고 또 그리하여 영원히 비난을 받도록 유도하고 있었을까?
> 예수는 절대로 그렇게 할 분이 아닌데. 사실 그 배신자는 그(예수 - 연구자 주) 자신처럼 단지 한 명의 희생물이었던 것이다. 악은, 선이 최종적으로 승리하도록 하기 위하여, 스스로를 드러내어 자신의 역할을 수행해야 할 필요가 있었다. 만일 배신행위가 없었다면 십자가도 없었을지 모르며 성서도 이행되지 않았을 것이고 희생도 예로써 봉사되지 않았을 것이다. 218)

(앞의 책, pp.143~144.)

---

217) 총 11개의 금괴이지만 1개는 프랭에게 주기로 약속했었다.

코엘류는 주교의 모습을 통해 선과 악의 관계를 고민한다. 그 고민 끝에 내린 결론을 분석해 보면 문자 그대로 악은 선을 위한 필요악이며 그것으로써 자신의 존재가 정당화된다. 만약 악이 존재하지 않았다면 '십자가도 없었을지 모르며 성서도 이행되지 않았을 것'이기에 그러하다. 따라서 악은 가톨릭이 인간세계에 뿌리를 내리고 공고히 자리 잡는 데 있어서 절대적으로 필요한 요소였으며 외부와의 단절과 고립 속에 소멸될 위기에 놓였던 작은 산간마을 비스쿠스에 희망을 가져다주는 요소가 되었다.

> (신부는 – 연구자 주) 미스 프랭이 (카를루스의 – 연구자 주) 그 제안을 상세히 설명했을 때에야 비로소 (신에게 올린 – 연구자 주) 자신의 기도가 들어졌다는 것을 알아차렸다.
> 선이 최종적으로 그 마을 사람들의 마음을 감동시킬 수 있도록 하기 위하여, 악은 자신의 모습을 드러내어 자신의 역할을 수행할 필요가 있었다. 그가 이 교구에 발을 들여놓은 이래 처음으로 자신의 교회가 사람들로 가득 찬 것을 보았다. 또 처음으로 그 마을에서 가장 중요한 사람들이 교회의 성구실(聖具室)까지 들어왔다.
> "사람들로 하여금 선의 가치를 이해토록 하기 위하여 악의 모습을 드러낼 필요가 있었다." 성경의 배신자처럼 자신의 그러한 행위를 끝마친 직후에야 비

---

218) 원문 보기: Levantou – se, abriu a Bíblia ao acaso, como sempre costumava fazer quando precisava de uma resposta. Caiu no trecho em que, na última ceia de Cristo, este pede que o traidor o entregue aos soldados que o procuram.

O padre ficou horas pensando sobre o que acabara de ler: por que Jesus pedia que o traidor cometesse um pecado?

"Para que se cumprissem as escrituras", diriam os doutores da Igreja. Mesmo assim, por que Jesus estava induzindo um homem ao pecado e à condenação eterna?"

Jesus jamais faria isso; na verdade, o traidor era apenas uma vítima, como Ele próprio. O mal precisava se manifestar e cumprir seu papel, para que o bem pudesse finalmente vencer. Se não houvesse a traição, não haveria a cruz, as escrituras não seriam cumpridas, o sacrifício não serviria como exemplo.

로소 자신이 저지른 짓을 깨닫게 된 것처럼 그것과 똑같은 일이 저기 저 사람들(마을 주민들 – 연구자 주)에게도 일어날 것이다; 그들은 (자신들의 행위에 대하여 – 연구자 주) 후회를 할 것이며 그렇게 되면 (그들에게 – 연구자 주) 유일한 피난처는 교회가 될 것이다. 그러면 비스쿠스 마을은 – 그 수많은 세월 뒤에 – 신자들의 마을이 될 것이다. 악의 도구가 되는 역할은 그의 것이었다. 그것은 그가 신에게 제공할 수 있는 가장 깊은 겸손의 제스처였다."[219]

(앞의 책, p.144.)

　　예수와 유다의 관계를 통해 성경의 말씀, 즉 절대자의 의도를 알고자 고민했던 주교는 그 자신이 이제 유다의 역할을 할 때라고 믿으며 악이 선의 중요성을 일깨워 비스쿠스 시민들을 다시 교회로 이끌 것이라고 생각한다. 악을 택하지만 궁극적으로는 선을 위한 것이며 그것이 '신에게 자신이 제공할 수 있는 가장 깊은 겸손의 제스처'라고 생각한 것이다. 그리고 유다뿐만 아니라 예수 또한 선의 구현과 성경의 이행을 위한 희생자로 본 만큼, 자신도 그 희생자의 대열에 합류한다.

　　주교의 이러한 판단과 행동을 통해 코엘류는 선과 악이란 근본적으로 같은 얼굴을 가지고 있으며 선악의 기준이 시대에 따라 다

---

219) 원문 보기: Só quando a senhorita Prym relatara a aposta, foi que entendeu que sua prece tinha sido ouvida.

O mal precisava se manifestar, para que o bem pudesse finalmente comover o coração daquele povo. Pela primeira vez desde que pisara naquela paróquia, vira sua igreja lotada. Pela primeira vez, as pessoas mais importantes da cidade tinham vindo até a sacristia.

"O mal precisava se manifestar, para que entendam o valor do bem." Assim como o traidor na Bíblia, que, pouco depois de ter consumado o seu ato, termina por compreender o que fez, o mesmo iria se passar com aquelas pessoas ali; elas ficariam de tal maneira arrependidas que o único refúgio seria a Igreja, e Viscos se tornaria – depois de muitos anos – uma cidade de fiéis.

Coubera a ele o papel de instrumento do mal; este era o gesto mais profundo de humildade que podia oferecer a Deus.

르다는 것 그리고 인간으로 하여금 선의 진정한 의미와 가치를 깨달게 하기 위하여 악이 필요했다는 등 자신의 선악관을 보다 구체적으로 밝히고 있다. 그에게 선과 악이라는 개념은, 시대적 상황에 따라 대립되는 관계라고 할지라도, 궁극적으로 상대적이자 하나이며 상호 보완적이라는 것이다. 이처럼 코엘류에게는 악이 선을 총체적으로 이해하는 데 있어서 필수불가결한 요소이며 그 선과 악은 분리하여 이해할 수 있는 것이 아니다. 그것은 『어느 마법사의 일기』에서 스승이자 안내자인 페트루스가 "적(敵)은 우리를 발전시키고 보다 완벽게 한다."(O Inimigo nos desenvolve e nos aprimora)(p.182.)라고 말하는 것과도 상통한다.

하지만 코엘류에게 있어서 선과 악의 공존은 또 다른 의미를 지닌다. 코엘류는 악이 존재하는 이유와 인간이 그 악을 저지르는 실수(즉 선을 행하지 않거나 못하는 실수)를 하게 된 궁극적인 이유에 대하여 천지 창조 시에 아담과 이브로 하여금 금단의 사과를 먹게 한 절대자의 의도에서 찾고 있다. 마법에 입문하려는 젊은 여성 브리다(Brida)의 삶을 그린 작품 『브리다』에서, 주인공 브리다가 몽롱한 의식 속에 입문의식을 치르던 중 자신의 안내자였던 비카(Wicca)의 스승과 나누는 영적인 대화가 그것이다.

> ─ 인생은 그렇습니다. ─ 스승이 말했다. ─ 실수하는 것. 세포들은 그 가운데 하나가 실수할 때까지 수백 년 동안 정확히 똑같게 재생산되었지요. 그리고 그 실수 때문에 무언가가 그 끝없는 반복에서 바뀔 수가 있었던 것입니다.
> (……)
> ─ 이 세상으로 하여금 앞을 향해 움직이게 한 것은 바로 그 실수였습니다. ─ 스승이 말했다. ─ 실수하는 것에 대하여 절대 두 번 다시 두려움을 갖지 마십시오.

－하지만 아담과 이브는 천국에서 추방되었습니다.
－그러나 언젠가 다시 돌아올 것입니다. 하늘나라와 이 세상의 기적을 알게
될 것입니다. 하느님은 그 자신이 아담과 이브의 관심을 선과 악의 나무로 유
인했을 때 자신이 무엇을 하고 있는지를 잘 알고 있었습니다.

"만일 하느님께서 두 사람이 (그 나무의 열매를－연구자 주) 먹기를 원치 않
았다면 그들에게 아무 말도 하지 않았을 것이다."

－그렇다면 왜 (하느님이－연구자 주) 말을 한 것입니까?
－우주가 움직이도록 하기 위해서입니다.[220)]

(『브리다』. pp.272~273.)

위 인용문에서 먼저 주목할 것은 태초에 절대자가 선과 악을 공
존케 하고 인간으로 하여금 악을 맛보도록 유도한 것이 바로 우주
가 정체되지 않고 운행되도록 하기 위함이라고 말한 부분이다. 코
엘류는 우주의 존재 원리를 선과 악(보다 정확히 말하면 실수)이라
는 양 축으로 인식하고 있으며 마치 시소(seesaw)처럼 선만이 존재
할 경우 한쪽으로 기울거나 멈춰 있을 것이기에 악을 그 반대편에
있게 함으로써 시소가 움직일 수 있게 한다는 논리이다. 이처럼
그에게 선과 악은 우주의 존재 원리로 한 단계 도약한다.

이러한 관점에서 악은 선에게 필요조건이 되는 것이며 그 관계

---

220) 원문 보기: － Assim é a vida－disse o Mestre.－Errar. As células se reproduziam
exatamente iguais durante milhões de anos, até que uma delas errava. E por
causa disto, alguma coisa era capaz de mudar naquela repetição infindável.
(……)
－Foi o erro que colocou o mundo em marcha－disse o Mestre.－Jamais
tenha medo de errar.
－Mas Adão e Eva foram expulsos do Paraíso.
－E retornarão um dia. Conhecendo o milagre dos céus e dos mundos. Deus
sabia o que estava fazendo quando chamou a atenção dos dois para a
árvore do Bem e do Mal.
"Se ele não quisesse que os dois comessem, não teria dito nada."
－Então por que disse?
－Para colocar o Universo em movimento.

에 대한 이해를 통해 인간의 조건과 우주의 운행 섭리를 총체적으로 인식하고 있다. 그렇기에 이따금 선이 아닌 행위를 저지르는 실수, 즉 악을 저지르는 실수를 하더라도 결코 두려움을 갖지 말라고 말할 수 있는 것이다. 왜냐하면 그것이 인간의 조건이요 삶과 우주의 존재 원리이기 때문이다. 즉 "실수하는 것에 대하여 절대 두 번 다시 두려움을 갖지 마십시오."라고 비카의 스승이 말한 것은 선이 아닌 것을 저지르는 실수 역시 그것을 창조한 절대자의 깊은 의도에 따라 기획된 것이며 그 의도는 궁극적으로 인간에 대한 창조주의 사랑에 기초한 것이기 때문이다. 따라서 절대자에 대한 믿음을 가지면 비록 선이 아닌 일을 저지르더라도 두려워할 필요가 없다고 한 것이다.

선과 악의 개념과 관련하여 코엘류는 2001년 10월 7일자 남아프리카 공화국의 Sunday Times Lifestyle지와의 회견에서 다음과 같이 말한 바 있다.

> "저는 우리가 우리의 내면에 천사와 악마를 가지고 있다고 생각합니다. (……) 그리고 이 두 존재의 대립이 삶을 한층 마술적으로 만드는 것입니다. 왜냐하면 여러분은 언제나 주변 환경에 의해 도전을 받기 때문입니다…… 우리는 우리가 어떻게 생각하느냐 혹은 어떤 의도를 가지고 있느냐에 따라서가 아니라 어떻게 행동하느냐에 따라서 선한 존재가 되기도 하고 악한 존재가 되기도 합니다.
> 하지만 저는 선한 존재가 되는 것이 훨씬 더 지적이라고 생각합니다. 왜냐하면 먼 미래를 생각할 때 여러분이 보다 나은 삶을 살 것이기 때문입니다. 사람들이 여러분을 존중하는 것은 여러분이 그들을 존중하기 때문이며 그렇게 되면 여러분은 이 세상에서 보다 편안함을 느낄 것입니다."[221]

---

221) 원문 보기: "I think we have and angel and a devil inside ourselves,"(……) "…… and this confrontation is what makes life so magical because you are always challenged by the circumstances…… we are good and evil depending

그리고 2001년 9월 스위스의 Gazette Swissair지와의 인터뷰에서 『악마와 미스 프랭』이 내포하고 있는 가장 중요한 메시지가 무엇 인가라는 기자의 질문에 그는 다음과 같이 말한다.

> 우리는 우리의 내면에 항상 천사와 악마를 가지고 있습니다. 여러분은 그 둘에게 귀를 기울여야만 합니다. 그래서 천사가 여러분에게 말하는 대로 행동을 하고 악마가 여러분의 귀에 소곤대는 것은 하지 말아야 합니다. 삶은 마니교적인 개념[222]이 아닙니다[마니교는 서기 3세기 페르시아에서 마니라는 사람에 의해 창건되었다. 그는 선과 악이 기본적으로 양립할 수 없는 원리라고 믿었다]. 한쪽에 선한 자들이 있고 다른 쪽에 악한 자들이 있다고 가정하는 것은 바보스러운 짓일 것입니다. 모든 사람은 그 둘 가운데 하나를 결정할 수 있는 힘을 가지고 있습니다.[223]

위의 두 인용문이 내포하고 있는 의미를 요약하면 애초부터 선과 악은 분리되어 존재하는 것이 아니라 근본적으로 하나이며 그 것이 선이 되고 악이 되는 것은 주어진 상황 속에서 우리가 어떻게 행동하느냐에 달려 있다는 것이다. 그리고 선과 악을 구별하기 위해서는 앞선 작품에서 암시하듯이 신성이 깃들어 있는 각자의 영혼의 목소리에 귀를 기울이는 것이다. 또 그 목소리에 귀를 기

---

how we act, not how we think, not our intentions." "But I think it is much more intelligent to be good because, in the long run, you will live a better life. People will respect you because you respect them and then you will feel more at ease in the world."

222) 3세기에 페르시아에서 마니(Mani)라는 사람에 의해 창건된 종교로서 이 종교는 선과 악을, 일체가 아닌, 근본적으로 분리되어 존재하는 대립적 요소로 보고 있다.

223) 원문 보기: That we always have an angel and a devil at our side. You have to listen to them both, to do as the angel tells you and to avoid doing what the demon whispers in your ear. Life is not Manichaean [Manichaeism was founded in Persia in the 3rd century by Mani, who believed that good and evil are two fundamentally antagonistic principles]. It would be foolish to assume that there are good guys on one side and bad guys on the other. Every person has the power to decide between the two.

울인다는 것은 시시각각 변하는 주변 상황 속에서 항상 선과 악의 목소리를 들으며 양자 사이에서 선택하고 결정을 내린다는 의미이다. 그 선택과 결정에서 인간은 종종 실수도 하고 고통에 빠지기도 하지만 그것은 절대자의 깊은 의도에 의해 계획된 삶의 원리이자 우주 운행의 섭리이기에 긍정적으로 수용하면서 적극적으로 살아갈 것을 주문하고 있다. 그의 글에 자주 등장하는 '빛의 전사'(guerreiro da luz)라는 것 역시 삶을 긍정적으로 바라보며 꿈과 이상을 향해 적극적으로 살아가는 이상적인 인간형 이외에 다른 존재가 아니다.

## 2.2. 삶과 죽음

존재의 합일 사상이 확대된 개념으로 삶과 죽음, 특히 죽음은 일반적으로 절대자와 인간을 구분 짓는 인간 조건 가운데서도 가장 분명하고 확실한 불변의 진리이다. 이 죽음을 두고 인류는 때때로 형언할 수 없는 공포심을 갖기도 하고 때때로 희망을 가지곤 하였다. 공포를 느낀다는 것은 죽음 이후에 다가올 미지의 세계에 대한 공포일 것이고 희망을 느낀다는 것은 그 반대로 죽음으로써 본원인 절대자에게로 돌아갈 가능성을 엿보기 때문일 것이다.

이처럼 상반된 개념 속에서 그 죽음은 언제부터인가 모든 인간의 존재 조건 가운데서도 삶의 의미를 결정짓는 중요한 요소가 되었다. 즉 죽음이 부정적이든 긍정적이든 피할 수 없는 인간의 조건이라면 지상에서 소멸되기 전에 삶에게로 눈을 돌려 그 삶의 의미를 보다 깊게 생각하게 만들기 때문이다. 그만큼 두 작가뿐만 아니라 인류에게 이 문제는 삶만의 문제도 아니고 죽음만의 문제도 아닌 것을 의미하며 이 문제 역시 선과 악에서 보았듯이 인간과 절대자의 관계 문제를 그 전제로 한다.

### 2.2.1. 지브란: 순환과 윤회

선과 악의 개념과 마찬가지로 삶과 죽음의 문제 또한 인간과 삶 그리고 창조주로서의 절대자로부터 떼어놓을 수 없다. 게다가 1년 남짓한 기간에 외롭고 쓸쓸한 이국땅에서 여동생 술타나(1902년 4월), 이복형인 부트로스(1903년 3월), 어머니 카믈레(1903년 6월)를 차례로 잃었던 지브란에게는 더욱 그러했을 것이다.

먼저 우화집인 『방랑자』에 나오는 것으로서 <탐구>라는 소제목이 붙은 우화를 보자.

천 년 전에 두 철학자가 레바논의 비탈길에서 만났다.
(……)
"저는 이 언덕 사이에 있는 젊어지는 샘물을 찾고 있습니다. (……)"
(……)
"저는 죽음의 신비를 찾고 있습니다."
간단한 대화를 나눠 본 뒤에 두 사람은 각자 상대방의 지식이 모자란다고 단정해 버렸다. 그들은 상대방의 정신적 맹점을 탓하며 말다툼을 하기 시작했다. 두 철학자의 언쟁은 바람을 타고 마침 지나가던 나그네의 귀에까지 들려왔다. 이 나그네는 자기 마을에서 바보로 소문났던 사람이었다. 그는 격한 논쟁을 벌이는 두 사람의 대화 내용을 잠시 서서 들어 보았다.
곧이어 그는 그들 가까이 가서 이렇게 말했다.
"여보십쇼, 당신들은 같은 철학학교 동기생들 같군요. 서로 다른 말을 하고 있지만 당신들은 같은 일에 대해 얘기하고 있어요. 한 사람은 젊어지는 샘물을 찾는다고 하고 또 한 사람은 죽음의 신비를 찾는다고 했잖아요. 사실 그것들은 같은 것인데 말입니다. 그것들은 당신들 속에서 함께 살고 있는 것이잖소.”

(『방랑자』, pp.624~625.)

이 우화를 통해 지브란은 삶과 죽음에 대한 자신의 인식을 간명하게 드러내고 있다. 한 철학자는 '젊어지는 샘물'을 찾아가던 중이었고 다른 철학자는 '죽음의 신비'를 찾고 있었는데 길에서 우연히 만나 몇 마디 대화를 나눠 본 뒤 서로의 맹점을 물고 늘어지며 말다툼을 하기에 이르렀다. 그러자 지나가던 나그네가 젊어지는 샘물과 죽음의 신비는 같은 것이며 그 두 사람 속에 함께 살고 있는 것이라고 말해 줌으로써 이들을 화해케 했다는 이야기이다.

그런데 삶과 죽음을 이야기함에 있어서 지브란은 철학자와 바보 나그네를 대비시키고 있다. 여기 우화 속의 철학자는, 지브란의 견해에서 볼 때, 현실과는 동떨어진 형이상학적 관념에 빠진 사람을 대변할 것이다. 하지만 모든 사람들에게 웃음거리로 조롱받는 바보는 누구인가? 정말 바보인가? 그렇게 볼 수는 없다. 왜냐하면 자기 마을에서 바보로 소문난 나그네가 고매한 철학자들을 설득시킨 철학적인 말, 즉 삶과 죽음은 같은 것으로서 인간의 내면에 함께 존재하는 것이라고 설파한 것이 동네 사람들이 모두 바보라고 부르는 사람의 말로 간주하기가 쉽지 않기 때문이다. 실제로 지브란의 이 우화를 자세히 보면 철학자를 설득시킨 그 나그네는 그가 사는 마을의 사람들이 바보라고 불렀을 뿐 그가 정말 바보라고는 말하고 있지 않다.

다시 본문으로 돌아가 보면, 젊어지는 샘물은 곧 젊어지고 싶은, 삶에 대한 철학자의 욕망을 상징하는 반면에 죽음의 신비는 곧 죽음에 다다른 자의 불안한 심리 내지는 철학자로서의 학구적 자세를 나타낸 것으로 볼 수 있다. 결국 두 철학자의 주된 관심사는 삶과 죽음이라고 할 것이다. 그런데 죽음의 신비가 젊어지는 샘물과 같다는 의미는 무엇인가? 죽음의 신비가 삶을 젊어지게 하는 원천이라는 말은 곧 죽음의 신비로운 의미 속에 삶의 의미가 있다는 것이며 그 죽음의 의미를 깨닫는 것이 곧 삶을 풍요롭게 한다는 뜻일 것이다. 지브란은 초기작 『부러진 날개』에서 이미 그 뜻을 간파하고 있었다.

> 열여덟, 그것은 내 인생에서 우뚝 솟은 하나의 산꼭대기 같은 것이다. 이 시기는 나로 하여금 비로소 인간의 탄생과 죽음에 대한 한 가지 진리를 이해하게 만들었기 때문이다. 바로 그해에 나는 한 인간이 거듭나지 않는다면 그의 삶은 생존의 책에서 한 장의 백지처럼 무의미하게 남아 있으리라는 깨달음을 얻었다.
>
> (『부러진 날개』, p.36.)

셀마 카라미와의 못 이룬 사랑을 그린 이 작품은 주인공 '나'가 그녀와의 청순한 사랑과 비극적인 죽음을 회상하며 쓴 글이다. 주인공 '나'가 18세 때에 가졌던 이 경험은 인용문에서 볼 수 있듯이 주인공으로 하여금 삶과 죽음에 대한 의미를 깨닫게 하였고 그 깨달음이란 "한 인간이 거듭나지 않는다면 그의 삶은 생존의 책에서 한 장의 백지처럼 무의미하게 남아 있으리라는 깨달음"이었다. 그리고 그 깨달음은 바로 죽음에 대한 성찰로 가능하였다. "삶의 실체는 삶 그 자체이니, 자궁 속에서 시작되는 것도 아니요, 무덤 속에서 끝나는 것도 아니다. 지나가는 세월은 영원한 삶의 한순간에 불과하다. 또한 물질의 세계에 속한 그 모든 것은 우리가 죽음이라 부르는 깨우침에 비하면 하나의 꿈일 뿐"(『현자의 목소리』, p.696.)이므로 죽음의 의미를 깨닫지 못한 채 거듭나지 못한다면 그 삶은 바로 죽음과 다를 바 없다는 것이다. 그리고 삶과 죽음이란 궁극적으로 하나이기에 삶이 시작을 의미하는 것도 아니고 죽음이 곧 끝을 의미하는 것도 아니라면서 이 둘은 하나의 연장선상에서 인간의 내면세계에 공존하는 것이라고 설파한다. 나아가 삶이 '죽음의 무덤 속에서 끝나는 것이 아니다.'라고 한 것은 궁극적으로 신성이 깃든 인간의 영혼을 염두에 둔 것이다.

이러한 개념은 『예언자』의 <죽음에 관하여>에서 보다 직설적으로 나타난다.

> 그대들은 죽음의 비밀을 알고 싶어 하는가.
> 그대들 삶의 중심에서 그것을 찾지 않는다면 어떻게 죽음을 찾아낼 수 있을 것인가?
> (……)
> 진실로 죽음의 혼(魂)을 보고자 한다면 그대들의 가슴을 삶의 몸을 향하여 넓게 열라.
> 강물과 바다가 한 몸이듯이 삶과 죽음은 한 몸인 것이다.
> (〈죽음에 관하여〉, 『예언자』. p.324.)

여기서 죽음의 비밀이 삶의 한가운데에 있다고 말할 때 그것은 무엇을 뜻하는 것인가? 그것은 맨 처음에 살펴본 <탐구>에서 나그네의 대화상대로 등장한 철학자들에서 찾을 수 있을 것이다. 철학자 두 사람이 삶과 죽음에 대하여 관념적으로 생각하는 사람들을 대변하고 있다면 의당 바보 나그네는 그 반대인 실천적인 삶을 대변하는 사람일 것이다. 그리고 바보 나그네의 손을 들어 준 이유와 구체적이고 실천적인 삶이 무엇인지는 지브란이 추구하는 삶의 대상인 예수의 말에서 추론해 볼 수 있다.

> 친구여, 그대 또한 다른 로마인들과 마찬가지로 구체적인 삶을 살아가려 하지
> 않고 추상적인 관념으로만 받아들이려고 하는군요. 그것은 자신의 영혼을 소중
> 히 돌보지 않고 오로지 세속적인 것들만 다스리려는 시도일 뿐입니다.
> (〈삶의 존재에 대하여: 나사렛의 요담이 어느 로마인에게〉, 『사람의 아들 예수』,
> p.376.)

즉 지브란에게 있어서 죽음을 통해 깨달은 진정한 의미의 삶이
란 추상적인 관념의 삶이 아닌 구체적인 삶을 의미하며 그 구체적
인 삶이란 바로 자신의 영혼을 소중히 돌보는 것이다. 그런데 세
속적인 것들만 다스리려는 시도가 아닌 영혼을 소중히 돌보는 것
은 무엇을 의미하는 것인가? 문제의 해결은 바로 영혼의 의미를
찾는 데 있다. 추후에 육체와 영혼이라는 테마에서 다루겠지만 결
론적으로 영혼은 절대자의 메시지가 전달되는 통로로서, 그 영혼을
소중히 돌본다는 것은 바로 절대자의 목소리에 귀를 기울이며 그
목소리에 따라 삶을 살아가는 것을 의미한다.[224] 따라서 구체적인
삶과 영혼을 소중히 돌보는 것을 동시에 두고 볼 때, 절대자의 말,
신성이 깃든 영혼의 말을 따라가는 일상생활에서의 실천적인 삶을
의미한다고 볼 수 있다.

> 그대들은 삶이란 결코 걷히지 않는 암흑 속을 헤매는 것일 뿐이라는 말을 들
> 어 왔다. 그리고 그대들 역시 약간의 고달픔만으로도 그 지친 자들의 한탄을
> 되풀이한다.

---

224) "인간의 마음보다 더 넓고 심오한 것은 없다. 인간의 마음은 그 자신의 존재를 세상에 드
러내 보이는 역할을 한다. 그러므로 인간에게 들려오는 신의 음성은 바로 자신의 내면에
서 울려나오는 영혼의 소리이다."(〈옛날의 신과 새로운 신: 페르샤 철학자〉, 『사람의 아들
예수』, p.455).

내 분명히 말하노라.

지금 그대들 앞에 놓인 것에 대한 강한 충동이 없을 때야말로 삶은 암흑에 갇힌 미로일 뿐이다.

모든 충동이란 깨달음을 동반하지 않으면 아무 쓸모도 없는 것이다. 그리고 모든 깨달음은 노동이 없다면 헛된 것이며, 사랑이 없는 모든 노동 역시 공허한 것임을 알아야 한다.

그대들, 진정 사랑으로 일하는 사람은 나를 나에게 귀속시키는 것이며, 다음에는 서로서로, 그리고 마지막에는 신께로 귀속시키는 것이다.

(〈노동에 관하여〉『예언자』, p.272.)

즉 깨달음을 동반한 충동(열정, 의지)[225]은 삶을 죽음('암흑의 미로')에서 구해 주며 그 깨달음이 관념의 차원에서 머물지 않고 진심 어린 사랑으로 실천될 때('노동') 진정한 삶의 의미가 존재하게 된다는 것이다. 특히 수피즘의 실천적 사랑을 기억하게 하는 대목이다. 그리고 또 그것은 자신과 모두를 신께 귀속시키는 것이라고 말한다. 따라서 절대자의 말이 전해지는 통로인 영혼을 소중히 돌본다는 말은 절대자의 목소리에 귀를 기울이고 그 목소리에 따라 충실히 삶을 살아간다는 말이 된다. 그렇기 때문에 사랑으로 노동을 한다는 말은 절대자의 목소리를 실천에 옮기는 것이요, 그것은 곧 그 절대자에게로 귀속함을 의미하는 것이 된다.

결국 삶과 죽음에 대하여 관념적인 논쟁을 하던 철학자들에게 죽음의 신비와 젊어지는 샘물이 같은 것이라고 한 그 바보는 묵묵히 영혼의 목소리에 귀를 기울이며 진정한 사랑으로 실천적인 삶

---

225) 영어본의 경우 'urge'로 되어 있으며 류시화의 경우 이것을 '열정'으로 번역하고 있다. 그런데 문맥이나 지브란 전체의 사상적 측면을 고려할 때 'urge'는 류시화의 번역처럼 '열정'으로 보는 것이 더 적합할 것이다. 그런데 지브란이 'urge'를 쓴 이유는 같은 문장에서 나오는 'knowledge'와의 운을 맞추기 위한 것으로 보인다. 다음 문장이 그러하다. And all urge is blind save when there is knowledge(Kahlil Gibran, The Prophet, Sidney, Phone Media, n/d., p.26). 류시화는 work를 '노동'이 아닌 '일'로 번역하고 있다(〈일에 대하여〉, 『예언자』(류시화 역), pp.36~41. 참조).

을 살아가던 '우직한 바보'였던 셈이다. 지브란은 또 이 우화를 통해 세속적인 것들에게만 눈이 먼 사람들과 당대 사회를 우회적으로 비판하고 있다 할 것이다.

이상에서 살펴본 것을 종합하면 지브란의 경우, 악에 의해 선의 중요성과 의미가 확연히 드러나듯이, 삶 역시 죽음에 의해 보다 분명한 의미를 지니게 된다고 본다. 그리하여 지브란은 순환하는 자연의 섭리를 통해 얻어진 이 개념(예, 『눈물과 미소』, p.110.)을 통해 삶과 죽음을 인간의 피할 수 없는 존재 조건으로 인정하면서 그 둘은 별개의 것이 아닌 하나이며 그 깨달음을 바탕으로 관념적이 아닌 실천적 삶을 살 것을 주문하고 있는 것이다. 물론 그 실천적 삶이란 절대자의 목소리가 담긴 영혼의 목소리에 귀를 기울임을 전제로 하고 있다.

그런데 지브란의 삶과 죽음에 대한 개념을 이야기함에 있어서 한 가지 짚고 넘어가야 할 것이 있다. 즉 삶과 죽음의 생각 저변에 깔려 있는 그의 윤회사상이다. 윤회사상은 가톨릭의 경우 초기에는 수용되었다가 나중에 부정되었지만 가톨릭 신비주의를 비롯하여 모든 종교의 신비주의에 내재하고 있는 사상이다. 그렇기에 윤회사상은 그가 가톨릭 신자이면서도 신비주의자로 분류되는 근거가 되기도 한다. 이미 살펴보았지만 우리는 그의 윤회사상이, 순환하는 자연의 섭리에서 얻은 깨달음이라는 것을 엿볼 수 있었다. 강물이 바다로 흘러가고 그 바다는 수증기가 되어 하늘로 올라가서 구름이 되며 그 구름은 비로 내려 다시 강물이 되는 순환의 의미와, 봄 – 여름 – 가을 – 겨울로 이어지는 자연의 순환 섭리 그리고 자연에서 태어난 인간이 후에 죽어서 다시 자연으로 돌아가는 우주의 섭리를 깨달음으로써 그의 윤회사상이 자연스레 뿌리를 내린 것이다.

지브란의 윤회사상이 확연히 드러나는 작품을 꼽자면 『계곡의 요정』226)에 실린 세 개의 단편 가운데 『太古의 티끌과 久遠의 불길』이 될 것이다. 이 단편은 2부로 나뉘어져 있는데 그 제목을 보면 1부의 경우 <서력기원전 116년 가을>과 2부의 경우 <기원후 1890년 봄>으로 되어 있다. 제목만 봐도 벌써 환생과 윤회를 다루고 있음을 알 수 있다. 내용도 마찬가지로 1부에서는 기원전 116년, 사제 히람의 아들인 네이단이, 사랑하는 여인이 사망하자 '태양의 도시' 바알렉227)을 떠나 정처 없이 사막을 헤매는 것으로 끝난다. 그런데 1부에서 죽음을 목전에 둔 소녀가 그에게 다음과 같이 말한다.

> "죽음이 우리를 이별케 하려 해요.
> 그렇지만 슬퍼하지 마세요, 네이단.
> 저는 이제 저승의 초원(草原)으로 떠나지만, 꼭 이승으로 다시 돌아올 거예요.
> 아스타르트 여신께서 사랑의 기쁨과 젊음을 가져 보기도 전에 저승으로 간 사람들의 영혼을 이승으로 다시 돌려보내 주실 거예요.
> 네이단, 우리는 꼭 다시 만나게 돼요. (……)"
> (『太古의 티끌과 久遠의 불길』, 앞의 책, pp.39~40.)

---

226) 『사랑이 그대를 찾아오거든 가슴을 열어라』에서는 『계곡의 요정』으로 번역되었으나 이 글에서 인용하고자 하는 작품 『太古의 티끌과 久遠의 불길』이 빠져 있다. 따라서 본 글에서 인용하는 작품은 『반항의 정신: 부: 골짜기의 요정들』(손선혜, 이태상 옮김)에 실린 『太古의 티끌과 久遠의 불길』(육문사, 1978)로 대체한다. 또 『太古의 티끌과 久遠의 불길』은 알렉상드르 나자르의 책에서는 『세기의 재와 영원의 불』로 소개되어 있으며 수헤일 부쉬루이·조 젠킨스의 책에서는 『천년의 먼지와 영원한 불』로 소개되고 있다.

227) 원래 '태양의 도시'는 태양의 신 바알의 도시를 지칭하는 것으로서 옮긴이에 의하면 이 도시는 바알렉이라고도 불렸다고 하나, 역사적으로는 바알벡 혹은 바알베크로 알려져 있다. 네빈 아주 샤인 외 5인(김종명 옮김), 『레바논』, 창해, 2000, pp.52~53. 참조. (원제: 1'ABCdaire du Liban). 여기서는 옮긴이의 주석을 그대로 사용하기로 한다.

환생의 가능성에 복선을 깔면서 1부가 끝나자 2부에서는 네이단이 2000여 년이 지난 서기 1890년, 바알렉 평원에서 양치기 알리 알 훗세이니로 환생한다. 어느 날 그는 폐허가 된 바알 신전에서 잠을 자던 중 꿈속에서, 사랑하는 사람을 잃었던 자신의 전생을 보게 된다. 잠이 깬 그는 혼란스러운 마음상태에서 양들을 몰고 나가 시냇가에 앉아 있는데 마침 머리에 물동이를 이고 다가오는 한 소녀를 보게 된다. 그는 직감으로 그녀가 전생에서 사랑하던 여성임을 알고 달려간다. 그녀 역시 알리 알 훗세이니가 전생의 남자임을 직감하고 아무 말 없이 그를 부둥켜안는다.

레바논을 무대로 2,000여 년을 넘나든 두 남녀의 애틋한 사랑을 그린 이 이야기는 분명 환생에 대한 지브란의 믿음을 증명하고 있다. 이처럼 지브란에게 있어서 삶과 죽음은 환생이라는 개념과 더불어 서로 분리되어 이해될 수 없는 것들이다. 그리고 그 개념은, 『현자의 목소리』에서 이미 보았듯이, 생명의 영원성에 바탕을 두고 있다.

> 삶의 실체는 삶 그 자체이니, 자궁 속에서 시작되는 것도 아니요, 무덤 속에서 끝나는 것도 아니다. 지나가는 세월은 영원하나 삶의 한순간에 불과하다. 또한 물질의 세계에 속한 그 모든 것은 우리가 죽음이라 부르는 깨우침에 비하면 하나의 꿈일 뿐이다.
>
> (『현자의 목소리』, p.696.)

여기서 '삶은 자궁에서 시작되는 것이 아니라는 것'은 흔히 말하는 인간 생명의 탄생을 의미하지 않는다. 즉 절대자의 영원성 혹은 생명 그 자체로서 영혼을 가리킨다고 볼 수 있다. '죽음이 무덤에서 끝나는 것이 아니다.'라고 말할 수 있는 것도 바로 그 때문이

며 이를 바탕으로 윤회사상이 자연스럽게 개진될 공간이 마련된
셈이다.

끝으로 주목하고자 하는 것은 젊은 남녀 간의 사랑을 그린 작품
으로는 드물게 『太古의 티끌과 久遠의 불길』어서는, 전(前) 장(章)
에서 여러 작품들을 통해 살펴보았던, 저항의식이 나타나지 않는다
는 것이다. 물론 사랑하는 여인과 이별을 해야 했던 원인이 이름
모를 병에 의한 그녀의 죽음 때문이기도 했지만 해피엔딩으로 끝
나는 것이 이례적이다.

그리고 삶과 죽음뿐만 아니라 선과 악에서도 보았듯이 지브란은
복잡하고 어려운 명제들을 설파함에 있어서 철학자와 바보 이야기
처럼 자주 우화를 사용하고 있다. 그것은 복잡하고 어려운 문제일
수록 오히려 간결한 문체에 짧은 길이의 우화가 보다 효과적일 수
있기 때문이다.

또 한 가지 더 흥미로운 사실은 서사의 일부분이 파울루 코엘류
의 『연금술사』에서 비슷하게 나타나고 있다는 점이다. 주인공이
양치기라는 점에서부터, 산티아고가 오아시스에 머물 때 물동이를
이고 샘으로 나온 소녀 파티마를 보고 운명의 여인으로 직감하며
사랑을 고백한 것이나 그녀 역시 산티아고를 운명의 남자로 직감
하는 것까지 매우 비슷한 모습을 보이고 있다.

### 2.2.2. 코엘류: 자아의 신화

삶과 죽음의 문제는 선과 악의 문제만큼 인류의 역사와 사상 그
리고 그들의 정신적 산물인 문학에 큰 소재이자 주제로 자리매김

을 해 왔고 코엘류 역시 예외는 아니었다. 이미 살펴본 것처럼, 코엘류에게 있어서 선과 악이란 궁극적으로 하나이며 인간과 우주의 존재 원리로 이해되듯이, 삶과 죽음의 개념 또한 같은 맥락에서 전개되고 있다. 그에게 있어서 삶과 죽음의 문제는 선과 악의 문제처럼, 외면할 수 없는 인간의 속성 문제로서, 어느 하나만을 보아서는 인간이나 우주를 총체적으로 이해할 수 없는 그 무엇이다. 그것은 무엇보다도, 지브란과 마찬가지로, 인간이라는 존재 자체가 이미 자신의 몸속에 삶과 죽음이라고 하는 속성을 동시에 지니고 있기 때문이다. 그리하여 코엘류의 작품에서는 인간 속에 삶이 있고 인간 속에 죽음이 있다는, 삶과 죽음의 상호 보완적 공존 개념이 중심을 이룬다. 이것은 앞서 살펴본 선과 악의 개념과도 일치하며 나아가 서로 대립되는 개념이면서도 분리되어 이해될 수 없는 빛과 어둠 그리고 낮과 밤의 존재 원리로도 확대된다.

마법사를 찾아가 마법에 입문하고자 했던 주인공 브리다는 첫 수련 과정으로 내려진 '어두운 밤의 수련'에서, 적막한 어둠 속에 영혼의 밑바닥으로부터 솟아오르는 원초적 공포를 극복하면서 다음과 같이 되뇐다.

"밤은 단지 낮의 한 부분일 뿐이다." 그(브리다의 아버지 - 연구자 주)가 말했었다.
밤은 단지 낮의 한 부분일 뿐이었다. 그리고 빛에 의해 보호받고 있음을 느낀 것처럼 어둠에 의해 자신이 보호받고 있음을 느낄 수 있었다. 어둠이 그녀로 하여금 그 보호자의 출현을 부르도록 했던 것이다. 그 존재를 믿어야 했다. 그리고 그 믿음은 신앙이라 불렸다. 어느 누구도 그 신앙을 이해할 수 없으리라. 신앙은 그녀가 지금 맛보고 있는 바로 그것이었다. 그 밤처럼 어느 어두운 밤에 아무런 설명도 없이 그 속에 빠져들어 가는 것 말이다. 그 신앙은 그저 그것을 믿었기에 존재한 것이었다. 마치 기적들이 아무런 설명도 갖고 있지 않지만 그것을 믿는 자에게 일어나는 것처럼."228)

(『브리다』, pp.31~32.)

"밤은 단지 낮의 한 부분일 뿐이다."

코엘류의 이 짧은 표현 속에는 삶에 대한 그의 거대한 긍정적 시각이 자리하고 있다. 특히 "밤은 단지 낮의 한 부분일 뿐이다." (밑줄은 연구자의 것)라는 의미 속에는 낮>밤이라는 공식이 성립하고 이것은 결국 낮과 밤이 대립적 의미를 지닌 요소가 아니며 공포의 어두운 밤은 밝은 대낮의 작은 한 부분일 뿐임을 의미한다. 그래서 원초적 공포를 느끼는 그 밤에서도, 빛에 의해 보호받는 낮과 마찬가지로, 어둠에 의해서도 보호받는다고 느끼는 것이 가능하다. 여기서 밤을 죽음과 악의 은유로 보고 낮을 삶과 선의 은유로 본다면 악은 선의 작은 한 부분일 뿐이고 죽음 또한 삶의 작은 한 부분일 뿐이라는 의미가 된다. 즉 죽음은 거대한 삶의 작은 일부일 뿐이라는 것이다.

그리고 그 어둠(죽음) 속에서 보호를 받고 있음을 느낄 수 있었던 것은 바로 어둠(죽음)이 낮(삶)의 작은 일부라는 믿음이었다. 인용문에서도 보듯이 이 믿음은 마치 종교나 기적처럼 논리적으로 설명될 수 있는 부분이 아니다. 절대자가 존재하는가를 증명해 보

---

228) 원문 보기: "A noite é apenas uma parte do dia", dizia. A noite era apenas uma parte do dia. E assim como se sentia protegida pela luz, podia se sentir protegida pelas trevas. As trevas faziam com que ela invocasse aquela presença protetora. Precisava confiar nela. E essa confiança se chamava Fé. Ninguém jamais poderia entender a Fé. A Fé era exatamente aquilo que estava experimentando agora, um mergulho sem explicação numa noite escura como aquela. Existia apenas porque se acreditava nela. Assim como os milagres também não tinham qualquer explicação, mas aconteciam para quem acreditava em milagres.

라는 무신론자들을 향하여, 절대자의 존재를 믿는 종교인이, 역으로 절대자가 존재하지 않음을 증명해 보라고 말하는 것과 같다. 그것은 합리적이고 논리적인 설명이 불가능한 믿음과 깨달음의 문제이기 때문이다. 그 결과 인간이 겪는 모든 고통과 불행도 절대자가 어떤 거대한 계획하에 창조한 것이라는 믿음을 가지라고 말하는 것이다.

그리하여 『빛의 전사의 지침서』에서 코엘류는 선과 악의 경우처럼 삶과 죽음, 낮과 밤 등 서로 다른 이질적 요소들이 대립하는 것 자체가 우주를 창조한 절대자의 계획에 따라 의도된 것이라며 다음과 같이 말한다.

> 빛의 전사는 신이 공존을 가르치기 위하여 고독을 이용한다는 사실을 배웠다. 신은 평화의 무한한 가치를 보여 주기 위해 분노를 이용한다. 모험과 포기의 중요성을 강조하기 위하여 권태를 이용한다.
> 신은 말의 책임에 대하여 가르치기 위해 침묵을 이용하고, 깨우침의 가치가 이해될 수 있도록 하기 위하여 피로를 이용하며 건강의 은총을 강조하기 위하여 병을 이용한다.
> 신은 물에 대하여 가르치기 위해 불을 이용하며 공기의 가치가 이해되도록 하기 위해 땅을 이용한다. 삶의 가치를 보여 주기 위해 죽음을 이용한다.[229]
> (『빛의 전사의 지침서』, p.125.)

이 글에서 코엘류는 공존과 고독 / 평화와 분노 / 모험·포기와

---

229) 원문 보기: *O guerreiro da luz aprendeu que Deus usa a solidão, para ensinar a convivência. Usa a raiva, para mostrar o infinito valor da paz. Usa o tédio, para ressaltar a importância da aventura e do abandono. Deus usa o silêncio, para ensinar sobre a responsabilidade das palavras. Usa o cansaço, para que se possa compreender o valor do despertar. Usa a doença, para ressaltar a bênção da saúde. Deus usa o fogo para ensinar sobre a água. Usa a terra, para que se compreenda o valor do ar. Usa a morte, para mostrar a importância da vida.*

권태 / 말과 침묵 / 깨우침과 피로 / 건강과 병 / 물과 불 / 공기와 땅 / 삶과 죽음 등 상호 대립되는 의미를 지닌 것들이 서로에게 진정한 의미를 부여함과 동시에 상호 보완적으로서 하나는 다른 하나에 의해 완전해질 수 있고 또 보다 총체적으로 이해될 수 있음을 강조하고 있다. 물론 이러한 논리는 인간이 겪는 모든 것 그리고 우주 만물이 바로 절대자의 큰 계획에 의해 창조된 것이라는 믿음에 기초하고 있다. 그 믿음을 바탕으로 코엘류는 낮과 밤도 하나요, 삶과 죽음도 하나라고 말하는 것이다. 그 하나라는 개념은, 지브란이 말했던 것처럼 악의 존재가 선의 가치를 깨닫게 하듯이, 죽음의 존재가 삶의 가치를 깨닫게 하는 상호 보완적인 존재임을 가리킨다. 그의 첫 작품인 『어느 마법사의 일기』를 보자.

> 그런데 허약한 피조물인 그(인간 – 연구자 주)는 항상 죽음에의 위대한 확신을 자기로부터 은폐하려고 합니다. 그 죽음이 바로 그로 하여금 자신의 삶을 최고의 것으로 만들도록 부추긴다는 사실을 알지 못하고 있어요. 인간은 어둠 속을 걷는다는 것에 대하여, 그리고 미지의 세계에 대하여 커다란 두려움을 가지고 있습니다. 또한 그에게 있어서 그 두려움을 이기는 유일한 방법은 자신의 죽을 날이 다가오고 있다는 것을 잊는 것입니다. 그는, 죽음에 대한 의식을 가지면, 자신이 일상의 성취 속에서 훨씬 더 과감해지고 훨씬 더 멀리 갈 수 있다는 것을 이해하지 못합니다. – 왜냐하면 죽음이 피할 수없는 무엇이라면 (더 이상 – 연구자 주) 잃을 것이 아무것도 없기 때문입니다.230)
> (『어느 마법사의 일기』, p.129.)

---

230) 원문 보기: "Acontece que, criatura frágil, ele sempre tenta ocultar de si mesmo a grande certeza da Morte. Não vê que ela é que o motiva a fazer as melhores coisas de sua vida. Tem medo do passo no escuro, do grande terror do desconhecido, e sua única maneira de vencer este medo é esquecer que seus dias estão contados. Não percebe que, com a consciência da Morte, seria capaz de ousar muito mais, de ir muito mais longe nas suas conquistas diárias – porque não tem nada a perder, já que a Morte é inevitável."

이 글에서 코엘류는, 절대자의 거대한 계획에 의해 창조된 것이
라는 범주에서, 죽음이라는 존재를 인간의 삶을 보다 진취적이고
적극적으로 만드는 자극제로 받아들인다. 마치 자신이 굴려 올린
바위가 다시 아래로 굴러떨어질 것이 분명함에도 불구하고 끊임없
이 바위를 언덕 위로 밀어 올리는 시지프의 열정과 다를 바 없다.
그리고 그 열정의 근저에는 죽음이 피할 수 없는 인간의 한계이자
숙명이라는 인식이 그 전제로 깔려 있다. 즉 죽음이 피할 수 없는
무엇이라면 더 이상 잃을 것이 아무것도 없기 때문에 오히려 시지
프와 같은 열정과 자유 속에 자신의 꿈과 이상을 좇아 긍정적이고
도 열정적인 삶을 살 수 있다는 역설인 것이다.

이것은 코엘류의 모든 문학작품에 나타나고 있는 인생관이기도
하다. 예를 들어 그를 세계적인 베스트셀러 작가로 등극시킨 『연
금술사』에서는 "일반적으로 죽음은 사람들로 하여금 삶에 대해 보
다 민감하게 만든다."[231]라고 코엘류는 말한다. 그러므로 삶과 죽
음을 따로 떼어 보아서는 인간이라고 하는 존재를 총체적으로 이
해할 수 없다. 나아가 죽음만이 있는 삶은 이미 삶으로서의 의미
가 없듯이 열정과 꿈이 없는 삶 역시 의미가 없다. 그러므로 더
이상 잃을 것이 없는 종말의 순간, 즉 언제 닥칠지 모르는 죽음
앞에 선 인간의 삶은 절망과 희망의 한가운데에서 어느 한쪽을 선
택하도록 강요받게 되며 그 순간 코엘류는 언제나 희망을 선택하
여 삶을 적극적으로 살 것을 주문한다. 그리고 그것은 인간을 세
상에 있게 한 절대자의 의지이며 그 의지 속에 삶의 진정한 의미

---

231) 원문 보기: "Geralmente a morte faz com que as pessoas fiquem mais sensíveis
à vida."(『연금술사』, p.191).

가 있다고 말한다.

그런데 한 가지 흥미로운 사실은 가톨릭 신자로서 코엘류가 말하는 인간의 숙명이란 '이미 절대자의 손에 의해 써져 있는 것'(아랍어로 막툽 maktub)[232]이라는 이슬람의 개념에 근거하고 있다는 것이다. 자칫 비관적인 운명결정론으로 이해될 수도 있는 'maktub'에 대하여 코엘류는 다음과 같이 말한다. "막툽은 '써져 있다'라는 의미이다. 아랍인들의 입장에서 볼 때 '써져 있다'라고 번역하는 것이 가장 나은 것은 아니다. – 왜냐하면 모든 것이 이미 써져 있음에도 불구하고 절대자는 자비롭다 – 그는 단지 우리를 돕기 위하여 자신의 펜과 잉크를 썼을 뿐이다."[233] 즉 전통적인 가톨릭 집안에서 태어나 스스로 독실한 신자라고 말하는 코엘류는 이슬람의 성전인 꾸란의 말을 빌려, 절대자가 각 인간의 운명을 이미 써 둔 것이 인간을 돕고 행복하게 살도록 하기 위한 것이라고 주장하는 것이다. 여기서 돕는다는 말은 인간이 자신의 꿈, 보물을 찾아 행복하고도 열정적인 삶을 사는 것을 돕는다는 의미이다.

그의 대표작으로 꼽히는 『연금술사』를 보자. 산티아고가 크리스털 가게 주인의 딸과 이집트 피라미드에 있을 보물 사이에서 갈등할 때 그에게 희망을 잃지 말고 꿈을 찾아 떠날 것을 권하는 살렘의 왕은 다음과 같이 말한다.

"(……) 자아의 신화(lenda pessoal)를 수행하는 것이 인간의 유일한 의무이지. 모든 것은 단지 하나야." "그리고 *네가 뭔가를 원할 때면 전 우주가 네가*

---

232) 꾸란에 나타나는 용어인 '막툽 maktub'은 코엘류가 쓴 우화집의 제목이기도 하다.

233) 『막툽』, p.19. 원문 보기: Maktub quer dizer está escrito. Para os árabes, "está escrito" não é a melhor tradução – porque, embora tudo já esteja escrito, Deus é misercordioso – e só gastou sua caneta e sua tinta para nos ajudar.

*그 바람을 실현할 수 있도록 비밀리에 움직인다*(이탤릭체는 연구자의 것)."234)

(『연금술사』, p.42.)

그의 트레이드마크가 되어 버린 이 표현(이탤릭체 부분)은 삶과 절대자에 대한 코엘류의 절대적인 믿음에 근거한다. 코엘류는 작가가 되기 이전에 힘들고 험난한 세월을 살면서 과연 나는 누구인가라는 존재론적 의문에 깊이 빠져든 적이 있었다. 그러나 이에 대하여 만족할 만한 답변을 얻지 못한 그는 곧바로 '왜 나는 이 세상에 존재하게 되었는가'라는 물음으로 옮겨 갔고235) 거기서 얻은 결론은, 칼릴 지브란이 <시인의 목소리>에서 말하였듯이, "진리는 햇빛 아래 헛된 것은 아무것도 창조하지 않았기 때문이다."라는 믿음과 동일한 것이었다. 즉 진리를 대변하는 절대자가 인간을 이 세상에 창조한 것은 무엇인가를 위한 것이었으며 그것은 헤아리기 어려운 절대자의 어떤 거대한 계획에 의한 것이라는 결론이었다. 그리고 그 결론이란 살렘 왕의 말에서 엿볼 수 있다. 그러니까 산티아고에게 자아의 신화, 다시 말하면 절대자가 그를 위해 미리 써 놓은 길, 곧 꿈과 이상을 좇아 실현하는 것이 유일한 의무라고 한 살렘 왕의 말이 코엘류의 결론인 것이다.

---

234) 원문 보기: -(……) Cumprir sua Lenda Pessoal é a única obrigação dos homens. Tudo é uma coisa só. "E quando você quer alguma coisa, todo o Universo conspira para que você realize seu desejo."

235) 2001년 10월 7일 남아프리카 공화국의 Sunday Tomes Lifestyles와의 인터뷰에서 책을 쓰는 이유가 무엇인가라는 기자의 질문에 대답하면서 "내가 여기서 뭘 하고 있는가?" 라는 의문을 'this crazy question'이라고 표현할 정도로 '산티아고의 길' 순례 이후 자신의 삶이 변했음을 인정하고 있다. 원문은 다음과 같다. "When I write I am not trying to explain the universe. I write to understand myself. I don't believe in explanations. I believe that life is a mystery, so it is for us to accept instead of asking always this crazy question: 'What am I doing here?' It is better to try to fill our lives with meaningful things."

보물이 이집트의 피라미드 근처에 있다는 것을 알려 준 대가로 양치기 산티아고로부터 여섯 마리의 양을 받은 뒤 성서 속의 인물 멜키스덱, 즉 살렘의 왕은 또 다음과 같이 말한다.

> −"그것(보물 − 연구자 주)에 도달하려면 너는 표식을 따라가야만 한다. 절대자는 각 인간이 따라가야 할 길을 이 세상에 써 두었지. 그분이 너를 위해 써 둔 것을 읽기만 하면 되는 거야."
> (……)
> −모든 것은 단지 하나라는 사실을 잊지 말거라. (절대자가 이 우주 곳곳에 심어 놓은 − 연구자 주) 표식들이 말하는 것(linguagem)을 잊지 마라. 그리고 무엇보다도 너의 자아의 신화(lenda pessoal)를 끝까지 추구하는 것을 잊지 말거라.[236]
>
> (『연금술사』, pp.49~50.)

이처럼 지상에서의 삶 동안 인간의 유일한 의무가 자아의 신화를 실현하는 것, 다시 말하면 주어진 조건과 삶 속에서 꿈과 희망을 실현하며 적극적으로 살라는 메시지의 이면에는, 인간의 존재 이유란 자신을 낳은 절대자의 의지가 이 세상에서 이루어지도록 하기 위한 수단으로 봉사하는 것이라는 의미가 담겨 있다. 물론 지브란의 경우는 선과 악에서 인간의 진정한 존재 이유란 '미숙한 자아'를 깨닫고 '자아의 신성'을 갈망하고 추구하는 것이라고 하였는데 코엘류의 경우는 절대자의 거대한 계획에 충실한 수단이 되는 것이다. 그 계획이란 무엇인지 알 수 없지만 절대자의 수단으

---

236) 원문 보기: −Para chegar até ele, você terá que seguir os sinais. Deus escreveu no mundo o caminho que cada homem deve seguir. É só ler o que ele escreveu para você. (……)
−Não se esqueça de que tudo é uma coisa só. Não se esqueça da linguagem dos sinais. E, sobretudo, não se esqueça de ir até o fim de sua Lenda Pessoal.

로써 자아의 신화를 적극적으로 살아가라는 말에서 실마리를 찾아
야 할 것이다.

그들은, 아직 변화 중인 어떤 세상의 일부를 이루고 있는 모든 사람들처럼, 고
통과 희열을 안고 계속 살 것이다. 하지만 적절한 시간에 그들은, 각 인간은
자신의 내부에 그 자신보다 훨씬 더 중요한 무언가를 갖고 있음을 배우게 될
것이다. 자신의 천부적 재능이 그것이다. 왜냐하면 절대자는 각 인간의 손에다
가 하나의 천부적 재능을 담아 주었기 때문이다 — 그 재능은 절대자가 자신의
모습을 이 세상에 드러내고 인류를 도와주기 위해 사용했던 도구이다. 절대자
는 바로 그 인간을 이 지구상에서 자신의 팔로 선택했었다.[237]

(『브리다』, p.262.)

그렇다. 왜냐하면 J(주인공 파울로의 스승 — 연구자 주)가 처음부터 그에게 경
계라는 것이 존재함을 가르쳤다. 가능한 한 멀리 나아갈 필요가 있다는 것
을 — 하지만 미스터리를 받아들여야 할 순간들이 있었고 또 각자는 자기가 천
부적 재능을 가지고 있다는 것을 이해해야 할 순간들이 있었다. 몇몇은 (병자
들을 — 연구자 주) 치료할 줄 아는 능력을 갖고 있었고 다른 사람들은 지혜의
말을 가지고 있었으며 또 몇몇은 영혼들과 대화를 나누는 등 각각은 그렇게
자신의 재능을 가지고 있었다. 바로 이러한 재능들의 합(合)을 통해 절대자는
자신의 영광을 보여 줄 수 있었고 인간을 그의 도구로 사용했던 것이다. 천국
의 문은 그곳에 들어가기로 마음먹은 사람들에게 열려 있을 것이다. 세상은
꿈을 꿀 용기를 지닌 그 사람들 — 그리고 자신의 꿈을 살아가려는 용기를 지
닌 그 사람들의 손에 있었다.[238]

(『발키리아』, p.195.)

---

237) 원문 보기: Continuariam com a agonia e o êxtase, como todo mundo que
participa de um mundo ainda em transformação. Mas, no seu devido tempo
elas iam aprender que cada ser humano tem, dentro de si, algo muito mais
importante que ele mesmo: o seu Dom. Pois nas mãos de cada pessoa Deus
colocou um Dom — o instrumento que Ele usava para manifestar — se ao
mundo, e ajudar a humanidade. Deus havia escolhido o próprio ser humano
como o Seu braço na Terra.

238) 원문 보기: Sim, porque J. o ensinara, desde o começo, que existiam fronteiras.
Que era necessário ir o mais longe possível — mas havia certos momentos em
que era preciso aceitar o mistério, e entender que cada um tinha seu dom.
Alguns sabiam curar, outros tinham a palavra da sabedoria, outros
conversavam com espíritos, e daí por diante. Era através da soma destes
dons que Deus podia mostrar a Sua glória, usando o homem como seu

위의 두 인용문에서 절대자는 먼저 그 계획과 관련하여, 수단으로 선택한 인간이 자아의 신화를 실현할 수 있도록 '미리 써 놓은 길'을 따라 표식을 해 두었고 그 표식을 인지할 수 있는 능력, 즉 천부적 재능(dom)을 모든 사람에게 부여하였다고 말한다. 물론 천부적 재능이란, 절대자가 자신의 의지를 실현하기 위하여 수단으로 선택한 인간이 거대한 계획에 따라 미리 써진 길의 표식을 올바로 인식하도록 하기 위한 것이다.

따라서 이 땅에서 절대자의 의지가 이행되도록 하기 위한 수단으로 이 세상에 존재하는 이유를 갖게 된 인간은 그 절대자가 부여한 재능을 찾아 부단한 노력을 기울여야 하고 나아가 그 절대자가 해 둔 표식을 올바로 이해하고 판단하는 능력을 가지도록 꾸준히 노력해야 한다고 말한다. 그 과정에서의 실수는 필연적이자 자연스러운 것이며 그 노력은 바로 각 개인의 꿈을 추구하는 열정으로 다시 연결된다.

이제까지 보아 온 것을 요약하면 코엘류에게 있어서 삶과 죽음은 궁극적으로 하나라는 것이다. 그리고 그 개념은, 선과 악의 경우처럼, 인간을 총체적으로 이해하는 데 필수불가결한 개념으로 작용하고 있다. 이러한 개념을 바탕으로 코엘류는 주어진 삶을 적극적으로 살아가라는 메시지를 전하고 있으며 바로 그 메시지 속에서 인간의 존재이유를 찾고 있다. 그렇기에 '모든 운명이 이미 써져 있다'라는 말은 결코 비관적인 운명결정론자의 말이 아니다. 그것은 인간을 창조한 아버지이자 이미 자기 자식의 운명을 정해 둔

---

instrumento. As portas do paraíso estariam abertas para aqueles que resolvessem entrar. O mundo estava nas mãos daqueles que tivessem coragem de sonhar – e viver seus sonhos.

절대자가, 자식인 인간이 파멸하기를 바라는 것이 아니라 오히려 행복하기를 원하며 이 사실을 믿는 것이 인간의 진정한 삶의 시작이라는 뜻이기도 하다.

"그리고 일곱 번째 날에……"라는 시리즈의 첫 소설인 『피에드라 강가에서 나는 앉아 울었네』에서 행방이 묘연해진 연인 필라르(Pilar)를 찾아 헤매던 중 그의 소재를 아는 한 신부와 주인공 '나'가 나눈 대화를 보자. 신부가 먼저 말을 건넨다.

> -신을 찾아 길을 떠나는 사람은 시간을 허비하는 겁니다. 그는 많은 길들을 경험하고 많은 종교와 종파에 가담하기도 하겠죠. - 그러나 그런 식으로는 절대로 그분을 만나지 못할 겁니다.
> "신은 여기에 지금 우리 곁에 계십니다. 우리는 이 안개와 이 땅, 이 옷, 이 구두에서도 그분을 볼 수가 있습니다. 그분의 천사들은 우리가 잠을 자는 동안에도 우리를 지켜보며 우리가 일하는 동안에도 우리를 도와주죠. 신을 만나려면 우리의 주위를 돌아보는 것만으로도 족합니다."
> "그 만남이 쉽지는 않습니다. 신이 우리를 자신의 기적에 참가하게 하면 할수록 우리는 더 길을 잃은 느낌을 가지게 됩니다. 왜냐하면 그분은 우리더러 우리의 꿈과 마음의 소리를 따라가도록 끊임없이 요구하기 때문입니다. 그렇게 하기란 어렵습니다. 왜냐하면 우리는 다른 방식으로 사는 데 익숙하기 때문입니다."
> "그런데 놀랍게도 우리는 신이 우리가 행복하기를 바란다는 걸 발견하게 되죠. 왜냐하면 그분은 아버지니까요."
> -그리고 어머니이기도 하죠.[239]
> 안개가 걷히기 시작했다. 나는 농부가 사는 작은 집 하나를 볼 수 있었다. 그

---

[239] 코엘류는 이 소설의 상당 부분에서 절대자의 여성성을 주장하고 있다. 그는 위의 인용문에서도 보았듯이 절대자가 아버지이면서 어머니이기도 하다고 말한다. 즉 가톨릭에서 인정하고 있지 않는 절대자의 여성성을 주장하는 것으로서 그가 이와 같은 주장을 하는 근거는 성모 마리아가 천상에 있는 절대자의 아들인 예수를 낳은 것, 하늘과 땅의 관계 그리고 태양과 자연의 관계를 예로 든다. 즉 절대자가 우주의 창조주라면 우주에 존재하는 모든 음과 양, 남성과 여성의 속성 역시 절대자의 속성이라는 것이다. 나아가 절대자의 속성인 사랑이 근본적으로 여성적 속성이라는 것 그리고 무엇보다도 절대자가 자신의 모습을 본떠서 창조하였다고 하는 인간이 남녀인 점을 들고 있다(이 소설의 원본 pp.86~89.와 p.105. 참조).

곳에서 한 여자가 장작을 모으고 있었다.

－그래요. 어머니이기도 하죠.－그가 말했다.－영적인 삶을 가지기 위해 굳이 수도사 양성학교에 들어가거나 단식을 하고 절제를 하고 동정(童貞)을 지킬 필요가 없지요.

"그저 믿음을 가지고 신을 받아들이기만 하면 됩니다. 그 순간부터 각자는 그분의 길이 되고 그분의 기적을 위한 수단이 됩니다."[240]

(『피에드라 강가에서 나는 앉아 울었네』, pp.160～161.)

　　신부가 되기 위하여 규율이 엄격한 수도사 양성학교를 졸업하고 신부가 된 오랜 소꿉친구 필라르와, 평범한 도서관 사서로 일했던 여주인공 '나'의 재회 및 사랑을 그린 이 소설을 통해 코엘류는, 절대자를 향한 구도(求道)의 문제에 있어서, 엄격한 규율을 통해 접근하려는 제도종교를 간접적으로 비판하고 있다. 그 논리적 배경은 특히 절대자가 인간으로는 다가가기 어려운 천상의 존재라기보다는 부모와 자식 간의 관계처럼 항상 우리의 주변에서 우리와 함

---

240) 원문 보기: －Quem parte em busca de Deus, está perdendo seu tempo. Pode percorrer muitos caminhos, filiar－se a muitas religiões e seitas－mas, desta maneira, jamais irá encontrá－Lo.

"Deus está aqui, agora, ao nosso lado. Podemos vê－Lo nesta bruma, neste chão, nestas roupas, nestes sapatos. Seus anjos velam enquanto dormimos, e nos ajudam enquanto trabalhamos. Para encontrar Deus, basta olhar à nossa volta."

"Não é fácil este encontro. À medida que Deus nos faz participar de seu mistério, nos sentimos mais desorientados. Porque Ele constantemente nos pede para seguir nossos sonhos e nosso coração. É difícil fazer isto, porque estamos acostumados a viver de maneira diferente."

"E descobrimos, para nossa surpresa, que Deus nos quer ver felizes, porque Ele é pai."

－E mãe－eu disse.

A neblina começava a levantar. Eu podia ver uma pequena casa de camponeses, onde uma mulher juntava lenha.

－Sim, e mãe－disse ele.－Para você ter uma vida espiritual, não precisa entrar para um seminário, nem fazer jejum, abstinência e castidade.

"Basta ter fé e aceitar Deus. A partir daí, cada um se transforma no Seu caminho, passamos a ser o veículo de Seus milagres."

께하는 존재임을 강조하는 데서 찾을 수 있다. 이를 바탕으로 코엘류는 절대자와 인간의 관계란 부모와 자식 간의 관계와 같기에 절대자는 궁극적으로 자식인 인간이 행복하기를 바라며 그것을 믿는 것이 신앙의 첫걸음이라고 강조한다.

그것은 마치 칼릴 지브란이 『현자의 목소리』에서 "신은 악을 행하지 않는다."라고 한 말과 같다. 따라서 그러한 믿음을 바탕으로 인간은 절대자가 숨겨 놓은 보물, 즉 꿈과 행복을 찾아 나아가야 하며 설사 그 과정에서 실수를 할지라도 그것은 하나의 과정일 뿐, 삶의 여정에서 창조주가 내려 준 천부적 재능을 잊지 말고 '빛의 전사'처럼 그것을 갈고 닦아 절대자가 그려 놓은 표식들을 적극적으로 따라나서라고 권한다. 이와 같은 깨달음과 주장은 그의 전기(傳記)에서 살펴보았듯이 작가 자신의 험난한 인생역정을 통한 경험과, 가톨릭 신자이면서도 이슬람(특히 이슬람 신비주의의 대명사인 수피즘), 힌두교, 불교 등을 두루 섭렵한 그의 정신세계, 그리고 자유에의 끝없는 열망이 낳은 결과가 아닌가 한다.

끝으로 삶과 죽음의 문제와 관련하여 코엘류는, 지브란과 마찬가지로, 환생과 윤회사상을 믿고 있다. 지브란과 비교하는 관점에서 이 문제를 살펴보기로 한다.

『어느 마법사의 일기』에서 순례를 시작한 지 6일째 되는 날, 주인공 파울루와 페트루스는, 올리브 나무 그늘에서 쉬고 있을 때 나이 든 농부가 포도주를 건네며 '사랑이 살해된 곳'이라고 가리킨, 한 어느 은신처에 대하여 얘기를 나누게 된다. 수 세기 전에 산티아고의 길 순례를 떠났다가 귀국하던 펠리시아 지 아키타니아(Felícia de Aquitânia)라는 이름의 공주가 바로 그곳에 정착하여 가난한 이들을 위한 봉사활동을 시작하였다고 한다. 그러나 귀국을 종용하던 그의 오빠 기예르모(Guillermo) 공작어 의해 끝내 살해되었고 나중에 자신의 잘못을 깨달은 그 공작이 여동생의 과업을 이어서, 사랑의 봉사활동을 재개하게 되었다는 이야기였다. 이 이야기를 두고 페트루스는 '회귀의 법칙'이 실현된 것이라고 말한다.

> —그녀의 오빠가 그 자신이 중단시켰던 일을 계속하도록 강요당했을 때 '회귀의 법칙'이 가동된 것입니다. 모든 게 허락되지요. 사랑의 표출행위를 중단시키는 것 빼고는 말입니다. 그런 일이 벌어지면 파괴하려 했던 사람이 재건하도록 강제되지요.
> 나는 내 나라(브라질 – 연구자 주)의 경우 회귀의 법칙에 따르면 사람들의 기형적인 모습과 질병이 전생에서 지은 잘못에 대한 벌이라고 설명했다.
> —바보 같은 소리죠. 신은 복수가 아니라 사랑입니다. 그분의 유일한 벌이란 사랑의 행위를 중단시킨 자로 하여금 그것을 계속하도록 강제하는 것일 뿐입니다.[241]
>
> (『어느 마법사의 일기』, p.58.)

환생을 믿는 것 자체를 금지하고 있는 가톨릭에서, 그것도 가톨릭 신자가 전체 국민의 75%를 상회하는 브라질에서 환생이나 윤회를 믿는 사람들이 많은 듯 이야기하는 것은 낯선 주장이지만[242]

---

241) 원문 보기: —A Lei do Retorno funcionou quando c seu irmão foi forçado a continuar a obra que havia interrompido. Tudo é permitido, menos interromper uma manifestação de Amor. Quando isto acontece, quem tentou destruir é obrigado a reconstruir de novo.
Expliquei que no meu país a Lei do Retorno dizia cue as deformidades e as doenças dos homens eram castigos por erros cometidos em reencarnações passadas.
—Tolice—disse Petrus.—Deus não é vingança. Deus é amor. Sua única punição consiste em obrigar alguém que interrompeu uma obra de amor a continuá-la.

242) 물론 작가의 증언이 아니라 소설 속의 화자가 한 얘기지만 그 화자는 브라질 출신임을 고려한 것이다.

중요한 것은 여러 작품들에서 나타난 코엘류의 환생 개념이 무엇인가라는 것이다. 이에 대한 해답은 마법의 세계에 입문하려는 젊은 여성 브리다의 경험을 그린 소설 『브리다』에서 찾을 수 있다. '나의 다른 반쪽'이 무엇인가를 집요하게 묻는 브리다에게 '달의 전승'을 믿는 스승 비카는 다음과 같이 말한다.

> -우리는 영원한 존재입니다. 왜냐하면 우리는 신의 현시이기 때문이죠-비카가 말했다. -그렇기 때문에 우리는 많은 삶과 죽음을 통과합니다. 아무도 모르는 어떤 지점에서 나와 우리 역시 모르는 다른 지점으로 향해 가지요.243)
>
> (『브리다』, p.43.)

인간이 이 세상에서 태어나고 죽는 것을 반복하는 것은 육체만 그럴 뿐 영혼은 계속 살아 움직이며 어느 시점에 어느 곳에서 환생을 지속한다는 것이다. 즉 환생은 인간이, 정확히 말하면 인간의 영혼이 영원한 존재인 절대자의 속성, 즉 신성을 지니고 있기에 그러한 것이라는 말이다. 그런데 육체를 지닌 인간으로서 환생은 언제까지나 지속되는 것이 아니다.

비카의 마법을 통해 자신의 전생을 경험하던 브리다는, 1244년 프랑스의 정통 가톨릭에 의해 무참히 살해된 카타로 교회 신도들의 마지막 전투에서 항복하기를 거부하고 죽음을 선택한, 동 교회 주교의 최후의 말을 듣게 된다.

---

243) 원문 보기: -Somos eternos, porque somos manifestações de Deus-disse Wicca. -Por isso passamos por muitas vidas e por muitas mortes, saindo de um ponto que ninguém sabe, e nos dirigindo a outro ponto que tampouco sabemos.

– 카타로 교회가 진정한 교회입니다 – 주교가 계속 말했다. – 예수 그리스도와 성령 덕분에 우리는 하느님과의 합일에 도달할 수 있었습니다. 여러 차례에 걸쳐 환생할 필요가 없어진 것입니다.[244]

(앞의 책, p.82.)

이 인용문과 더불어 브리다라고 하는 젊은 여성의 마법 입문과정 자체가 이미 가톨릭 교리에 반한다는 점과 이 소설의 마지막 부분으로서, 브리다가 입문의례를 치르던 장소에 환영(幻影)으로 비친, 고대 켈트족의 '달의 전승' 스승들을 표현함에 있어서 비카가 다음과 같이 말하고 있음에 유의할 필요가 있다.

몇몇 켈트족의 영(靈)들이 (입문 의식에 – 연구자 주) 모습을 드러냈다. 그래서 비카는 그들에게 인사를 건넸다. 그들은 더 이상 환생하지 않은 스승들이었으며 이 지구를 지배하는 비밀 조직체의 일부였다. 그들이 없었다면, 그들이 갖고 있는 지혜의 힘이 없었다면 지구는 이미 오래전에 통제 불능 상태에 빠졌을 것이다.[245]

(앞의 책, p.265.)

앞선 인용문에서 보면 인간이 이 세상에 환생을 반복하는 것은 절대자와의 합일을 이루기 위함이다. 그 합일을 이루면 이 세상으로의 환생이 멈추고 영원히 천상의 나라에 살게 된다는 의미일 것이다. 물론 이와 같은 주장은 12세기 말 프랑스 남부의 일명 '완벽한 사람들'로 불리던 주교들이 세운 교회의 주장이다.[246] 하지만

---

244) 원문 보기: – A Igreja Cátara é a verdadeira Igreja – continuou o sacerdote. – Graças a Jesus Cristo e ao Espírito Santo, conseguimos chegar à comunhão com Deus. Não precisamos reencarnar outras vezes.

245) 원문 보기: Alguns espíritos celtas estavam presentes, e ela os cumprimentou. Eram mestres, que não se reencarnavam mais, e que faziam parte do governo secreto da Terra; sem eles, sem a força de sua sabedoria, o planeta já estaria desgovernado há muito tempo.

코엘류가 가톨릭 신자임에도 불구하고 젊은 시절에 블랙매직과 더불어 환생을 믿는 힌두교 사상 등에 심취했던 점을 고려할 때 그가 지닌 신비주의의 환생과 윤회에 대한 개념은 인간의 삶과 죽음이 절대자의 합일을 이루기 위한 과정이며 그 합일의 중심사상인 사랑을 깨달을 때 비로소 환생은 멈춘다는 것이라고 말할 수 있다. 이것은 코엘류가 한때 심취했던 불교의 윤회사상, 즉 업보(Karma)에서 완전히 벗어날 때까지 윤회를 계속한다는 불교의 윤회사상과도 상통한다.

## 2.3. 육체와 영혼

### 2.3.1. 지브란: 본원으로의 회귀

지브란이 아직 기존 사회의 가치체계에 대한 강한 저항의식을 가지고 있었을 때 그의 육체와 영혼의 개념은 그의 그러한 환경에 크게 좌우되었다. 이미 선과 악 편에서도 살펴보았지만 그의 저항의식이 크면 클수록 그에게 세상은 악이 선을 지배하는 것으로 비춰졌었다. 그와 마찬가지로 본 절에서 살펴볼 육체와 영혼의 개념 역시 선과 악, 인간과 절대자라는 관계의 범주에서 크게 벗어나지 않고 있다. 예를 보자.

여 주인공 셀마 카라미의 부친이 마을 사제의 부름에 자리를 뜨

---

246) 그들은 환생 및 절대 선과 악을 믿었다. 그들에 따르면 인간은 태어나기 전에 이미 선한 자와 악한 자로 구분되어 태어나고 그 어떤 힘도 이러한 조건 지음을 바꿀 수 없다고 한다(『브리다』, p.96. 참조).

자 이제 막 사랑에 빠지기 시작한 주인공 '나'는 셸마 카라미와 단둘이 남게 되면서 다음과 같이 생각한다.

> 우리에게는 말보다 더욱 위대하고 더욱 순수한 것이 있었다. 침묵은 우리의 혼을 비춰 주고 서로의 가슴에 둘을 함께 이끌어 들이는 것이다. 또한 우리를 우리 자신으로부터 떼어 놓아 영혼의 창공을 향해하도록 하고 마침내 천국을 경험하게 하는 것이다. 그리하여 우리는 육체란 감옥에 불과하고 이 세계는 유형지에 지나지 않는다는 걸 깨닫게 된다.
>
> (『부러진 날개』, p.50.)

그동안 몇 마디 말조차 제대로 주고받지 않았지만 이미 사랑에 빠져 있었던 주인공 '나'와 셸마 카라미는 영혼을 통해 서로의 사랑을 전하고 나누기에 주변의 세계뿐만 아니라 육체를 거추장스러운 방해물('감옥')로 느끼고 있다. 그러한 감정은 '침묵'이라는 말과 더불어 더욱 빛을 발한다. 영혼을 통하여 주고받는 그 사랑은 이미 속세의 의미를 떠나 지고한 사랑으로 승화-되고 있기에, 갖가지 통념과 관습의 굴레인 주위 세계와 거기에 익숙해 있는 육체는 두 젊은이의 자유로운 영적 사랑을 가로막는 소음이요, 감옥으로 묘사되고 있는 것이다. 그리고 사회적 통념과 관습에 의해서 진정으로 사랑하는 사람과는 맺어지지 못하고 부모나 기타 기존의 관습에 의해 원치 않는 결혼을 해야 하는 상황이기에 세상은 더욱더 그들로 하여금 육체적인 사랑보다는 정신적인 사랑을 갈구하게 만든다. 결론적으로 저항의식이 팽배하던 시기의 영혼과 육체는 선과 악의 대립 개념이 연장된 것이다.

하지만 지브란의 저항의식이 모든 것은 하나라는 존재의 합일 개념으로 옮겨 가면서 육체와 영혼의 개념도 그 궤도를 달리하기 시작한다. 즉 선과 악에 이어 삶과 죽음이 그러했듯이 그에게 있어서 육체와 영혼은 이제 대립이나 배척의 관계가 아니라 서로 분리되어 인식될 수 없는 공존과 상호 보완의 개념으로 이해되며 궁극적으로는 인간 혹은 삶의 총체적 이해에 필수불가결한 요소로 다가온다. 여기에는 기쁨과 슬픔도 다 같이 긴밀하게 연결되어 있다. 지브란은 『현자의 목소리』에서 다음과 같이 말한다.

> 육신이 없다면 영혼은 바람처럼 공허할 뿐이다. 또한 영혼이 없는 육신은 껍데기뿐인 상자와도 같다.
>
> (『현자의 목소리』, p.712.)

지브란은 기존 사회의 가치체계에 대하여 강한 저항이식을 보이던 초기의 인식, 즉 육체를 영혼의 감옥으로 보며 적대적 관계로 인식하던 것과는 달리, 후기 작품인 이 글에서는 육체와 영혼이란 서로 분리되어 생각될 수 없는 관계로 인식하고 있다. 영혼이 없는 육신을 껍데기뿐인 상자라고 한 것은 육체란 영혼을 담는 그릇이며 영혼은 그 그릇의 내용물로서 두 개가 한곳에 함께 있을 때 온전하고 충만한 존재가 된다는 의미일 것이다.

이제 육체와 영혼의 관계를 나타내는 다른 글을 보자. 지브란은 『예언자』에 나오는 <쾌락에 관하여>에서 육체와 영혼의 관계를 선과 악, 기쁨과 슬픔 등 여타 대립적 요소들과 서로 연결 짓는다.

> 그대들은 스스로 쾌락을 거부하면서도 때때로 내부 깊은 곳에 욕망을 감춰 둔다.
> 누가 아는가, 겉으로 드러내지는 않지만 실은 내일을 기다리고 있는지?
> 그대들의 육체조차 제 소임과 당연한 요구를 알고 있으니, 결코 속일 생각은 하지 말라.

그대들의 육체는 영혼의 하프.

그로부터 달콤한 음악을 울리게 하거나, 또한 번잡스런 음악을 울리게 하는 것은 그대들의 몫이다. 이제 그대들은 가슴속으로 이렇게 묻고 있구나. "어떻게 저희가 어느 것이 선이며, 어느 것이 악인지를 쾌락 속에서 구별할 수 있습니까?"

그대들의 숲, 그대들의 정원으로 가 보라. 그러면 거기서 꽃으로부터 꿀을 모으는 벌의 쾌락을 알게 될 것이다.

벌에게 꿀을 바치는 것, 그것 또한 꽃의 쾌락임도 배우게 될 것이다.

무엇 때문에? 벌에게 꽃은 생명의 샘이므로.

또한 꽃에게 벌은 사랑의 전령이므로.

그리하여 벌과 꽃 모두에겐 쾌락의 주고받음이 필요한 동시에 황홀한 기쁨인 것을.

(『예언자』, p.318.)

지브란은 첫 문장에서 육체의 자연스러운 욕망을 감추고 있으면서 쾌락에 대하여 마치 초연한 듯한 자세를 취하는 인간의 이중성을 먼저 꼬집는다. 그런데 '영혼의 감옥'으로부터 '영혼의 하프'이자 '사원'[247)으로 인식된 육체는 이제 절대자가 자신의 목소리를 전하는 매개물, 즉 영혼을 담고 있는 그릇이다. 이것은 곧, 영혼은 절대자의 메시지가 전달되는 통로이기에 그 영혼의 목소리는 바로 절대자의 목소리이며[248) 그것에 귀를 기울이고 실천하는 것, 다시 말해 육체를 통해 그것을 표출하는 것('음악을 울리게 하는 것', 즉 행위)은 인간의 몫이라고 말한다. 하지만 아래의 <아기 예수>에서도 말하고 있듯이 '모든 욕망과 감정들이 깃들어 있는 인간의 영혼'[249)은 그 목소리의 진위를 이해할 능력이 없기에, 자연의 섭

---

247) 〈뛰어난 의사인 예수: 그리이스의 약사 필레몬〉, 『사람의 아들 예수』, p.470.

248) "인간의 마음보다 더 넓고 심오한 것은 없다. 인간의 마음은 그 자신의 존재를 세상에 드러내 보이는 역할을 한다. 그러므로 인간에게 들려오는 신의 음성은 바로 자신의 내면에서 울려나오는 영혼의 소리이다."〈옛날의 신과 새로운 신: 페르샤 철학자〉, 『사람의 아들 예수』, p.455).

리이자 인간의 자연스러운 욕구인 쾌락을 행함에 있어서 망설일 수밖에 없다. 즉 선악의 기준에 대하여 자신감이 없을 뿐만 아니라 올바른 가치판단의 기준을 세울 만한 능력조차 없는 인간은 벌과 꽃의 관계에서 볼 수 있는 자연스러운 쾌락에의 욕망도 마치 불결하고 악한 행위로 생각하며 위선적인 자세를 취한다는 것이다.[250] 불완전한 인간이기에 당연한 것일지 모르나 선악의 판단기준마저 세우지 못한 채 망설이며 불안해하는 인간에게 지브란은 자연의 섭리에서 배우라고 권한다.

> 그대들의 숲, 그대들의 정원으로 가 보라. 그러면 거기서 꽃으로부터 꿀을 모으는 벌의 쾌락을 알게 될 것이다.
> 벌에게 꿀을 바치는 것, 그것 또한 꽃의 쾌락임도 배우게 될 것이다.
> 무엇 때문에? 벌에게 꽃은 생명의 샘이므로.
> 또한 꽃에게 벌은 사랑의 전령이므로.
> 그리하여 벌과 꽃 모두에겐 쾌락의 주고받음이 필요한 동시에 황홀한 기쁨인 것을.

꿀을 먹고 사는 벌에게 꽃은 곧 생명의 샘이요, 또 꽃에게 벌은 암수의 교배를 중개함으로써 열매를 맺게 해 주는 소중한 존재이다. 그렇기에 꽃은 자신의 소중한 것이자 벌에게는 생명과도 같은

---

249) 『눈물과 미소』, p.146. 여기서는 인간의 내면에 있는 '미숙한 난쟁이'를 언급하고 있다.
250) 그리하여 지브란은 그 문제의 해결방안으로서 예수를 모델로 삼아 그를 따를 것을 권한다. 그 이유는 다음과 같다. "그(예수 - 연구자 주)는 누구도 근접할 수 없었던 영혼의 사원으로 들어섰다. 그 사원이란 곧 인간의 몸이다. 즉 그(예수 - 연구자 주)는 우리의 생명을 시들게 하는 나쁜 영혼과 긍정적이고 밝은 것만을 생산해 내는 좋은 영혼을 구별할 수 있는 능력을 지닌 것이다."(《뛰어난 의사인 예수: 그리이스의 약사 필레몬》, 『사람의 아들 예수』, p.470). 게다가, 선과 악의 개념에서도 분석하였지만, 지브란에게 예수는 인간으로서 인간의 한계를 초월한 존재이자, 이상적인 인간상을 매개하는 중개자이기 때문이다. 그리고 앞서 꽃과 꿀벌의 관계를 통해 기쁨과 슬픔도, 선과 악, 삶과 죽음 그리고 육체와 영혼이 긴밀하게 연결되어 있듯이, 기쁨과 슬픔 역시 서로 분리될 수 없을 뿐만 아니라 앞의 요소들과도 분리하여 생각될 수 없다고 본다.

귀중한 꿀을 줌으로써 크나큰 즐거움을 가질 수 있는 것이며 벌은 꽃으로부터 생명과도 같은 소중한 꿀을 받음으로써 무한히 큰 행복과 즐거움을 맛볼 수 있다. 그리고 그러한 쾌락의 주고받음은 서로에게 없어서는 안 되는 필수적인 것이며 황홀한 기쁨인 것이다. 즉 서로가 서로의 존재 의미를 보완해 주고 완성해 주는 관계라는 것이다. 따라서 두 존재의 만남은 생명을 잉태케 하는 황홀한 기쁨으로 표현된 것이다.

그런데 여기서 지브란에게 슬픔은 무엇일까라는 의문이 생긴다. 위의 인용문에서 지브란은 오로지 기쁨만을 말했지만 사실은 그 속에서 이미 그렇지 않다고 말하고 있다. 왜냐하면 꽃과 벌의 만남이 황홀한 기쁨을 주는 것이라면 그 만남의 반대인 이별은 그만큼 큰 아픔과 고통을 남길 것이기 때문이다. 저항의식 편에서 살펴보았던 『눈물과 미소』의 내용을 다시 보자.

> 바닷물은 수증기가 되어 하늘로 올라가 구름이 되지.
> 언덕과 계곡 위를 헤매 다니던 구름은 부드러운 바람을 만나 눈물을 흘리며 들판 위로 떨어지지. 그리하여 시냇물과 만나고 고향 바다로 돌아가는 강물과 합류한다네.
> 작별과 만남. 그리고 눈물과 미소로 이루어진 구름의 생애.
> 그렇듯이, 하나의 위대한 영혼으로부터 분리되어 나온 영혼은 슬픔의 산과 기쁨의 평원 위를 구름처럼 떠돌아다니다가 죽음의 바람과 만나 영원한 본향으로 돌아간다네.
> 사랑과 아름다움의 대양. 신에게로.
>
> (『눈물과 미소』, p.110.)

지브란은 이 글에서 인간의 삶에 대하여, 순환하는 자연의 섭리와 비유하면서 이별과 만남, 눈물과 미소를 동시에 언급하고 있다.

즉 바닷물→수증기→구름→비→시냇물→강물→바닷물로 순환되는 구조를 통해 끝없는 이별과 만남 그리고 슬픔과 기쁨을 노래하며 인간의 삶을 얘기하고 있다. "그렇듯이, 하나의 위대한 영혼으로부터 분리되어 나온 영혼은 슬픔의 산과 기쁨의 평원 위를 구름처럼 떠돌아다니다가 죽음의 바람과 만나 영원한 본향으로 돌아간다네. 사랑과 아름다움의 대양, 신에게로." 즉 자연의 순환에서 볼 수 있듯이 인간도 절대자('하나의 위대한 영혼')에 의해 창조되어('분리되어') 세상('슬픔의 산과 기쁨의 평원 위')에 일시적으로 머물다가('구름처럼 떠돌아다니다가') 죽어서 다시 절대자('본향')에게로 돌아간다고 한 것이다. 인간은 슬픔과 기쁨으로 이루어진 이 세상에서 일시적으로 머물다 가는 구름 같은 존재이며 그 구름도, 앞의 문장에서 보았듯이, 이별과 만남, 눈물과 미소로 이루어진 것이라는 말이다. 즉 우리의 삶은 바로 슬픔과 기쁨이 동시에 존재하면서 끊임없는 반복을 하는 곳으로서 이 대립적 존재가 인간의 삶의 본질을 구성하는 요소라는 것이다.

여기서 한 가지 눈여겨볼 부분이 있다. 즉 그가 '이별'을 먼저 말하고 '만남'을 나중에 말하고 있다는 점이다. 지브란의 모국어인 아랍어와 외국어인 영어의 경우 만남 다음에 작별이라는 순서로 말해짐에도 불구하고 그가 굳이 작별 뒤에 만남이라는 표현을 쓴 것 그리고 그것에 대응되는 요소로서 눈물을 먼저 얘기하고 그다음에 미소를 언급한 것은 후에 나오는 인간과의 대비, 즉 '하나의 위대한 영혼으로부터 분리되어 나온 영혼'(작별)이 죽어서 '본향으로 돌아간다'(만남)라는 구조와 일치한다. 이 순차적 구조를 보았을 때 그는 절대자로부터 인간이 분리된 것을 슬픔으로 보았고 그 본

원인 절대자의 품으로 돌아가는 것을 기쁨으로 보는, 신비주의와 제도종교들의 궁극적 목적인 절대자와의 합일이라는, 보다 큰 범주에서 슬픔과 기쁨을 노래하고 있는 것이다.

또한 지브란의 대표작 『예언자』에서 주인공 알무스타파가 올펄레즈에서 12년째 되던 해에 결국 떠나온 고향으로 되돌아가는 것으로 끝을 맺는 구조 역시 앞서 살펴본 이별과 만남 / 슬픔과 기쁨의 의미론적 대항구조를 지원하고 있음을 알 수 있다.

어쨌든 기쁨과 슬픔의 개념은 지브란에게 자연의 섭리임과 동시에 인간의 조건에서 기원된 것이기에 자연과 인간의 본질을 총체적으로 이해하는 방식이라고 해야 할 것이다. 그런 맥락에서 지브란은 『예언자』의 <기쁨, 그리고 슬픔에 관하여>에서 다음과 같이 말한다.

기쁨과 슬픔은 서로 등을 맞대고 있는 형제 같은 것이다. 그러므로 그대들의 기쁨이란 것도 사실은 가면을 벗은 그대들의 슬픔임을 알다 한다.
조금 전만 해도 웃음이 떠오르던 바로 그 샘이 금방 그대들의 눈물로 채워지지 않는가? 이처럼 기쁨과 슬픔은 그 근원이 같아 결코 어느 하나만 가려 지닐 수 없는 것이다.
그대들은 슬픔이나 눈물을 두려워하지 말라. 그대들의 영혼이 슬픔에 잠기면 잠길수록 기쁨 또한 더욱 커지리라.
(……)
어떤 사람들은 '기쁨이 슬픔보다 위대한 것이다.'라고 말한다. 반대로 어떤 사람들은 '슬픔이야말로 정말 위대하다.'라고 반박한다.
그러나 내 그대들에게 말하거니와 기쁨과 슬픔, 그 둘은 결코 떨어지지 않는다. 이들은 언제나 함께 다닌다. 만일 어느 하나가 홀로 그대들의 식탁 앞에 앉아 있다면, 기억하라. 다른 하나는 그대들의 침대 위에 잠들어 있을 것이다.
(〈기쁨, 그리고 슬픔에 관하여〉, pp.275~276.)

'기쁨과 슬픔은 서로 등을 맞대고 있는 형제', '이들은 언제나 함께 다닌다' 등에서 엿볼 수 있듯이, 결국 선과 악, 삶과 죽음, 육체와 영혼 그리고 기쁨과 슬픔 역시 서로에게서 분리될 수 없는 하나의 요소로서 인간과 인간의 삶을 구성하는 필수요소이자 상호 보완적 존재임을 다시 확인시켜 주고 있다.

그런데 그 대립적인 요소들이 궁극적으로 하나라면 그것들을 하나가 되게 엮어 주는 것은 무엇인가? 이에 대한 해답은 앞의 전제를 거꾸로 생각하면 찾을 수 있을 것이다. 우선 상반된 대립적 요소들이 서로 분리되어 존재한다면 인간과 그의 삶 그리고 그를 둘러싼 세계는 어떻게 될 것인가? 저항의식에서도 이미 살펴보았지만 지브란은 이 요소들이 대립적인 구도를 취할 때 인간과 그 사회의 모든 불화와 분쟁이 시작된다고 보았었다. 이것은 그가 자연의 섭리에 대한 통찰을 통해 저항의식을 순화하면서 얻었던 교훈이었다. 따라서 이 대립적 요소들이 근원으로 돌아가는 것, 마치 '하나의 거대한 영혼'인 절대자로부터 인간이 분리되면서 슬픔이 존재하였고 그 절대자로 돌아감으로써 기쁨을 얻듯이, 지상에서 서로 하나가 되어 천상의 절대자와 하나 됨을 이루는 것이 그 해답임을 암시하고 있다. 마치 '미숙한 자아'가 '신적인 자아'를 추구하듯이, 인성을 벗고 신성으로 돌아가듯이, 하나였던 그 큰 근원으로 되돌아가는 것이 해답일 것이며 그것을 가능하게 하는 것은 바로 사랑이라고 지브란은 말하고 있다. 이 부분은 사랑 편에서 구체적으로 살펴볼 것이다.

## 2.3.2. 코엘류: 신의 현시로서의 육체

이미 코엘류에게서 살펴본, 선과 악, 삶과 죽음의 합일 개념은, 육체와 영혼, 기쁨과 슬픔(고통) 등 서로 상반되는 다른 요소들의 개념으로도 확대 적용된다.

코엘류에게 인간의 육체와 영혼의 관계는, 꽃과 벌의 관계라는 간접적이고 은유적인 방식을 취한 지브란과는 달리, 육체적·정신적 사랑의 강한 연대의식 속에 직설적인 방식으로 표출되고 있다. 물론 공히 인간과 절대자의 관계 문제를 그 저변에 깔고 있다.

먼저 선과 악의 개념과 삶과 죽음의 개념에서 보았듯이 코엘류에게는 육체와 영혼도 서로 분리되어 생각될 수 없는 하나의 합일체이다. 후에 보겠지만 그에게도 육체는 영혼을 담은 그릇이다. 마치 지브란의 주장을 보는 듯하다. 그러나 코엘류는 한 걸음 더 나아가 인간의 육체란, 눈에 보이는 가시적인 세계에서, 바로 그 영혼이 구체화된 모습이자 절대자의 모습이 현시된 것이라고 주장한다.

> "나는 자유롭다. 나는 나의 육체에 대하여 자긍심을 가지고 있다. 왜냐하면 육체는 가시적인 현상 세계에서의 신의 현시(manifestação)이기 때문이다."251)
> (『브리다』, p.256.)

그런데 육체가 가시적인 세계에서 신의 모습이 분명하게 드러난 것이라고 말하는 근거는 무엇일까? 비카의 지도하에 다른 여성들과 더불어 마법에의 입문 의식을 치르던 브리다의 생각을 통해 작가는 다음과 같이 말한다.

---

251) 원문 보기: "Sou livre. Tenho orgulho do meu corpo, porque ele é a manifestação de Deus no mundo visível."

그녀는 혼자가 아니었다. 왜냐하면 그 파티(입문의식 ─ 연구자 주)는 자신과의 재회이자 많은 생을 거쳐 (자신 속에 ─ 연구자 주) 품었던 전승(Tradição)과의 재회였기 때문이다. 그녀는 바로 자기 자신에 대하여 깊은 존경심을 느꼈다.

그녀는 다시 어느 육체 속에 있었다. 그 육체는 적대적인 세상에서 살아남기 위해 수백만 년 동안 투쟁했던 아름다운 육체였다. 그 육체는 바다에서 살았고 육지로 몸을 끌고 올라와 나무에 올랐으며 네 발로 걸었었다. 그리고 이제 자랑스럽게 두 발로 땅을 밟은 것이다. 그토록 오랜 세월 동안 투쟁해 온 것에 대하여 그 육체는 존경을 받을 자격이 있었다. 아름다운 육체도, 추한 육체도 존재하지 않았다. 왜냐하면 모든 육체는 똑같은 길을 걸어왔으며 또 모든 육체는 자신에게 머물렀던 영혼의 가시적인 부분이었기 때문이다.

그녀는 블라우스를 벗었다.

브래지어를 입지 않은 상태였다. 하지만 그것은 아무런 문제가 되질 않았다. 그녀는 자신의 육체에 대하여 긍지를 가지고 있었다. 그렇기에 어느 누구도 그것 때문에 그녀를 뭐라고 할 수 없었다. 설사 70세가 된다 할지라도 영혼이 바로 그 육체를 통해 자신의 작품을 만들기에 그녀는 자신의 육체에 대하여 긍지를 가질 것이다.[252]

(앞의 책, pp.256~257.)

인용문에서 보듯이, 그가 인간의 육체란 가시적인 세계에서 신의 현시라고 말한 것은 인간의 육체가 영겁의 세월을 거치면서 적대적인 자연환경에서 생존을 위해 몸부림쳐 온 인간의 역사적 증언

---

252) 원문 보기: Não estava só, porque aquela festa era um reencontro, um reencontro consigo e com a Tradição que carregara por muitas vidas. Sentiu um profundo respeito por si mesma.

Estava de novo em um corpo, e era um belo corpo, que lutou por milhões de anos para sobreviver num mundo hostil. Habitou o mar, rastejou para a terra, subiu em árvores, caminhou com os quatro membros, e agora pisava, orgulhosamente, com os dois pés na terra. Aquele corpo merecia respeito por sua luta durante tanto tempo. Não existiam corpos belos ou corpos feios, porque todos tinham feito o mesmo percurso, todos eram a parte visível da alma que os habitava.

Tirou a blusa.

Estava sem sutiã, mas isto não fazia a menor diferença. Tinha orgulho de seu corpo, e ninguém podia reprová-la por causa disto; mesmo que tivesse setenta anos, continuaria tendo orgulho de seu corpo, já que era através dele que a alma podia fazer suas obras.

이자 증인이요, 자연과 우주의 일부로서 무엇보다도 절대자가 진흙으로 자신의 모습을 모방하여 만든 뒤 입김을 불어 넣음으로써 창조해 놓은 피조물이기 때문이다. 그렇기에 인간의 육체는 절대자의 일부이자 창조 이래 모든 역사의 흔적과 비밀을 안고 있는 존재이다. 또 윤회사상까지 엿볼 수 있는 이 인용문에서 코엘류는 한 인간의 육체가 안고 있는 역사란 모든 육체의 역사이며 나의 육체 속에 절대자의 모습과 창조의 비밀을 엿볼 수 있다고 말하고 있다. 이것은, 코엘류 자신이 선호한다는 영국의 낭만주의 시인인 윌리엄 블레이크가, 한 알의 모래에서 우주를 볼 수 있다고 한 말을 연상케 하며[253] 앞서 본 지브란의 다음과 같은 표현에서도 발견된다.

> 한 원자 속에서 땅의 모든 요소가 발견돼요. 한 가지 정신 활동 속에서 존재의 모든 운행 법칙이 발견됩니다. 물 한 방울 속에서 끝없는 바다의 비밀이 발견돼요. 당신의 한 가지 모습에서 존재의 모든 모습이 발견되는 거예요.[254]

그런데 영혼과 더불어 육체는 절대자로부터 사랑이라는 선물과

---

253) 또한 코엘류는 『연금술사』에서 연금술사의 말을 빌려 한 개의 모래알 속에 창조의 비밀이 있다고 말한다. "그저 단순한 모래 한 알만 깊게 생각해 봐도 되지. 그러면 그 속에서 창조의 모든 경이로움을 보게 될 테니까." 원문 보기: "(……)basta contemplar um simples grão de areia, e verá nele todas as maravilhas da Criação."(『연금술사』, p.175). 이것은 보르헤스의 단편 「알렙」에 나오는 직경 2~3㎝의 둥근 구체 알렙의 개념과도 상통한다. "〈알렙〉의 직경은 2 또는 3센티미터에 달할 듯싶었다. 그럼에도 불구하고 전혀 크기의 축소 없이 우주의 공간이 그 안에 들어 있었다. 하나의 사물(예를 들어, 거울에 비친 달)은 무한히 많은 사물들이었다. 왜냐하면 나는 아주 또렷하게 우주의 모든 지점들로부터 그것을 볼 수 있었기 때문이었다. 나는 으르렁거리는 바다를 보았고, 나는 새벽과 저녁을 보았고, 나는 아메리카 대륙의 군중들을 보았고……."(『알렙』(황병하 역), 민음사, 1996, p.230). 따라서 코엘류가 자신이 좋아하는 작가들 가운데 윌리엄 블레이크와 보르헤스를 지명하고 있는 것도 일정 부분 연관이 있어 보인다. 즉 윌리엄 블레이크(1757~1827) → 지브란(1883~1931) → 코엘류(1947~ )의 영향 관계가 드러나는 대목이기도 하다. 보르헤스(1899~1986)의 경우 본 연구와 직접적인 관련이 없고 또 좀 더 많은 연구가 필요하기에 동 영향 관계에서 논하지 아니한다.

254) 수헤일 부쉬루이·조 젠킨스, pp.318~319.에서 재인용.

천부적 재능을 부여받고 태어났음에도 불구하고 – 절대자가 인간을 돕기 위해 인간에게 부여한 것임에도 불구하고 – 수많은 영겁과 윤회의 세월을 지나는 과정에서 또는 생존을 위해 힘겨운 삶을 이어가는 과정에서, 그 선물을 잊고 있었다. 절대자의 선물인 그 사랑은 바로 육체와 영혼이 하나가 되게 해 주었던 것(o amor em que corpo e alma eram a mesma coisa)(『11분』, p.245)이었다. 따라서 그 사랑을 일깨우는 것이 궁극적으로 육체와 영혼을 하나가 되게 하는 지름길이요, 곧 신과 하나였던 태초의 시대로 돌아가 그와 하나 됨을 맛볼 수 있는 지름길이기도 하다.

그렇다면 잃어버린 선물, 사랑을 맛보고 되찾는 방법은 무엇인가? 코엘류는 인간에게 있어서 그 사랑을 일깨우는 방법 가운데 하나가 바로 남녀의 성관계(sex)에 있다고 말한다.

> 모두가 사랑할 줄 안다. 왜냐하면 그들은 이미 그 천부적 재능을 갖고 태어났기 때문이다. 몇몇은 그 재능을 자연스럽게 잘 실천하고 있지만 대다수는 어떻게 서로를 사랑하는 것인지 다시 배우고 기억해 내야 한다. 그리고 예외 없이 모두들, 매번 새로운 만남들 뒤에 존재하는 연결 끈 – 그 끈은 분명히 존재한다 – 을 눈으로 확인할 수 있을 때까지, 몇몇 즐거웠던 일들과 고통스러웠던 일들, 실패와 재기를 한편으로는 멋진 추억으로 잊으면서 다른 한편으로는 다시 그것들을 반복하며 살아야 한다.
> 그렇게 되면 육체는 영혼의 언어(linguagem)로 말하는 법을 배우게 되며 그것이 바로 섹스이다.[255]
>
> (『11분』, p.136.)

---

255) 원문 보기: *Todos sabem amar, pois já nasceram com este dom. Algumas pessoas já o praticam naturalmente bem, mas a maioria tem que aprender de novo, relembrar como se ama, e todos – sem exceção – precisam queimar na fogueira de suas emoções passadas, reviver algumas alegrias e dores, quedas e recuperação, até conseguir enxergar o fio condutor que existe por trás de cada novo encontro; sim, existe um fio.*
*E então, os corpos aprendem a falar a linguagem da alma, isso se chama sexo (……).*

성관계를 통해 육체와 정신이 하나가 되는 것은 곧 자신을 잊고 모든 것을 상대방에게 몰입하는 것을 의미한다. 그러기에 진정한 성관계에서 느끼는 무아지경(無我之境)의 희열은, 신비주의에서 말하는 절대자와의 합일 때 경험한다는, 황홀경과 다를 바 없다. 즉 진정한 육체적 사랑은, 구도자가 맛보는 신과의 합일, 다시 말해 종교적 합일과 같은 것이다.

> "(……) 성관계 시에는 단지 사랑과, 이미 가동되기 시작한 (육체의 — 연구자 주) 오감(五感)을 가져가라. 단지 그래야만 너는 신과의 합일을 맛볼 수 있을 거야."256)
>
> (『브리다』, p.168.)

육체적인 성관계에서 느끼는 남녀의 일체감은 신과 인간이 하나가 되는 지고의 황홀경임에 다름 아니기에 그것은 흔히들 터부시하는 추한 것이거나 죄의식과는 아무 상관이 없을 뿐만 아니라, 오히려 신이 인간에게 내려 준 하나의 선물이자 축복이라는 것이다.

『11분』에서 나타나 있듯이 성(性, sexuality)적인 것과 영(靈, spirituality)적인 것을 보다 건전한 차원으로 이끄는 것이 어떻게 가능한가라는 Beliefnet.com 기자의 질문에 코엘류는 다음과 같이 말한다.

> "음…… 성관계가 신의 육체적인 현시라는 것을 받아들이고 그 성관계가 죄가 아니라 하나의 축복임을 인정하면 가능합니다. 그리고 제가 진정으로 병적이라고 생각하는 두 가지 — 납치와 아동학대 — 를 제외하고 여러분은 자유로이

---

256) 원문 보기: "(……) No sexo, leve para a cama apenas o amor e os cinco sentidos já funcionando. Só assim você experimentará a comunhão com Deus."

창조적일 수 있다는 것을 이해한다면 말입니다. 그것은 여러분에게 달려 있습니다. 그것을 여러분이 어떻게 하느냐라는 것입니다.

섹스는 언제나 터부들로 둘러싸여 있었습니다. 그래서 저는 그것을 반드시 악의 현시라고는 보지 않습니다. 저는 성(性)이란 그 무엇보다도 절대자가 우리로 하여금 이 지구상에 존재하며 그 사랑의 에너지를 육체적인 차원에서 즐기도록 선택해 놓은 방식이라고 생각합니다.[257]

이어 기자가 그렇다면 성(性)에 대한 건전한 이해를 함으로써 절대자가 이 세상에 스스로의 모습을 드러내는 데 당신이 돕고 있다는 말인가라는 질문에 다음과 같이 대답한다.

"지당한 말입니다. 단지 건전한 이해뿐만 아니라 그것을 실천해 보임으로써 그렇습니다."[258]


이 인터뷰를 통해 볼 때 코엘류에게 있어서 성관계란 절대자가 인간에게 내린 축복이요, 절대자와의 합일에서 느낄 수 있는 황홀함을 세속적 차원에서 인간이 즐길 수 있도록 해 준 배려이자 방식이다. 거꾸로 말하면 인간은 육체적인 관계를 통해 절대자와의 합일에서 오는 기쁨과 그 의미를 일시적이나마 맛볼 수 있다는 것이다. 자신을 방문한 브리다에게 비카는 마법의 입문 의식을 치르기 위해서는 먼저 성(sex)의 힘을 제대로 이해하는 것이 필요하다며 다음과 같이 말한다.

---

257) http://www.beliefnet.com/story/143/story_14362_1.html(검색일은 2007년 10월). 원문 보기: "Well, by accepting that sex is a physical manifestation of God, and that is not a sin — it is a blessing. And then by understanding that except for two things that I consider to be really sick — rape and pedophilia — you are free to be creative. It's up to you, how you do this.
Sex was always surrounded by taboos, and I don't see it necessarily as a manifestation of evil. I think that sexuality is first and foremost the way that God chooses for us to be here on earth, to enjoy this energy of love in the physical plane."

258) 앞의 링크. 원문 보기: "So with a healthy understanding of sexuality you're helping God manifest himself in the world?
Absolutely. Not only understanding, but practicing."

"십자가는 같아. 하지만 그것의 의미는 바뀌었지. 그와 마찬가지로 사람들이 신에게 가까이 있었을 때 섹스는 신성한 그 존재와의 합일을 의미했어. 섹스는 삶의 의미와의 재회였던 거지."

(……)

—왜냐하면 섹스를 잘 이해하는 사람은 통제를 잃을 때만이 모든 강렬함 속에서 일어나는 무언가와 마주하고 있다는 걸 알게 돼. 우리가 누군가와 침대에 함께 있을 때 그것은 그 사람으로 하여금 우리의 육체뿐만 아니라 우리의 모든 인성(personality)과 합일토록 허락하는 것이야. 그것은 생명의 순수한 힘이지. 우리의 의지와는 별도로 서로 의사소통을 하는 힘이야. 그래서 우리는 우리가 정말로 누구인가를 감출 수 없게 돼.

"우리 자신이 우리에 대하여 가지고 있는 이미지는 중요치 않아. 위선이나 이미 준비된 답변들 그리고 명예롭게 끝내고 빠져나오는 것 따위는 중요치 않지. 섹스에서는 상대방을 속이기가 어려워. 왜냐하면 섹스에서는 각자가 진정한 자신의 모습을 드러내니까."[259]

(『브리다』. pp.154~155.)

이 인용문을 통해 볼 때 코엘류가 성관계를 신의 육체적인 현시로 보는 근거란 육체가 진정한 자아의 모습, 즉 신성의 영혼을 담고 있으며 그 영혼은 가식을 벗은 육체적 성관계를 통해 본 모습을 드러내기 때문이라는 것이다. 따라서 "사람들이 신에게 가까이 있었을 때 성관계는 신성한 그 존재와의 합일을 의미"했던 것처럼

---

259) 원문 보기: "A cruz é a mesma, mas seu significado mudou. Da mesma maneira, quando os homens estavam próximos a Deus, o sexo era a comunhão com a unidade divina. O sexo era o reencontro com o sentido da vida."

(……)

—Porque quem lida com o sexo sabe que está diante de algo que só acontece em toda a sua intensidade quando se perde o controle. Quando estamos na cama com alguém estamos dando permissão para que esta pessoa comungue não apenas com o nosso corpo, mas com toda a nossa personalidade. São as forças puras da vida que se comunicam, independente de nós—e, então, não podemos esconder quem somos.

"Não importa a imagem que tenhamos de nós mesmos. Não importam os disfarces, as respostas prontas, as saídas honrosas. No sexo, fica difícil enganar o outro—porque ali cada um se mostra como realmente é."

인간은 성관계를 통해 자신의 영혼에 내재해 있던 신성의 완연한 발현을 보게 되며 보다 절대자에게 가까이 있음을 느낄 수 있다는 것이다. 그래서 자신이 사랑하는 반쪽이란 것이 무엇을 의미하는지를 집요하게 묻는 브리다에게 비카는 다음과 같이 대답했었다.

> "천사의 후손들이자 신과의 만남을 위해 고독이 필요한 몇몇 소수의 피조물을 제외하면 나머지 모든 인류는 생의 어느 순간, 어느 찰나에 자신의 다른 반쪽과 합일을 이룰 경우에만 신과의 합일을 성취할 수 있을 것이다."260)
>
> (앞의 책, p.69.)

이제, 숭고한 정신적 차원에서 이룰 수 있는 절대자와의 합일을 맛보게 하는, 그 희열은 과거 종교인들의 육체적 고행과도 연관되면서 죄와 구원의 개념으로 이어진다. 『11분』에서 특별손님으로 지칭되는 변태성욕자 테렌스(Terence)는 자기와 함께 호텔에 들어선 여주인공 마리아(Maria)에게 페스트(Pest) 발생을 전후하여 유럽에서 일부 종교인들(『브리다』에서 말한 '소수의 피조물들')이 자신의 몸을 학대하던 것을 다음과 같이 설명한다.

> "그래서 일련의 사람들은 인류를 대신하여 자신을 희생하기로 마음먹었지. 그들은 자신들이 가장 두려워하던 것을 바쳤어. 바로 육체적 고통이지. 그들은 채찍이나 체인으로 자신의 몸을 채찍질하면서 (호텔 창 밖으로 보이는 다리와 길을 가리키며 ─ 연구자 주) 이 다리들과 길들을 밤낮으로 걷기 시작했어. 그들은 하느님의 이름으로 고통을 겪었지. 고통으로 하느님을 경배한 거야. 얼마 지나지 않아 그들은 빵을 요리하는 것보다, 농사일을 하는 것보다, 동물들에게 먹이를 주는 일보다 그렇게 하는 것이 더 행복하다는 것을 발견하게 되었어.

---

260) 원문 보기: "Com exceção de algumas poucas criaturas que descendem dos anjos ─ e que precisam da solidão para o seu encontro com Deus ─ o resto da humanidade só conseguirá a União com Deus se, em algum momento, em algum instante de sua vida, conseguiu comungar com a sua Outra Parte."

고통은 이제 더 이상 고통이 아니라 인류를 그들의 죄로부터 구원한다는 기쁨
이 되었던 거지. 고통은 기쁨으로, 삶의 의미로, 희열로 변한 거야."261)

(『11분』, p.141.)

그 뒤 마리아는 처음으로 수차례의 오르가즘을 느끼며 희열과
고통이 하나가 되는 순간을 체험한다. 그때의 희열은, 사랑이 없이
는 어떠한 육체적 관계도 의미가 없다던 그녀의 기존 관념을 뒤흔
들어 놓지만 결국 허탈감을 이기지 못한다. 물론 테렌스와의 관계
가 사랑이 없는 금전거래에 의한 것이었기 때문이기도 하지만, 궁
극적으로 그것은 변태성욕자 테렌스의 거친 사디즘(sadism, 지배하
려는 욕망)과 마리아의 잠재적 마조히즘(mascchism 지배받으려는
욕망)이 어우러진, 욕망의 충족을 위한 지배와 소유의 성관계였을
뿐, 육체와 영혼이 하나가 되지 못한 관계에서 오는 허탈감이었다.

그리하여 마리아는 마침내 화가인 랄프(Ralf)와의 사랑이 진실함
을 깨닫고 그와의 재회를 갈구한다. 이 과정을 거치면서 마리아는
진정한 사랑이란 테렌스와의 변태적 성관계에서 체험한 지배와 종
속 그리고 거기에서 오는 쾌락의 사랑이 아닌, 소유하지 않는 사
랑임을 깨닫게 된다. 소유하지 않는 사랑의 의미는, 지브란이 서로

---

261) 원문 보기: "Então, um grupo de pessoas resolveu sacrificar－se pela humanidade.
Ofereceram aquilo que mais temiam: a dor física. Passaram a caminhar dia e
noite por estas pontes, estas ruas, açoitando o próprio corpo com chicotes ou
correntes. Sofriam em nome de Deus, e louvavam a Deus com sua dor. Em
pouco tempo, descobriram que eram mais felizes fazendo isso do que
cozinhando o pão, trabalhando na lavoura, alimentando os animais. A dor já
não era mais o sofrimento, mas o prazer de resgatar a humanidade dos seus
pecados. A dor se transforma em alegria, no sentido da vida, no prazer." 인용
문에서도 보듯이 일부 종교인들의 자학행위 역시 사디즘이나 마조히즘의 관점에서 볼 수
도 있겠지만 본 연구의 주제와 관련하여 그들의 고행과 고통 그리고 기쁨과 희열이 궁극
적으로 하나라는 것을 보여 주는 한 예로 이해하고자 한다.

떨어져 있는 사원의 기둥에 비유한 것처럼, 상대의 자유의지를 존중하는 것이자 상대를 나의 부속물로서가 아닌 완전한 개별적 존재로 수용함으로써 서로가 보다 완전한 상호 보완적 존재로 승화하는 길임을 의미한다. 그것을 가능하게 하는 것은 다음 장에서 볼 사랑이다.

## 2.4. 인간과 절대자

　주체와 객체, 자아와 타자, 인간과 절대자. 이것은 인류의 존재 이후 끊이질 않았던 질문이다. 이 의문은 인류에게 자기 존재에 대한 의문과 불확신 그리고 고통을 안겨 주면서 종교를 갖게 한 원인 중 하나로 작용하기도 하였다. 그런데 역설적으로 이 의문에 대한 해답을 찾는 노력과 과정에서 인류는 성장해 왔다고 볼 수 있다. 특히 '나' 자신과 '나'를 둘러싸고 있는 세계에 대하여 때로는 외면하면서 또 때로는 치열하게 반응하면서 그것을 예술이라는 매개물을 통해 사고(思考)하고 표출하는 작가들에게는, 동서고금을 막론하고 외면할 수 없는 물음이자 의문이었다.

　동양의 레바논 태생으로 미국에서 활동한 지브란이나 남미 브라질의 태생으로서 주로 유럽에서 활동하고 있는 코엘류에게 있어서도 예외는 아니었다. 개인적인 주변상황과의 관계는 차치하더라도, 특히 자신의 능력과 힘으로는 어쩔 수 없이 세기말 현상과 1차세계대전 등 격동의 세월을 겪어야만 했던 지브란과, 히피즘이라는 거대한 물결에 휩쓸렸던 코엘류는, '나'를 둘러싼 채 '나'의 존재

의미를 결정짓고 있는 세계(혹은 절대자)란 두엇인가라는 의문에 깊이 빠져들 수밖에 없었고 그 의문은 바로 나는 누구인가라는 존재론적 물음으로 다시 귀결될 수밖에 없었다.

이러한 모습을 우리는 이미 두 작가에게서 공히 발견한 바 있다. 즉 선과 악, 삶과 죽음, 육체와 영혼, 기쁨과 슬픔 모두 그 저변에는 사실상 인간과 절대자 사이의 관계 문제가 깔려 있었다. 보다 구체적으로 말하자면 인간이 겪는 고통의 시작을 절대자로부터의 분리에서 보고 그 고통의 끝을 절대자에게로의 회귀에서 찾았던 지브란에게서나, 이브에게 금단의 열매를 따 먹게 한 것이 우주를 정체시키지 않고 움직이게 하기 위한 절대자의 거대한 계획에 따라 사전에 준비된 것이라고 믿는 코엘류에게서 우리는 이미 '나'와 '절대자'에 대한 관계가 그들 문학의 큰 동인이었음을 엿볼 수 있었다.

그런데 인간과 절대자의 그 관계에 대한 지속적인 물음 속에는 곧 인간의 구원 문제가 자리하고 있다. 그리고 두 작가가 찾아낸 그 구원의 해답은 결론적으로 말해 사랑이었다. 따라서 본 장에서는 두 작가의 이러한 사랑관이 무엇이며 그것은 어떤 과정을 거쳐 형성된 것인지 또 이것이 인간과 절대자의 관계 및 인간의 구원 문제와는 어떻게 연결되어 있는지를 살펴볼 것이다. 왜냐하면 지브란과 코엘류에게 인간과 절대자의 관계는 사랑의 관계로 이해되며 절대자 자체도 사랑으로 인식되기 때문이다.

## 2.4.1. 지브란: 사랑과 구원

지브란은 그의 초기작 가운데 하나인 『모래·물거품』에서 이미 다음과 같이 말한 바 있다.

> 단 한 번 침묵하지 않을 수 없던 적이 있습니다.
> 누군가 내게 이런 질문을 던진 때입니다.
> "너는 누구인가?"262)

이러한 존재론적 물음은, 앞 페이지에서 언급하였듯이, 이미 그의 작품 전체에 폭넓게 깔려 있었다. 선과 악의 개념에서도 그러했으며 삶과 죽음, 육체와 영혼, 기쁨과 슬픔의 개념에서도 그러했다. 그리고 그 물음은 예외 없이 절대자와 연결되어 있었으며 또 그 저변에는 자아의 구원 문제가 자리하고 있었다. 그리고 마지막으로 도달한 곳은 바로 사랑이었다.

이처럼 지브란에게 구원과 자기 존재의 의미를 일깨워 준 사랑은 어쩌면, 기독교라는 자신의 가정환경과 고독한 삶 속에서 언제나 자연에 대하여 가졌던 남다른 관심이, 젊은 시절 깊은 저항단계를 거치면서 자연스럽게 도달한 귀결일 것이다. 그 귀결은 곧 '모든 것은 하나'라는 신비주의의 속성으로 요약되며 그 개념을 중심으로 선과 악, 삶과 죽음, 육체와 영혼, 기쁨과 슬픔 등은 서로 긴밀히 연결되어 있었다. 물론 그 한가운데에는 이 요소들 사이에서 매개 역할을 함과 동시에 궁극적인 목적으로서의 사랑이라는 개념이 자리하고 있다. 게다가 자신의 대표작으로 꼽히는 『예언자』

---

262) 『모래·물거품』(정은하 옮김), 진선출판사, 2004, p.10.

의 26가지 주제 가운데 제일 첫 주제로 장식할 만큼, 사랑은 그의 삶과 작품세계를 이해하는 데 필수적인 요소이다. 그런데 그의 사랑관은 저항의식이 팽배하던 때를 전후하여 약간의 변화를 보이고 있다.

지브란은 저항의식이 고조되어 있던 시기의 작품 『부러진 날개』[263]에서 주인공 '나'의 입을 통해 다음과 같이 말한 바 있다.

> 오직 사랑만이 이 세상에서 유일한 자유의 길이다. 그것은 우리들 영혼을 고양시켜 마침내 인간의 법률이나 자연의 현상조차도 그 진르를 바꾸게 하지 못하기 때문이다.
>
> (『부러진 날개』, p.44.)

이것은 "청춘과 고독의 속박으로부터 풀려나게" 해 주고 "사랑의 행로를 향한 첫 걸음을 떼게"(『부러진 날개』, p.44.) 해 주었던 셀마 카라미와의 첫 만남 직후 주인공 '나'가 느낀 감정이었다. "육신의 아름다움과 영혼의 아름다움을 완벽하게 공유하고"(앞의 책, p.45.) 있었던 이상적인 여인, 셀마 카라미를 통해 주인공 '나'는 사랑만이 유일한 자유의 길임을 알게 되었다고 고백한다. 그 자유란 바로 고독으로부터의 자유, 젊음의 열정이 가져다주는 혼란으로부터의 자유이다. 또한 그 자유란 오랜 세월에 걸쳐 인간사회가 만들어 놓은 관습과 법률의 굴레로부터 벗어나게 해 주는 자유

---

263) 이 작품과 관련하여 주인공 셀마 카라미는 지브란이 '지혜의 학교'에 다닐 때 사귄, 친구 아유브의 누나인, 술타나 타베에게서 영감을 얻은 인물이라고 한다(알렉상드르 나자르, p.64). 비록 그녀가 일찍 사망하는 바람에 지브란의 사랑은 오래 가지 못하였지만 당시의 지브란은 18세였고 술타나 타베는 20세였다. 실제로 이 작품에 나오는 셀마 카라미도 20세이고 주인공 '나'도 18세로 설정되어 있으며 남자 주인공을 '나'라고 설정함으로써 이러한 추측을 강하게 뒷받침하고 있다. 게다가 그 주인공 '나'의 이름이 '지브란'이라고 작품 말미에 단 한 번 언급되고 있다.

이자 "자연의 현상조차도 그 진로를 바꾸게 하지 못하는" 것일 만큼 강하면서도 불멸의 가치를 지닌 진리이기도 하다. 그만큼 이 무렵 그의 사랑관에는 억압으로부터의 자유라는 저항의식이 짙게 깔려 있었다.

남성 우월주의가 팽배한 나라임에도 "오래전부터 저들의 조상들이 만들어 놓은 법률에 대해서만큼은 절대로 자유로울 수 없는 존재"(『부러진 날개』, p.98.)인 남자 주인공 '나'가, 원치 않은 결혼으로 하루하루의 고통 속에 꺼져 가는 촛불처럼 삶의 희망을 잃고 있는 셀마 카라미를 보면서 함께 도망치자고 제안할 수 있었던 용기도 바로 사랑에서 나온 것이었다. 하지만 셀마 카라미는 그의 제안을 거절하며 다음과 같이 말한다.

> 사랑은 어떤 경우에라도 당신을 보호할 것만을 내게 가르쳐 주었습니다. 심지어 내 자신으로부터도. 그리고 이곳을 떠나 다른 세상으로 당신을 따라가지 못하도록 날 막는 것은 불로써 정화된 사랑입니다. 사랑은 당신이 자유롭고 고매하게 살 수 있도록 내 욕망을 죽여야 한다고 가르칩니다. 사랑하는 대상을 소유하려고 하는 것은 끝이 보이는 사랑입니다. 오로지 사랑 그 자체만을 요구하는 사랑만이 무한한 사랑입니다. 천진난만한 젊음이 깨어나는 시기에 오는 사랑은 소유에 만족하고 포옹과 함께 성장하지요. 하지만 하늘의 무릎에서 태어나 밤의 비밀과 더불어 내려온 사랑은 영원불멸한 가치만을 추구합니다.
> (앞의 책, p.95.)

이처럼 전반부에 보였던 그 고통의 사랑은 점차 초월적이고 추상적인 사랑으로 변모해 간다. 불행한 결혼으로부터 탈출하여 진실로 사랑하는 사람과의 행복한 삶을 누릴 수 있는 기회가 주어졌음에도 불구하고 셀마 카라미가 그의 제안을 받아들이지 않은 이유는 '불로써 정화된', 순수하고 진정한 사랑이란 '소유하지 않는 사랑'이기 때문이라는 것이다. 이처럼 지브란에게 있어서는 그와 같은 사랑이 "우리들 영혼을 고양시켜 마침내 인간의 법률이나 자연의 현상조차도 그 진로를 바꾸게 하지 못하"게 하는 지고의 사랑이자 인간의 모든 한계 조건을 벗게 해 주는 영원불멸의 사랑이다. 나아가 소유하지 않는 사랑은 한 사람이 다른 사람을 종속시키거나 또 반대로 종속된 존재가 아닌 완전한 자유인으로서 서로를 존중하는 사랑이며 그것이 진정한 사랑의 조건이라고 말한다. 따라서 그에게 인간의 사랑이란 어쩌면 '떨어져 있으면서도 하나'인 사랑이다.[264]

> 그 자리에 함께 서 있어라. 그러나 서로에게 너무 가까이 다가서지는 말라.
> 사원의 기둥들도 필요에 따라 떨어져 서 있는 것이며.
> 참나무나 사이프러스나무도 서로의 그늘에 덮여 있어선 자랄 수가 없다.
> 〈결혼에 관하여〉, 『예언자』, p.262.)

여기서 볼 수 있듯이 사회적 전통과 관습의 굴레 속에서 강한 저항의식을 안은 채 살아가던 무렵에 지브란이 가졌던 사랑의 개념은 서로를 구속하지 않는 자유의 개념으로 도약하였고 그것은 곧 소유하지 않는 사랑의 개념을 잉태하도록 하였다. 물론 소설의 전반부에서 말했던 자유로서의 사랑이란 개념은 맺어질 수 없는 사랑의 도피로도 인식될 수 있다. 그렇기 때문에 그의 사랑관은 『太古의 티끌과 久遠의 불길』에서 보았듯이 이따금 현세를 뛰어넘어 윤회와 환생을 넘나드는 초월적 사랑으로 나타나는 것인지 모른다.

---

264) 사실 평생의 후원자이자 연인이었던 메리 하스켈과의 관계가 지브란이 갖고 있던 사랑의 관념. 즉 '떨어져 있으면서도 하나'인 사랑관이 그대로 나타난 경우라고 할 것이다. 지브란과 메리 하스켈이 나눈 『하나의 노래가 되어 하나의 침묵이 되어』 참조.

그러나 이것은 그만큼 주인공들의 사랑이 애틋하다는 반증이라고도 볼 수 있으며 나아가 남녀 간의 순수한 사랑이 싹트기에는 기존 사회의 낡고 폐쇄적인 전통과 관습이 그만큼 뿌리 깊고 억압적이라는 반증일 수도 있다. 그러하기에 사회적 관습의 억압으로부터 자유를 갈망했던 그에게 사랑 역시 서로를 구속하지 않는 자유 상태에서 이루어져야 하며 그러한 사랑이야말로 진정한 사랑이라는 교훈과 결론에 도달한 것이다. 그러므로 눈에 보이지 않지만 낡은 가치관이 지배하는 당대 현실의 구조 속에서, 그리고 남성우월주의가 극에 오른 당대 사회의 구조 속에서 셀마 카라미와 '나'가 추구할 수 있었던 사랑은 자연스럽게 초월적이고 추상적인 사랑의 성격을 지닐 수밖에 없었다.

작품의 구조와 관련지어 볼 때도, 지브란의 초월적이고 추상적인 사랑관은 『太古의 티끌과 久遠의 불길』의 주 배경으로서 고대 신화 속의 사랑과 미의 여신인 이슈타르 신전이 설정되었다는 점과 주인공이 전생에는 사제의 아들로서 그리고 환생 때에는 아름다운 자연과 더불어 살아가는 양치기라는 사실로도 더욱 보강되어 있다. 또한 『부러진 날개』에서도 이미 결혼한 셀마 카라미와 주인공 '나'가 한 달에 한 번씩 만나던 장소이자 소유하지 않는 사랑을 토로하던 장소도 사랑과 미의 여신인 이슈타르의 그림과 십자가에 못 박힌 그리스도의 그림이 바위에 새겨진 이름 없는 낡은 신전이라는 점 역시 지브란의 사랑이 드러내는 초월적 사랑의 개념을 강화해 주고 있다.

이처럼 초기의 작품에서 저항의식과 깊게 맞물려 있던 그의 사랑관은 『광인』을 거쳐 그의 대표작인 『예언자』로 넘어가면서 보다 높은 차원의 사랑과 화해를 설파하는 단계로 접어든다. 이 시점에 매우 중요한 작품 하나가 있다. 『눈물과 미소』라는 작품의 마지막에 수록된 <시인의 목소리>가 바로 그것이다 이 산문시는 지브란이 지녔던 초기의 저항의식이 삶과 인류의 코편적 가치인 사랑과 평화 그리고 화해의 메시지로 전환하는 중간단계에 있는 것으로서 그의 사상적 변화를 읽는 데 매우 중요한 작품이다. 그 이유는 이루지 못한 사랑에 분노하고 기존 사회의 가치체계에 대하여 격렬한 저항의식을 드러냈던 초기의 두 작품 『영혼의 반항』과 『부러진 날개』와, 이러한 저항의식을 간직하면서도 점차 성숙한 모습으로 '보다 큰 자아'를 향해 나아가는 이후의 작품들 (『선구자』, 『예언자』, 『사람의 아들 예수』) 사이에서 중간 다리 역할을 하기 때문이다. 이처럼 동 작품은 이전의 지브란이 거쳐 온 삶과 문학의 흔적을 간직하면서 이후의 작품들에서 나타나는 지브란의 삶과 문학을 예견하게 해 줌으로써 두 시기를 동시에 조명해 볼 수 있는 작품이라고 할 것이다.

아랍어로 쓰인 산문시 <시인의 목소리>는 총 5개의 작은 연들로 구성되어 있으며 처음 4개는 아라비아 숫자르 표시되어 분할되어 있고 마지막 연은 '끝맺는 노래'라는 소제목이 붙어 있다. 먼저 첫 번째 산문인 소제목 '1'을 보기로 한다.

> 용기는 내 가슴속 깊은 곳에 씨를 뿌리고. 나는 곡식을 추수하여 그 이삭들을 다발로 묶어 배고픈 사람들과 나눈다.
> 영혼은 작은 포도나무를 소생시키고 나는 그 포도즙을 목마른 사람에게 건넨다.
> 하늘은 이 등잔에 기름을 채우고 나는 밤길을 지나는 사람을 위하여 내 집 창가에 등잔을 놓아둔다.

내가 이런 일을 하는 이유는 내가 그들 곁에 살기 때문이다. 만일 나에게 대낮을 못 보게 하고 밤이 내 손을 막는다면 나는 죽음을 택할 것이다. 죽음은 자신의 조국에서 추방당한 예언자와 망명한 시인에게 잘 어울리기 때문이다.
(……)
인류는 백설처럼 차가운 물질에 집착한다. 나는 내 생명의 급소를 태우고 창자를 약화시키려고 내 가슴을 움켜쥐는 사랑의 불꽃을 찾는다. 물질은 고통 없이 인간을 죽음으로 몰고 가지만 사랑은 인간을 고통 속에서 부활시킨다는 것을 알고 있기 때문이다.
인류는 종파와 종족으로 나뉘어 있으며 국가와 영토에 속해 있다.
나는 어떤 땅에서는 이방인이며 어느 민족들 속에서는 국외자였다. 그러나 모든 대지는 나의 조국이며 모든 인간은 나와 같은 종족이다. 인간은 약하고 스스로 분열되어 있는 존재라는 것을 나는 알고 있기 때문이다. 어리석게도 인간들은 이 좁은 지구를 왕국과 공국(公國)으로 갈라놓고 있다.
인간은 영혼의 성자를 파괴하기 위해 모이고 육신의 사원을 건설하도록 서로 돕는다.
나는 홀로 비탄에 잠긴 채 서서 어떤 음성을 듣고 있다. 그것은 내 안에서 들려오는 희망의 속삭임이었다.
"사랑이 진통을 이겨내며 인간의 가슴에 생명을 불어넣듯이 어리석음도 그와 같은 방법으로 지혜의 길들을 가르쳐 준다. 고통과 어리석음은 위대한 환희와 완전한 지식으로 인도된다. 진리는 햇빛 아래 헛된 것은 아무것도 창조하지 않았기 때문이다.

(〈시인의 목소리〉, 『눈물과 미소』, pp.189~190.)

이 시의 첫 부분에서 느낄 수 있는 것은 분쟁에 휩싸인 인류에 대한 그의 고뇌와 성찰이다. 지구가 '종족과 종파', '왕국과 공국'으로 갈라져 있는 모습은, '약하고 스스로 분열되어 있는 존재'이자 '차가운 물질에 집착'하는 인간의 모습과 다를 바 없다. 그리고 그 인간의 모습은 바로 그러한 모습에 비통해하며 때때로 분노하던 지브란 자신의 모습과도 같다. 그렇기에 나 역시 그 분노의 대상인 적과 다를 바 없다. 그래서 '모든 인간은 나와 같은 종족'이라고 한 것이다.

하지만 지브란은 여기서 멈추지 않고 '폭풍우와 같은 혼란에 싸여 있'는 인류에게 고통으로부터 부활시켜 주는 사랑을 설파한다. 그 사랑과 용기는 '씨 뿌리고 추수하여 나누는' 자연의 섭리에서 얻은 깨달음이자 변하지 않는 진리이다. 그렇게 확신하기 때문에 그는 '밤길을 지나는 사람을 위하여 내 집 창가에 등잔을 놓아'둘 것이며 비록 그 길이 외롭고 힘들지라도 사명을 가지고 죽음마저 불사한 채 끝까지 인류를 구원하기 위한 길을 가리라고 스스로에게 다짐한다. 그리고 '만일 나에게 대낮을 못 보게 하고 밤이 내 손을 막는다면 나는 죽음을 택할 것이다.'라고 결연히 선언한다.

이어지는 '2' 편에서도 아직 조국의 비참한 현실에 대한 분노의 감정이 그대로 드러나지만 '1' 편에서처럼 그 분노 가운데에서도 다시 한 번 사랑을 맹세한다. 그 사랑의 맹세는 '1' 편에서 보여 주었던 자연의 섭리에 대한 깨달음에서 한 걸음 더 나아가 인간의 신성에 대한 믿음에 근거하고 있다. 그리고 그 신성은 바로 사랑을 깨닫게 하고 진정한 삶의 방식을 보여 주는 길이자 거울이다.

나는 내 조국에 대한 사랑 때문에 고향을 사랑한다.
나는 세계를 향한 사랑 때문에 내 조국을 사랑한다.
나는 내 모든 것을 다 바쳐서 이 세상을 사랑한다. 이곳은 땅 위의 신성한 영혼인 인간의 목초지이기 때문이다. 인간성은 땅 위의 성령과도 같다.
(……)
인간성이란 땅 위에 존재하는 성령이다. 성스러움은 사랑을 깨우쳐 주고 삶의 올바른 방법들을 제시한다.
그러나 군중들은 그러한 가르침들을 조롱하며 비웃는다. 옛날 나사렛 사람이 그 비웃음 소리를 들었다. 그것 때문에 그는 십자가에 못 박혔다. 소크라테스 역시 그런 조롱을 당했다. 사람들은 그에게 독약을 마시게 했다.
(……)
예루살렘은 나사렛 사람을 죽일 수 없다. 왜냐하면 그는 영원히 살아 있기 때

문이다. 아테네 사람은 소크라테스를 파멸시키지 못한다. 그 또한 영원히 살아
있기 때문이다.

(앞의 시, pp.191~192.)

그가 이처럼 '모든 것을 다 바쳐 이 세상을 사랑한다.'라고 한
것은 선한 존재이든 악한 존재이든, 강한 존재이든 약한 존재이든,
이슬람 교인이든 기독교인이든 유대교인이든 모두 똑같은 진흙으
로 빚어진 절대자의 아들이며 모두가 그 절대자의 신성을 몸에 지
니고 있다는 신념에서 비롯된 것이다. 나아가 그러한 인간이 존재
하는 이 세상과 자연 역시 절대자의 신성이 깃들어 있는 목초지로
서 인간에게 자양분을 공급하는 어머니와 같다. 따라서 모두가 '땅
위에 사는 신성한 영혼'들로서 서로의 형제라고 말하며 사랑을 설
파하는 것이다.

> 우리는 우주적인 성령의 자식들. 그대는 나의 형제이다.
> 그대는 나와 똑같은 진흙으로 만들어진 육체의 포로이다. 그대는 내 삶의 동
> 반자이며 구름으로 가려진 진실을 일깨워 주는 나의 조력자이다. 그대들 인간
> 이여, 나는 그대를, 내 형제를 사랑한다.
> (……)
> 그대는 나의 형제, 나는 그대를 사랑한다.
> 그대가 그대의 사원에 엎드려 있거나 교회에서 무릎 꿇고 있거나 혹은 유다교
> 회당 안에서 기도하고 있거나 나는 그대를 사랑한다.
> 그대와 나는 하나의 믿음, 성령의 자식들이다.
> (……)
> 그대는 나의 형제, 나는 그대를 사랑한다.

(앞의 시, pp.192~193.)

그가 이처럼 사랑을 설파하는 것은 그 사랑에 대한 해석의 차이
로 인하여 나와 너의 갈등, 민족 간의 갈등, 국가 간의 갈등, 종교

간의 갈등이 야기된 것으로 보기 때문이다. 그가 말하는 진정한 사랑은 어머니로서의 자연이 보여 주는 사랑이요, 아버지로서의 절대자가 보여 주는 사랑이다. 절대자의 자식으로 태어나 대자연인 어머니 품 속에서 살아가는 인간에게, 모든 갈등과 분쟁 그리고 고통의 기원이 되는, '너'와 '나'의 구분 지음은 바로 자아에 대한 이기적인 사랑에서 오는 것으로 간파한 것이다. 그리하여 이기적인 자아에 대한 사랑을 버릴 때 모두가 형제요 하나가 될 수 있으며 또 평화와 화해의 삶이 지속될 수 있기에 지브란은 "사랑이란 그 최고의 표현에 있어서 정의인 것이다."라고 말한다.

4
그대는 나의 형제. 어째서 그대는 나와 싸우려고 하는가?
(……)
그들은 존재에 대한 사랑이란 자신의 권리를 다른 사람들이 강탈하도록 조장하는 것이라고 말한다.
그러나 나는 이렇게 말하리라. 다른 사람의 권리를 보호하는 것이야말로 인간의 행위 중에서 가장 고결하고 훌륭한 것이라고.
만일 나의 존재가 다른 사람을 파멸시키는 조건이 된다면 나는 이렇게 말하리라. 나에겐 죽음이 그보다 더 달콤하리라고.
만일 내 자신을 죽이는 길만이 명예롭고, 그것이 사람을 사랑하는 길이 된다면 나는 기꺼이 내 손으로 죽음의 시간을 앞당겨 영원으로 가리라.
형제여. 자아에 대한 사랑이란 맹목적인 논쟁을 일으키는 것이다. 또한 그 논쟁이 투쟁을 낳으며 투쟁은 권위를 불러들여 결국 이 모든 것으로 하여금 경쟁과 억압의 원인이 되게 하는 것이다.
(……)
그대는 나의 형제. 나는 그대를 사랑한다. 사랑이란 그 최고의 표현에 있어서 정의인 것이다.
만일 그대를 향한 나의 사랑이 모든 국가에게 정의롭게 펼쳐지지 않는다면 나는 단지 사랑이라는 황홀한 옷자락 속에 이기주의의 죄악을 감추고 있는 사기꾼에 불과한 것이다.
(앞의 시. pp.193~195.)

그리고 네 번째 연에서 그 사랑의 실천을 위하여 모두가 자신의 '영혼이 전하는 말'을 귀담아 들을 것을 주장한다. 왜냐하면 인간의 영혼은 바로 절대자의 신성이 내재하고 있는 곳이며 그 절대자가 인간에게 자신의 목소리를 전하는 통로이기 때문이다. 이기적인 사랑의 원인인 인성에 가려서 절대자의 목소리('궁극적인 존재의 사랑의 목소리')를 듣지 못함으로써 삶의 모든 번뇌와 고통이 발생하는 것이기에 절대자의 목소리가 전해지는 인간 내부의 신성, 즉 영혼의 목소리에 귀를 기울이라고 하는 것이다. 이것은 곧 "인간의 참다운 자아는 신성에 있다는 것을 기억하라"(『현자의 목소리』, p.720.)고 한 말에서도 엿볼 수 있다.

따라서 구원은 인간의 외부가 아닌 바로 인간의 내부에 있으며 그 내부란 절대자의 신성이 머무는 인간의 영혼이 되는 것이다. 또한 그렇기 때문에, 구원이 절대자에게 있다면 그것은 곧 인간의 내부인 영혼 속에 있다는 의미이기도 하다. 그래서 작가는 '그대 인간을 사랑하며 진정한 삶은 바로 인간 속에서 샘솟는 것'이라고 말했던 것이다. 결국 지브란이 말하는 사랑이란, 비록 인간에 대한 절대자의 사랑이기는 하지만, 이미 인간 내면의 신성에 깃들어 있으며, 또 그렇기 때문에 구원의 해답은 먼 곳이 아닌, 인간 내부의 영혼 속에 있다고 하는 것이다.

이제 마지막 편을 보자.

내 영혼은 시대가 나의 실존을 억누를 때 나를 위안해 주는 친구이다. 내 영혼은 삶의 번뇌가 켜켜이 쌓일 때 나를 위로해 주기도 한다.
자신의 영혼에 대해 친밀함을 느끼는 못하는 사람은 인간에 대한 적이다. 자신의 내면에서 친구를 발견하지 못하는 사람은 절명으로 죽어 갈 수밖에 없다.

왜냐하면 삶이란 인간 속에서 샘솟는 것이기 때문이다.
나는 지금껏 이러한 말을 해 왔고, 앞으로도 그럴 것이다. 만일 내가 그 말을
다 하기 전에 죽어야 한다면 나머지는 미래가 대신하리라.
(……)
나는 모든 것을 위해 존재하며 모든 것 안에 존재한다. 으늘 나의 고독한 외
침이 다가올 미래에는 공공연한 진리로서 선포될 것이다.
또한 오늘 내가 홀로 외친 말들은 내일이면 많은 사람들의 입에 오르내리게
되리라.
(앞의 시, pp.195~196.)

앞서 보았던 지브란의 신념, 즉 구원은 바로 인간 내부에 있다
는 신념은 절대적이어서 "나는 지금껏 이러한 말을 해 왔고, 앞으
로도 그럴 것이다. 만일 내가 그 말을 다 하기 전에 죽어야 한다
면 나머지는 미래가 대신하리라."라고 말한다. 나아가 그 신념은
마치 절대자의 의지이기라도 한 듯이 "나는 모든 것을 위해 존재하
며 모든 것 안에 존재한다."라면서 자신의 깨달음이 불변의 진리이
자 절대자의 말인 듯 주장한다. 그렇기 때문에 이어지는 문장에서
그는, 마치 십자가에 못 박혀 숨져 간 예수처럼 "오늘 나의 고독
한 외침이 다가올 미래에는 공공연한 진리로서 선포될 것이다. 또
한 오늘 내가 홀로 외친 말들은 내일이면 많은 사람들의 입에 오
르내리게 되리라."라고 선언하고 있는 것이다.

결국 격렬했던 그의 저항의식과 거기에 바탕을 둔 현실 참여는,
'모든 것이 하나'라는 신비주의 사상의 수용과 더불어 사랑의 개념
으로 탈바꿈하였으며, 절대자에 대한 믿음과 더불어, 그 사랑을 통
해 지브란은 인류의 고통과 분열 그리고 분쟁은 궁극적으로 인간
의 내부에 있다는 결론에 도달하였다. 이처럼 그의 저항의식은, 작
게는 모순되고 분열된 자아의 구원에서, 크게는 인류의 구원으로,

즉 거대한 인류애를 지향하고 있다.

하지만 지브란의 초월적 사랑이 항상 추상적 개념 속에서만 존재한 것은 아니다. 왜냐하면 그의 사랑관은 고독을 즐기는 자신의 성격과 삶,[265] 종교적 분위기가 강한 집안의 환경, 사색의 보금자리였던 레바논의 아름다운 자연, 저항의식 그리고 신비주의 사상 등이 총체적으로 융합되어 발현된 것이기 때문이다. 그 증거가 바로 『예언자』에 나오는 <사랑에 관하여>이다.

> 비록 그대들 앞에 놓인 길이 험하고 가파를지라도, 사랑이 그대들을 부르면 주저 말고 그를 따르라.
> 비록 사랑의 날개 속에 숨겨진 칼날이 그대들에게 상처를 준다 해도, 사랑의 날개가 그대들을 감싸 안으면 온몸으로 맞이하라.
> 비록 매서운 북풍이 아름다운 뜰을 망치듯 사랑의 목소리가 그대들의 꿈을 흩어놓을지라도, 사랑이 그대들에게 말할 때 그 말을 의심하지 말고 믿어라.
> 왜냐고? 사랑이란 그대들에게 기쁨의 관을 씌우는 만큼 그대들의 마음을 괴롭히는 것이기 때문이다. 또한 사랑은 그대들의 영혼을 성숙케 하는 만큼 그대들의 성장을 방해하기도 하는 때문이다.
>
> (……)
>
> 사랑은 그대들을 그지없이 부드럽게 반죽한다. 그런 다음 신의 향연을 빛내줄 거룩한 빵이 되도록 자신의 성스러운 불꽃 위에 올려놓는다.
> 이렇듯 사랑은 이 모든 일들을 행하여 그대들로 하여금 마음의 비밀을 깨닫게 한다. 그리고 그 깨달음으로 삶의 가슴의 한 조각이 되게 하리라.

---

265) 1912년 3월 10일자 메리 하스켈에게 보낸 지브란의 편지를 보면 그의 사랑관이 추상적인 명상이 아니라 실제의 경험에서도 나온 것임을 엿볼 수 있다. "메리, 사랑하는 메리. 알라의 이름으로 말하노니 당신은 어떻게 내가 당신을 보는 것이 기쁨보다는 고통이냐고 내게 물을 수 있소? 하늘 아래, 땅 위 그런 생각을 넣어 준 곳이 어디였소? 무엇이 고통이고, 무엇이 즐거움이오? 〈당신은 그것들을 분리할 수 있겠소?〉 당신과 나를 움직이는 힘은 기쁨과 고통으로 이루어져 있다오. 정말로 아름다운 것은 즐거운 고통이나 혹은 고통스러운 기쁨이오. 메리, 당신은 나에게 아주 많은 고통스러운 기쁨을 주며 또한 아주 많은 고통도 줍니다. 그것이 내가 당신을 사랑하는 까닭입니다."(칼릴 지브란·메리 하스켈, 『하나의 노래가 되어 하나의 침묵이 되어』, p.49).

그러나 그대들 오직 두려움 속에서 사랑의 평화와 사랑의 기쁨만을 찾으려 한
다면, 그땐 차라리 자신의 알몸을 가린 채 사랑이 핍박받는 곳으로 떠나는 편
이 좋으리라. 그곳은 어떤 계절도 없는 세계로, 그대들이 웃고 싶어도 마음껏
웃을 수 없고, 아무리 울고 싶어도 마음껏 울 수 없는 그런 곳이다.

사랑은 오로지 제 자신 외에는 아무것도 주지 않으며, 제 자신 이외에는 그
어떤 것도 원하지 않는다.
사랑은 다만 사랑하는 것만으로 충분할 뿐, 소유하지도 소유당하지도 않는 것
이다.

흔히 '신은 내 마음속에 계시다.'라고 말한다. 그러나 그대들이 사랑을 하고
있다면 그렇게 말하지 말라. 그보다는 '나는 신의 마음속에 있다.'라고 말해야
한다.

(……)

사랑은 스스로를 만족시키는 일 외에 다른 어떤 욕망도 가지고 있지 않다. 그
러나 만일 그대들이 사랑을 할 때 자신의 의지와 달리 숱한 욕망에 사로잡힌
다면 다음의 것들이 그대들의 욕망을 대신하게 하라.

(〈사랑에 관하여〉, 『예언자』, pp.258~260.)

　이 작품의 초반부에 지브란은 먼저 사랑이 내포하고 있는 이중
성에 대하여 길게 언급하고 있다. 사랑은 '험하고 가파른 길', '숨
겨진 칼날', '매서운 북풍'이며 기쁨을 줌과 동시에 슬픔을 주고
또한 인간의 영혼을 성숙게 함과 동시에 그 성숙을 방해하기도 한
다는 것이다. 그러나 바로 그러한 이유 때문에 '주저 말고 따르라',
'온몸으로 맞이하라', '의심하지 말고 믿어라'라고 강조한다. 그리
고 "오직 두려움 속에서 사랑의 평화와 사랑의 기쁨만을 찾으려
한다면, 그땐 차라리 자신의 알몸을 가린 채 사랑이 핍박받는 곳
으로 떠나는 편이 좋으리라."고 말한다. 지브란이 이렇게 말하고
있는 바탕에는 궁극적으로 사랑에는 용기와 믿음이 필요하다는 의

식이 깔려 있으며 그 믿음이란 사랑이 "그대들로 하여금 마음의
비밀을 깨닫게" 하고 "그 깨달음으로 삶의 가슴의 한 조각이 되
게"266) 하리라는 믿음인 것이다.

　여기서 마음의 비밀이란 모든 욕망과 감정들이 깃들어 있는 인
간의 영혼, 즉 미숙한 난쟁이와 신성한 자아가 공존하는 인간의
영혼을 의미할 것이다. 그리고 '삶의 가슴'과 관련하여, 영어 원본
을 따를 시(時), '삶의 가슴'이라기보다는 '큰 생명의 가슴'이라고
해석될 수 있으며 이것은 아마도 절대자를 지칭하는 것으로 해석
될 수 있을 것이다.267)

　이 해석을 바탕으로 지브란이 갖고 있는 사랑의 개념을 다시 정
리해 본다면 다음과 같이 될 것이다. 즉 사랑이 이중적인 모습을
지니고 있음에도 불구하고 그것을 굳게 믿고 따르라. 왜냐하면 사
랑은 인간으로 하여금 마음의 비밀을 깨닫게 하며 그 깨달음 속에
서 인간은 보다 큰 생명인 절대자 마음의 일부가 되기 때문이다.
또한 추수한 밀로써 신의 향연을 빛내 줄 거룩한 빵을 만들듯이
인간을 신에게로 인도하기 때문이다. 다시 말하면 사랑은 인간으로
하여금 복잡하고 다양한 자신의 내면세계를 깨닫게 해 줌과 동시
에 미숙한 자아를 깨닫게 하는, 절대자와의 하나 됨을 가능하게
해 주는 매체라는 것이다. 사랑을 통해 절대자와의 합일을 추구하

---

266) 영어원문에서는 "All these things shall love do unto you that you may know the
　　secrets of yours heart, and in that knowledge become a fragment of Life's
　　heart."라고 되어 있다(The Prophet, Sydney: Phone Media, n/d., p.12). 류시화의
　　경우 Life's heart를 '큰 생명의 가슴'으로 해석하고 있다(류시화 역, 『예언자』, p.19). 여
　　기서는 전후 문맥상 '큰 생명의 가슴'이 더 적합한 번역으로 보인다.

267) 왜냐하면 그다음 연에서 지브란은 "흔히 '신은 내 마음속에 계시다.'라고 말한다. 그러나
　　그대들이 사랑을 하고 있다면 그렇게 말하지 말라. 그보다는 '나는 신의 마음속에 있다.'
　　라고 말해야 한다."라고 강조하고 있기 때문이다.

는 신비주의의 속성이 강하게 나타나 있는 부분이기도 하다.

하지만 절대자 자체가 사랑이므로 여기서의 사랑이란 인간과 절대자를 이어 주는 매체이자 궁극적인 목적인 셈이다. 또한 절대자 자체가 스스로 충분한 존재이기에 사랑 또한 "다만 사랑하는 것만으로 충분할 뿐, 소유하지도 소유당하지도 않는 것"이다. 그러므로 사랑은 인간이 취사선택할 수 있는 성질의 것이 아니며 인간이 할 수 있는 것은 절대자를 그저 믿고 따르며 미숙한 자아를 갈고 닦아 마음을 준비함으로써 그 절대자의 사랑이 인간의 내면세계에 충만히 꽃피우게 하는 것일 뿐이다. 또한 절대자에게 다가가려는 인간에게 사랑은 필요조건이지만 절대자는 사랑 그 자체로 충분조건이므로 사랑에 빠진 인간이라면 자신이 절대자의 마음속에 있는 것이지 절대자가 그의 가슴속에 있다고 말할 수 없는 것이다.

하지만 인간은 불완전한 존재 그 자체로서 언제나 보다 큰 자아를 향해 가는 존재이며 그 구도의 길에서 삶과 자기 존재의 의미를 갖게 되는 만큼, 마지막 연에서 지브란은 "사랑을 할 때 자신의 의지와 달리 숱한 욕망에 사로잡힌다면" 그로 인한 많은 고통에 대해서도 감사와 기쁨의 기도를 잊지 말라고 말한다. 그것이 인간의 한계이자 조건이기 때문임은 더 말할 나위가 없다.

결론적으로 초기의 격한 저항의식의 터널을 거쳐 나오면서 지브란은 선과 악, 삶과 죽음, 육체와 영혼, 기쁨과 슬픔이란, 대립적인 의미를 지닌 요소이면서도 인간의 존재를 구성하는 기본 조건이며 그 조건으로 인하여 인간은 근본적으로 분열과 고통을 간직할 수밖에 없는 존재라는 인식을 갖기에 이르렀었다. 하지만 그 조건을 긍정적인 시각에서 바라보면서 모든 것은 하나라는 신비주의적 사랑관과 자연의 섭리를 통한 깨달음 속에, 인간 존재의 총체적 이 해를 위한 상호 보완적인 개념으로 받아들이고 있다. 그리고 그러 한 요소들로 조건 지어진 인간이 고통과 분열의 원인이자 극복의 대상이라면 그 극복을 가능하게 해 주는 매개물은 바로 사랑이며, 나아가 그 사랑은 또 절대자 그 자체이므로 실천적 삶을 통해 그 절대자와의 하나 됨을 추구하는 것이 인간이 지닌 삶의 목표이자, 불완전한 존재로서의 인간이 자신의 존재 의미를 찾는 길이라고 말하고 있는 것이다.

## 2.4.2. 코엘류: '막톱 maktūb'과 연금술

지브란과 마찬가지로 코엘류 경우도 자신의 홈페이지 내에 설치 된 '자주 하는 질문란'(FAQ)을 통해 다음과 같이 말하고 있다.

> 글을 쓴다는 것은 무엇을 의미합니까?
> 저는 (글을 쓴다는 일에 저의 – 연구자 주) 인생을 걸었습니다. 나의 일 – 이
> 경우는 문학입니다만 – 을 통해 제 자신을 이해하려는 것입니다.[268]

즉 그에게 있어서 글을 쓴다는 것, 작가로 살아간다는 것은 자 아의 정체성 문제와 깊게 연결되어 있었다. 이것은 이미 그의 저 항의식에서 살펴본 것이다. 그리고 그 정체성 확보 문제는 히피즘 에의 몰두 등으로 격하게 전개되었지만 '산티아고의 길' 순례 이후 가톨릭으로 재귀의하면서 절대자와 사랑이라는 문제로 돌아왔다.

---

268) 2007년 10월 현재 코엘류의 홈페이지 http://www.paulocoelho.org
원본보기: O que é escrever?
Fiz a minha aposta de vida: compreender a mim mesmo através do meu trabalho – que neste caso é a literatura.

그 역시도 지브란과 같은 궤도를 그렸던 것이다. 즉 다시 회복한 절대자에 대한 믿음을 통해 '빛의 전사'가 되어 결국 자신의 존재 이유와 구원의 빛을 엿볼 수 있었으며 그것을 매개한 것은 바로 사랑이었다.

앞 절의 육체와 영혼 편에서 살펴보았듯이 우리는 코엘류가 선과 악, 삶과 죽음, 육체와 영혼, 기쁨과 슬픔 등 서로 상반되는 다른 요소들의 합일 개념을 거쳐, 궁극적으로 이러한 이항대립들에 의한 분열과 갈등을 치유하고 화해하도록 하는 매개체로서, 사랑이라는 개념, 특히 소유하지 않는 사랑의 개념을 잉태하고 있었음을 보았다.

여주인공 마리아가 테렌스와의 변태적 성관계를 통해 고통과 희열이 뒤섞인 성적 클라이맥스를 경험했던 시점으로 돌아가 보자. 그동안 느끼지 못했던 오르가즘을 수차례 느낀 뒤에도 그녀는 마음 한구석에서 고개를 내미는 허무감에 혼란을 느낀다. 왜냐하면 그때까지만 해도 그녀는 금전거래를 통한 성관계란 무의미할 뿐만 아니라 결코 오르가즘에 도달하지 못할 것이라고 확신했기 때문이다. 그래서 평소에 그녀가 마음속에 두고 있던 화가 랄프와 테렌스를 비교하며 그 허무감의 원인을 분석하고 이어 자신의 마음속에 담아 온 랄프에게로 돌아갈 것을 결심한다.

그녀는 자신의 일기장을 기억한다. 짜증이 엄습한다. 몇 주 남지 않은 기간이 빨리 흘러가길 원한다. 그래서 이 남자(랄프 - 연구자 주)에게 헌신하는 것이다. 왜냐하면 거기에 바로 자신의 숨겨진 사랑의 빛이 있기 때문이다. 인간의 원죄는 이브가 먹은 사과가 아니었다. 그것은 그녀가 먹은 것을 아담도 정확히 함께 나눌 필요가 있었다고 생각하는 것. 바로 그것이다. 이브는 누군가

의 도움이 없이 자신의 길을 따라가는 것이 두려웠다. 그래서 자신이 느낀 것
을 나누고 싶었던 것이다.

나눌 수 없는 어떤 것들이 있다. 하지만 우리는 우리의 자유로운 의지로 잠수
하는 넓은 바다에 대하여 두려움을 가져서는 안 된다; 두려움은 모두의 게임
을 망가뜨리기 때문이다. 인간은 그것을 이해하기 위하여 지옥을 거쳐 가고
있는 것이다. 서로를 사랑하라. 하지만 서로를 소유하지 말라.

나는 지금 내 앞에 있는 이 남자를 사랑한다. 왜냐하면 나는 그를 소유하고
있지 않으며 그 또한 나를 소유하고 있지 않기 때문이다. 우리들은 서로에게
몸을 맡김에 있어서 자유롭다. 나는 내 자신의 말을 믿을 때까지 수십 번 수
백 번 수백만 번, 이것을 반복할 필요가 있다.[269]

(『11분』, pp.196~197.)

이 글에서도 보다시피 마리아는 테렌스를 버리고 랄프에게 돌아
가면서 자신의 그런 행위를 정당화하는 근거로서 금단의 열매를
따 먹은 이브의 행위를 들고 있다. 즉 절대자가 금지시킨 사과를
먹은 것, 그 자체에 대하여는 문제를 제기하지 않는다. 왜냐하면
인간의 원죄는 그 사과 자체에 있지 않고 자신이 맛본 것을 사랑
하는 자도 정확히 나눠야 한다고 생각하는 것이기 때문이다.

여기서 원죄가 사과 자체에 있지 않다고 말한 것은 그것이 절대
자의 큰 계획에 의해 준비된 것이기 때문이다. 또한 뱀의 유혹에

---

269) 원문 보기: Lembra-se do seu diário. Está farta, quer que as semanas que
faltam passem rapidamente, e por isso entrega-se a este homem, porque ali
está a luz de seu próprio amor escondido. O pecado original não foi a maçã
que a Eva comeu, foi achar que Adão precisava compartilhar exatamente o
que ela havia experimentado. Eva tinha medo de seguir o seu caminho sem a
ajuda de alguém, então quis dividir o que sentia.
Certas coisas não se dividem. Não devemos ter medo dos oceanos em que
mergulhamos por nossa livre vontade; o medo atrapalha o jogo de todo
mundo. O homem está passando por infernos para entender isso. Amemos
uns aos outros, mas não tentemos possuir uns aos outros.
Eu amo este homem que está diante de mim, porque eu não o possuo, e ele
não me possui. Somos livres em nossa entrega, preciso repetir isso dezenas,
centenas, milhões de vezes, até que termine por acreditar em minhas próprias
palavras.

빠져 금단의 열매를 먹은, 악을 저지른 실수 역시 절대자의 큰 계획, 즉 우주가 운행되도록 절대자가 설치해 둔 장치이기 때문이다. 이 부분은 이미 코엘류의 선악관에서 확인했었다.[270]

그런데 자신이 맛본 것을 사랑하는 사람도 정확히 나눠 먹어야 한다고 생각하는 것이 원죄라고 한 이유는, 그 뒤에 나오는 문장을 고려할 때, 이브가 절대자에 의해 금지된 것을 먹고 난 뒤 벌어질 미지의 세계에 대한 두려움을 아담과 나눠 가지려 했기 때문이다. 또 용기가 없었다는 말은 거꾸로 볼 때 절대자가 자신의 '큰 계획'에 따라 뱀을 통해 사과를 먹도록 유혹한 것에 대하여 이브가 믿음을 갖지 않았다는 의미이다.[271] 즉 실수하는 것에 대하여 두려워하는 것은 절대자를 불신하는 것이며 그 불신이 바로 악마가 원하는 것이기에 인간의 원죄라는 것이다.[272]

여기서 우리는 마리아가 테렌스를 버리고 랄프에게 돌아가기로 마음먹은 진짜 이유를 찾게 된다. 이브의 교훈에서 보았듯이 실수

---

270) 코엘류의 선과 악 개념에 대하여 살펴보았을 때 연구자가 인용했던 부분을 다시 옮긴다. "하느님은 그 자신이 아담과 이브의 관심을 선과 악의 나무로 유인했을 때 자신이 무엇을 하고 있는 것인지를 잘 알고 있었습니다.
"만일 하느님께서 두 사람이 (그 나무의 열매를 ‒ 연구자 주) 먹기를 원치 않았다면 그들에게 아무 말도 하지 않았을 것이다."
‒ 그렇다면 왜 (하느님이 ‒ 연구자 주) 말을 한 것입니까?
‒ 우주가 움직이도록 하기 위해서입니다."(『브리다』, p.273.)

271) 이미 살펴본 것이지만 다시 확인하기로 한다. 코엘류는 선악에 대하여 말하면서 실수하는 것에 대하여 두려움을 갖지 말라고 말한다. 그러면서 그 실수가· 바로 우주의 운행을 가능케 하는 것이며 그것은 바로 절대자의 의도에 의하여 기획된 것이라고 했다. 이미 코엘류의 선과 악 개념에서 살펴보았지만 다시 옮겨 본다. " ‒ 이 세상으로 하여금 앞을 향해 움직이게 한 것은 바로 그 실수였습니다. ‒ 스승이 말했다. ‒ 실수하는 것에 대하여 절대 두 번 다시 두려움을 갖지 마십시오." 원문 보기: " ‒ Foi o erro que colocou o mundo em marcha ‒ disse o Mestre. ‒ Jamais tenha medo de errar."(앞의 책, p.273).

272) 사실 코엘류의 첫 소설 『어느 마법사의 일기』 전체를 장식하고 있는 악마의 도전과 그것을 극복하기 위해 주인공이 스승으로부터 전수받는 각종 수련행위는 모두 그 두려움을 시험하고 극복하는 과정이라고 볼 수 있다.

하는 것에 대해 두려움을 갖지 않는 것이 그 해답이다. 그녀는 랄프를 만나면서 그가 바로 자신의 숨겨진 사랑이라고 생각했었다. 그것은 그녀의 영혼이 그녀에게 속삭인 말이었다. 하지만 그녀는 그 영혼의 목소리에 자신(自信)과 용기가 서질 않았다. 매춘부라는 자신의 신분 때문에 진심으로 사랑하는 그에게 혹시나 상처를 줄지 모른다는 걱정과, 거부당할 수도 있다는 두려움이 앞섰던 것이다. 하지만 이브의 교훈이 그녀에게 확신과 용기를 주었다. 비록 자신의 선택이 잘못된 것이라고 할지라도 절대자의 음성이기도 한 영혼의 목소리에 믿음을 갖기로 함으로써 랄프에게로 돌아갈 수 있었던 것이다.

그리고 랄프를 진정으로 사랑하는 이유가 "나는 그를 소유하고 있지 않으며 그 또한 나를 소유하고 있지 않기 때문이다."라고 말한다. 서로를 소유하지 않는 사랑, 그것은 인간의 원죄라는 것과 연관시켜 볼 때, 두려움을 나눠 가지지 않는 사랑일 것이다. 두려움을 나눠 가진다는 것은 결국 서로를 서로에게 종속시키고 구속하는 것이다. 영혼의 목소리에 귀를 기울이고 믿음으로써, 잘못된 선택일지도 모른다는 두려움을 나눠 갖지 않고 떨쳐 버리면 서로에게 몸과 마음을 온전히 건넴에 있어서 자유로울 수 있으며 그것이 몸과 영혼이 하나가 될 수 있는 조건이요, 소유하지 않는 진정한 사랑이라는 것이다. 그리고 그녀가 소유하지 않는 사랑이라는 결론에 도달하게 된 또 다른 이유와, 테렌스와의 변태적 성경험이 그녀에게 처음으로 오르가즘을 안겨 주었음에도 불구하고 공허한 감정이 남았던 이유는 그와의 변태적 성관계가 지닌 독성, 즉 서로를 변태적 성관계에서 오는 쾌락의 노예, 성욕의 노예로 만들

것이기 때문이다. 다시 말하면 육체적 관계와 희열만이 있었을 뿐 정신적인 만족감이나 육체와 영혼의 완전한 합일에서 오는 희열을 맛볼 수 없었기 때문일 것이다.

스위스의 사업가로 소개했던 자의 유혹에 빠져 결국 이국땅에서 매춘부로 전락했던 실제 인물의 삶을 소재로 한 이 작품은, 그동 안 터부시된 속된 육체적 사랑을 통하여 진정한 사랑의 의미를 전 하려 한 작품이다. 그럼에도 불구하고, 지브란고는 다른 경로를 통 해 전개되고 있는 코엘류의 사랑관은 결코 인간의 단순한 육체적, 정신적 사랑에 국한되어 있지 않다. 왜냐하면 그의 육체와 영혼의 개념에서 살펴보았듯이 그에게 "성(性)이란 그 무엇보다도 절대자 가 우리(인간 - 연구자 주)로 하여금 이 지구상에 존재하며 그 사랑 의 에너지를 육체적인 차원에서 즐기도록 선택해 놓은 방식"이요, "사람들이 신에게 가까이 있었을 때 섹스는 신성한 그 존재와의 합일을 의미"하기 때문이다. 여기서 코엘류의 사랑관은 보다 큰 의 미로 확대된다.

즉 코엘류에게 사랑은, 곧 살펴보겠지만, 궁극적으로 인간의 육 체적·정신적인 사랑을 넘어 우주 창조의 원리이자 신과 인간의 합일을 매개하는 수단이며 최종 목적이기도 하다. 그에게 있어서 "모든 미스터리들을 이해하는 데 필요한 열쇠"(a chave para a compreensão de todos os mistérios)(『브리다』, p.158.)로서의 사랑은 우주 창조의 본질273)로서 우주를 움직이는 원리라는 것이다.

---

273) 브리다의 스승인 비카는 브리다가 환생 때마다 한 명 이상의 짝을 만날 수 있다는 말인가 라고 묻자 직답을 회피하며 다음과 같이 말한다. "- 창조의 본질은 단 하나야. - 그녀가 말했다. - 그리고 그 본질은 바로 사랑이지."(『브리다』, p.46).
원문 보기: "- A essência da Criação é uma coisa só - disse. - E esta essência

이것은 그의 대표작으로 꼽히는 『연금술사』에서도 찾아볼 수 있다. 자신을 적의 스파이로 오해한 사막의 부족장에게 산티아고와 함께 붙잡힌 연금술사는 산티아고 역시 연금술사로서 맑은 날에 폭풍을 불게 하는 능력이 있다고 말한다. 이에 부족장이 그것을 실현해 보이지 않으면 죽임을 당할 것이라고 하자 며칠의 기도와 명상 끝에 산티아고는 사막에게 자신을 바람으로 바뀌게 해 달라고 부탁한다. 이때 사막과 산티아고가 나눈 대화 속에 그 사랑의 본질이 드러난다.

> ─ 사랑이란 무엇인가? ─ 사막이 물었다.
> ─ 사랑은 너의 사막 위를 나는 매의 비행(飛行)이지. 왜냐하면 그에게 있어서 너는 푸른 초원이기 때문이며 그는 결코 먹잇감을 찾지 못한 채 둥지로 돌아간 적이 없어. 그는 너의 바위며 언덕 그리고 산들을 알고 있어. 그리고 너는 그에게 관대해.
> ─ 매의 주둥이는 나에게서 내 부분들을 빼앗아 가 버려. ─ 사막이 말했다. ─ 수년 동안 나는 그의 먹잇감을 키우고 내가 갖고 있는 적은 양의 물을 먹여 키우지. 그리고 먹이가 어디에 있는지를 보여줘. 그러면 어느 날 그 매는, 내가 나의 모래 위를 기어 다니는 그 먹잇감의 다정한 접촉을 느낄 바로 그 무렵에, 하늘에서 내려와 내가 키워 놓은 것을 가져가 버려.
> ─ 하지만 네가 그 먹잇감을 키운 것이 바로 그것을 위한 것이었잖니. ─ 산티아고가 대답했다. ─ 매에게 먹이를 주기 위해서 말이야. 그러면 그 매는 어느 날 너의 모래에게 먹이를 줄 것이고 그 모래들로부터 먹잇감이 다시 모습을 드러낼 것이야. 세상은 그렇게 돌아가는 거지.
> ─ 사랑이란 것이 그것인가?
> ─ 그게 사랑이야. 먹잇감이 매로 바뀌고 매는 사람으로, 그리고 그 사람은 다시 사막으로 바뀌는 것이 사랑이지. 그것이 납을 금으로 변하게 하고 그 금이 다시 땅 아래로 숨게 하는 것이야.274)

(『연금술사』, pp.194~195.)

---

chama─se Amor."

274) 원문 보기: ─O que é o amor? ─perguntou o deserto.
─O amor é o vôo do falcão sobre suas areias. Porque para ele você é um campo verde, e ele nunca voltou sem caça. Ele conhece suas rochas, suas

지브란처럼 자연의 순환원리(먹잇감 – 매 – 사람 – 사막)를 통해 사랑의 의미를 깨달은 산티아고가 이 인용문의 마지막 부분에서 한 말은 바로 연금술과 관련된 것이다. C. G. 융에 의해 무의식의 표현으로 분석되기도 했던 연금술의 핵심은 바로 변환이다. 몇몇의 광물질들에다가 원물질(혹은 '철학자의 돌')을 가미하여 금으로 변환시키는 작업이 연금술의 주된 목적이기에 연금술사는 창조주에 비교되곤 한다. 11년간 직접 연금술과 불노장생약 제조에 심취했던 코엘류가 그 경험에서 얻은 것도 바로 변환(transformation)의 교훈275)이며, 인간의 삶과 우주를 돌아가게 하는 힘의 원천인, 그 변환의 바탕은 바로 사랑이라는 것이다. 즉 연금술에서 말하는 변환은 곧 먹잇감→매→사람→사막으로 순환하는 자연의 원리와 더불어 진정한 우주의 존재원리로서의 사랑이라는 개념을 완성한다. 산티아고는 바람이 자신으로 하여금 바람으로 변신할 수 있도록 태양에게 도움을 부탁해 보라고 말했다면서 다음과 같이 덧붙인다.

---

dunas e suas montanhas, e você é generoso com ele.

– O bico do falcão tira pedaços de mim – disse o deserto. – Durante anos cultivo sua caça, alimento com a pouca água que tenho, mostro onde está a comida. E um dia, desce o falcão do céu, justamente quando eu ia sentir o carinho da caça sobre minhas areias. Ele carrega aquilo que criei.

– Mas foi para isto que você criou a caça – respondeu o rapaz. – Para alimentar o falcão. E o falcão alimentará um dia suas areias, de onde a caça tornará a surgir. Assim se move o mundo.

– É isto o amor?

– É isto o amor. É o que faz a caça transformar – se em facão, o falcão em homem, e o homem de novo em deserto. É isto que faz o chumbo transformar – se em ouro; e o ouro voltar a esconder – se sob a terra.

275) 코엘류는 『연금술사』의 서문에서 자신이 연금술에 몰두하였지만 연금술의 복잡하기 그지 없는 상징들의 해석과 복잡함에 지쳐 결국 포기하였다고 말한다. 하지만 그는 일반 광물을 금으로 변하게 하는 그 경험을 통해 사랑 이외에 진리는 복잡한 것이 아니라 단순하다는 것을 알게 되었다고 말한다. 그의 문제와 구조가 간결하고 단순한 것은 그 경험 덕분이라고 코엘류는 『연금술사』 서문에서 밝히고 있다.

－바람은 네가 사랑을 알고 있다고 말했어. － 산티아고가 태양에게 말했어. － 만일 네가 사랑을 안다면, 사랑으로 만들어진 '세상의 혼 *Alma do Mundo*[276]도 알 거야. (……) － 하지만 너는 사랑을 몰라. 만일 창조의 6일째 날이 없었다면 인간도 없었을 것이고 동(銅)도 언제나 동(銅)이었을 것이며 납도 언제나 납이었을 거야. 그 각각은 자신의 꿈(혹은 자아의 신화, lenda pessoal － 연구자 주)을 가지고 있지. 정말이야. 하지만 언젠가 그 꿈은 이루어질 거야. 그러면 보다 나은 것으로 변화할 필요가 있을 것이고 다른 새로운 꿈을 가질 필요가 있게 돼. 세상의 혼이 정말로 단지 하나가 될 때까지 말이야.[277]

(앞의 책, pp.198～199.)

이어 『연금술사』의 핵심어이기도 한 보물과 연금술의 의미를 서로 연결시키면서 코엘류는 산티아고의 입을 빌려 다음과 같이 말한다.

－그걸 위해 연금술이 있는 것이지 － 산티아고가 말했다. － 각각의 인간으로 하여금 자신의 보물을 찾아 나서게 하고 또 그것을 발견하게 하고 그리고 나중에 자신의 이전 삶 때보다 더 나은 존재가 되기를 바라도록 하기 위함이지. 납은 세상이 더 이상 자신을 필요로 하지 않을 때까지 자신의 역할을 수행할 거야. 그러면 그 납은 금으로 변할 것임에 틀림없어.

"연금술사들이 그런 것을 하지. 그들은 우리가 현재의 우리보다 더 나은 존재가 되려고 노력할 때 주위의 모든 것 또한 더 나아진다는 것을 보여 줘."[278]

(앞의 책, p.200.)

---

276) 우리나라에 번역 소개된 책에서는 모두 '만물의 정기'로 번역되어 있다.

277) 원문 보기: － O vento me disse que você conhece o Amor － disse o rapaz ao sol. － Se você conhece o Amor, conhece também a Alma do Mundo, que é feita de Amor.
(……) － (……) Mas não conhece o Amor. Se não houvesse um sexto dia da criação, não haveria o homem, e o cobre seria sempre cobre, e o chumbo seria sempre chumbo. Cada um tem sua Lenda Pessoal, é verdade, mas um dia esta Lenda Pessoal será cumprida. Então é preciso transformar － se em algo melhor, e ter uma nova Lenda Pessoal, até que a Alma do Mundo seja realmente uma coisa só.

278) 원문 보기: － Para isto existe a Alquimia － disse o rapaz. － Para que cada homem busque seu tesouro, e o encontre, e depois queira ser melhor do que foi na sua vida anterior. O chumbo cumprirá seu papel até que o mundo não

즉 앞의 두 인용문을 종합해 보면 연금술이 의미하는 것과 사랑
이 의미하는 바는 궁극적으로 하나이며 그 의미란, 바로 절대자의
손에 의해 이미 써진 인간의 삶과 운명에게 의미를 부여하고 나아
가 인간을 창조한 절대자의 수단으로써 봉사하면서 현재보다 보다
나은 삶을 적극적으로 추구하는 것이다. 그러기 위해 인간은 꿈과
열정 그리고 사랑으로 삶을 대해야 한다고 작가는 말한다. 신이
인간을 창조한 의미는 바로 거기에 있을 것이라는 말이다. 그리고
그 꿈과 열정 그리고 사랑은 각자의 삶을 보다 풍요롭고 적극적으
로 만들 것이며 이것은 궁극적으로, 본래 모든 창조물의 영적인
집합체이자 사랑으로 만들어진 세상의 혼, 즉 인류 사회와 우주의
근간을 하나로 뭉치게 할 뿐만 아니라 이것은 다시 각 구성원들을
풍요롭게 할 것이라고 말한다. 먹잇감 – 매 – 사람 – 사막의 순환원
리에서 이미 본 것이다.

　　－왜냐하면 사랑은 사막처럼 멈춰 있는 것도 아니고 바람처럼 세상을 휘달리
　　는 것도 아니며 너처럼 모든 것을 멀리서 바라보는 것도 아니니까. 사랑은 '세
　　상의 혼'을 변화시키고 보다 낫게 하는 힘이지. 내가 처음으로 그 혼 속에 침
　　투하여 들어갔을 때 그 혼을 구성하는 것들도 피조물이었으며 그것들도 자신
　　만의 전쟁과 열정이 있다는 것을 발견했어. 그 세상의 혼에게 영양을 공급하
　　는 것이 바로 우리들이지. 그리고 우리가 살고 있는 지구는 우리가 보다 나아
　　지는지 아니면 더 나빠지는지에 따라 그 자신도 더 나아지거나 아니면 더 나
　　빠져. 바로 거기에 사랑의 힘이 개입되지. 왜냐하면 우리가 사랑을 할 때는 언
　　제나 지금의 우리보다 나아지기를 열망하니까.279)

　　　　　　　　　　　　　　　　　　　　　　　　　　(앞의 책, p.200.)

　　precise mais de chumbo; então ele terá que transformar – se em ouro.
　　"Os Alquimistas fazem isto. Mostram que, quando buscamos ser melhores do
　　somos, tudo em volta se torna melhor também."

279) 원문 보기: － Porque o amor não é estar parado como o deserto, nem correr o
　　　mundo como o vento, nem ver tudo de longe, como você. O Amor é a força

인간이 보다 나은 미래를 꿈꾸며 그 꿈을 추구하기 위해서는 무엇보다도 창조주인 절대자가 자신의 창조물인 인간을 항상 도우려 한다는 것에 대하여 믿음을 가져야 하고 그 증거로서 작가는 우리가 원하는 것을 성취하고자 노력할 때 전(全) 우주가 우리를 돕기 위하여 은밀히 움직인다고 말한다. 그러한 믿음이 있었기에 스페인 남부의 안달루시아 출신인 양치기 산티아고는 그 험난한 여행과 고난을 이겨내며 이집트의 사막 한가운데까지 갈 수 있었고 그곳에서 자신의 진짜 보물이 위치한 곳을 알게 된다. 그곳은 바로 그가 여행을 시작하기 전에 양 떼들과 함께 잠을 청했던 안달루시아 지방의 어느 작은 마을 낡은 교회당이었다.

어쨌든 자신을 바람으로 변화시켜 줄 존재는 사막도, 바람도, 태양도 아니었다. 그들도 창조주의 원대한 계획에 의해 창조된 피조물로서 이 우주에서 자신의 역할을 묵묵히 수행하고 있을 뿐이었다. 결국 불가능한 기적을 이룰 수 있는 것은 '이미 모든 것을 써 두었던 큰손', 즉 절대자밖에 없었다. 태양이 큰손에게 부탁해 보라고 하자 산티아고는 거기서 깨달음에 도달하게 된다.

이어진 침묵에서 그 청년(산티아고 – 연구자 주)은 사막과 바람 그리고 태양 역시 그 큰손이 써 두었던 표식들을 찾고 있었으며 그리고 그들은 자신의 길을 수행하고, 나아가 심플한 어느 에메랄드 판에 써진 것280)을 이해해 보려고

---

que transforma e melhora a Alma do Mundo. Quando penetrei nela pela primeira vez, achei que fosse as criaturas, e tinha suas guerras e suas paixões. Somos nós que alimentamos a Alma do Mundo, e a terra onde vivemos será melhor ou pior, se formos melhores ou piores. Aí é que entra a força do Amor, porque, quando amamos, sempre desejamos ser melhores do que somos.

280) 이 표현은 아마도 꾸란이 써진 판을 언급하는 것으로 보이나 다른 한편으로는 연금술과도 관련된 것으로 보인다. 시리아 등지에서 꽃을 피운 아랍의 연금술에서 중요한 문서로 꼽

노력하고 있다는 것을 알게 되었다. 그는 그 표식들이 땅과 허공에 흩어져 퍼져 있음을 알았다. 그리고 사막도, 바람도, 태양도 그리고 인간도 왜 자신들이 창조되었는지를 모르고 있다는 것을 알았다. 하지만 그 큰손은 이 모든 것에 한 가지 이유를 가지고 있었다. 그리고 그 큰손만이 기적을 행하고 대양을 사막으로, 인간을 바람으로 변화시킬 수 있었다. 왜냐하면 보다 큰 어떤 계획이, 창조의 6일이 '위대한 작품'으로 변화하는 어떤 지점으로 움직이도록, 우주를 떠밀고 있다는 걸 그 큰손만이 알고 있었기 때문이다.[281]

(앞의 책, pp.202~203.)

이어 작가는 다음과 같이 말한다.

산티아고는 세상의 혼 속으로 잠겨 들어갔다. 그리고 그 세상의 혼이 절대자의 혼의 일부이며 그 절대자의 혼은 바로 자기 자신의 혼임을 알았다. 그리고 그때서야 그는 자기가 기적을 행할 수가 있음을 보았다.[232]

(앞의 책, p.203.)

우리는 여기서 기나긴 고난의 여행을 통해 산티아고가 얻은 교

---

히는 *Book of the Secret of Creation*(『창조의 비밀서』)라는 책의 한 부분이 헤르메스 트리스메지스토스가 쓴 *Emeral Tablet*(≪에메랄드 서판(書板)≫)이라는 것이 있는데 코엘류는 이 부분을 염두에 두고 쓴 것이 아닌가 한다. 그렇게 보는 이유는 창조의 은유이기도 한 연금술 얘기가 이어지고 있을 뿐만 아니라 같은 부분에서 언급되고 있는 '모든 것이 이미 써져 있다.'라는 표현은 이슬람의 표현이기 때문이다. 즉 코엘류는 꾸란과 연금술의 메시지를 동시에 활용하고자 한 것으로 풀이된다.

281) 원문 보기: No silêncio que se seguiu, o rapaz entendeu que o deserto, o vento e o sol também buscavam os sinais que aquela Mão havia escrito, e procuravam cumprir seus caminhos e entender o que estava escrito numa simples esmeralda. Sabia que aqueles sinais estavam espalhados na terra e no espaço, e que nem os desertos, nem os ventos, nem os sóis, nem os homens sabiam por que tinham sido criados. Mas aquela Mão tinha um motivo para tudo isto, e só ela era capaz de operar milagres, de transformar oceanos em desertos, e homens em vento. Porque só ela entendia que um desígnio maior empurrava o Universo a um ponto onde os seis dias da criação se transformariam na Grande Obra.

282) 원문 보기: E o rapaz mergulhou na Alma do Munco, e viu que a Alma do Mundo era a parte da Alma de Deus, e viu que a Alma de Deus era a sua própria alma. E que podia, então, realizar milagres.

훈, 다시 말해 세상의 혼이 절대자의 혼의 일부요, 그 절대자의 혼은 다시 산티아고 자신의 혼임을 깨달았다는 표현에 주목할 필요가 있다. 세상의 혼이 절대자의 혼의 일부인 반면에[283] 절대자의 혼이 바로 자신의 혼이라는 것을 알았다고 말한 것은 나(산티아고)와 절대자가 동일체임을 깨달았다는 말이다. 이것은 인간의 내부에 신성이 존재한다는 신비주의의 기본 개념이기도 하다.

다시 말하여 종교적 수도자가 금욕과 고행 등을 통해 절대자와의 합일을 추구하듯이 산티아고는 자기희생(예, 양치기라는 직업을 포기하고 보물을 찾아 아프리카로 떠난 것부터 크리스털 주인의 딸을 포기한 것 등)과 고난의 여행(예, 아프리카 북부 세우타에서 도둑질을 당한 것 등)을 통하여 비로소 자기 내부의 신성이 완연히 발현토록 함으로써 신처럼 기적을 행할 수 있었다는 의미이다. 그것을 가능하게 한 것은 어버이로서의 절대자에 대한 믿음이요 사랑이었다. 또한 너와 나, 생물과 무생물, 선과 악, 삶과 죽음, 기쁨과 슬픔 등을 서로 구분 짓거나 불신함으로 인하여 지상에 사는 인류의 모든 고통과 분쟁이 시작되었듯이[284] 그 고통과 분쟁의 해결점도 바로 그 구분 지음을 초월하여 하나 됨으로 돌아가는 것이며 그 매개물은 사랑이었다.

또한 신비주의자들이 제도화된 종교의 형식이나 관습을 벗어 버리고 집단 혹은 개인적인 수행을 통하여 궁극적으로 직접적이고도

---

283) '세상〈신＝인간'이라는 관계의 설정은 성경의 창세기에 나오는 부분을 보면 이해가 가능한 부분이다. 우주 창조의 6일째 하느님이 자신의 모습을 닮은 인간을 만들어 세상의 만물을 지배하게 하였다고 한 구절이 그런 관계 설정을 가능하게 한다.

284) 물론 지브란의 경우 인간의 기쁨과 슬픔의 경우 절대자에게서 분리된 것 자체에서 슬픔의 기원을 찾고 있다.

개별적인 절대자와의 합일을 추구하였듯이 산티아고 역시 양치기가 되기 이전에 제도종교의 틀 속에서 수도사가 되기 위한 과정인 '세미나리우'(seminário)의 길을 걸었다가 포기하고 세상을 여행하고자 하는 꿈을 실현하려 했던 점도 신비주의자들의 구도 여정과 맥락을 같이한다.

그리고 지브란의 슬픔과 기쁨의 순차적 개념을 『예언자』의 전체 구조와 연계하여 보았듯이, 산티아고가 스페인 남부의 안달루시아를 출발하여 고통과 고난의 역경을 거치며 아프리카 이집트의 피라미드까지 갔다가 결국 본래의 출발점이었던 안달루시아에서 보물을 찾는 『연금술사』의 구조 또한, 긴 여정 속에 사랑을 깨닫고 본원으로 돌아가는, 즉 하나가 되는, 보다 큰 구도(求道)의 여정을 함축하고 있다고 할 것이다. 물론 그가 지브란처럼, 인간의 온갖 불행과 슬픔이 절대자로부터의 분리에서 시작되었다고 보는 구체적인 증거가 없지만 그의 삶과 죽음, 육체와 영혼, 기쁨과 슬픔 등에서 나타난 사상을 종합할 때 충분히 짐작할 수 있을 것이다.

아울러 안달루시아→이집트의 피라미드→안달루시아로 구성된 이 작품의 구조는 바로 '숨겨진 보물', 즉 절대자 혹은 진리가 결코 인간에게서 먼 곳에 있는 것이 아니라 언제나 가까운 주변에 있다는 작가의 메시지를 함축하고 있다고 할 것이다.

# Ⅳ. 결   론

본 연구는 시대와 장소를 달리한 레바논 출신의 칼릴 지브란과 브라질 출신의 파울루 코엘류를, 신비주의의 핵심 사상인 저항의식과 존재의 합일개념을 중심으로 비교 연구한 것이다. 지브란은 이슬람권의 가톨릭 국가 출신이며 코엘류는 가톨릭 국가 출신이면서 이슬람에 심취한 작가이다. 비록 시대와 장소를 달리하고 있지만 선대 작가인 지브란은 후대 작가인 코엘류에게 여러모로 실증가능한 영향을 준 것이 사실이고 이 점에서 두 작가는 비슷한 사상적 궤도를 그리고 있다. 그것은 두 작가 모두 신비주의사상을 공통분모로 갖고 있다는 뜻이다.

　하지만 Ⅱ장에서 살펴보았듯이 그 신비주의는 각기 서로 다른 경로로 수용되어 독특한 모습으로 잉태되었으며 그 결과 같은 신비주의를 지향하고 있다고 할지라도 여러 차이점을 드러냈다. 이 부분을 자세히 살펴보기 위하여 본 연구는 우선 보편적인 의미의 신비주의 사상을 살펴본 다음 그들이 신비주의를 수용하고 잉태하게 된 지리적 요인으로서의 조국, 시대적 상황과 예술적 풍토 그리고 전기적(傳記的) 요인을 분석하였으며 그 분석을 통해 수용되고 잉태된 신비주의 사상이 각 작가의 작품 속에서 어떤 의미를 지니는지, 인간을 조건 짓는 요소이자 그들의 문학작품에 공통으로 스며 있는 주제들, 즉 선과 악, 삶과 죽음, 육체와 영혼, 인간과 절대자의 관계를 중심으로 분석을 시도하였다.

그리고 Ⅱ장 1절에서 먼저 기독교와 이슬람 신비주의를 중심으로 그 속에 담겨 있는 신비주의의 기원과 각 종교 내에서의 신비주의가 내포하고 있는 정의를 분석하였는바 신비주의의 보편적 의미는 개별적인 체험을 통해 절대자와의 합일을 추구하는 것이며 그 저변에는 저항의식과 존재의 합일 사상이 깔려 있음을 확인하였다. 여기서 저항의식은 궁극적으로 인간의 고유한 자유에의 의지와 갈망에 기초한 것이며 보다 구체적으로는 기존 제도종교의 위계질서를 따르지 않고 절대자와의 개별적인 합일을 추구한다는 점에서 엿볼 수 있었다.

하지만 절대자와의 합일 개념에서 본 연구는 제도종교와 그 속의 신비주의 그리고 지브란과 코엘류의 신비주의 사이에 차이점이 있음을 발견하였다. 다시 말해 각 제도종교와 그 속의 신비주의란 어디까지나 그 종교의 테두리 내에서, 그 종교가 지칭하는 절대자와의 합일을 추구하는 것인 반면에 지브란과 코엘류의 경우는 비록 가톨릭 신자임에도 불구하고 '모든 종교의 절대자는 하나'라는 보다 확대된 의미의 독특한 신비주의 사상을 잉태하고 있다는 것이다.

이러한 사실을 염두에 두고, 두 작가가 도달한 신비주의의 수용과 잉태의 배경 및 경로를 추적하기 위해, 그들을 둘러싸고 있는 문학 외적인 요소들을 먼저 분석하였는바 지브란과 코엘류 모두 지리적 요인으로서의 조국이 갖고 있는 특성, 즉 각각 종교적·문화적 다원주의와 다인종·다문화주의가 넓은 의미에서 그들로 하여금 독특한 신비주의를 잉태할 수 있게 한 토대였음을 알 수 있었다. 그리고 지브란의 경우 그 신비주의는 윌리엄 블레이크(범신론적 신비주의), 니체(초인론), 이븐 시나와 알 가잘리 등 수피 사상가(수피즘) 그리고 에머슨과 예이츠(초절주의) 등 당대의 문학과 사상을 접하면서 심화되었으며, 코엘류의 경우는 부모와, 그들로 대변되는 기성세대 가치관과의 갈등 그리고 그에 따른 정신병원 입원, 히피, 록음악, 블랙매직, 아방가르드 예술, 대안사회의 건설 계획과 좌절, 군정하의 고문 등 오랜 방황 뒤에 행하였던 '산티아고의 길' 순례를 통해, 어릴 때 잃어버린 종교인 가톨릭을 회복하면서 독특한 신비주의 사상을 잉태한 것으로 나타났다. 물론 여기에는 11년간 자신이 직접 수행했던 연금술 경험도 큰 몫을 한 것으로 보인다.

이러한 분석을 바탕으로 Ⅲ장에서는 저항의식과 존재의 합일로서의 신비주의 사상이 두 작가의 작품 속에 어떤 의미로 스며 있는지를 분석하였다. 먼저 저항의식으로서의 신비주의 경우, 지브란의 저항의식은 바로 그가 태어난 조국과 긴밀히 연결되어 있었던 반면에 코엘류의 경우는 언제나 자아의 주체성 확보와 연결되어 있음을 확인할 수 있었다.

먼저 지브란의 저항의식을 보면 그의 조국 레바논이 종교적·문화적 다원주의 국가였던 만큼 항상 외세의 침략에 노출되었으며 그 외세와 조국의 지배세력들이 결탁하여 조국을 유린할 때, 그리고 그 상황에 대하여 침묵하거나 이중적인 모습을 보이는 동포들을 볼 때 지브란은 강한 저항의식을 갖게 되었다. 그리하여 거기서 잉태된 저항의식이 문명과 자연, 도시와 농촌, 자연과 인간으로 옮겨 가며 전 방위로 전개될 때에도 그 속에는 언제나 조국이 자리하고 있었다. 그러나 어릴 때 고독을 즐기며 상상의 나래를 마음껏 펼치게 해 준 조국, 아름답게 각인된 조국 자연의 청순한 아가씨 같은 이미지가 유린되어 증오의 감정이 극에 달할 때면 조국은 언제나 관대한 어머니의 모습으로 오버랩되었고 결국 그로 하여금 평화와 사랑을 설파하도록 하였다. 보다 엄밀히 말하자면 그가 가슴속에 지녔던 조국의 자연이 그에게 사랑의 섭리를 일깨웠던 것이다.

그리고 그 자연의 순환 섭리를 통해 지브란은 자신의 이중성과 타자의 이중성을 보았고 그 자신과 타자도 근본적으로 동일하다는 것을 깨달았다. 그와 동시에 조국과 인류가 이 세상에서 겪는 고통이 '너'와 '나'의 구분 지음에서 비롯된다는 것도 깨달았다. 물론 그 깨달음의 근저에는 신비주의 일반의 합일 사상이 자리하고 있었다. 이 시점부터 그의 저항의식은 조국과 동포에 대한 사랑에서 인류에 대한 사랑으로 한 단계 도약한다. 그 과정에서 지브란은 '모든 인류는 형제'라는 인식과 더불어 '모든 종교의 절대자는 하나'라는 독특한 신비주의를 잉태하기에 이른다. 그것은 그가 인류의 구원을 추구하고 있었음을 의미한다.

그런데 그 구원은 인간의 외부가 아닌 바로 인간의 내부에 있으며 그 내부란 절대자의 신성이 머무는 인간의 영혼이었다. 따라서 구원이 절대자에게 있다면 그것은 곧 인간의 내부인 영혼 속에 있다는 의미이기도 했다. 그렇기에 그는 "그대 인간을 사랑하며 진정한 삶은 바로 인간 속에서 샘솟는 것"이라고 말했던 것이다. 나아가 인간의 내면에 이미 신성이 존재하기에 구원의 해답은 먼 곳이 아닌, 인간 내부의 영혼 속에 있다고 한 것이다.

한편 코엘류의 작품에 나타난 저항의식은 근본적으로 개인으로서의 인간이 추구하는 자유에의 갈망과 정체성 확보라는 문제와 연결되어 있었다. 물론 그것은 부모와 기성세대의 가치관에 의해 억눌린 '나'의 자유와 정체성의 문제였다. 따라서 그가 획일화를 추구하는 현대 사회 속에 할부 인생을 살아가는 봉급생활자를 얘기할 때도, 대안사회를 외칠 때도, 빌레치 정신병원의 원장인 이고르 박사의 입을 빌려 정상적이란 것이 무엇인지를 이야기할 때도, 궁극적으로 그의 마음 한가운데에는 자유에의 갈망과 '나는 누구인가'라는 정체성에 대한 물음이 자리하고 있었다.

그런데 그의 저항의식은 '산티아고의 길' 순례 이후 가톨릭으로 재귀의하면서 보다 분명하고 독특한 신비주의의 사상을 잉태하기에 이른다. 왜냐하면 기존 사회의 가치체계를 지탱하고 있는 너와 나의 구분 지음이란 존재의 개별성을 인정하는 것이 아니라 억압하는 동기로 작용하고 있음을 깨달았기 때문이며 그 깨달음의 근저에는 바로 모든 종교에서 말하는 창조주가 궁극적으로 하나요, 우주 만물도 하나라는 독특한 신비주의 사상이 자리하고 있었다. 그 깨달음을 통해 그는 남과 다를 수 있는 권리, 남과 달리 생각하고 행동할 수 있는 권리를 주장하면서 자신의 꿈을 찾아 살되 실패하더라고 두려움을 갖지 말라는 메시지를 잉태하게 되었던 것이다.

이어 Ⅲ장의 2절에서는 존재의 합일로서의 신비주의 사상을 중심으로 선과 악, 삶과 죽음, 육체와 영혼, 인간과 절대자를 분석하였다.

첫 번째로 선과 악의 관계를 분석한 결과 저항의식이 강하던 초기의 지브란에게 있어서 인간과 세상이란 악이 선을 누르고 지배하는 곳으로 인식되었다. 이 단계에서 그는 조국을 짓밟는 외세라든가 지배세력 혹은 서구의 문명을 악으로 지목하고 있었다. 그러나 자연의 섭리에 대한 성찰로부터 선과 악은 궁극적으로 하나라는 신비주의 사상을 수용하면서 시각의 변화를 겪는다. 즉 선을 행하지 않는 실수가 악이라고 보게 된 것이다. 그리고 그 실수의 원인은 근본적으로 미숙한 자아에 있다고 보는 시각과, 선이란 신적인 자아를 향해 미숙한 자아를 갈고 닦는 것이라는 메시지 속에서 그가 악을 선의 중요성과 가치를 일깨우는 대항 요소로 보고 있음을 알 수 있었다.

한편 코엘류의 경우는, 비록 그가 이 세상을 악이 선을 지배하는 곳으로 본다는 증언이나 구체적인 표현이 나타나 있지 않지만, 마약과 히피 그리고 블랙매직 등에 빠졌을 때의 삶을 볼 때 그 역시도 지브란처럼 선에 대한 악의 지배를 인정한 것으로 보인다. 그래서 이 무렵 코엘류에게 악이란 개인의 자유와 정체성을 억압하는 존재들, 예를 들면 학교, 군사정권 등을 의미했다. 물론 추상적인 의미에서 볼 경우는 기존 사회의 가치체계 전반이 될 수 있을 것이다. 그러나 자연의 섭리에 대한 깨달음과 '산티아고의 길' 순례 그리고 연금술은 그의 이러한 시각에 큰 변화를 몰고 왔다. 즉 예수와 유다의 관계와 레오나르도 다빈치의 에피소드에서 보았듯이 그는 선과 악을 상대적이자 상호 보완적인 관계로 인식하고 있다. 그리고 선을 대변하는 천사와 악을 대변하는 악마는 항상 인간 곁에 존재하며, 악마 역시 '추락한 천사'로서 그에게도 유용한 것이 있는 만큼, 배척하기보다는 친구처럼 지내라고 말한다.

이처럼 선과 악의 인식에 있어서 지브란과 코엘류 사이에는 다음과 같은 공통점이 있다. 그것은 절대자에 대한 믿음이다. 왜냐하면 지브란의 경우 선과 악을 동시에 지니고 있는 인간의 사고와 행동은 미숙한 자아의 불완전성에서 기인하는 것이지만 인간의 내면에는 근본적으로 신성이 깃들어 있기에 얼마든지 구원의 가능성이 열려 있다고 본다. 그리고 코엘류의 경우는 조금 다르긴 해도 절대자는 자신의 피조물이 행복하기를 바란다는 믿음을 갖고 있다.

하지만 이 점에서 두 작가 사이에는 미묘한 차이가 드러난다. 예를 들면 지브란의 경우 선악의 개념이 적용될 때 그 합일에 이르기 위해서는 인간의 내면에 있는 미숙한 자아를 갈고 닦아 신적인 자아와의 합일을 추구해야 하며 그것을 이룰 때 선과 악을 구별할 수 있으리라고 말한다. 이 과정에서 시인으로서의 나르시스적인 사명의식이 드러나며 그 매개자로서 신인(神人)인 예수의 존재를 본다. 하지만 선과 악의 구별 능력은 어디까지나 절대자의 고유한 영역인 만큼 인간이 할 수 있는 것은 합일을 갈망하고 구도하는 것이며 이것은 곧 예수를 따르고 모방하는 것임을 암시한다.

하지만 코엘류에게는 미숙한 자아의 개념이 등장하지 않는다. 왜냐하면 그는 인간도 악마처럼 '추락한 천사'로 보기 때문이다. 즉 그에게는 인간의 내면에 있는 악마가 '게임의 룰'을 장악하도록 내버려 두지 않음으로써 선을 행할 수 있으며 이를 위해 부단히 '빛의 전사'처럼 노력할 것을 주문한다. 이것은 그의 작품 상당수가 자기 계발서로 분류되는 이유이기도 하다.

또한 코엘류는 설사 악에 유혹을 당하는 실수를 범하더라고 두려움을 갖지 말라고 말한다. 여기에는 절대자가 자신의 피조물들을 사랑한다는 믿음이 깔려 있으며 나아가 실수(악)를 우주운행의 원리로 보는 그의 긍정적인 시각이 밑받침되어 있다. 물론 지브란도 절대자에 대한 믿음을 근저에 깔려 있지만 코엘류처럼 선악의 개념을 우주존재의 원리로까지 구체적으로 확대하지는 않으며 악은 선의 중요성과 가치를 일깨우는 요소이자 인간을 총체적으로 이해하는 요소로 보고 있다.

이어 본 연구는 삶과 죽음의 주제를 다루었는바 두 작가는 다음과 같은 공통점을 드러냈다. 첫째, 두 작가에게 있어서 죽음은 육체의 단순한 소멸을 의미하는 것이 아니라 자신을 이 세상에 있게 한 절대자의 품으로 돌아가는 것을 의미한다. 다시 말하면 두 작가 모두 인간의 내면에는 신성이 함께한다고 믿기에 죽음은 어디까지나 육체적인 소멸일 뿐 영혼은 계속 살아 존재한다는 것이다. 두 작가 공히 윤회사상을 수용하는 것도 이러한 믿음에 기초한다고 본다. 둘째, 죽음을 창조한 절대자의 의도는 삶의 가치를 깨닫게 하기 위함이라는 것이다. 선의 대립 개념으로 악을 창조한 의미의 연장선상에서 그러하다. 셋째, 따라서 비록 지상에서의 삶 동안 자신의 실수를 깨닫고 더 이상 절대자와 멀어지지 않도록 노력하면서 구도(求道)하는 실천적인 삶을 살 것을 주문한다.

하지만 여기서도 두 작가 사이에 미묘한 차이가 발견된다. 즉 코엘류는 이슬람권에 살았던 지브란과는 달리 가톨릭 신자임에도 불구하고 이슬람의 용어 '막툽'(maktub)을 인용하며 모든 인간의 운명은 이미 '쓰여 있다'라는 의견을 개진한다든가 절대자가 부여한 '천부적 재능 혹은 선물'을 잘 가꾸어 이 세상에 그가 남겨 놓은 표식을 잘 인식함으로써 그 '숨겨진 보물'(혹은 알라의 존재 그 자체) 또는 '자아의 신화'를 찾아 열정적이고 적극적으로 살라고 주문한다. 그리고 그 속에 인간이 이 세상에 존재하는 이유가 있다고 주장한다. 다시 말해 진정한 삶과 존재의 의미를 찾는 수단에 있어서 약간의 차이를 보이고 있는 것으로 지브란에게는 그것이 사랑이 담긴 노동이자 실천적인 삶인 반면에 코엘류에게는 자아의 신화를 추구하는 것이다.

그리고 두 작가는 공히, 제도종교로서의 가톨릭에서 부정하는 윤회사상을 수용하고 있는데 여기서도 차이점이 드러나고 있다. 예를 들어 지브란은 절대자의 영원성에 기초하여 신성을 지닌 인간의 삶, 정확히 말하여 생명은 영원하다는 개념을 갖고 있다. 하지만 코엘류의 경우 윤회사상은 절대자와의 합일을 이루기 위한 인간의 반복적인 열망과 노력의 소산으로 본다. 물론 거기에 절대자의 계획이라는 것이 숨어 있는지도 모른다.

그리고 III장의 육체와 영혼 부분에서 지브란의 경우, 저항의식이 팽배하던 초기에는 육체가 영혼의 자유를 가로막는 장애물로 인식하였다. 그래서인지 이 무렵 지브란에게 있어서 육체와 영혼, 기쁨과 슬픔은 추상적인 의미가 강하다. 4개의 단어가 직감적으로 주는 의미를 보아서는 남녀 간의 육체적 관계에서 오는 육체와 영혼, 기쁨과 슬픔 등이 충분히 언급될 여지가 있음에도 불구하고 그의 모든 작품을 통틀어 보아도 남녀 간의 에로틱한 육체적 관계를 언급하는 부분이 없다. 이것은 2007년 현재 네 번째 결혼을 하고 동성애까지 경험했다는 파울루 코엘류와는 매우 대조적인 것이기도 하다. 그러니까 지브란의 경우는 꽃과 벌의 관계와 같은 간접적이고 은유적인 방식을 취한 반면에 코엘류는 보다 직설적이고 경험적인 개념을 가지고 있다. 그리하여 지브란에게는 없는 매춘부의 삶을 그린 소설 『11분』이 존재한다.

그러나 시간이 지나 신비주의의 합일 개념이 확산되면서 지브란에게 육체는 '영혼의 감옥'에서 '영혼의 하프'로 바뀌었으며 여기에 자연의 섭리(예, 벌과 꽃의 관계 및 자연의 순환원리)에 대한 깨달음을 통한 슬픔과 기쁨의 개념이 가미되면서 기쁨과 슬픔은 서로 등을 맞대고 있는 형제요, 언제나 함께하는 존재로 인식하기에 이르렀다. 그런데 육체와 영혼과 함께 분석한 기쁨과 슬픔의 개념은 지브란에게 있어 남다른 의미를 가졌다. 즉 인간의 슬픔이란 근본적으로 절대자로부터 분리된 순간 이미 존재하기 시작하였고 그런 만큼 절대자로의 귀의가 최고의 기쁨이요, 구원이라는 것이다.

그리고 지브란과의 비교에서 드러나는 또 다른 차이점은 코엘류가 육체를 절대자의 현시라고 본다는 것이다. 그것은 육체가 영겁의 세월을 거쳐 오면서 인간의 역사적 증언이자 증인이며 자연과 우주의 일부로서 무엇보다도 절대자가 자신의 모습을 본떠 진흙으로 만든 뒤 직접 입김을 불어 넣어 만든 피조물이라는 개념에서 비롯된 것이다. 물론 지브란도 육체를 윤회하는 영혼의 그릇으로 보고 있지만 인간의 역사적 증언이나 증인으로 보는 관점을 찾기 힘들다. 그리고 코엘류의 이 개념은 절대자의 현시가 성(sex)이라는 문제와 연관될 때 지브란과 큰 차이를 보인다.

다시 말해 지브란의 경우 꽃과 벌의 개념이 기쁨과 슬픔의 개념과 어우러질 때 거기에는 생명을 잉태하는 기쁨을 나타내지만 코엘류에게 있어서 남과 녀의 관계는 절대자와의 합일이라는 개념과 밀착되면서 희열의 개념, 즉 신의 현시를 맛보고 하나가 됨을 일시적이나마 체험하는 은총으로 이해한다는 점이다.

Ⅲ장의 마지막 부분으로서 인간과 절대자의 관계는 인간의 구원 및 사랑이라는 문제와 직결된다. 그것은 지브란과 코엘류의 독특한 신비주의가 확립되는 순간을 의미한다. 예를 들어 저항의식이 강하던 시기에 지브란이 가지고 있던 사랑관은 사회적 관습에 의한 억압으로부터의 도피와 탈출 그리고 자유라는 개념으로 다가왔고 그것은 곧바로 소유하지 않는 사랑의 개념으로 발전하였다. 그리하여 그의 사랑관은 자연스레 현실과는 일정한 거리를 둔 초월적이고 추상적인 성격을 지닐 수밖에 없었다. 그것은 고독과 사색을 즐기는 성격과 한평생 독신으로 살았던 삶 그리고 사회적 관습의 억압 등이 함께 빚어낸 결과였다.

하지만 초기의 사랑관은 자연의 섭리에 대한 깨달음과 신비주의의 합일 사상을 거치면서 인간의 조건인 선과 악, 삶과 죽음, 육체와 영혼, 기쁨과 슬픔 등이 서로 다른 대립적 관계의 존재가 아니라 궁극적으로 하나라는 개념으로 발전하기 시작한다. 이러한 인식 속에는, 인간을 고통과 분열의 암울한 세계로 끝없이 내몰고 있는, 대립과 분쟁이 본래의 합일 상태로 돌아갈 때 해결이 가능하다는 신념이 자리하고 있다. 그 깨우침의 매체는 분명 존재의 합일 사상(사랑)이며 그 저변에는 절대자에 대한 믿음과 동시에 인간에의 믿음이 자리하고 있다.

따라서 그의 사랑은 저항의식에서 이미 싹트기 시작한 인류애를 의미함과 동시에 인간조건의 극복을 의미하며, 궁극적으로는 사랑 그 자체이기도 한 절대자와의 합일을 의미한다. 왜냐하면 절대자로부터의 분리가 인간의 근원적인 고통과 슬픔을 가져왔고 또 그것이 인간사회에서 재현(예, '나'와 '너'의 구분 지음)되고 있는 만큼, 근원이자 사랑 자체인 절대자에게로 돌아가도록 갈망하며 노력하는 것이 지상에서 인간이 갖는 존재의 의미이자 구원이요, 목표라는 것이다.

한편 코엘류의 경우는 저항의식이 강하게 자리 잡고 있던 시기의 사랑관을 추적해 볼 수 있는 작품이 없다. 그러나 악이 선을 지배하는 세상이라고 보고 있었고, 사랑보다는 자유와 개인의 정체성에 몰두하였다. 그럼에도 불구하고 그 역시 지브란처럼 자연의 순환 섭리에 대한 깨달음과 신비주의의 합일 사상을 통해 선과 악, 삶과 죽음, 육체와 영혼, 기쁨과 슬픔 모두 궁극적으로 하나이며 그것을 치유하는 것이 바로 사랑이라는 결론에 도달하였다. 또한 그 사랑은 지브란처럼 소유하지 않는 사랑을 의미하며 그 근저에는 저항의식의 저변에 깔려 있던 자유와 개인의 정체성 존중이라는 개념이 자리하고 있었다.

지브란과의 비교에서 드러나는 한 가지 차이점은, 선악의 경우처럼 소유하지 않는 사랑을 말할 때도 코엘류는 아담과 이브의 이야기에서 출발점을 찾는다는 것이다. 즉 이브가 사과를 먹은 뒤 아담과 나눠 먹은 행위를 통해 악마가 고대하는 절대자에 대한 인간의 불신을 발견해 냈고 나아가 변태성욕자와의 관계를 통해서도 그와 같은 결론에 이르렀다. 다시 말하면 불신과 공포를 나눠 가지려는 잘못된 행위 속에서 소유하지 않는 사랑의 개념을 얻게 된 것이다.

나아가 코엘류의 사랑관은 자연의 순환원리와 연금술의 변환원리에 기초하고 있으며, 절대자의 손에 의해 이미 써져 있는

('maktub') 인간의 삶과 운명에 대하여 믿음을 가지고 인간을 창조한 절대자의 수단으로써 봉사하면서 적극적으로 살 것을 주문하고 있다. 그에게 있어서 삶의 의미는 바로 여기에 있다.

그리고 그의 대표작으로 꼽히는 『연금술사』의 구조에서도 엿볼 수 있듯이 근원으로의 회귀는 기본적으로 신비주의가 갖고 있는 합일 사상의 한 부분으로 이해되며 절대자 혹은 진리가 먼 곳이 아니라 가까이에 있다는 그의 지론을 뒷받침한 것이라고 할 수 있을 것이다.

지금까지 살펴보았듯이 지브란과 코엘류의 신비주의에는, 약간의 차이점을 제외하면 공통점이 더 많다. 그것이, 선대 작가인 지브란의 사상을 후대 작가인 코엘류가 그대로 물려받아서 그렇다기보다는 각자 다른 배경과 삶의 경로를 통해 도달한 것이며 그 과정에서 코엘류에 대한 지브란의 영향은 앞서 드달했던 자들이 남긴 발자국들의 하나와 같다.

한 가지 유의할 점은 지금까지 두 작가의 작품세계에 스며 있는 선과 악, 삶과 죽음, 육체와 영혼, 인간과 절대자 등의 개념 저변에는 그들의 독특한 존재의 합일 사상이 내재하고 있다는 것이다. 그러니까 두 작가가 잉태한 신비주의 존재의 합일 사상이란, 제도종교 등에서 말하는 일반적인 통념, 즉 대립적 요소들의 상호 보완적 의미에 국한하고 있는 것이 아니라 이를 넘어서, 각각의 제도종교에서 말하는 절대자 모두 동일한 존재라는 차원에서의 합일 사상을 의미한다는 것이다. 다시 말하면 제도종교로서의 가톨릭이나 이슬람 혹은 그 속의 신비주의자들이 말하는 존재의 합일 사상은 어디까지나 교회나 성경 혹은 모스크나 꾸란 내에서의 합일 사상을 의미하는 것으로서 이들이 말하는 존재의 합일이란, 지브란과 코엘류의 신비주의 관점에서 볼 때, 인류의 고통과 분쟁의 동기인 '너'와 '나'의 구분 지음을 극복하는 것이 아닌 것이다. 하지만 두 작가의 신비주의 사상은 이러한 경계와 한계를 넘어 인류를 그 어떤 기준으로도 구분 짓지 않는다. 따라서 두 사람은 종교나 국가 간의 대립을 강하게 비판할 수 있었고 결국 전 인류애로 나아갈 수 있었다. 이러한 점은 기독교, 이슬람, 브라만, 힌두교, 불교 등 모든 종교가 궁극적으로 '한 손에서 나온 손가락'이라고 한 지브란과, 분명 하나의 절대자가 존재하는데 그 절대자를 부르는 이름이 각 종교마다 다를 뿐 궁극적으로 모든 종교에서 말하는 절대자들이란 '하나의 빛'을 향해 있다고 말한 코엘류에게서 확인 가능했다.

어쨌든 수많은 외세의 침략과 분쟁 때문에 이방인이자 경계인으로 살아야했고, 또 자신보다는 조국의 안위 때문에 고통의 나날을 보내야 했던 지브란과, 자아의 정체성을 인정하지 않는 기존 사회의 가치체계에 질식할 것만 같았던 코엘류는 서로 출발이 다르고 경로도 달랐지만 각기 독특한 신비주의의 합일 사상에 도달한 것이다. 또한 그것이 조국에서 시작되었든, 개인의 정체성에서 시작되었든 수많은 역경을 거쳐 온 궁극의 도달점이 바로 인간이었고, 그렇기에 언어와 피부 그리고 문화가 다른 전 세계 수많은 독자들의 마음을 움직일 수 있었던 것이 아닌가 한다. 특히 그들이 고뇌한 문제가 인간의 보편적이고도 근원적인 문제들이며 막연한 상상이나 추상에 의해 나온 신비주의의 사상이 아니기에 동과 서를 넘어 성경 다음으로 가장 많이 읽힌 책이 되었고, 또 56개국 언어로 번역되어 전 세계인들의 마음을 움직이는 것이 아닌가 한다.

참고문헌

# 1. 작가 및 작품 연구

## 1-1) 칼릴 지브란 작품(발행연도순)

### * 아랍어 원작

*Al−Majmūah al−Kāmilah li Muʿallafāt Jibrān Khalīl Jibrān,* 3 vols.,
    edited with introduction by Mikhāʾīl Nuʿayma, Beirut, 1955.

*Damʿah wa Ibtisāmah*, (introduction by Nasīb ʿArīda), New York, 1914.

*Al−Arwāh al−Mutamarrida*, introduction by Amīn Ghurayib, Egypt,
    1922.

*Al−Mawākib*, introduction by Nasīb ʿArīda and a preparatory note on
    the author by the publisher Niqūla ʿArīda, Egypt, 1923.

*Kalimāt Jibrān*, compiled by Antonius Bashīr, Egypt, 1927.

### * 영어로 번역된 작품

*Spirits Rebellious*(1908)

*The Broken Wings*(1912)

*A Tear and a Smile*(1914)

*The Procession*(1918)

## * 영어 원작

*The Madman* (1918)

*The Forerunner* (1920)

*The Prophet* (1923)

*Sand and Foam* (1926)

*Jesus, the Son of Man* (1928)


## * 사후 작품

*The Earth Gods* (1931)

*The Wanderer* (1932)

*The Garden of the Prophet* (1933)

*Lazarus and His Beloved* (1933)

*Love Letters: The Love Letters of Kahlil Gibran to May Ziadah*(1999)

*Beloved Prophet — The Love Letters of Kahlil Gibran & Mary Haskell*, New York: Knopf, 1972.

*Blue Flame: the Love Letters of Kahlil Gibran to May Ziadah*, Burn Mill: Longmans, 1983.


## * 단편(영어본):

*The New Frontier* (n/d)

*I Believe in You* (n/d)

*My Countrymen* (n/d)

*Satan* (n/d)

*You Have Your Lebanon and I Have My Lebanon* (n/d)

*Your Thought and Mine* (n/d)


## * 한국어 번역본

(권국성 역), 『광인』, 서울: 진선출판사, 2004.

(임경민 역), 『사람의 아들 예수』, 서울: 태동출판사, 2003.

(류시화 역), 『예언자』, 서울: 열림원, 2002.

(강주헌 역), 『스승의 목소리』, 서울: 아테네, 2002.

(이영선 역), 『사랑이 그대를 찾아오거든 가슴을 열어라』, 서울: 책이 있는 마을, 2001, (칼릴 지브란 전집).

(김승희 역), 『눈물과 미소』, 서울: 문예출판사, 2001.

(공경희 역), 『칼릴 지브란의 러브레터』, 서울: 명진출판, 2001.

(이종욱 역), 『방랑자(사랑의 메시지 2)』, 서울: 한길사, 1999.

(안정효 역), 『더 큰 바다』, 서울: 소담출판사, 1990, (원제: *Spiritual Saying of Kahlil Gibran*).

(김응교 역), 『예언자의 동산』, 서울: 당그래, 1990.

(나희덕 역), 『고요하여라 나의 마음이여』, 서울: 진선출판사, 1989.

(정은하 역), 『모래, 물거품』, 서울: 진선출판사, 2004.

(강청일 역), 『내 靈魂이 내게 준 말』, 서울 광동서관, 1978.

(손선혜, 이태상 공역), 『반항의 정신: 골짜기의 요정들』, 육문사, 1978.

## 1-2) 칼릴 지브란 연구

박형덕, 「칼릴 지브란의 작품에 나타난 저항정신의 변화에 관한 고찰」, 한국외국어대학교 대학원, 1983.

수헤일 부쉬루이(이창희 옮김), 『아름다운 영혼의 순례자 칼릴 지브란』, 서울: 두레, 2000, (칼릴 지브란의 傳記).

알렉상드르 나자르(용경식 옮김), 『칼릴 지브란』, 서울: 작가정신, 2007, (원제: *Khalil Gibran*, Editions Pigmalion / Gérard Watelet, 2002).

이종욱, 『상처받은, 그러나 지순한 영혼의 순례자: 칼릴 지브란 Kahlil Gibran』, 『시인세계』, 문학세계사, 통권 제6호, 2003.

이종화, 『칼릴 지브란의 사상 변천 연구: 작품 속에 나타난 사상을 중심으로』, 한국외국어대학교 대학원, 1987.

조희선, 「'이주문학' 연구 - 지브란 칼릴 지브란을 중심으로」, 『인문과학연구논총』16호(pp.319~354). 명지대학교 부설 인문과학 연구소, 1997.

조희선, 「지브란 칼릴 지브란의 생애와 작품 세계」, 『아랍어와 아랍문화』, 제1호, 1997.

Bushrui, Suheil, *Lebanese Literature in English: Ameen Rihani, Kahlil Gibran, Mikhail Naimy*, Beirut: Arab Research and Publications Establishment, 2000.

Bushrui, Suheil. <Kahlil Gibran of America>, T*he Arab American Dialogue*, Vol.7, No.3(January/February 1996).

Bushrui, Suheil. *Kahili Gibran of Lebanon*, Gerrarda Cross: Colin Smythe, 1987.

Bushrui, Suheil. *Lebanese Literature in English: Ameen Rihani, Kahlil Gibran, Mikhail Naimy*, Beirut: Arab Research and Publications Establishment, 2000.

Bushrui, Suheil and Joe Jenkins, *Kahlil Gibran: Man and Poet,* Oxford: One World, 1998.

Bushrui, Suheil & John Munro, *Kahlil Gibran − Essays & Introductions*, Beirut: Rihani House, 1970.

Bushrui, Suheil & Paul Gotch, *Gibran of Lebanon − New Papers*, Beirut: Librairie du Liban, 1975.

Chowdhry, Shiv Rai, *Gibran − An Introduction*, Delhi: Javee & Co., 1970.

Daoudi, M. S., *The Meaning of Kahlil Gibran*. Secaucus: Citadel Press, 1982.

El − Hage, George Nicolas, *William Blake and Kahlil Gibran 'Poets of Prophetic Vision'*, Lebanon/Notre Dame University: Louaize, 2002.

EL − Helou, Joseph Habib. *Kahlil Gibran, A Nonpareil Artist,* Beirut, 2002(출판사 미상).

El − Yammouni, Joseph Merhi, *Gibran Kahlil Gibran, lhomme et sa pensée philosophique,* Éditions de Aire, 1982.

Ghougassian, Joseph P., *Kahil Gibran − Wings of Thought*, Secaucus: Citadel Press, 1975.

Gibran, Jean & Kahlil Gibran, *Kahlil Gibran − His Life and World*, New York: Interlink Books, 1991.

Hawi, Khalil S., *Khalil Gibran: His Background, Character and Works*, Beirut: The Arab Institute for Research and Publishing, 1972.

Huwayyik, Yusuf, *Gibran in Paris*, New York: Popular Library, 1976.

Kayrouz, Wahib, *Gibran in His Museum*, BsHarri: Bacharia, 1995.

Leen, Jason, *The Death of the Prophet: The Powerful Completion of Kahlil Gibran's Immortal Trilogy*, Illumination Arts Publishing Company, 1998.

Mcharek, Sana, *Kahlil Gibran and Other Arab American Prophets*, The Florida State University, 2006.

Miller, Jim Wayne, *Round and Round with Kahlil Gibran*, Rowan Mountion, 1990.

Naimy, Mikhail, *Kahlil Gibran: His Life and His Work*, Beirut: Khayats, 1965.

Naimy, Mikhail, *Kahlil Gibran — A Biography*, New York: Philosophical Library, 1950.

Naimy, Nadim, "The Mind and Thought of Kahlil Gibran", *Journal of Arabic Literature* 5: 55∼71, 1974.

Naimy, Nadim, *The Lebanese Prophets of New York*, Beirut: The Lebanese University of Beirut, 1985.

Nash, Geoffrey P., *The Arab Writer in English: Arab Themes in Metropolitan Language, 1908∼1958.* Oregon: Sussex Academic Press, 1998.

Otto, Annie Salem, *The Parables of Kahil Gibran — An Interpretation of His Writings & His Art*, New York: Citadel Press, 1963.

Otto, Annie Salem, *The Letters of Kahil Gibran & Mary Haskell*, Houston: Southern Printing Co., 1970.

Otto, Annie Salem, *The Art of Kahil Gibran — Visions of Life as Expressed by the Author of 'The Prophet'*, Port Arthur: Hinds, 1965.

Shahîd, Irfan, *Gibran Kahlil Gibran between Two Millennia*, Seatle: University of Washington, 2002.

Sheban, Joseph, *The Wisdom of Gibran: aphorisms and maxims*, Philosophical Library, 1966.

Shehadi, William, *Kahlil Gibran – A Prophet in the Making*, Beirut, American University of Beirut, 1991.

Sherfan, Andrew D., *Kahlil Gibran – The Nature of Love*, New York, Philosophical Library, 1971.

Waterfield, Robin, *The Voice of Kahil Gibran*, Penguim, 1995.

Waterfield, Robin. *Prophet: The Life and Times of Kahlil Gibran*, USA.: St Martins Press, 1998.

Young, Barbara, *This Man from Lebanon: a Study of Kahlil Gibran*. New York: Knopf, 1945.


http://www.gibran.org/: 지브란 공식홈페이지
http://leb.net/gibran/: 지브란의 생애와 작품
http://www.cidcm.umd.edu/gibran: The University of Maryland & The Kahlil Gibran Research and Studies Project
(* 이상 3개의 홈페이지는 2007년 10월 현재 검색결과임)

## 2 – 1) 파울루 코엘류 작품


### * 포르투갈어 원작

*Bruxa de Portobello* (2007)

*O Zahir* (2005)

*O Gênio e as Rosas* (2004)

*Onze Minutos* (2003)

*Histórias para Pais, Filhos e Netos* (2001)

*O Demônio e a Srta. Prym* (2000)

*Palavras Essenciais* (1999)

*Veronika Decide Morrer* (1998)

*Manual do Guerreiro da Luz* (1997)

*Cartas de Amor do Profeta* (1997)

*O Monte Cinco* (1996)

*Na Margem do Rio Piedra Eu Sentei e Chorei* (1994)

*Maktub* (1994)

*As Valkírias* (1992)

*O Dom Supremo* (1991)

*Brida* (1990)

*O Alquimista* (1988)

*O Diário de Um Mago* (1987)

## * 한국어 번역본

(임두빈 역), 『포르토벨로 마녀』, 서울: 문학동네, 2007.

(박명숙 역), 『순례자』, 서울: 문학동네, 2006.

(임미경 역), 『뽀뽀 상자』(공저), 서울: 문학동네, 2006.

(이상해 역), 『11분』, 서울: 문학동네, 2006.

(최정수 역, 뫼비우스 그림), 『일러스터 연금술사』, 서울: 문학동네, 2005.

(최정수 역), 『오 자히르』, 서울: 문학동네, 2005.

(이상해 역), 『악마와 미스 프랭』, 서울: 문학동네, 2003.

(이상해 역), 『베로니카 죽기로 결심하다』, 서울: 문학동네, 2003.

(이수은 역), 『피에트라 강가에서 나는 앉아 울었네』, 서울: 문학동네, 2003.

(최정수 역), 『연금술사』, 서울: 문학동네, 2001.

http://www.paulocoelho.org: 파울루 코엘류의 공식 홈페이지(2007년 10월 현재 검색결과임)

## 2 - 2) 파울루 코엘류 연구

Andrade, Janilto, *Por Que Não Ler Paulo Coelho⋯⋯*, Rio de Janeiro: Caliban, 2004.

Maestri, Mário, *Por que Paulo Coelho Teve Sucesso*, Porto Alegre: AGE,

1999.

페드로 팔라오 폰스(유혜경 옮김),『파울루 코엘류의 연금술사의 비밀』,
　　서울: 큰나무, 2004.

최용호,「코엘류의『연금술사』에 대한 변증부 분석 – 텍스트 의미론의
　　관점에서 – 」,『기호 텍스트 그리고 삶』(신현숙, 박인철 편), 도
　　서출판월인, 2006.


## 2. 두 작가의 비교연구

2007년 현재까지 국내외에서 두 작가에 대한 비교연구는 없음.


## 3. 기타 참고도서

강석영, 최영수(공저),『스페인·포르투갈史』, 서울: 대한교과서주식회
　　사, 2000(6판).

공일주,『아랍문화의 이해』(개정판). 서울: 대한교과서, 1996.

마리위시 프랑스와 귀야르(정기수 역),『비교문학』, 서울: 탐구당, 1986.

금인숙,『신비주의: 요가, 영지주의, 연금술, 수피주의』,서울: 도서출판
　　살림, 2006.

김광억 외,『문화 인류학 개론』, 서울: 서울대학교출판부, 2003.

김남용(엮음),『깨달음을 나르는 수레, 수피우화』, 서울: 도서출판 화담,
　　2004.

김열규 외(공저),『현대문학비평론 – 그 이론과 실제』, 서울: 학연사,
　　1987.

김욱동(편저),『포스트모더니즘의 이해』, 서울: 문학과 지성사, 1990.

김천혜,『소설구조의 이론』, 서울: 문학과 지성사, 1990.

김희영,「프랑스 아방가르드 운동과 문학작의 이동」,『외국문학연구』

(제19호), 한국외국어대학교 외국문학연구소, 2005년 2월.

니콜슨, R. A.(사희만 역), 『아랍문학사』, 서울: 민음사, 1995, (원제: A *Literary History of the Arabs*).

『레바논』(김종명 옮김), 서울: 창해, 2000, (원제: l´ABCdaire du Liban, 1998).

레비 – 스트로스(안정남 옮김), 『야생의 사고』, 한길사, 2003, (1판 3쇄), (원제: La Pensée Sauvage, 1962).

레비 – 스트로스(김진욱 옮김), 『구조인류학』, 종로서적, 1987.

로이스 파킨슨 사모라, 웬디 B. 파리스(편저)(우석균, 박병규 외 공역), 『마술적 사실주의』, 서울: 한국문학사, 2003. (원제: *Magic Realism: Theory, History, Community*, Durham & London: Duke University Press, 1995).

루시앙 골드만(송기형 외), 『숨은 신: 비극적 세계관의 변증법』, 서울: 연구사, 1986. (원제: Le Dieu Caché).

르네 지라르(김치수, 송의경 옮김), 『낭만적 거짓과 소설적 진실』, 서울, 한길사, 2004.

마리위시 프랑스와 귀야르(정기수 옮김), 『비교문학』, 서울, 탐구당, 1986.

메릴린 퍼거슨(김용주 옮김), 『뉴 에이지 혁명』, 서울: 정신세계사, 1994. (원제: *The Aquarian Conspiracy*, Jeremy P. Tarcher, Inc., 1987).

미르치아 엘리아데(이재실 옮김), 『대장장이와 연금술사』, 서울: 문학동네, 1999.

미하일 바흐친(볼로쉬노프)(송기환 옮김), 『마르크스주의와 언어철학』, 한겨레, 1988.

박원복, "1950~60년대 브라질 전위문학", 『이베로아메리카』(2집), 부산외국어대학교 이베로아메리카연구소, 2000.

방 티겜(김동욱 옮김), 『비교문학』, 서울: 신양사, 1959.

버나드 루이스(엮음)(김호동 옮김), 『이슬람 1400년』, 서울: 까치글방, 2001, (원제: *The World of Islam*, 1976).

버나드 루이스, 『중동의 역사』(이희수 옮김), 서울: 까치, 1998.

빌리 하스(김두규 옮김), 『세기말과 세기초: 벨 에포크』, 서울: 까치글방, 1994. (원제: *Die Belle Epoque in Texten, Bilden und Zeugnissen*, München: Verlag Kurt Desch GmbH, 1967)

뻬에르 브뤼넬, 끌로드 뻬슈와, 앙드레-미셸 루소(석준 옮김), 『비교문학이란 무엇인가』, 서울: 미리내, 1993.

『성경』, 한국천주교 주교회의, 서울: 한국천주교 중앙 협의회, 2005.

『세계철학대사전』, 서울: 고려출판사, 1999.

『세계철학대사전』, 서울: 교육출판공사, 1980.

손주영, 『이슬람: 교리, 사상, 역사』, 서울: 일조각, 2005.

신현숙, 박인철(공동 편저). 『기호 텍스트 그리고 삶』, 도서출판 월인, 2006.

알 칼라바디(정무삼 옮김). 『이슬람 신비주의자들의 교리』, 서울: 조명문화사, 1995.

엄두섭. 『신비주의자들과 그 사상』, 서울: 혜풍출판사, 1980.

오스틴워렌·르네웰렉(백철·김병철 공역), 『문학의 이론』, 서울: 신구문화사, 1959.

울리히 바이스슈타인(이유영 옮김), 『비교문학론』, 서울: 홍성사, 1982.

윤호병, 『비교문학』, 서울: 민음사, 1994.

윌리엄 제임스(김재영 옮김), 『종교적 경험의 다양성』, 서울: 한길사, 2006, (원제: *The Varieties of Religious Experience*).

이브 슈브렐(박성창 옮김), 『비교문학, 어떻게 할 것인가』, 서울: 민음사, 2002.

이승덕, 『브라질 들여다보기』, 서울: 한국외국어대학교출판부, 2006.

이재선(엮음), 『문학주제학이란 무엇인가: 주제비평의 새로운 위상』, 서울: 민음사, 1996.

이창배(엮음), 『미국 초절주의자 3인선』, 동국대학교출판부, 1998.

자크 데리다(김웅권 옮김), 『그라마톨로지에 대하여』, 서울: 동문선, 2004.

자크 라캉(권태영 엮음, 민승기·이미선·권택영 옮김), 『욕망이론』, 문예출판사, 1995(1판 8쇄).

쟝 뻬에제 외(김태수 엮음), 『구조주의 이론』, 부천: 인간사랑, 1990.

『종교학 대사전』, 서울: 한국사전연구사, 1998.

정경원, 『라틴아메리카 문학사』(2vols), 서울: 태학사, 2001.

제라르 즈네뜨 (권영택 옮김), 『서사담론』, 서울: 교보문고, 1992.

조지 키랄라(류시화 역), <시인의 생애>, 『예언자』, 열림원, 2002.

차봉희(편저), 『수용미학』, 서울: 문학과 지성사, 1985.

찰스 포드(우혜령 옮김), 「서문」, 『마음을 읽는 거짓말의 심리학』, 이끌 리오, 2006, (원제: *LIES! LIES! LIES!The Psychology of Deceit*).

카를로스 푸엔테스(서성철 옮김). 『라틴아메리카의 역사』, 까치, 2005 (초판 5쇄), (원제: *El Espejo Enterrado*, 1992).

칼 구스타프 융(한국 융 연구원 C. G. 융 저작 번역위원 역), 『연금술에 서 본 구원의 관념』, 서울: 솔, 2004.

테렌스 · 호옥스(오원교 옮김), 『구조주의와 기호학』, 서울: 신아사, 2002.

프리디리히 니체(강대석 옮김), 『차라투스트라는 이렇게 말했다』, 한얼 미디어, 2005.

한국문학과종교학회(편), 『문학과 종교의 만남』, 서울: 동인, 1995.

한상복 외, 『文化人類學槪論』, 서울: 서울대학교 출판부, 2003.

허봉화, 『William Blake의 신비주의』, 대구: 형설출판사, 1986.

호르헤 루이스 보르헤스(황병하 옮김), 『알렙』, 민음사, 1996. (원제: *El Aleph*, 1989).

호르헤 루이스 보르헤스(황병하 옮김), 『불한당들의 세계사』, 민음사, 1997, (원제: *La Historia Universal de la Infamia*, 1989).

Arberry. A. J., *Sufism: a account of the mystics of Islam*, (6º ed.), London: George Allen & Unwin Ltd., 1972.

Bakhtin, Michail(Volochinov), *Marxismo e Filosofia da Linguagem*, São Paulo: Hucitec, 1981.

Benjamin, Walter(trad. Sergio Paulo Rouanet). *Obras Escolhidas: Magia e Técnica, Arte e Política*, São Paulo: Brasiliense, 1987.

(trad. Heindrun Krieger da Silva, Arlete de Brito e Tania Jatorá).

Benjamin, Walter, *A Modernidade e os Modernos*, Rio de Janeiro: Tempo Brasileiro, 1975. (원제: Das Argument, nº 46, da Argument −

Verlag, 1967 e Scriften, da Suhrkamp Verlag, 1955).

Campos, Augusto de, Décio Pignatari, Haroldo de Campos. *Teoria da Poesia Concreta: textos críticos e manifestos 1950 ~1960*, São Paulo: Brasiliense, 1987.

Eagleton, Terry, *Literary Theory: an Introduction*, Oxford(UK): Blackwell Publishers Inc., 1996.(2nd ed., 초판은 1983년 발행)

Ellowed, Robert S., *Mysticism and Religion*, Prentice – Hall Inc., 1980

Guillén, Claudio, "Themes: Thematology", in *The Challenge of Comparative Literature* (tran. by Cola Franzen), Cambridge: Harvard University Press, 1993.

Happold, F. C., *Mysticism: a Study and an Anthology*, Penguin Books, 1990. (초판은 1963년 Pelican Books 에서 발행됨).

Hawi, Khalil S., *Kahlil Gibran: His Background, Character and Works*, Beirut: The Arab Institute for Research and Publishing, 1972.

Ianni, Octavio, *Raças e Classes Sociais no Brasil*, São Paulo, Brasiliense, 1987(3ª ed., revista e ampliada).

Jakobson, Roman, *Lingüistica e Comunicação*. São Paulo: Cultrix, 1974.

Levin, Harry, "Thematics and Criticism", in *The Disciplines of Criticism: Essays in Literary Theory, Interpretation and History*, ed. Peter Demetz, Thomas Green, and Lowry Nelson, Jr., New Heaven: Yale Univ. Press, 1968.

Lévy, Pierre, O Que É Virtual, São Paulo: Ed. 34, 1996. (원제: *Qu´est –se que le virtuel?*).

Linhares, Maria Yedda Linhares(org.), *História Geral do Brasil*, Rio de Janeiro: Capus, 1990.

Menezes, Philadelpho(org.), *1ª Mostra Internacional de Poesia Visual de São Paulo*, Centro Cultural de São Paulo, 1988.

Negroponte, Nicholas, *A Vida Digital*, São Paulo: Companhia das Letras, 1995. (원제: *Being Digital*).

Oliveira, Roberto Carlos(et al.), *Pós –modernidade*, Campinas: Editora da Unicamp, 1988.

Ortiz, Renato, *Cultura Brasileira & Identidade Nacional*, São Paulo: Brasiliense, 1985.

Palmer, E. H., *Oriental Mysticism: a Treatise on Sufistic and Unitarian Theosophy of the Persians*, London: Frank Class & Co. Ltd, 1969, (초판은 1867년).

Raine, Kathleen, *Blake and the New Age*, London: George Allen & Unwin, 1979.

Russell, Bertrand, *Mysticism and Logic; including a free man's worship*, London: Unwin Paperbacks, 1989.

Skidmore, Thomas(trad. Susan Semler), *O Brasil Visto de Fora*, Rio de Janeiro: Paz e Terra, 1994.

Smith, Margaret, "The Nature and Meaning of Mysticism", *Understanding Mysticism* (edited by Richard Woods), Garden City(New York): Image Books, 1980.

Sodré, Nelson Werneck, *Síntese de História da Cultura Brasileira*, Rio de Janeiro: Bertrand Brasil, 1989 (16ª ed.).

Suzuki, D.T., *Mysticism, Christian and Buddhist: the Eastern and Western Way*, New York: Harper & Row, 1971.

Teles, Gilberto Mendonça, *Vanguarda Européia e Modernismo Brasileiro*, Petrópolis: Vozes, 1973.

Wood, Richard(ed.), *Understanding Mysticism*, Garden City(New York), 1980.

Zamora, Lois Parkinson & Wendy B. Faris(편저)(우석균 · 박병규 외 공역), 『마술적 사실주의』, 한국문학사, 2003.

**박원복**

한국외국어대학교를 졸업하고 브라질의 상파울루 가톨릭 대학교에서 석사를 마치고 박사과정을 수료한 뒤 한국외국어대학교에서 비교문학으로 최종 박사학위를 취득하였다. 현재 브라질 현대문학 전공자로서 한국외국어대학교에 출강하고 있으며 주요 저서로는 『브라질문학사』(공저)가 있고 번역서로는 『햇빛사냥』(『나의 라임오렌지나무』 2편, 2003), 『브라질의 선택 룰라』(2003), 『잃는 것과 얻는 것』(2006), 『모니카와 함께하는 명화 여행』(2007) 등이 있다.

# 파울루 코엘류와 칼릴 지브란의 신비주의 사상

초판인쇄 | 2009년 5월 20일
초판발행 | 2009년 5월 20일

지은이 | 박원복
펴낸이 | 채종준
펴낸곳 | 한국학술정보㈜
주　소 | 경기도 파주시 교하읍 문발리 513-5 파주출판문화정보산업단지
전　화 | 031) 908-3181(대표)
팩　스 | 031) 908-3189
홈페이지 | http://www.kstudy.com
E-mail | 출판사업부 publish@kstudy.com

등　록 | 제일산-115호(2000. 6. 19)
가　격 | 30,000원

ISBN 97           'aper Book)
　　 978-89-268-0001-0 98890 (e-Book)

내일을여는지식 ■ 은 시대와 시대의 지식을 이어 갑니다.